T0034637

Pánico

Pánico

JAMES ELLROY

Traducción de
Carlos Milla Soler

LITERATURA RANDOM HOUSE

Título original: *Widespread Panic*

Primera edición: abril de 2022

© 2021, James Ellroy
Reservados todos los derechos
© 2022, Penguin Random House Grupo Editorial, S. A. U.
Travessera de Gràcia, 47-49. 08021 Barcelona
© 2022, Carlos Milla Soler, por la traducción

La primera parte (en una versión algo diferente) fue originalmente publicada para eBook en 2012
por Byliner Fiction bajo el título "Shakedown"

Printed in Spain – Impreso en España

ISBN: 978-84-397-3866-4
Depósito legal: B-3.194-2022

Compuesto en La Nueva Edimac, S. L.
Impreso en Unigraf (Móstoles, Madrid)

R H 3 8 6 6 4

A
Glynn Martin
y a
Lois Nettleton, 1927-2008

ÍNDICE

EXTORSIÓN

Freddy Otash confiesa, 1ª parte

CELDA 2607

Penal Penitencia
Galería de los rompevidas irreflexivos
Purgatorio de los pervertidos
16/7/2020

He pasado veintiocho años en este puto rincón del infierno. Ahora me dicen que si rememoro mis malandanzas y las escribo, podré salir de aquí.

Resulta que todas esas gilipolleces de la religión que desdeñé y desobedecí son verdad. Hay Cielo para la buena gente, Infierno para los monstruosamente *maaaaaalos*. Hay Purgatorio para los individuos como yo: canallas cáusticos que capitalizaron un sistema sicótico y causaron catástrofes. He ardido en la pira de mis pecados durante dos décadas largas. He revivido mi vida terrena con distópico detalle. Ahora mis sagaces celadores tantean un trato:

Deja constancia de tus amargas andanzas. Vocea la verdad, victorioso. Cuélate en el Cielo, y coloca ese colofón.

Muchacho, es hora de CONFESAR.

El Purgatorio es un pedazo de mierda. Has de cargar con el cuerpo que tenías en la Tierra al morir. Te sirven solo comida de avión de clase turista. No hay prive, ni sabrosas intrigas, ni mujeres magnéticas. Las víctimas violadas se dejan caer por mi celda. Me recuerdan mis muchas maldades y me hincan atizadores al rojo vivo. Garbosos gays descienden en picado desde el Cielo y me reprochan que los sacara del armario en los homófobos años cincuenta. Era mi *trabajo*. Tendía trampas a famosos de reputación turbia y a políticos papanatas, y les daba por el culo en *Confidential*. Vendí mi alma a esa arrabalera revista. Ahora, me AVERGÜENZO abyectamente.

¿Y *qué*?

La vergüenza es para perdedores pichafloja. La confesión acalla la conciencia cerril y la arrastra hacia la rectitud de la redención. Escucha mi sentida súplica, oh, atento mundo mío: ¡¡¡¡¡Sacadme de aquí de una puta vez!!!!!

Mis celadores me han proveído de papel y pluma. Han recopilado una colección completa de *Confidential*. Mis sinapsis saltan ante un sinfín de retorcidos recuerdos. Freddy Otash, 1922-1992. Soy un poli corrupto, un detective privado, un chantajista chanchullero. Soy un *deus ex machina* demoníaco de mis trasegados tiempos. Soy el Cancerbero que tuvo cautivo a Hollywood. Soy el conocedor de tórridos secretos sexuales que vosotros los insufribles terrícolas queréis oír.

Confidential fue la precursora del infantil internet. Nuestro chismorreo a chorros era repugnantemente *real*. ¿Y qué decir de los blogueros de hoy, los muy baladrones, y de *sus* trapaceros textos? Tipejos timoratos *todos* ellos. Dimos estopa a los estudios de cine. Cargamos contra los capitostes. Dispensamos disgustos a diestra y siniestra. Vampirizamos el país con nuestro voyerismo y lo tuvimos enganchado a esa delirante diarrea. NOSOTROS CREAMOS LA ACTUAL CULTURA MEDIÁTICA DEL COTILLEO. Nosotros desarrollamos disparatadamente un estilo escabroso y lo convertimos en nuestra seña de identidad.

Es el léxico de la verdad lisa y llana. Es el diálogo de los dimes y diretes. Es la difamación deleznable y la emoción de la amenaza. Pienso y escribo por medio de la aliteración algorítmica. El lenguaje debe levantar el látigo y lacerar. El lenguaje libera a la vez que ofende. Eso me lo enseñó *Confidential*. Con mi confesión, este desconcertante dialecto os dividirá en dos. Oídme, capullos, existen el Pecado y la Expiación, no hay nada más.

El Purgatorio es una proposición punitiva. Ayer vino a ator-

mentarme Montgomery Clift. *Confidential* lo bautizó «el Lili-
putiense Lila» y «la Princesa Rabocorto». A Monty lo siguió
JFK. Yo delaté su drogadicción y su febril fulaneo. A continuación me impuso penitencia Marilyn Monroe. Marilyn tocaba
la flauta. Hacía el francés a farmacéuticos corruptos, XXX-
exclusiva. Ellos a cambio le despachaban nocivo nembutal. A lo
mejor debería haberme callado el cotilleo... pero ¡¡¡¡¡me am-
paraba la Primera Enmienda!!!!!

Tengo sed de sinceridad y me reconcomen los recuerdos.
Me siento revitalizado y renacido. Mi desquiciado deambular
por los derroteros de la memoria empieza AHORA.

NATE & AL'S DELI

Beverly Hills
14/8/92

–En el 51 yo trabajaba en la Brigada Antivicio de Holly-wood. Se nos informó de un picadero que operaba en un chabolo de Villa Elaine. Me planté allí en un pispás. Nos hemos arrellanado en mi reservado. He ahí a mi pú-blico: cuatro gerifaltes del mundo del espectáculo en peor estado que yo. Andadores, bastones y botellas de oxígeno obs-truyen los pasillos hasta la cocina. Freddy O. el Frenético ante sus admiradores.

Es a finales del verano, año 92. He cumplido los setenta y estoy de puta *peeeeena*. He consumido whisky a carretadas y succionado tres paquetes de tabaco diarios desde que vi la luz del sol. Tengo enfisema y la patata cascada. Mi afán es llegar a los ochenta. Es una posibilidad lunarmente remota.

Sol Sidell dijo:

–Ve al grano, Freddy. Te acercaste al picadero, y entonces ¿qué?

Sol el Sicalíptico. Con debilidad por las menores desde que vino al mundo. Producía pelis playeras en lo soberbios sesenta. Lo saqué de un pozo de mierda, allá por el 66. Estaba engrifado hasta las cejas y se trajinaba a dos lolitas.

–Vale –dije–, me acerqué al chabolo y eché un ojo por una ventana lateral. Joder, he ahí a Sam Spiegel, el fulano que produjo *Lawrence de Arabia* y *El puente sobre el río Kwai*. Esta-

16

ba comiéndole el chocho a una nena de ciento cincuenta kilos. Eso era un problema gordo, allá por el 51. Le dije, Sambo, esto tiene un precio. Tú eliges: el descrédito o una donación mensual al fondo para la jubilación de Fred Otash.

Mis compinches prorrumpieron en risotadas. Me sumergí en mi sándwich Reuben y sentí una penetrante punzada en el pecho. Le di al digitalín. Vi a Jules Slotnick succionar de su mascarilla de oxígeno y encender un Camel Light. Julie producía rimbombantes bodrios sobre la lucha del campesinado. La Culpabilidad del Capitalista, podríamos llamarlo. Conminaba a sus criadas a mamársela. Retenía sus tarjetas verdes como salvaguardia contra su renuencia a bajarse al pilón a diario.

Sid Resnick dijo:

—Cuéntanos otra, Freddy.

El Gran Sid era el Hombre Herido de Holocausto. Producía infradocumentales para la televisión islámica. Era el Rey de los Cazagorditas. Le molaban *muuucho*.

Me exprimí los entresijos endocraneales en busca de una anécdota. Dos gays entrados en años se pasearon junto al reservado. Eso me sirvió de inspiración.

Los señalé.

—Una vez, allá por el 56, me llegó el soplo de una fiesta de pijamas solo para hombres. Pagué a unos chicos duros del Departamento de Policía de Los Ángeles, y me llevé la cámara. Aquellos gachós se habían montado un quinteto con Rock Hudson, Sal Mineo y un fulano con descomunales quistes acneicos. *Confidential* redactó la nota. La Universal me pagó diez de los grandes por dejar al Gran Rock fuera del artículo.

Las risotadas resonaron y rresonaron en el reservado. Julie Slotnick boqueó, falto de aire. Al Wexler escupió un trozo de bagel al reírse. Este surcó el aire y acabó en el suelo.

Al el Alco tenía seis librerías de porno y nueve clínicas de cirugía nasal. Embistió un camión de migrantes mexicanos con un balance de seis muertos. Conseguí dejárselo en delito de poca monta. Al tenía conmigo una *deuda descomunaaaaal*.

Liquidé el sándwich. Al el Alco respondió con artificiales alharacas. Expuse el credo por el que se ha regido mi vida:

—Haré lo que sea menos cometer un asesinato. Trabajaré para quien sea menos para los rojos.

Mis muchachos batieron palmas y se desternillaron. Una mala punzada me perforó el corazón. Le di al digitalín, acompañado de tremendos tragos de whisky.

El chute de chucrut y picadillo de carne me había horadado el organismo. Me sentí ingrávido y demasiado dispéptico. Devolví una corteza de pan. Poté en el plato.

El reservado dio vueltas. Mis compinches se volatilizaron. Mi visión se enturbió y ennegreció. Las décadas se degradaron y desaparecieron. A lo mejor estoy muerto. *A lo mejor estoy soñando esta mierda...*

BRIGADA DE ROBOS Y ATRACOS

Unidad de Investigación
Departamento de Policía de Los Ángeles
Edificio municipal
4/2/49

Heme ahí. Soy un guapo galán, allá por el 49. Estoy como un tren, triunfo y me trinco a titis que tiran de espaldas, tres de una tacada.

Soy bien plantado y estoy bien dotado. Soy un libanés libidinoso. Considéreseme un beduino bribón de nacimiento. Soy exmarine. Fui instructor de las tropas en Parris Island y las envié a Saipán, ya enseñadas. Me incorporé al Departamento de Policía de Los Ángeles a finales del 45. Me metí en asuntos turbios a la primera de *caaaaaambio*.

Formé una red de 459. Hacían la ronda en el centro. Irrumpían en casas de empeños y desvalijaban farmacias donde se vendía droga. Yo elegía los golpes. Mi banda guindaba la guita y la droga. Eran sigilosos seres de las dos de la madrugada. Yo era su Rajá, el Poli Granuja.

Soy corrosivamente corruptible y me tienta el trinque. Vivo para el malicioso mangue. Es mi sino existencial. Tuve una vida hogareña convencional en el culo del mundo, estado de Massachusetts. Mis padres me querían. Nadie me dio por culo en la cuna. Vivo conforme al código de un tipo legal. Hay cabronadas que yo no hago. Mi código acabó en catástrofe el 4/2/49.

Acaparé un espejo del pasillo. Me peiné y me arreglé el nudo de la corbata. El sastre Sy Devore me hacía a medida los entallados uniformes. En la sala de revista se desató un *bueeeen* barullo. Es un aviso de Código 3: tiroteo en la Nueve con Figueroa.

Dos hombres abatidos. Un poli de tráfico/un atracador. El poli estaba a las puertas de la muerte. El atracador sufrió heridas superficiales. Los dos: instalados en el Receiving Hospital de Georgia Street, *ahora mismo*.

El barullo bamboleó la sala. Los teléfonos sonaban sin cesar. El barullo me bombardeó. Oí mortíferos murmullos aliñados con la gestalt propia de una turbamulta de linchadores.

Oí unas fuertes pisadas. Un aliento a alpiste me puso los pelos de punta.

—Si has acabado de admirarte, tengo algo para ti.

Me di la vuelta. Es un guri de Robos y Atracos llamado Harry Fremont. Harry tiene una reputación rancia. Mató a patadas a dos pachucos durante los disturbios de los trajes *zoot*. Chuleaba a putas travestis desde un bar de locas. Estaba mamado a las doce del mediodía.

—¿Sí, Harry?

—Haz algo útil, chaval —dijo Harry—. Hay un asesino de polis en Georgia Street. El jefe Horrall opina que deberías ocuparte tú. Es una oportunidad que no te conviene desperdiciar.

—¿Ocuparme *de qué*? —dije—. El poli al que ese fulano le pegó un tiro no ha muerto.

Harry alzó la vista al techo. Me entregó un llavero. Dijo:

—Es el 4-A-32. Está en la plaza del jefe de guardia. Mira debajo del asiento trasero.

Lo *pillé*. Harry fijó la mirada en la mía. Puso cara de «Ahooora lo pilla». Me guiñó un ojo y se alejó de mí tan campante.

Hice acopio de calma y me quedé quieto. Me impregné de aquella gestalt de turbamulta de linchadores. Atravesé a toda prisa la sala de revista y bajé como un zombi por la escalera. Llegué al garaje.

Busqué la plaza del jefe de guardia. He ahí el 4-A-32. La llave entra en el contacto. El garaje estaba a oscuras. Las cañerías del techo goteaban. Las gotas de agua se teñían de estrafalarios colores y adoptaban formas disparatadas. Pisé el pedal y salí a Spring Street. Conduje *despaaaaaacio*. El atracador estaba en la unidad para presos del hospital. La treta consistía en simular un traslado a la trena. De eso hacía ya cuarenta y tres años. Lo tengo *aún* grabado en cinemascopecado y sonido envolvente. Veo *aún* a los transeúntes por la calle.

Helo ahí. He ahí el Receiving Hospital de Georgia Street. La unidad para presos se encontraba en el lado norte. El pabellón de ciudadanos respetuosos con la ley se encontraba al sur. Un estrecho pasadizo partía en dos el recinto. Entonces caí en la cuenta:

Saben que lo harás. Saben que eres esa clase de tipo.

Busqué bajo el asiento trasero. Saqué los papeles del traslado de Ralph Mitchell Horvath. Agarré un revólver de cañón corto del 32.

Me metí el arma en el bolsillo delantero y agarré los papeles. Bajé del buga. Pasé por el pasadizo y atravesé la puerta de la unidad para presos.

Atendía en recepción un hombre del Departamento de Policía. Señaló a un tipejo esposado a un bajante. El tipejo vestía una chaqueta de solapas anchas sin hombreras y un pantalón caqui de bajos rajados. Lucía una férula en el brazo izquierdo. Estaba podrido de acné y plagado de chancros. Emitía vibraciones de yonqui. Parecía un insolente de tomo y lomo.

El hombre de recepción se deslizó un dedo por la garganta en un gesto de degüello. Le entregué los papeles y desesposó y reesposó al tipejo. El hombre de recepción dijo:

—*Bon voyage*, encanto.

Obligué al tipejo a salir a empujones y le señalé el pasadizo. Me precedió. Yo no me sentía los pies. No me sentía las piernas. El corazón me palpitaba a toda pastilla. Había extraviado las extremidades en algún sitio.

No hay ventanas delatoras. No hay peatones en Georgia Street. No hay testigos.

Saqué el arma del bolsillo y disparé por encima de mi propia cabeza. El retroceso del arma devolvió la vida a mis extremidades. Tenía el pulso a más de doscientas rpm.

El tipejo giró en redondo. Movió los labios. Una palabra salió de él en forma de chillido. Extraje mi revólver reglamentario y le disparé en la boca. Le estallaron los dientes. Se desplomó. Coloqué la pipa exculpatoria en su mano derecha.

Intentó decir «Por favor». Este sueño es una recreación de rutina. Los detalles viran y varían. El «Por favor» siempre sale. Yo estoy vivo. Él no. Esa es la cruel conclusión.

El poli sobrevivió. Sufrió una herida con entrada y salida. Al cabo de una semana volvía a estar de servicio.

Vil venganza. Rabiosamente errónea en retrospectiva. Una quebradura en la cripta de mi alma. Harry Fremont transmitió el mensaje. Freddy O. es legal. El jefe C.B. Horrall me envió una botella de Old Crow. El jurado de acusación lo defenestró al cabo de dos meses. Lo pillaron metido en una red de prostitución. Lo sucedió un jefe provisional.

Ralph Mitchell Horvath. 1918-1949. Ladrón de coches/ Asaltante a mano armada/Exhibicionista. Enganchado a las chaquetas amarillas y el moscatel.

Ralphie dejó viuda y dos hijos. En un arranque de culpabilidad, los indemnicé a golpe de pagos penitenciales. Giros postales. Uno al mes. Firma falsa. Todos anónimos. Fijémonos: Ralphie está muerto y yo no.

Derroteros de la memoria. Soy un guapo galán, allá por el 51. Soy un gastado guiñapo, allá por el 92.

Me refugié en mi chabolo. Allí me quedé hasta el Día del Trabajo. Deambulé por los derroteros y eché últimas miradas a mis seres queridos, mis seres deseados y mis seres perdidos.

Recorrí los álbumes de recortes. Al ver las fotos antiguas, mis engranajes entraron en funcionamiento. Ahí estoy yo con Frank, Dino y Sammy. Partí piernas para ellos. Se avergüenzan y apartan. Hay muchas fotos de mi cama en el viejo chabolo. La llamaba «la Pista de Aterrizaje». Por entonces yo era el Señor de los Tríos. Me lo hacía con azafatas, aspirantes a estrella y actrices consagradas. Liz Taylor y yo nos lo pasamos pipa en numerosas ocasiones con una azafata llamada «Barb». Hay fotos de mi amor perdido, Joi Lansing. Hay una foto de mi amor *verdadero*, Lois Nettleton. Por entonces yo era joven y estaba bien dotado. ¡¡¡¡¡*Aaaayyyy*... maldito sea el dulce misterio de la vida!!!!!

He ahí mi diccionario y mi tesauro. En *Confidential* eran herramientas educativas para los redactores rabiosos. Utilicemos la aliteración y difundamos difamaciones. Los homosexuales son «ceceantes licenciosos». Las lesbianas son «cachas marimachas». Los borrachos son «beodos buscabotellas» y «dipsomaníacos dispépticos». Vulgaricemos y vitalicemos. Engendremos una *enloqueciiida* jerga populista. Hagámosla *pregonaaaaaar* pecaminosamente.

Mis compinches se presentaron el Día del Trabajo. Hicimos hamburguesas y libamos de lo lindo. Se marcharon a las 2.00 h. Un regimiento de enfermeros los agarró y los acarreó hasta sus limusinas. Los andadores anadearon, las botellas de oxígeno se volcaron y rodaron. Aquello me puso los pelos de punta, socios.

Me acomodé y vi una reposición de *Dragnet*. Cuatro de las veces que detuvieron a Jack Webb por conducir bajo los efectos del alcohol, compré al juez ajumado. Me pasé por la piedra a la mujer de Jack, la conocida cantante Julie London. Ella dijo que yo era el mejor y el más grande.

Me papeé una docena de galletas Famous Amos. Había visto el episodio ya antes. El sargento Joe Friday enchironaba a unos hippies hirsutos. Echaba de menos a Jack. Compartimos unas cuantas carcajadas. Estiró la pata en...

Una bomba de hidrógeno cayó en mi corazón. Nubes en forma de hongo me hostigaron. Se metamorfosearon en monstruos. Johnnie Ray, Monty Clift. Políticos pisoteados y actores de cine acosados. Es un calamitoso caleidoscopio de condenación.

Se abalanzaron sobre mí. Pusieron cara de «¡¡¡¡¡J'accuse, j'accuse, j'accuse!!!!!». Me costaba respirar. Me estalló el brazo izquierdo. Pulsé el botón de urgencia médica del teléfono.

Luego unas desconcertantes detonaciones. Son los titulares de terror del *Herald*. EL CACIQUE DEL COTILLEO, EL SEÑOR MIEDO, EL CHAMÁN DEL BOCHORNO. Luego un estruendoso estrépito. Echan la puerta abajo. Una mascarilla me cubre la boca.

Estoy muerto. De ahí el Purgatorio y esta confesión.

EL MUERMO DE LA RONDA A PIE

Centro de Los Ángeles
4/10/52

División Central. Guardia en un día desaborido. Freddy el Frescales ha perdido el norte. Disolví mi banda del 459. Mis mejores hombres se engancharon a la magnífica «H». Los veía decididamente desesperados y propensos a irse del pico. Yo había dilapidado la plata en el juego. Vivía de la triste paga de poli y me hallaba hundido en la depre. William H. Parker ascendió a jefe en el 50. Instauró rigurosas reformas e infiltró en la tropa una cohorte de confidentes para destapar desmanes y desaguisados. Yo conducía un macarramóvil Packard. Lo gané a los dados en el barrio negro. Los pájaros de Parker le fueron con el soplo al justiciero *Jefe*. Fui emplazado e interrogado intensamente. Parker me advirtió que no fuera bolchevique. Dijo: «Tengo mis cuatro ojos puestos en ti».

Aquel día llovió. Menudo monzón. Violentos vientos me vapulearon durante la ronda a pie. Paré en una cabina de teléfono y llamé a la comisaría. El hombre de guardia me dijo que fuera echando leches al 668 de South Olive. Estaban rodando un episodio de *Racket Squad* en el vestíbulo. Necesitaban a un hombre duro para ahuyentar a los cazadores de autógrafos.

Me encaminé hacia allí. Cogí un vigoroso viento de cola y chapoteé a toda mecha por los charcos. Era un edificio destinado a la atención médica. El vestíbulo estaba bien iluminado. Me encontré con una crispada concurrencia, de inmediato.

Luces, cámaras, micrófonos en jirafas. He ahí la *acción*, de buenas a primeras.

Un fulano con orejas de soplillo estaba importunando a una rubia regia. Llevaba unos chinos pinzados y una chaqueta gastada. Ella era escultural, un bombón.

El elenco y el equipo técnico orbitaban en torno a la escena. El orejas de soplillo agarró a la rubia por el brazo y le causó abrasiones. Eso me cargó las gónadas y me encendió las entretelas. Me acerqué a él por detrás. Vio mi sombra y giró en redondo. Le aplané la nariz con la palma de la mano. Le lancé un zurdazo a la laringe. Lo remaché de un rodillazo en las bolas mientras se desplomaba.

La rubia hizo una genuflexión. Me toqué el sombrero. El orejas de soplillo se resguardaba la napia reventada y llamaba a su mamá con un gimoteo. El elenco y el equipo aplaudían.

—Es mi exmarido —dijo la rubia—. No me paga la pensión desde hace tres meses.

Le pateé la cabeza y le cogí la cartera. El orejas de soplillo gimió de nuevo llamando a su mamá. El elenco y el equipo silbaron y zapatearon.

La cartera pesaba lo suyo. Abrí el compartimento de los cuartos y conté bastantes billetes de cien. Se los entregué a la rubia. Se los echó al bolso y echó un dólar al exmaridito. Dijo:

—Por los viejos tiempos. Era bueno en el catre.

Me desternillé. Me llevé la mano al bolsillo y le di una tarjeta. Una sutil *demostración* de clase. Constan mi nombre, mi número de teléfono y «Señor de los Veintitrés Centímetros».

Echó la tarjeta junto con el botín. Un tipo gritó:

—Ahora entras tú, Joi. Escena 16-B.

Ella me guiñó el ojo y se alejó. Esposé al orejas de soplillo con las manos a la espalda y llamé a la comisaría desde un teléfono público. Hollybufo: rodaron la escena mientras el ex seguía esposado y en estado de coma en el suelo.

Salí y me fumé un pitillo. Paró delante un coche de policía y se llevó al ex a Georgia Street. Pensé en Ralph Mitchell Horvath. Un chico me devolvió la tarjeta de visita. Ella había escrito al dorso: «Joi Lansing. 99-63-97. En el Googie's, esta noche a las 20.30».

Vivo en un chabolo de soltero soberbio, a un paso del Strip. Está abarrotado de banderas japonesas y Lugers enmarcadas. Tengo un periscopio en el porche. Espío a las mujeres del barrio y me grabo sus gestalts.

Soy un voyeur. Es algo vampírico. Estudio a la gente. Ansío conocer sus secretos sucios.

En mi dormitorio hay un *enoooooooorme* cuarto ropero. Tengo sesenta trajes de Sy Devore. Los cajones de mi cómoda contienen abundante lencería de encaje. Mis felinas amantes me dejan recuerdos a raudales.

Guardo una carpeta sobre Ralph Mitchell Horvath. Reuní el material en departamentos de policía y penitenciarías de todo el estado. Conozco *todos* los secretos de Ralphie.

Pinchó a un marica mexicano en el reformatorio. Engendró dos hijos cortos de alcances. Chuleó a su mujer para saldar sus deudas de póquer. Afanó barbis a un farmacéutico chino.

Incorporé esa información. Me sirvió para poner distancia con respecto a Ralphie. Mantuve a raya su poder sobre mí. Conoce a tu enemigo. Conozco esa irreligiosa realidad desde la cuna.

Me acicalé bien para Joi Lansing. Me calcé los mocasines de cocodrilo y escondí la fusca en una funda colgada al hombro. Un toque de Lucky Tiger… y un pequeño paseo hasta el lugar de encuentro.

El Googie's era un café restaurante en la esquina de Sunset con Crescent Heights. La estética de la era espacial me puso los pelos de punta. Fluorescentes/tapizados de piel sintética/cromo. Un estiloso enjambre de mangantes del mundo del espectáculo camino del infierno.

Entré. Joi Lansing saltaba de mesa en mesa. Llevaba un vestido demasiado ceñido y una exigua estola de visón con la etiqueta de una casa de empeños prendida. En el tugurio corría el runrún de algo ocurrido en Glendale. Una clienta del Googie's había rodado una escena de amor con Bob Mitchum. Bob el Bribón le metió la lengua. Se fumaron un petardo en el aparcamiento trasero de la RKO. Ella se la mamó en su Ford del 51.

Un murmullo traspasó el tugurio. Yo sabía que un servidor irradiaba *PASMA*. Irrumpí en un reservado y me desabroché la chaqueta. Un moñas mariposeó cerca y echó un ojo a mi pipa. Corrió a reunirse con su grupo, todos de la acera de enfrente, un reservado más allá. Incorporemos *esta* información: el camarero del Cockpit Lounge organizó una subasta de esclavos, solo chicos. Adlai Stevenson se vio involucrado y abochornado. Las locas cacarearon: ¡¡¡ja-ja-ja!!!

Joi se sentó. Señalé la etiqueta de la casa de empeños. La arrancó y la dejó en el cenicero.

—Gracias por la invitación —dije.

—Gracias por el desquite —dijo Joi—. Ese tipo me fracturó la muñeca izquierda el Día de San Patricio del 49.

—Eres muy joven para tener ya un exmarido.

—Sí, y estoy separada del segundo. Iría a Reno para un divorcio exprés, pero igual no servía. Nos casamos en Tijuana, así que el papeleo podría traer complicaciones.

—¿Hay algo que yo pueda hacer?

—Bueno, eres policía.

Encendí un pitillo y le ofrecí el paquete. Joi negó con la cabeza.

—Está en libertad condicional, y pasa grifa desde México. Podrías llamar a Narco. A lo mejor eso serviría.

Negué con la cabeza.

—Dame su dirección. Ya pensaré en algo.

—Vendrá *aquí* a las nueve y media. Ha estado viviendo en un albergue desde que lo puse en la calle, y un cocinero de aquí, el de la fritura, atiende sus llamadas de teléfono. Es técnico maquinista no sindicado. Le colé un mensaje falso después de conocerte. Tú eres un productor de la Fox, y tienes un trabajo que ofrecerle. Te reunirás con él en el aparcamiento.

Me desternillé.

—¿Has dado por supuesto que me prestaría, así sin más?

Joi se desternilló.

—Vamos, Freddy. Ese número que te sacaste de la manga en el centro y lo de «Señor de los Veintitrés Centímetros»... ¿Qué no harías por dinero o por un polvo?

Un mozo de comedor mexicano pasó furtivamente por al lado. Lo agarré de una trabilla del cinturón y lo detuve. Vio mi fusca y le entró el tembleque.

Le aflojé un billete de diez.

—Ve a la cocina y tráeme una bolsa de hierba. Si no cumples, irás camino de Culiacán en el tren de esta noche.

Manuel puso cara de «Sí, sí» y se alejó. Joi se desternilló y me gorroneó un pitillo. Exhalé un anillo de humo a gran altura. Ella exhaló otro a una altura aún mayor. Llegaron al techo y formaron hongos, a lo Hiroshima.

Manuel serpenteó de regreso con la mota. Le dije que se largara. El grupo de la otra acera analizó una nueva perla. Ava Gardner se había tirado a Sinatra. Está liada con un extra bien dotado de Monogram.

—¿Cuál es tu verdadero nombre? —pregunté.

—Joyce Wassmansdorff —dijo Joi.

—Ponme en antecedentes.

—Soy de Salt Lake City. Tengo veinticuatro años. Estudié en la academia de la MGM, y no llegué a ninguna parte.

—Pero ¿ahora eres una joven promesa?

Joi aplastó la colilla.

—He trabajado en seis películas sin salir en los créditos, y en cuatro con reconocimiento en los créditos. He hecho papeles en *Racket Squad* y *Lucha contra el crimen,* y una comedia con Jane Russell.

—Cuéntame algún trapo sucio de Russell.

—¿Qué hay que contar? Es una santurrona, casada con ese *quarterback* de los Rams.

Recorrí el salón con la mirada. La paranoia se apodera de mí, periódicamente. ¿Y ese par de fulanos con el pelo al rape junto al puesto de comida para llevar? Son hombres de Bill Parker. Los había visto en la Central. Eran puritanos de labios prietos en busca de polis corruptos que empapelar.

—Necesitarás dinero para disfrutar de mi compañía —dijo Joi.

Rerrecorrí el salón con la mirada. Activé mi visión radiográfica. Un tipejo al que trinqué por un timo me reconoció y salió por piernas.

—Son las nueve y media —dijo Joi—. Busca a un hombre bajo con un tupé enorme.

Salí al aparcamiento. El del tupé mataba el tiempo junto a un Mercedes del 51. Me acerqué mucho. Atisbó la herramienta en la hombrera y puso cara de «Oh, mierda». Vestía un pantalón de color claro. Se meó por la pata abajo hasta los dobladillos vueltos. Procedí, diplomáticamente.

—No te opongas al divorcio. Yo negociaré los pagos de la pensión. Envíame el cheque directamente a mí. Me quedaré mi parte y entregaré el resto a la señorita Lansing.

El del tupé levantó las manos. Eso quería decir «No me pegue, jefe». En un solo movimiento saqué la bolsa de hierba y le agarré la manaza. Apreté con fuerza y conseguí sus huellas dactilares completas.

Lloviznaba. Señalé hacia la calle. El exmaridito n.º 2 se echó a correr.

—A Hollywood le vendría bien un tipo como tú.

Me di la vuelta. He ahí a la Jovial Joi. Tiene sentido de la oportunidad.

—Querrás decir que Hollywood me vendría bien a mí.

Me besó. Le devolví el beso. Así empezó todo.

Yo tengo sentido de la oportunidad. Cuesta dinero, lucero. Atraqué una casa de apuestas al cabo de dos días.

Una máscara de Hitler me cubría el rostro. Entré con una bolsa de colmado vacía y salí con cuatro de los grandes. Repartí el botín a medias con Joi. Financié mis negocios con el resto. Un farmacéutico de Beverly Hills me proporcionó una pila de píldoras que colocar. Harry Fremont me vendió ocho fuscas de lo más frías. Joi reclutó a un médico especialista en raspados. Le dije que empezaría a buscar buenas chicas en apuros. Armas/droga/un galeno granuja. Mi novia como cauce hacia una coruscante cultura de la corrupción.

Joi llegó a Hollywood en el 42. Tenía catorce años. Se matriculó en la academia de la MGM y conoció a Todo el Mundo. Era intensamente inmoral y estaba condenadamente conectada. Lo sabía Todo. Era una guía Baedeker en forma de chica. Conocía a camareros, mozos de comedor, botones, busconas, bribones y directores de reparto. Conocía a pornógrafos, púsheres y proxenetas. Conocía a multitud de pendones en apuros. Se había propuesto coronarme Rey de la Extorsión. Joi untó la palma de la mano a todo Hollybufo con mis donativos. Docenas de desvergonzados delincuentes aceptaban mi generosidad. Comprábamos trapos sucios aptos para el crudo y burdo chantaje.

Yo trabajaba en el Departamento de Policía de Los Ángeles. Me busqué un bolo para el tiempo libre. Ahora era el jefe de seguridad del Hollywood Ranch Market. Se trataba un establecimiento licenciosamente legendario y abría toda la noche. Trincaba a mecheras y falsificadores de cheques. Vivía conforme a mis medios y nunca daba a los gorilas de Bill Parker un pretexto para atraparme. Llevaba a Joi al Ciro's y al Mocambo. Veía allí a polis de la Brigada de Inteligencia que observaban el ambiente. Los acogía como un hermano. Pregonaba a bombo y platillo mis grandes noches, financiadas mediante grandes días en el hipódromo.

Vendía armas. Vendía pastillas. Mediaba en abortos. Difundí una película porno titulada *El zoo de Mae West*. La convivencia en pareja estaba prohibida para los hombres del Departamento de Policía de Los Ángeles. Joi y yo manteníamos nuestras citas en el chabolo de su madre en Redondo. Ella dijo que la voz corría y se metastatizaba: Freddy O. es el Hombre a Quien Hay que Acudir.

Los bolos se sucedieron. Aporreé a un pervertido que le enseñó el nabo a la mujer de Duke Wayne. Duke me pagó cinco de cien y me contó los últimos chismes sobre el Hollywood Rojo. Dino Martin me llamó. Dejó preñada a su criada y los trillizos estaban a punto de romper el cascarón. Soborné a un poli de aduanas y conseguí que deportaran a Dolores la Dolorosa. Dino me pagó dos de los grandes y me transmitió los trapos sucios sobre una sorprendente sucesión de starlets. Estas campeaban en mi cama y me traían trapos sucios a cambio de una iguala. ¿Quieres billetes de cien y ardientes achuchones en el heno? Llama al Señor de los Veintitrés Centímetros.

Le facilité un raspado a Lana Turner. Se cepilló a un saxofón alto llamado Art Pepper en un arrebato de abandono bebop. El panoli de Pepper quería que el niño naciera y la amenazó con revelarlo. Coloqué dos canutos en el estuche de su saxo y di el soplo a la pasma. Le cayeron nueve meses en el penal de Wayside.

Joi conocía a unas cuantas amas de casa con clase en Hancock Park. Eran insoportablemente insustanciales y vivían asentadas en el aburrimiento. Necesitaban follar furtivamente. Joi vio dinero en eso. Añadamos «macarra» a mi currículum. A partir de ahora formo parte de la Patrulla de Sementales.

La oportunidad es amor. Ese conciso concepto azotó mi alma en apogeo.

Joi dijo que Liberace tenía un trabajo para mí. Estábamos en el catre en casa de su madre. Sus ojos resplandecían y se arremolinaban en torno a mí de una manera totalmente nueva. Dibujaba el signo del dólar en el aire.

El momento vibra en VistaVision y supersónico Pompa-Mascope. Un piano enlaza un nocturno y palpita con una polonesa.

POMPA Y POSTÍN EN EL CHABOLO DE LIBERACE

Coldwater Canyon
29/4/53

Me recibió un afectado factótum. El jardín era de temática tropical y del tamaño de un campo de fútbol.

Unos flamencos flotaban en el aire. Unos tucanes transitaban por allí y devoraban bichos. Un camino cruzaba entre frondas de tres metros de altura y explosiones florales. Todo era verde, morado y rosa.

Llegamos a un claro. El pavimento era de losas con claves musicales grabadas. La piscina tenía forma de piano. Liberace estaba sentado en una hamaca. Un leopardo con un collar de visón dormitaba a sus pies.

El factótum se marchó, muy ufano. Acerqué una hamaca. El leopardo despertó y me gruñó. Le rasqué el cuello y le besé el hocico. Volvió a dormirse.

—Es usted un temerario —dijo Liberace—. Es la clase de hombre que necesito.

—Estoy aquí para sacarlo de su aprieto, caballero. Me ha dicho Joi que cierto hombre anda molestándolo.

El factótum regresó con unos cócteles, muy ufano. Dos vasos altos despedían un resplandor rosado. El tipo nos sirvió y se esfumó. Mi copa sabía a chicle radiactivo.

—Arriba, abajo, al centro y adentro —dijo Liberace.

Solté una risotada.

—Cierto chico le está dando la lata, ¿no? Pague, o lo delatará a la Legión de la Decencia. Todos esos mafiosos italianos que acuden a su espectáculo en Las Vegas se darán el piro. Su programa de televisión se cancelará si corre la voz de que es usted de la otra acera.

Liberace dejó escapar un suspiro.

—Inimitablemente sincero, y tan, tan cierto. El chico en cuestión es un friegaplatos del Perino's. ¿En qué estaría yo pensando?

Tomé un sorbo de mi bebida rosa.

—¿Fotos?

—Por supuesto, querido mío. Me llevó a la habitación de un motel donde había una mirilla en la pared.

Un altavoz de alta fidelidad crepitó y se puso en marcha. Judy Garland entonó a grito limpio: «Someday he'll come along / The man I love». El leopardo se ladeó y se lamió las bolas. Liberace le habló en gorgoritos.

—Cinco mil, caballero. Recibirá las fotos y los negativos, junto con mi garantía de que no volverá a ocurrir.

Liberace hizo un mohín. Hinchó el pecho. Varias lentejuelas se desprendieron de su toga. El leopardo se acercó a la piscina con un lento trote y encorvó el culo por encima del borde. Echó una cagada descomunal.

El factótum corrió hacia él. Esgrimía un artilugio recogedor de bosta. Liberace metió la mano debajo de su hamaca y sacó un álbum de recortes.

—Los exreclusos son una debilidad mía, lamento decir. Tengo la foto de la ficha policial de ese muchacho, y las de otras de mis conquistas entre chaperos. Es mi nuevo pasatiempo. Pego fotos cuando no estoy cautivando a mis admiradores o practicando Chopin.

Cogí el álbum y lo hojeé. Era una puta magnetita de moñas. Conté veintiséis vaqueros de la vaselina que lucían carteles colgados del cuello. Nombres/fechas/números del código penal. Un soez surtido de masculinidad maligna. Violaciones de la libertad condicional y detenciones por prostitución a tutiplén.

Liberace hincó el dedo en la foto de un tal Manolo Sanchez. El tipo emitía vibraciones de pérfido peso gallo.

—Me partió el corazón, y su malévola hermana lesbi tomó las instantáneas. Trátelo con toda la severidad que considere oportuna.

Asentí y pasé la hoja. Destacaban en la página tres muchachos de lúgubre glamur. Ward Wardell, Race Rockwell, Donkey Don Eversall. Fichados todos por posesión de pornografía. Señalé las fotos.

—Actores de pelis guarras, ¿no? Aparte hacen chapas. Ves la peli, te entra el anhelo, haces una llamada.

—Correcto. Fui a una proyección en casa de Michael Wilding y Liz Taylor. Michael proyectó *Lujuria en el vestuario* y *Pasión en el presidio,* y me derivó a ellos.

«Derivó», la expresión me hizo gracia.

—¿Podrían estos tipos empalmarse con una mujer?

Liberace lanzó una exclamación.

—Podrían, pueden, y lo *hacen*, encanto. Y Donkey Don es la octava maravilla del mundo, no sé si me explico.

Sentí un cosquilleo. Pensé «Ganancias». Vi signos de dólar y un desfile de estrellas de cine en mi Pista de Aterrizaje.

—¿Así que Michael Wilding es un caballero gay?

—Por los cuatro costados, amor mío. Su casa se conoce como «Cazamariposas», lo cual perturba infinitamente a la adorable Liz.

Solté una risotada.

—¿Y Liz quiere el divorcio, para poder pasar a su siguiente marido y batir el récord mundial de todos los tiempos?

Liberace se dio una palmada en las rodillas.

—Sí, y en ese apartado le lleva ventaja a la novia de usted.

Me hice crujir los nudillos. Liberace entró en éxtasis. Casi se corrió de gusto en los vaqueros.

—Dígale a Liz que se reúna conmigo en el hotel Beverly Hills, mañana por la noche. Facilítele mi currículum.

Liberace reentró en éxtasis. El leopardo gruñó y un tucán se escabulló a lo alto de un árbol.

El Perino's era un local de postín y clientela rica de toda la vida. Servía a individuos infecundos y a viudas venadas. Me acerqué por allí a la hora del cierre y aparqué junto a la puerta trasera de la cocina. Estaba abierta de par en par. El sinvergüenza Sanchez restregaba cazuelas.

Bajé de mi buga y me coloqué en cuclillas. Realicé el reconocimiento. Avisté una hilera de taquillas junto a una cámara frigorífica. Tenía solo al salaz Sanchez.

Con movimientos de mambo se encaminó hacia su taquilla y allí se emperifolló. Un espejo agrandó su jeta y me la mostró. Entorné los ojos y guipé un primer plano. *Aaaaaaah*: el estante superior de la taquilla. Hay una pila de fundas de fotos.

Se mondó los dientes. Se estrujó espinillas. Se quitó la cera de las orejas. Entré y me acerqué sigilosamente por detrás. Saqué la porra plana. Se le erizó el vello de la nuca. Giró en redondo y sacó un pincho.

Estocada: la hoja rajó mi chaqueta de Sy Devore. Gritó «mierda» *en español*. Su voz ascendió en la escala musical hasta el registro «tu madre».

Hizo una pirueta y adoptó una posición de defensa. Nos enzarzamos en una pelea a cuchilladas cuerpo a cuerpo. A riesgo de recibir un navajazo, le lancé un gancho a la cabeza. La porra le pegó, de pleno.

Las costuras le desgarraron el rostro. El extremo le desprendió una ceja y le reventó la nariz. Soltó el cuchillo. Lo aparté con el pie. Lo agarré por el cuello y ahogué el grito que salía de su garganta. La freidora estaba a poco más de un metro. Escupía la grasa caliente de unas patatas a la lionesa.

Lo arrastré hacia allí. Le hundí en la grasa la mano con la que había empuñado el cuchillo y se la freí. Gritó. Le mantuve la mano en la grasa y se la quemé hasta el hueso. Se me manchó la camisa de London Shop con los salpicones.

Le solté la mano. Me acerqué a la taquilla y agarré las fundas de las fotos. Las examiné.

Aaayyy, socios. He ahí a Liberace en pleno griego: fotos en Kodacolor y negativos.

Sanchez chilló y cruzó a todo correr la cocina. Derribó un escurreplatos y dio espasmódicas palmadas a las paredes. Tenía la mano abrasada y crujiente. Escaparon escamas de carne.

La noche era joven. Tenía cinco mil más y estaba blasfemamente borracho de sangre y agresividad. Una revelación irrumpió en mí. Supe que podía cazar mis propias mariposas. Me guardé en el bolsillo dos negativos de Liberace.

Llamé a Archivos e Identificación. Me impartieron la información sobre la troica del cine porno. Los chicos compartían un chabolo en Silver Lake. Además de la inclinación por el sexo sucio y la sedición. *Semper fidelis*: se conocieron en el Cuerpo de Marines y se traían sus tejemanejes en un bar de sado de San Diego. Vendían tarjetas verdes falsas. Trapicheaban con mosca española. Llevaban a grupos del Rotary Club a Tijuana para ver el número de la mula. Vendían consoladores a imitación del badajo de cuarenta centímetros de Donkey Don.

Se hundieron en la mierda en el 50. Vendieron mosca española a una ninfo nerviosa y le prometieron una cita con Donkey Don. El Gran Donk faltó a su palabra. La ninfa se empaló en el cambio de marchas de un Buick del 46. El Departamento de Policía de San Diego lo declaró Agresión con Intención Criminal. El juez desestimó el caso. He aquí un rumor retorcido: el juez era cliente asiduo de Race Rockwell.

Me dejé caer en su chabolo. Era una casa de madera maltrecha, envuelta en buganvillas. Llamé al timbre a las 23.00 h. y no recibí respuesta. Abrí la puerta con una ganzúa y entré por mi cuenta. Avancé sigilosamente linterna por delante e inventarié sus bártulos.

Los chicos poseían brazaletes nazis/novelas de Micky Spillane/uniformes de Marine con insignias. Además de *mucho* equipo cinematográfico. Además de revistas de chicas que se remontaban al año 36. Además de fotos de recuerdo del Klub Satán, Tijuana, Año Nuevo del 48. El Burro luce unas lindas orejas rojas de demonio.

Salí al porche. Fumé un pitillo tras otro y chupé de la petaca. Reconocí los galones de sus uniformes. Los chicos saquearon Saipán e invadieron Guadalcanal.

Bebí bourbon añejo. Me puse un poco a tono. A la 1.00 h. se acercó una carraca. Los chicos se apearon y se dirigieron hacia la puerta.

Exhibí mi placa y la iluminé con la linterna. Era una noche negra. No podía captar su capitulación. Llamémoslo golpe de estado sosegado. Ahora el perro dominante dirige la manada.

—Me llamo Otash. Vais a trabajar conmigo.

Extorsionista. Emprendedor. Esbirro de la ley y el orden con iniciativa. Canturreé esa cantinela mientras me relamía por Liz.

Me medio amoné con los muchachos y les resumí las reglas. Yo me llevo el veinte por ciento de vuestro negocio del porno. Vosotros recibís protección policial. Ahora sois el núcleo nefando del establo de sementales de Freddy O. Preparaos para servir el solomillo a unas cuantas amas de casa en celo.

Donkey Don me pasó un puñado de benzis. Afronté como si nada mi guardia de día en el centro. Puse fin a una pelea a puñetazos en la Jesus Saves Mission. Perseguí a una patulea de agitadores rojos hasta echarlos de Pershing Square. Eché el guante a un exhibicionista frente al Mayan Theater. Trinqué a un psicópata que amenazaba con un soplete a dos tortolitos en un Ford del 49.

Mi turno de guardia terminó. Fui al edificio de los juzgados penales y me documenté sobre la ley del divorcio. Reservé un bungalow en el hotel Beverly Hills y gorroneé un refrigerio a los comerciantes locales. Lou's Liquor Locker suministró el champán. Hank's Hofbrau facilitó los fiambres. La entrega rápida estaba garantizada.

Visité brevemente mi chabolo. Me cambié la indumentaria de poli por un selecto traje de raya diplomática. Oh *sí*: ¡¡¡¡Es el ardiente arribista listo para lanzarse!!!!

El bungalow era espacioso, regio, recargado, de relumbrón. El botones hizo ejem al ver mis entremeses de jamón y queso. Alzó la vista al cielo y se abrió. Yo me paseé y fumé hasta quedarme ronco. El timbre sonó a las 20.00 h. en punto.

Hela ahí: Elizabeth Taylor a los veintiuno.

Se detuvo en el umbral de la puerta. Farfullé en busca de un tema de conversación. Llevaba un ajustado vestido blanco. Este acariciaba sus curvas y se encaramaba a su escote. Dijo:

—Si me muevo demasiado deprisa, se me soltará una costura. Ayúdame a llegar a ese sofá.

La cogí de un codo y la guie. Me tembló la mano, me trinó el corazón. La senté y le serví dos copas de bebida nacional del 53. Nos acomodamos en el sofá y ofrecimos brindis.

Liz levantó el brazo. Una costura del vestido se le descosió hasta el dobladillo. Dijo:

—Mierda. No *debería* habérmelo puesto. Eres solo el perdiguero que ha de conseguirme el divorcio.

Solté una risotada. Liz dijo:

—No te cases conmigo, ¿vale? No puedo seguir por este camino el resto de mi vida.

—¿Tengo alguna posibilidad?

—Más de las que tú te piensas. Los herederos de dueños de hoteles y los actores maricas no me han dado buen resultado, así que ¿quién sabe si no me iría mejor con un poli?

Sonreí. Tomé un sorbo de champán. Liz agarró una loncha de jamón y se la jaló. Su vil vestido blanco la oprimía. Se la veía quejumbrosa, corriente y casta.

Le bajé la cremallera de la espalda. Habilité cierta holgura y expandí el espacio para respirar. Liz dejó escapar un suspiro: *Aaaaah*, qué gusto.

Los tirantes se desprendieron de los hombros y se deslizaron por los brazos. Liz no se inmutó. Nuestras rodillas se rozaron. Liz no eludió el contacto.

—¿Cómo me libro de Michael? No puedo aducir crueldad mental, porque es un encanto, y no quiero hacerle daño. Sé que, para demandar, hay que alegar un motivo justo.

Le rellené la copa.

—Pondré micros en vuestra casa. Tú emborracha a Wilding e indúcelo a reconocer que se tira a chicos. Yo expongo la amenaza de manera civilizada, y él accede al divorcio sin oposición.

Liz exhibió una sonrisa radiante.

—¿Es así de *fácil*?

—Todos somos gente civilizada. Probablemente tú ganas más que él, pero él es mayor, y tiene propiedades sustanciosas. Negocias el reparto de bienes y la pensión desde esa perspectiva.

—¿Y cuál es tu compensación?

—Yo me quedo el diez por ciento de tus pagos en concepto de pensión, a perpetuidad. Me tienes presente y me remites a personas que pudieran requerir mis servicios.

Liz se recostó en los cojines del sofá. El vestido cayó por debajo del sujetador. Nuestras miradas se trabaron. El resto de la habitación se volatilizó.

—¿Y cómo he de tenerte presente? Son muchos los que compiten por mi atención.

—Haré lo que esté a mi alcance para que esta sea una velada memorable.

Procedimos con torpeza y ternura. Mi anterior colofón dio paso al primer beso. Liz se sentía victimizada y vencida por un atuendo demasiado ajustado. Con un encogimiento de hombros se desprendió del vestido. Este resbaló hasta su cintura.

La llevé en brazos al dormitorio. Al levantarla, se me saltaron algunos botones de la camisa. Volaron al otro extremo del salón. Nos desternillamos. Yo oía la radio del bungalow contiguo. Rosemary Clooney cantaba: «Hey there, you with the stars in your eyes».

Nos desnudamos. Estábamos como trenes, teníamos tipazos estratosféricos, y tirábamos a rompehogares. Éramos lo mejor de lo mejor en aquel Los Ángeles del año 53.

Hicimos el amor toda la noche. Bebimos champán acompañado de chupitos de Drambuie. Fumamos pitillos y desgranamos chismes. Nos pusimos albornoces y subimos a la azotea del bungalow al amanecer.

Había programada una prueba nuclear en un rincón perdido de Nevada. La prensa presagiaba unos fuegos artificiales impresionantes. Los huéspedes de otros bungalows estaban también en sus azoteas. He ahí a Bob Mitchum y una titi muy joven con tembleque. He ahí a Marilyn Monroe y Lee Strasberg. He ahí a Ingrid Bergman y Roberto Rossellini. Se los ve a todos encelados y *felices*. Están todos provistos de botellas para el brindis.

Se desternillaban y saludaban con las manos. Mitchum tenía una radio portátil y sintonizó la cuenta atrás. Oí interferencias y «... ocho, siete, seis, cinco, cuatro, tres, dos, uno».

El mundo hizo ZUM. La tierra tembló. El cielo se iluminó de malva y rosa. Levantamos nuestras botellas de bebida y aplaudimos. Los colores se descompusieron en intensa luz blanca.

Rodeaba con el brazo a Elizabeth Taylor. Miraba a Ingrid Bergman a los ojos.

Los Ángeles año 53 fue mi zona cero. La onda expansiva de esa explosión todavía me recorre.

Entonces había esmog en el aire. La gente tosía y respiraba entrecortadamente. *Yo* ni me daba cuenta. Me *forjé* en el momento de la explosión. Mi Los Ángeles fue siempre malva y rosa.

Trabajaba para el Departamento de Policía. Hacía mi ronda a pie por el centro. Desalojé rojos durante los disturbios de «¡Dejad en libertad a los Rosenberg!». En Pershing Square pillé a pervertidos, trinqué a tironeros y cogí a carteristas. Mi negocio del cine porno me brindaba un buen botín. Donkey Don Eversall prestaba su pitón por todo Hancock Park. Joi organizaba la agenda de Donkey Don. Quedaba en cafés con amas de casa calenturientas y programaba las citas. Liberace me hizo partícipe de algunos chismes de chicas. Liz Taylor y Michael Wilding recorrieron el camino del divorcio. Yo me embolsé el diez por ciento de la pensión de Liz. Joi, Liz y yo esquiamos a trío en mi Pista de Aterrizaje. Liz conocía a una azafata de Pan Am que se llamaba Barb Bonvillain. Hacía la ruta Los Ángeles-Ciudad de México y tenía a medio Hollywood enganchado al Dilaudid y a los supositorios de morfina. Barb la Bicho alcanzaba el uno noventa, pasaba de ochenta kilos, y sus medidas eran 100-60-90. Quedó en buena posición en decatlón femenino, Helsinki, año 52. Los cuatro entrelazábamos las entrepiernas. La Pista de Aterrizaje se sacudía. Nos cargamos el colchón y hundimos el somier hasta el suelo.

Los Ángeles, año 53: *¡¡¡¡ring-a-ding-ding!!!!*

Joi y yo nos dejábamos caer por el Crescendo y el Largo casi todas las noches. Las camareras me proporcionaban cotilleos calumniosos. Yo les daba propinas, pingües. Eso me devolvió a mis tiempos de joven voyeur, rabiosamente revividos.

Se adueñó de mí una frustración fragmentadora. *Disponía* de los trapos sucios. Para llevar el plan de extorsión a la práctica necesitaría una caterva de cómplices y fotógrafos faltos de escrúpulos. Me devané los sesos. Me di de cabezazos contra el muro de lacerante ladrillo del desconocimiento. La extorsión como dilema existencial. Un enmarañado enigma digno de aquellos filósofos franceses.

Mi vida de poli no podía competir con mi vida a lo grande. Era un agente doble comparable a aquel comunista, Alger Hiss. Liz Taylor me llevaba en coche a la Comisaría Central y firmaba autógrafos para los uniformados. Yo sabía que eso se filtraría hasta el jefe William H. Parker. Me salía del alma un *ANDA Y QUE TE JODAN*, con el dedo en alto.

Ralph Mitchell Horvath me obsesionaba. Las pesadillas me perseguían en cuanto me sumía en el sueño. Joi y Liz me cuidaban con chaquetas amarillas y alpiste. Mi mantra a la hora de acostarme era *Ese hombre merecía morir.* La sola idea era una majadería monumental. No podía convencerme de que fuera verdad.

Pasaba noches nucleares en el Hollywood Ranch Market. Mi despacho tenía un espejo polarizado y desde allí veía los pasillos. Vigilaba en busca de rateros y contemplaba el desfile de descarriados.

Su patetismo me pulverizaba. Actores de poca monta comprando pan rancio y botellines de moscatel. Drag queens de metro noventa comprando medias de nailon extralargas. Adictos al jarabe para la tos leyendo las etiquetas para conocer el contenido en codeína. Adolescentes llevándose furtivamente revistas de chicas al váter para pelársela.

Observaba. Escrutaba. Me perdía yo mismo entre los perdedores. Un fantasma falto de luces iba y venía con ellos.

Rondaba los veintitrés años. Vestía cazadoras al desgaire y usaba pitillos a modo de atrezo. Recorría como una exhalación los pasillos a las tres de la madrugada. Siempre parecía en éxtasis. Hablaba con la gente. Cultivaba a la gente. Estudiaba a la gente tal como yo espiaba por las ventanas de niño. Una vez lo vi en la acera. Tocaba los bongos para una panda de chaperos y yonquis. Una chica lo llamó «Jimmy».

El muy capullo aparecía de manera intermitente. Lo tomé por un actor que vivía de calderilla y de reinonas entradas en años. Lo vi besar a una chica junto al estante del pan. Lo vi besar a un chico en el pasillo de las sopas. Se movía con un garbo misterioso. No era *ni* amanerado *ni* masculino. Vivía en un estado de exaltación.

Lo vi afanar un cartón de Pall Mall. Lo arrinconé, lo esposé y lo llevé arriba a rastras. Se llamaba James Dean. Era de un rincón perdido de Indiana. Era actor, bohemio y a saber qué más. Dijo que el tabaco Pall Mall era un código entre maricas. El *In hoc signo vinces* del paquete significaba: «Con este signo vencerás». Las reinonas enseñaban su Pall Mall y se identificaban mutuamente. Para mí toda esa mierda era nueva.

Dejé ir a Jimmy. Empezamos a vernos en el despacho. Le pegábamos al prive, observábamos la tienda y rajábamos sobre los humanoides. Jimmy frecuentaba los bares de amantes del cuero de East Hollywood. Largaba sobre traficas y zorronas famosas, y llenó todo un apartado de mi cesta de trapos sucios. Le hablé de mis negocios en el cine porno y la prostitución masculina. Le prometí una cita con Donkey Don Eversall a cambio de trapos sucios candentes.

Caíamos en ratos de silencio. Yo escudriñaba la tienda. Jimmy leía revistas de cotilleo.

Empezaban a aparecer por aquellos tiempos. *Peep, Transom, Whisper, Tattle, Lowdown.* Contenido curioso. Un estilo escabroso malogrado por la moderación. Insinuaciones insípidas que le abrían a uno el apetito de *más*.

Los políticos eran tachados de rojos, pero nunca más allá de la indirecta. A Jimmy le encantaban esas revistas pero las criticaba cruelmente. Sostenía que no eran suficientemente sórdidas ni precisas en su prosa. Las llamaba «textos de tímidos soplones». Dijo: «Tú tienes mejores chismes que esos, Freddy. Con una noche en el Cockpit Lounge, podría sacarte material para tres números».

Dobló una campana. Era un sonido débil y lejano. La memoria es retrospección revisada. Ah, *sí*: el destino dio conmigo aquella noche.

Un repartidor de periódicos entró en la tienda con un carromato rojo. Estaba a rebosar de revistas. Empezó a llenar los estantes.

Una cubierta captó mi atención. En ella clamaban priápicos colores primarios y tremebundos titulares.

Ya os hacéis idea. La revista se llamaba *Confidential*.

14/8/53

Joi me despertó. Yo apartaba de mí una pesadilla. Era un de-
solador doble descenso. Ralph Mitchell Horvath, con un tiro
en la boca/Manolo Sanchez, con garras esqueléticas.

Miré al otro lado de la cama. *Mierda*: Liz se había ido.

Joi me leyó el pensamiento.

—Tenía ensayo temprano. Me ha pedido que te recuerde
que Arthur Crowley quiere esa cita telefónica.

Encendí un pitillo. Tomé unas benzis seguidas de Old Crow.
¡¡¡¡*Aaaaaah, el desayuno de los campeones!!!!*

—Refréscame la memoria. ¿Quién es Arthur Crowley?

—Es ese abogado especialista en divorcios que necesita tu
ayuda.

—Lo llamaré luego, cuando acabe mi turno —dije.

Joi se enfundó una falda y se calzó los zapatos. Se vestía tan
deprisa como la mayoría de los hombres.

—No más chicas por un tiempo, ¿vale, Freddy? Liz es estu-
penda, pero Barb es como Helga, la Loba de las SS. La verdad,
el numerito del brazalete y el liguero... en fin, ¿qué quieres
que te diga? Eso, y que para colmo acapara toda la cama.

Me reí ruidosa y lujuriosamente. Un estado alerta se apoderó de mí. Anuló mis sombríos sueños y mis toscas telarañas.
Finales del verano en Los Ángeles: ¡¡¡¡*ring-a-ding-ding!!!!*

Joi me besó y abandonó el bungalow. Cagué, me duché,
me afeité y me puse el uniforme.

Sonó el teléfono. Lo cogí. Un hombre dijo:

–Señor Otash, le habla Arthur Crowley.

Me pulimenté la placa con la corbata. Un espejo ejercía en mí el efecto de un imán. ¡¡¡¡Madre mía de la misericordia, que guapo estoy!!!!

–Encantado, señor Crowley.

–Caballero, no me andaré con rodeos –dijo Crowley–. Estoy hasta el cuello de maridos y esposas cabreados que pretenden desvalijarse mutuamente. Las leyes cambian sin parar y los jueces de los tribunales de familia exigen mayores pruebas de adulterio. Liz Taylor me ha dicho que tal vez tenga usted algunas ideas.

Encendí un pitillo. La bencedrina avanzó por mis arterias y avivó mi vigor.

–*Sí* tengo ideas. Si tiene usted unos escrúpulos flexibles, creo que podremos colaborar.

Crowley se desternilló.

–Le escucho.

–Conozco a unos cuantos marines acuartelados en Camp Pendleton. Fui su instructor en los años 43 y 44, y ahora han vuelto de Corea y buscan diversión. Es un cúmulo de cosas. Coches deportivos, cómplices apuestos, walkie-talkies, cabinas de teléfono, y cámaras Speed Graphic.

Crowley se rio a carcajadas.

–*Semper fidelis*, caballero. En mi opinión, es usted un hombre de fiar.

–*Semper fidelis*, jefe. Precisaremos los detalles cuando le venga bien, y yo reuniré a mis chicos.

–¿Y entretanto? ¿Necesita *usted* algo?

La bencedrina estimulaba la entrepierna. Una cosa sí acudió a mi cabeza.

–Esta noche tengo dos carriles vacíos en mi Pista de Aterrizaje. Liz me dijo que está usted familiarizado con el concepto.

Vibraron voces fuera del bungalow. Sonaban a muy macho y desvergonzadamente descorteses. Oí toses y roce de pies.

—Liz me explicó el concepto, para que estuviera preparado cuando lo llamara —dijo Crowley—. Le enviaré a dos taquimecas.

—Señor Crowley, es usted el no va más.

—Caballero, el ladrón conoce a los de su condición.

Colgamos. Las voces vibraron. Me llegaron sonidos de llave en cerradura. Entré en el salón. De pronto la puerta se abrió de par en par.

Es William H. Parker.

Con dos guris de paisano. Los dos de uno noventa. Vivían para infligir daño. Son mastines con la misión de acometer por orden de su amo.

—*Nunca preguntes por quién doblan las campanas...*

Me desprendí la placa y se la lancé a Parker. Le alcanzó en el pecho y cayó al suelo. Los mastines se movieron. Parker puso cara de *Atrás*. Los mastines escarbaron con las patas en la moqueta y emitieron gruñidos *graaaaveeees*.

Me desabroché el cinto con el arma y lo dejé caer en una silla. Reclamé un poco de calma. Freddy el Freón, el Hechicero de la Extorsión.

—Adelante, Bill. Tengo apaños, vivo por encima de mis medios, me aparto de las normas aquí y allá. Mi cabeza está en el tajo, chaval. Guillotíname.

Los mastines esbozaron sonrisas de suficiencia. Parker el Pío esbozó una mueca.

—Actualmente mantienes una relación íntima con una azafata de Pan American llamada Barbara Jane Bonvillain, ahora bajo custodia federal por posesión de narcóticos obtenidos en México. Debo informarte de que la descomunal señorita Bonvillain es una agente comunista y una emisaria personal del mariscal Tito, el capo rojo de Yugoslavia. Como si no bastara con eso, la señorita Bonvillain es en realidad un hombre. Se sometió a una operación de cambio de sexo en Malmö, Suecia, a finales de 1951, antes de sus estelares esfuerzos para encarnar a una mujer en los Juegos Olímpicos del 52. Has follado con un hombre, Freddy. Eres un homo. Fuera de mi cuerpo de policía.

Eres un homo.
Eres un homo.
Has follado con un hombre.
Has follado con un hombre.
Eres un homo, eres un homo, eres un homo.
Bebí hasta entrar en un estado de estupor. Me desmayé en el suelo. Tuve trato íntimo con los insectos que habitaban en la moqueta. Eran cacos coprófagos. Eran mis cochinos compañeros de viaje, peores que los piojos.
Eres un homo, eres un homo, eres un homo.
Bebí, me desmayé, desperté. Quedé cara a cara ante un enorme escarabajo. Hablamos de la metafísica del hombre y el bicho. Estaba imbuido de los estremecimientos de emoción de Camus, ese friki franchute.

El escarabajo dijo que la vida era un horroroso cúmulo de casualidades y que el destino nos jodía a todos. Los bichos estaban biológicamente concebidos para vivir de larvas y hojas. Los hombres se hundían en la lasciva lujuria y se tropezaban con travestis en la cama. *No sabías que ella era un él. Echa mano de tu alijo de benzis y busca la manera de salir de este muermo.*

Obedecí al escarabajo. La bencedrina subía las revoluciones más que el alpiste. Hablé de chorradas con el escarabajo durante horas. Nos pusimos antena con antena en el suelo.

Telefoneé a Abe Adelman del Departamento de Licencias del Estado. Le prometí dos de los grandes por un pase de entrada para el oficio de detective, ipso facto. Me despedí del escarabajo y me degradé a mi ropa de paisano. Cogí el coche y fui derecho al Hollywood Ranch Market.

Los Ángeles parecía Pompeya, posterremoto. El sol del verano sobrevolaba el cielo y esparcía rayos mortales. Los él eran ellas y las ellas eran él y las chicas más guapas eran gárgolas. Llegué a la tienda y subí corriendo a mi despacho. Jimmy hojeaba el *Lowdown* de agosto.

—Te noto alterado, Freddy —dijo.

—He estado hablando con un bicho —dije.

—¿Qué te ha contado?

—Unas gilipolleces que ni te las creerías.

—Me las creería. En eso se basa nuestra amistad. Nos contamos mutuamente gilipolleces que el resto del mundo no se creería.

Sonreí.

—Cuéntame algo típico. Me he llevado un sobresalto. Necesito volver a sentir el suelo bajo los pies.

—El camarero del Manhole mueve caballo —dijo Jimmy.

—Me lo archivo por si llego a necesitarlo —dije.

—Tengo una foto de Marlon Brandon con una polla en la boca —dijo Jimmy.

—Te daré un billete de cien.

Jimmy me pasó el Old Crow. Le di un tiento y sentí el suelo bajo los pies.

—¿Qué tal tu cita con Donkey Don?

Jimmy separó las manos a una distancia de más de medio metro. Jimmy dijo:

—Uf.

Solté una carcajada. Nos pasamos y volvimos a pasar la botella. Jimmy encendió un Pall Mall.

—Voy a presentarme a un papel en *General Electric Theater*, pero seguramente se lo darán a ese otro tipejo, un tal Paul Newman.

—Le endilgaré una bolsa de hierba y le meteré miedo. Te darán el bolo.

—Gracias, Freddy.

Pensé en el bicho parlante. Observé los pasillos. Sentí que el sino me sonreía de nuevo.

—Tengo un sinfín de excelentes trapos sucios, pero no sé dónde colocarlos. Joder, esto me está volviendo loco.

Semper fidelis.

Reuní a mi cuadrilla de exmarines. Mis chicos porno-prostis procedieron priápicamente a paso ligero. Mis compinches de Camp Pendleton vinieron a Los Ángeles y se incorporaron a la Operación Divorcio. Los dos equipos se combinaron. Tenía seis psicópatas declarados, en espera de mis órdenes. Mis perros de pelea de Pendleton estaban sedientos de sangre después de cargarse comunistas a carretadas en Corea. Andaban buscando diversión desmadrada y requerían tensos tirones de orejas. Nuestros pardillos eran esposas y maridos adúlteros. Donkey Don atraía a las señoras a meublés e incitaba a la inserción. Los fogonazos de los flashes fulguraban en cuanto yo abría la puerta de una patada, cámara a punto. Mis perros de pelea de Pendleton eran diestros y expertos en labores de vigilancia. Seguían a las esposas descarriadas y los mariditos puteros hasta los hoteles y me avisaban por el walkie-talkie. Joi era el sabroso señuelo para los hombres. Se estudiaba las chuletas sobre los hábitos de los mariditos que le preparaba el *chiflaaado* de Arthur Crowley. Joi era una sicalíptica seductora *y* una hierática calientapollas. Yo abría la puerta de una patada justo en el momento en que la cremallera de Joi bajaba.

La Operación Divorcio era una maniobra del Cuerpo de Marines y una máquina de hacer dinero demencial. La Operación Otash era un amplio paraguas de control. Yo tenía en nómina un ejército de sarcásticos soplones. Me llegó la licencia de detective privado y me sirvió para legitimar mi libertinaje. No lamenté mucho mi separación del servicio policial. Pagué a polis avariciosos de Antivicio por información sobre desasosegados sarasas, alterados adictos, borrachos víctimas del delirium tremens. Acumulé densos dosieres con secretos de famosos y guardé los horrores en lo más hondo de mi corazón. El conocimiento es poder: eso me lo dijo el bicho del hotel Beverly Hills. Solo faltaba una pieza del puzle: cómo lucrarse *sistemáticamente* de todo eso.

Jimmy se sumó. Le pateé el culo al papanatas de Paul Newman y le enseñé una bolsa de marihuana marcada con sus huellas. Jimmy consiguió el papel en *General Electric Theater* y se arrastró agradecido. Lo contraté para montarse al marido de una matrona que buscaba el divorcio harta de las calaveradas de su consorte. Jimmy cambiaba de orientación como si tal cosa: si alguien le hacía tilín, se lo tiraba. Se chingó a cinco chorbas en una semana, batiendo el récord vigente de Donkey Don. Yo capturé con la cámara a las esposas mientras Jimmy se las pasaba por la piedra.

Los Ángeles, año 53: ¡¡¡¡ring–a–ding–ding radiactivo!!!! Ese cielo malva y rosa, eternamente mío.

Por fin, tras larga espera: la confusa convergencia.

Yacía relajadamente en la Pista de Aterrizaje con Liz y una encantadora camarera del Biff's Charbroil. Chirrió la portezuela del buzón. Cayó un sobre al suelo.

Era un telegrama de Western Union. Lo abrí y lo leí:

Querido señor Otash:

Aquí, en la redacción de *Confidential*, buscamos a un hombre familiarizado con los secretos de los famosos en la actual ciudad de Los Ángeles, preferiblemente un hombre con experiencia previa en la policía. ¿Estaría dispuesto a reunirse conmigo en el plazo de una semana para hablar de una posible colaboración?

Le saluda atentamente,

ROBERT HARRISON
director y redactor jefe

«Los perversos placeres de Ava Gardner».

«Los sinsabores de Johnnie Ray en el servicio de hombres».

«Bob Mitchum el Bribón: ¿DE VUELTA en Grifalandia?».

Ay, sí: *Confidential* contaminaba. *Confidential* creaba caos. *Confidential* iba a por faena.

Envié un telegrama a Harrison para confirmar el encuentro. Reservé un bungalow soberbio en el hotel Beverly Hills.

Me llevé prestados manuales de derecho de la biblioteca de Arthur Crowley y estudié el libelo, la calumnia y la difamación. Aprendí a hablar como un leguleyo lúcido en el uso de la lengua.

Jimmy se aprovisionó de números de *Peep, Lowdown, Whisper, Tattle* y la propia *Confidential*. Estudié las lagunas lingüísticas legales y cultivé los códigos de la atenuación, el subterfugio, la ambigüedad. He ahí la insinuación, la inferencia, la implicación. Hay muchas maneras malévolas de despellejar a un gato a golpe de descrédito.

En cuestión de una semana me convertí en mi álter ego. Descubrí las insinuaciones indecorosas y el lenguaje del chismorreo. Me instalé en el bungalow un día antes de tiempo. Aquel bicho parlante y yo nos consultamos y coincidimos:

Confidential era el grial desengranado de esta generación trastornada. El desencanto es ilustración. *Confidential* vendía verdades y hostigaba la hipocresía. Era un documento devotamente decoroso. Era la Carta Magna de la demencia de nuestros dopados y jodidos tiempos.

Ahora es el 21/9/53. Ahora son exactamente las 10.00 h. Suena el timbre.

Caviar, canapés: comprobación. Magnífico martini: comprobación. Mi dosier sobre Bondage Bob: malignamente memorizado.

Abrí la puerta. He ahí al Sultán de la Insinuación Indecente. Es un pelele pusilánime con un triste traje inarrugable. Dijo:

—Señor Otash.

—Señor Harrison —dije yo.

Entró y puso cara de «Oooh-la-la». Serví dos martinis mayúsculos y señalé el sofá. Alzamos nuestros vasos. Dije:

—Por la libertad de expresión.

—Por la Primera Enmienda —dijo—. El bien y el mal que ha hecho.

Chocamos los vasos. Hizo el signo tú y yo. Dijo:

—Extraños compañeros de cama.

El *más extraño* eres tú, descerebrado. Te pones lencería femenina y te encanta el látigo. Publicaste «Monadas con zapatos de tacón», antes de *Confidential*.

—Capte mi atención, señor Otash. Empiece fuerte, muchacho. Necesito trapos sucios, y un hombre que los saque a la luz. Sorpréndame, encanto. Muéstreme por qué los entendidos dicen: «Fred Otash es el hombre a quien hay que acudir».

Enseñé mi instantánea de Marlon Brando. Bondage Bob la examinó. Alucinó y arrojó sobre mí una bocanada de martini.

Sequé el sofá y la chaqueta de mi traje de seda. Bondage Bob carraspeó y recobró la compostura. Dijo:

—Joder, la hostia.

—¿Me permite que haga una evaluación sincera de su situación y le explique cómo podría aprovechar mejor mis servicios?

—Adelante, muñeco. No he hecho un viaje de cinco mil kilómetros en avión para charlar de ñoñerías.

Me tiré de los puños y enseñé mi Rolex. Oro de veinticuatro quilates/diamantes/rubíes. Bombardeé a Bondage Bob con mi osada ofensiva de apertura.

—Publica usted lo que se está convirtiendo rápidamente en la principal revista de cotilleo en un ámbito muy reñido. Compite con *Whisper, Tattle, Peep. On the Q.T., Lowdown,* y otras. Sus rivales se basan mayormente en denuncias de crímenes reales, crónicas sobre curaciones milagrosas para diversas enfermedades y refritos de sus propios artículos anteriores sobre el mal comportamiento de los famosos. Los puntos fuertes de *Confidential* son, en concreto, una sólida postura anticomunista y el *sexo*. Para serle franco, considero que los artículos en los que explota la *avidez* de sus lectores son, por un lado, inverosímiles y, por otro, carentes de la intensidad que la gente busca en su revista. En Colorado no hay minas de esmeraldas, ni existe ninguna hierba uruguaya que triplique el tamaño del miembro viril en dos semanas.

Usted *miente,* caballero. Espera que engañar a sus lectores con historias como esas aumente sus ventas y lo ayude a sufragar los costes de las querellas por líbelo que están entablando contra usted cada vez con más y más frecuencia en los tribunales de todo Estados Unidos. Mi buen amigo, el apreciado jurista Arthur Crowley me ha informado de que las revistas que publican artículos de relleno plagados de mentiras descaradas crean lo que él llama «brecha de credibilidad y verosimilitud». Con el tiempo eso induce a poner en tela de juicio la veracidad de todos los artículos publicados en dichas revistas, lo que deja a dichas revistas a merced tanto de las demandas individuales como del amenazador espectro de lo que el señor Crowley llama el «espectro comunista y afín al linchamiento de las nacientes demandas colectivas», en las que las partes agraviadas se unen bajo la égida de abogados izquierdistas a fin de presentar una querella común y anular el derecho a la libertad de expresión establecido en la Primera Enmienda que tan sagrada consideramos aquí en Estados Unidos. El lenguaje de la atenuación, el subterfugio y la contemporización que plasma en sus innovadores artículos sobre el mal comportamiento de los famosos no lo salvará. Puede usted utilizar *presunto, supuesto* y *según rumores* tanto como guste, pero al final esas expresiones no le servirán como descargo jurídico. Mis dos principales propuestas son las siguientes: debe usted potenciar drásticamente el contenido sexual, y todo lo que publique en *Confidential* debe ser totalmente cierto y verificable.

¡¡¡¡*Toooooooooma!!!!* ¡¡¡¡Consumado control de la respiración y excelente expresión!!!! Bondage Bob se quedó sorprendido y se sonrojó.

Se revolvió inquieto. Se lamió los labios. Cruzó las piernas y se convirtió en un sarasa sumiso. Vi en sus muñecas cicatrices de cuerdas de inmovilización.

—Las molestas querellas nos cuestan veinticinco mil al mes. Esos abogados comunistas están saliendo como ratas de las cloacas.

Le solté mi Segundo Soliloquio:

—Los informantes deben ser creíbles y coercibles a la vez, además de vulnerables a la revelación de sus propias fechorías. Yo serví como agente en el Departamento de Policía de Los Ángeles durante casi una década. Tengo acceso a todos los polis corruptos de esta ciudad, y por una simple iguala delatarán a cualquier famoso, vividor, comunista, miscegenista o granuja seductor del que hayan oído hablar. La escoria a la que delaten delatará a su vez a otros seis para no aparecer en su revista, y la ecuación matemática que estoy planteando se ampliará indefinidamente. Sé lo que está pensando, «Los informantes por sí solos no bastan», y ese es un supuesto correcto. Puede que usted sepa que estamos entrando en una rompedora nueva era de vigilancia electrónica. Propongo que instalemos escuchas permanentes en todos los hoteles de alta categoría de Los Ángeles. Sobornaré a los directores y los conserjes de dichos hoteles para que asignen a los famosos adúlteros y los maricas habitaciones concretas, donde sus actividades sexuales y sus conversaciones quedarán registradas en cinta. El mayor experto en escuchas del mundo es un tal Bernie Spindel, judío. Pronto me reuniré con él. El señor Spindel se pondría gustosamente a su servicio, y tiene un regalo que hacerle. La semana pasada colocó micros en un bungalow del hotel Miramar en Santa Mónica. El director del hotel es un pederasta masoquista con un anhelo totalmente comprensible de escarmiento por su conducta aberrante. Lo castigaré físicamente cada mes, lo que lo disuadirá de hacer daño a niños y, de paso, me permitirá tenerlo en un puño. Recibirá órdenes estrictas de alojar a todos los famosos en el bungalow número nueve. El regalo de Bernie es una cinta en la que se oye al senador John F. Kennedy follar con Ingrid Bergman, y explicarle con todo detalle sus absurdos planes de presentarse a la presidencia de Estados Unidos mientras ella bosteza y parlotea sobre sus hijos. Pero una advertencia: el polvo dura poco. Le seré sincero: el senador Kennedy es un hombre de dos minutos.

Bondage Bob. Babea, bizquea y se emboba.

—O sea, nosotros…

Lo interrumpí.

—O *sea*, también colocamos micros en todas las casas de baños para gays. O *sea*, me reservo opciones de extorsión contra los informantes que suministran los trapos sucios para nuestros artículos más explosivos. O *sea*, los someto al polígrafo para cerciorarme de su veracidad. O *sea*, creo un clima de miedo en Hollywood, que es el lugar más extraordinariamente pervertido y cosméticamente moralista de la puta viña del Señor. *Porque,* tengo un olfato infalible para las flaquezas humanas y vengo percibiendo desde hace un tiempo que hemos entrado en una era en que todos los ricos y las celebridades albergan secretamente el deseo de ser descubiertos. *Porque,* estoy dispuesto a entrar a robar en las consultas de todos los psiquiatras con el fin de obtener los trapos sucios de sus pacientes famosos. *Porque,* estoy dispuesto a atajar las querellas mediante amenazas y el uso de la fuerza física.

Bondage Bob *tragooooooooó* saliva.

—¿Qué *no* hará?

Vi a Ralph Mitchell Horvath. Dije:

—Cometer un asesinato o trabajar para los rojos.

Siseó un silencio en el que se habría oído el vuelo de una mosca. Lo dejé *alargaaaaaarse.*

—¿Accedería usted a someterse a una prueba? ¿Para evaluar sus conocimientos íntimos del mundillo?

Asentí con la cabeza. Harrison acometió. Bailé a su ritmo, beatíficamente.

—¿El senador Estes Kefauver?

—Putero. Se lo hace con prostis filipinas en el Statler del centro.

—Sinatra. Cuénteme lo último.

—Sorprendió a su nueva novia amorrada al pilón de Lana Turner, se corrió una juerga de seis días con Jackie Gleason y terminó en el Queen of Angels con delirium tremens.

—¿Otto Preminger?

–Aficionado a la carne negra. Cautivado actualmente por Dorothy Dandridge, una seductora de piel sepia.

–¿Lawrence Tierney?

–Hermano camorrista y psicópata del conocido fumador de hierba Scott Brady. Se cepilla a chicos en el Cockpit Lounge, y a alguna que otra chica que parece un chico.

–¿John Wayne?

–Cuasi drag queen. Se folla a mujeres y está deslumbrante con un muumuu de talla 62.

–¿Johnny Weissmuller?

–El Rey de la Verga. Es bien sabido que ha engendrado a nueve hijos fuera del matrimonio, con nueve mujeres distintas. En posesión actualmente del récord mundial del hombre blanco.

–¿Duke Ellington?

–En posesión actualmente del récord mundial negro.

–¿Van Johnson?

–El Demonio del Semen. Chupa pollas en el agujero glorioso del lavabo de hombres de Wilshire May Company.

–¿Burt Lancaster?

–Un sádico. Tiene un gabinete de tortura bien equipado en West Hollywood. Paga a fulanas un buen dinero por infligirles dolor.

–¿Fritz Lang?

–Se sabe que filma las sesiones de tortura de Burt, y las proyecta ante una clientela selecta.

–¿Misty June Christy?

–Una ninfo de aúpa. Mi señuelo para las extorsiones, Donkey Don Eversall, pone su gran tranca a disposición de esa mujer con regularidad. En el chabolo de Donkey Don hay una mirilla en la pared. Mi compinche Jimmy Dean hizo una película vanguardista de su última cita. Se titula *La pechugona y el bien dotado*. El estreno será el viernes por la noche en mi salón. Está usted cordialmente invitado.

–¿Alfred Hitchcock?

–Mirón.

—¿Natalie Wood?

—Niña actriz en transición. Según rumores, instalada en un antro de esclavas tortilleras cerca de Hollywood High.

—¿Alan Ladd?

—Buscacoños alarmantemente infradotado. Un hombre en las garras de un dilema existencial brutal.

Bondage Bob. El gran magnate de las revistas. Babea, bizquea, ha quedado fuera de combate. Está mareado por el martini y en *mis manos*.

—Señor Otash, el trabajo es suyo.

—El pellizco son cincuenta de los grandes al año, más gastos. Mis costes de explotación ascenderán al menos al doble de esa cantidad.

Ahora, está pálido como el papel. *Ahora,* sabe que no hay escapatoria. Es un hecho consumado colosal.

—Sí, señor Otash. Trato hecho.

Nos estrechamos las manos. Le pegamos al vermut y la ginebra. Bondage Bob dijo:

—Jean-Paul Sartre es amigo mío. Le encantará *La pechugona y el bien dotado*.

El bicho parlante cruzó muy ufano la moqueta y me saludó. Juro que es verdad.

Jimmy cronometró el polvo. Duró 1.46. Jack Kennedy e Ingrid Bergman se batieron con la bestia de las dos espaldas.

La charla de alcoba acabó en la cinta. Jack dijo: «*Aaaaah*, ha estado bien».

Ingrid dijo: «Bien paga uno de los dos, tal fez».

Solté una risotada. Jimmy se rio a carcajadas. La tienda estaba tan muerta como de costumbre a las 3.00 h. Dimos un tiento al Old Crow cada uno.

—Terminamos el rodaje de *General Electric Theater* —dijo Jimmy—. Invité a Ronnie Reagan al estreno.

—Odia a los rojos —dije—. Lo tantearé a ver si se chiva de alguien.

La cinta chirrió hasta el chasquido final. Jimmy apagó el aparato. Observé la tienda. Un cliente asiduo atolondrado compró el *Confidential* del mes.

—Cuando yo sea famoso, déjame al margen de esa revista —dijo Jimmy.

—Cuando salgas en ella —dije—, sabrás que has triunfado.

Llegó el primer cheque para costes de explotación. Contraté a Bernie Spindel alias «Rey del Chinche». Nos pasamos una semana tendiendo cables adosados a los revestimientos de madera de las paredes y montando soportes para micros en colchones. Soborné a base de bien a los mandamases de los hoteles. Taladramos, perforamos, enmasillamos, conectamos, colocamos y pinchamos todos los hoteles de alto nivel. Igualas regulares redundarían en grabaciones de famosos faltos de juicio alojados en aquellas habitaciones. Bondage Bob tenía pasta a patadas. Instalamos escuchas permanentes en el hotel Beverly Hills, el hotel Bel-Air, el Beverly Wilshire, el Miramar, el Biltmore, el Statler del centro. Un botones del Biltmore nos pasó el soplo, en el acto. Gary Cooper y una menor se lo montaban en la habitación con micros. ¡¡¡PUM!!! Nuestro sistema sintonizaba sincronizadamente. Los somieres se sacuden, las voces vibran, los micros captan el contenido del cotilleo y lo transmiten al puesto de escucha. ¡¡¡PUM!!! Mi mastín del Cuerpo de Marines recupera la cinta. ¡¡¡PUM!!! La nena tiene dieciséis años y es alumna del instituto mixto de Belmont. Coop dice: «Estás como un tren, cielo. Dime otra vez cómo te llamas». La chica responde con voz ahogada: «Siempre me han gustado sus películas, señor Cooper. Y, uau, qué *grande* la tiene».

El trapo sucio. El chisme. El cuento cochino. Los libelos libidinosos revelados en toda su *realidad*. Todo llegaba a mí y a *Confidential*. Freddy O. ha iniciado un ascenso imparable.

Jimmy montó su película y añadió una sugerente banda sonora. El espectacular estreno fue *el* Gran Momento de Los Ángeles en otoño del 53. Yo serví pizza, prive y pastillas de una farmacia fraudulenta. En mi chabolo se aglomeraban capitostes del cine y marines, starlets estúpidas, estrellas y sementales. Fijémonos: Liz, Joi, Ward Wardell, Race Rockwell, Donkey Don Eversall. Ronnie Reagan, Harry Fremont, Arthur Crowley, Bondage Bob, y Jean-Paul Sartre en una búsqueda existencial del ambiente. Una drag queen de uno noventa y cinco, Rock Hudson, la excongresista Helen Gahagan Douglas. Charlie Parker alias «Yardbird», cabeceando por efecto de la magnífica «H».

Es un epicentro equitativo de los Estados Unidos de posguerra. Es una convergencia colosal del relumbrón y lo radiante, la deshonra y la demencia, la vistosidad y la villanía. Ese sórdido súmmum marcó el tono del exhausto y estragado estremecimiento que es hoy nuestra nación.

Atenué las luces. Race Rockwell era el responsable del proyector. Empezó la banda sonora: Bartók, Beethoven, bebop obra de Bird. He ahí los créditos iniciales: *La pechugona y el bien dotado*, protagonizada por Donkey Don Eversall y June Christy. Fotografía, montaje, producción y dirección a cargo de James Dean.

Sonaron aplausos apoteósicos. He ahí la primera toma. Es la habitación de un motel de Hollybufo. Es una mirilla en una pared para observar lo que ya sabemos.

June Christy entra en la habitación y deja el bolso en la cama. Se la ve inquieta. Enciende un pitillo, consulta su reloj, zapatea con la puntera y se pasea. Es cine mudo. La cámara permanece estática: el objetivo está acoplado a la mirilla.

June oye algo. Sonríe, sale de la imagen, regresa acompañada de Donkey Don. Donkey Don guiña un ojo a la mirilla de la pared. Él está al cabo de la calle. June se sienta en la cama. Donkey Don desenvaina y la bambolea. Mi chabolo tiembla y trepida. Se oyen exclamaciones ahogadas, silbidos de entusiasmo, gritos agudos.

Miré alrededor en busca de Jimmy. June devoró a Donkey Don, hasta las amígdalas. ¿Dónde está Jimmy? Joder: ¡¡¡Se la está meneando al lado del bufet de las pizzas!!!

Del 53 al 54. Mis cielos de colores malva y rosa. Las líneas de los gráficos de ventas en ascenso. *Confidential* alcanza un millón al mes. *Confidential* llega a los dos millones en un tiempo rabiosamente récord.

Todo es obra MÍA. Nado en secretos sicóticos que he codiciado cruelmente toda mi vida. Tengo escuchas en todo Los Ángeles. Tengo en la ciudad un sinfín de soplones en nómina. Las habitaciones de los hoteles son nidos de mala nota conectados a mis auriculares. Conozco todo aquello que es pecaminoso, sexualmente sucio, profundamente pervertido y religiosamente reprobable. Es reprobable, es real, y es MÍO.

Mis marines vivían en los puestos de escucha. Captaron a Corrine Calvet haciendo cabriolas con un aparcacoches en el Crescendo. Captaron a Paul Robeson, como una cuba en una concentración de rojos. Captaron al jacarandoso Johnnie Ray otra vez. Yo lo verificaba todo y lo entregaba a *Confidential*. ¿Gary Cooper y Miss Instituto Belmont? Anulado por diez de los grandes.

Del 53 al 54. Fiestas por la bomba atómica en la azotea de Liz Taylor. Cabalgatas de color en la leve luz del alba. La camaradería y la oportunidad. La sensación de que esa marcha de magníficos momentos nunca terminaría.

Gráficos de ventas. Portadas de *Confidential*. Borrachos, ninfos, yonquis y comus, desenmascarados. Esa portada que lamento, esa bola que dejé escapar, ese momento *maligno*. Esa página en el Purgatorio mientras hago una pausa con mi pluma.

Es el 16 de enero de 1954. Estoy en mi chabolo. Estoy reservando un trío para la Pista de Aterrizaje. Anulé una noticia sobre el enlace matrimonial mexicano de Marilyn Monroe. Marilyn se arrastra, agradecida. Conoce a una señorita sáfica que a veces siente anhelo de hombres.

Sonó el teléfono. Descolgué. Arthur Crowley dijo:

—Tenemos un problema, Freddy.

—Adelante —dije.

—Me ha llegado un soplo. Johnnie Ray ha visitado a un abogado, un experto en casos de difamación, y va a demandar a la revista. Ya sé que verificaste el hecho, pero va a seguir adelante de todos modos. Te sugiero encarecidamente que lo atajes de raíz.

«Ligerezas en el lavabo de hombres: Johnnie Jaleos ataca de nuevo.» Verifiqué el hecho. *Confidential* lo publicó. Eso representaba un problema inefable.

—Mis marines están de maniobras, Art. No hay nadie que pueda ocuparse.

—Ocúpate *tú*, Freddy. Encárgate, antes de que el soplo llegue a Bob Harrison.

Colgué. Me quedé con los nervios hechos un nudo. Tomé tres tragos rápidos de Old Crow. Joi estaba a partir un piñón con Johnnie. Mantenían charlas de chicas regularmente. Johnnie me caía bien. Jimmy proyectó para él *La pechugona y el bien dotado*, personalmente.

Me metí en el cuerpo tres chaquetas amarillas y borré el día. Desperté a media noche. Johnnie siempre se pasaba por el Googie's después de su última actuación. Siempre aparcaba en el mismo sitio.

Me acerqué. Recuerdo un calor de primavera y una vigorosa brisa. Esperé tranquilamente el Packard Caribbean de Johnnie. Johnnie salió del local a la 1.15 h.

Me vio. Interpretó la gestalt. Dijo:

—Hola, Freddy.

—No me obligues, chaval —dije—. De ahora en adelante no existirás para la revista, pero tienes que dejarlo correr en este punto.

—Eres un parásito, Freddy —dijo Johnnie—. Te alimentas de los débiles. No voy a echarme atrás. No veo por aquí a ninguno de tus matones, así que tendrás que hacerlo tú mismo.

—Vamos, Johnnie —dije—. Esta no puedes ganarla.

—El débil eres *tú*, Freddy. Me dijo Joi que lloras y llamas a tu madre mientras duermes.

Temblé.

—Una vez más, Johnnie. Nada de querellas. Hazlo por mí, y la revista no se te acercará nunca más.

Johnnie me escupió a los zapatos.

—Eres un niño de mamá, Freddy. Joi me dijo que te follaste a un travesti, o sea, que eres más marica que yo.

Vi rojo y rojo negro. Le golpeé. El sello de mi anillo le rajó la mejilla. Cayó de rodillas. Lo puse en pie y lo arrojé contra su coche. Oí partirse huesos y romperse dientes. El parachoques se le hincó en la cabeza. Le asesté un puntapié y le arranqué un jirón de cuero cabelludo.

—Vale, vale, vale —dijo.

—Lo siento, chaval —dije.

Johnnie escupió sangre. Johnnie escupió dientes y porciones de encía. Alzó un contundente dedo en dirección a mí: jódete.

A las 2.00 h. la tienda era una zona muerta. Jimmy y yo pimplábamos Old Crow. Estábamos junto al espejo y nos maravillábamos ante el macabro espectáculo. Yo iba manchado de sangre de Johnnie Ray.

—Me he presentado al papel protagonista de *Al este del Edén* —dijo Jimmy—. Elia Kazan está indeciso. Podría decantarse de un lado o del otro.

—Yo le apretaré las tuercas a Kazan —dije—. Es susceptible. No delató a ciertos rojos al Comité de Actividades Antiamericanas.

Jimmy contemplaba los pasillos. Me dolían las manos. Se me había agrietado el sello del anillo. Tenía los puños de la camisa embebidos en rojo.

El Desfile de los Descarriados. Ahí abajo están. Me maldicen. Me hacen mal de ojo para mandarme al infierno. Son mis camaradas en el caos. Dicen Eres Uno de los Nuestros.

—Jimmy, ¿tú sabes por qué eres un bicho raro?

—No lo sé, Freddy. ¿Tú sabes por qué lo eres *tú*?

—No lo sé —dije—, pero a veces me agobia.

PERRO PERVERTIDO

Freddy Otash confiesa, 2.ª parte

CELDA 2607

Penal Penitencia
Galería de los rompevidas irreflexivos
Purgatorio de los pervertidos
25/8/2020

He aquí *de nuevo* mi pavorosa presencia. Es hora de mi próxima confesión contaminada. *Todavía* estoy inmovilizado inactivamente en el Hilton Contiguo al Infierno y codicio clamorosamente un indulto celestial. *Todavía* estoy inmovilizado en el malogrado y maltrecho cuerpo que tenía cuando la diñé, allá por el 92. *Todavía* se trata de confesión/arrepentimiento/expiación. *Todavía* se reduce a eso. He aquí el draconiano dramón:

Reproduciré con repugnancia parte de la mierda en que me metí en el fantasmagórico 54. Seré Fred Otash el Frescales a los treinta y dos. El 54 fue un año *ring-a-ding-ding*. Voy a remontarme hasta allí con *fruiciooooooóon*.

Así pues, sucumbid al espíritu sedicioso de un sinvergüenza al servicio de una revista de cotilleo: porque unas perversas palabras plasmadas en el papel van paso a paso hacia vosotros.

Freddy O. el Fenómeno cabalga de nuevo.

67

EN LO ALTO DEL SOBERBIO BUNGALOW DE COLCHÓN JACK KENNEDY EN EL HOTEL BEVERLY HILLS

14/2/54

Es una noche de invierno y sopla el viento. No se ve ni una nube de aquí hasta la nociva Nevada. El Tío Sam está detonando una bomba atómica de carga explosiva extrema en algún villorrio desierto del desierto. Estamos aquí para distraernos, disfrutar, excitarnos, exaltarnos, y rajar sobre el espectáculo.

Tenemos una posición perfecta en una azotea. Estoy aquí a instancias de Bondage Bob Harrison. *Confidential* está publicando un *puñetero* reportaje sobre los residuos radiactivos y los efectos beneficiosos de estos en el agrandamiento de polla. Bob tiene un hermano químico loco. Llama a su producto priápico «Megaton Man».

Henos aquí. Me refiero a mí y a mis mastines del Cuerpo de Marines: Race Rockwell y Ward Wardell. Colchón Jack ha proporcionado a los deslumbrantes asistentes unos prismáticos y trencas de Hyannis Port. Mi calmoso contingente acarrea herramientas de ladrón y posee conocimientos de robo con fuerza. El plan: allanar el bungalow del senador Jack justo durante el desmadre posterior al estallido.

Fijémonos en la lista de invitados. He ahí a Jack el K. y a la insolente Ingrid Bergman. He ahí a Bob Mitchum y la jugosa Jane Russell. He ahí a Lex Barker tonificado a lo Tarzán y a Lana Turner totalmente trompa. Jimmy Dean consta en *mi* tarjeta de invitado. *Todavía* trapichea con la foto de Marlon Brando con una polla en la boca. A Jimmy le va detrás el director Gadge Kazan. Está *así de cerca* de hacerse con el papel principal en *Al este del Edén*. Gadge es un enano inepto. Sus pelis me suscitan sonambulismo. Había denunciado a unos canallas del Comintern al Comité de Actividades Antiamericanas y se había granjeado así la exaltada lealtad de *Confidential*. Delata a rojos reincidentes a Bondage Bob, subversivamente en secreto.

El senador Jack sirvió vasos de ron con dados de hachís en flotación. Yo me decanté por la grifa alegrada con bencedrina. La nena de Jack se pirra por este ladrón libanés. El año pasado mandé en avión a Acapulco a una protestona patulea de fulanas. Arruinaron la luna de miel de Jack plagada de *paparazzi* e indujeron a Jackie a saltar a mi cama. Jack es uno de esos tipos que dicen *C'est la vie*, socio, nobleza obliga. Jackie se arrastró a mis pies, agradecida.

Una radio portátil anunció la cuenta atrás. Los camareros aguardaban, ya con bebidas y entremeses listos para después de la explosión. Un locutor apocalíptico entonó: «Diez, nueve, ocho, siete, seis, cinco, cuatro, tres, dos, uno… cero».

¡¡¡¡¡Bombas fuera, cabronazos!!!!!

Una fenomenal nube hongo se transformó en malva y rosa. ¡¡¡Amigos míos, cómo embargaba el espíritu aquella visión!!! Se me encogieron las bolas. Mis chicos y yo nos descolgamos de la azotea, hasta la planta baja. La zona cero propulsó partículas de color rosa a gran altura en el cielo. Los deslumbrantes asistentes aplaudieron y prorrumpieron en risas.

Arteramente abandonamos la fiesta. Entre el público de la bomba nadie nos vio. El bungalow de Jack estaba allí mismo, bajo la azotea. Desmovilicé la cerradura de la puerta con una cinta de celuloide. Nos encerramos por dentro y trabajamos con minilinternas. Aprisita, capullos. Disponemos de ocho minutos, máximo.

Nuestro principal objetivo eran las agendas. Estaban guardadas en bolsos y abrigos abandonados a cambio de las trencas de Jack. Se trata de una fechoría propia de revista de cotilleo. Ando tras nombres/números/direcciones. Los amorales amoríos de los bien armados y los que buscan sexo desesperadamente. Nombres núbiles y números de teléfono de personas enceladas. Nombres nocivos y direcciones de madrigueras de maricas. Nombres incongruentes que podían exigir por sí solos vigorizantes visitas.

Era todo para *Confidential*. El conocimiento es poder. Vosotros, plomíferos pardillos, bien lo sabéis. ¿Mi misantrópico motivo? Un deseo demoníaco de conocer las soplapolleces secretas del mundo y coleccionar dichas soplapolleces para mi propia excitación personal y como posible material para la extorsión.

El reloj corre. Nos entrecruzamos por el chabolo. Ward y Race fueron a por el soberbio botín. *Ooooohhh*: abrigos en los respaldos de las butacas de la suite, bolsos de alta gama a tutiplén. Mi tarea consistía en la incriminación forense. Clandestinamente conseguí en la División de Allanamientos del Departamento de Policía de Beverly Hills tres fichas policiales con huellas dactilares.

Fijémonos: tres delincuentes acusados de robo con merodeo/violación/459. Mala gente, ya identificada. En busca y captura por seis delitos en Beverly Hills. Práctica de sexo oral bajo coacción/violación heterosexual/treinta y cuatro mil en joyas y pieles robadas.

La cosa empeora perversamente. Hay un delito conforme a la Ley Federal de Secuestro. Se trata de una animadora del instituto Beverly. La chica padece múltiples violaciones en la habitación de un motel antes de soltarla. El Departamento de Policía de Beverly Hills les tenía *muuuuuuuuuchas* ganas a esos desaprensivos de mierda. Je, je: con celo, preparé transparencias de las huellas dactilares de las tres fichas. George Collier

Akin, Durwood N.M.I. Brown, Richard Dulange alias «Serpiente de Cascabel». Fred O., como juez y jurado, OS cuelga el marrón.

Saqué mis fichas con las huellas dactilares. Había dispuesto las transparencias tratadas a modo de mano extendida. Retiré las porciones de celo correspondientes a cada dedo. Coloqué las huellas en los respaldos de las butacas, en el revestimiento de madera a la altura de la cintura, en las superficies de contacto y agarre del dormitorio.

J'accuse: Akin, Brown y Dulange, estuvisteis aquí. Robasteis en la suite del senador Jack Kennedy. Os ha caído el MARRÓN.

Ward y Race arramblaron con las pieles y las agendas. Las metieron en la maleta de piel de avestruz del senador Jack. Llevábamos allí seis minutos. Reservé lo mejor del botín para el final.

Colchón Jack era yonqui hasta el disloque. Tenía recetas legales de la mitad de las farmacias de Los Ángeles. Me encaminé hacia el cuarto de baño y el aberrante botiquín de Jack. Uy, sí: Dilaudid, dexedrina, dolofina. *Ooooohhh*: ¡¡¡los nuevos supositorios de Nembutal, el non plus ultra!!!

Jack coleccionaba bonitos bucles de vello púbico femenino. Los guardaba en bolsitas no perfumadas y viajaba con ellos. Encontré su alijo en un maletín bajo la cama. Estaban escabrosamente etiquetadas. Siempre he sentido debilidad por La Bergman y Anna Magnani. Dejé atrás el maletín. De camino a la puerta olfateé dos veces en un arranque de amor.

Ward y Race me dejaron las agendas. Bombas atómicas y allanamientos: la recaudación total rondaría unos diez de los grandes. Don Wexler conocía a un perista. Daríamos salida a las pieles en un pispás. Repartimos el dinero contante y sonante en tres partes.

Me eché al cuerpo dos de las deliciosas dexis de Jack y compensé la carga con una pizca de Dilaudid. Fui en coche al Googie's para consignar los cotilleos de la tardía tropa que se entretenía allí a esas horas de la noche.

Los soplones se acercaban sigilosamente y se amontonaban en torno a mi mesa. He ahí al saxo barítono Gerry Mulligan. Expone el anhelo del saxo alto Art Pepper por lozanas nenas de instituto. Pepper se la cascaba contemplando a las animadoras con sus pompones. Merodeaba por las inmediaciones de los institutos de Hollywood y Hami y babeaba en las gradas de los campos de fútbol.

Comme ci, comme ça. Apoquiné veinte pavos a Gerry. Se piró para pillar un poco de magnífica «H».

Billy Eckstine se dejó caer por allí para pegar la hebra. Al melifluo Míster B. lo maravillaba la miscegenación. Tocaba en todos los clubes de color de la Cuarenta y seis y Central. Le encantaba *Confidential* y elogiaba su especial estilo lingüístico. Lo comparaba con «el canturreo distraído del jazzista imitado por los hombres blancos en su esfuerzo por estar en la onda». Billy tenía razón. Le dije que incluiría sus palabras en el número siguiente. Billy pasó a relatar en confianza sus propias aventuras recientes. Y, Freddy, compréndelo: todas esas titis quieren verse vinculadas a mí en *Confidential*.

«Todas esas titis». Con lo que se refería a Ava Gardner, Bette Davis, la excongresista Helen Gahagan Douglas. La jugadora de baloncesto lesbi Joan Perkins alias «Stretch», que ocultaba sus ansias secretas por los hombres a sus hermanas sáficas en el equipo de la Universidad del Sur de California. Además de Misty June Christie, Anita O'Day, cuatro pájaras de primera en permiso laboral llegadas de Tehachapi, y la esbelta esposa blanca del yonqui Chet Baker.

Le apoquiné dos de cien a Billy. Me enseñó una foto de Stretch Perkins. Lanzaba un gancho desde *muuuuuuy* lejos contra el equipo de UCLA. Emití un gruñido grave. Stretch medía uno noventa y pesaba 85 kilos. Billy se mostraba comprensivo con mis diabluras en la Pista de Aterrizaje. Afirmó que a Stretch le iban los tríos. Se comprometió a organizarnos una cita a Joi y a mí con ella.

Gruñidos graves y áspero aburrimiento. Billy se largó. Aparecieron amantes despechados. Acusaron a sus mujeres y sus mariditos adúlteros del asesinato de la Dalia Negra. La Dalia era agua pasada. Me los quité de encima a cinco pavos por cabeza.

Eran las 2.00 h. El cóctel de drogas me corría por las venas. Mis pensamientos daban tumbos y bandazos. La explosión de aquella bomba atómica destellaba detrás de mis parpados. Vi junto a la barra a tres corpulentos ciudadanos respetuosos con la ley que vestían trajes grises. Despedían viles vibraciones de bofia. Me acordé de William H. Parker, que aún me tenía bajo vigilancia. Parpadeé, los ciudadanos en cuestión se eclipsaron, acaso fueran una fantasía efecto de la bomba atómica y la droga.

Pensé en la revista. Las ventas habían aumentado un dieciséis por ciento en el número de enero del 54. Me venció la vergüenza. Pensé en la paliza a Johnnie Ray. Johnnie estaba a partir un piñón con Joi. Quedaban en los cafés y mantenían charlas de chicas. Johnny amenazó con demandar a *Confidential*. Se negó a desistir. Yo tenía un rancio recurso. Johnnie puso a Joi al corriente golpe a golpe. Joi sintió repugnancia, y con razón. Se resistió a mis rigurosos ruegos románticos y rechazó los tríos con Liz Taylor. Tal vez Stretch Perkins liberara su libido y su corazón.

El recuerdo de otra Joan alterada me asaltó. Joan Hubbard Horvath. La viuda de Ralphie. Tenía dos de los grandes en el bolsillo y ningún sitio adonde ir a las putas 3.00 h.

Así que le gorroneé un sobre al camarero.

Así que me encaminé hacia el punto de la penitencia.

Lower Hollybufo. Camerford entre Vine y El Centro. Una cochambrosa casita de madera, poco más que una choza.

Aparqué junto a la acera de enfrente y me acerqué. Eché el sobre al buzón y volví al buga. Se encendió una luz. La cabaña de los Horvath emitió un resplandor interno infernal.

Soy un descerebrado desaprensivo. Hice demasiado ruido a propósito. Eh, señora, yo maté a su marido. Hace ya cinco años y once días. Nunca le he visto la cara.

Solo la foto en los periódicos. Tomas pixeladas de usted con el lánguido luto de viuda. El *Herald* lo sacó en titulares. POLICÍA HERIDO SOBREVIVE AL TIROTEO. PISTOLERO ABATIDO EN UN INTENTO DE FUGA.

Hay una foto *graaaaaaaande* de Freddy el Frenético. Nada de nada en relación con armas exculpatorias y estado de indefensión de Ralphie.

Encendí un pitillo y me quedé allí sentado. Interpreté «Willow Weep for Me» en mi cabeza. El tiempo transcurrió. Joan Hubbard Horvath salió al porche. Las luces del salón delantero la iluminaron favorecedoramente desde atrás.

Llevaba un vestido de lana oscuro y mocasines marrones. El cabello corto y enmarañado. Gafas de montura metálica.

Miró *hacia* mí. Yo la miré *a* ella. Silbo bien. Silbé «Willow Weep for Me» de principio a fin. Convertí el crescendo en un grito de angustia y un sollozo largamente reprimido.

Joan Horvath miró en su buzón. La canción sonó *muuuuuy* suave...

DESPACHO DE SEGURIDAD EN EL SÓRDIDO HOLLYWOOD RANCH MARKET

15/2/54

Jimmy Dean y yo haraganeábamos junto al espejo polarizado. Contemplábamos a los despojos y los despreciables y las drag queens distraídas arrastrarse por los pasillos. Malcarados mecheros lanzaban miradas a nuestro opaco ojo en el cielo.

—Pasillo seis —dijo Jimmy—. Ese gordo se ha metido un plato precocinado Swanson en la parte de atrás del pantalón.

Encendí un pitillo.

—El cajero verá el bulto y lo parará.

—Hoy te noto abstraído, Freddy.

—Trasnoché, y no tengo ganas de líos con un tarado.

Jimmy acercó una silla. Yo me desplomé en mi sofá. Jimmy me lanzó una revista al regazo.

—Hablé con Billy Eckstine cuando te marchaste del Googie's. Me contó que te tiene embelesado cierta deportista lesbi. He oído que esa chica frecuenta Linda's Little Log Cabin, y he pensado que a lo mejor te gustaría echarle un vistazo a la página veintiséis.

Trojanette Sporting News. Una revista satinada y lustrosa, idónea para una promoción de primera. Página veintiséis: un desplegable completo dedicado a Joan Perkins alias «Stretch».

¡¡¡Uau, uau!!! Es una Valquiria Vikinga. Es una rubia rotunda con los ojos de un azul deslavazado. Es más grande que Barb Bonvillain, de quien ya se sabía sobradamente que

era un hombre al que algún matasanos desarmó y deshomo-
sexualizó.

He ahí a Stretch en su extrema exuberancia. He ahí a Stretch,
esplendorosa con los colores de la Universidad del Sur de
California, carmesí y dorado. No va maquillada. Tiene un
aspecto saludable seráfico. Sonríe porque es más grande que
todos los demás, incluidos insistentemente los hombres. Y sé
y comprendo que eso se refiere a MÍ, oh tremenda tentadora.

Le lancé la revista de vuelta a Jimmy. Dijo:

—Algo te reconcome.

—Anoche Joi se marchó de casa mientras yo estaba en el
Googie's. Me dejó una nota: «Jódete y vete al infierno, eres un
guardia de asalto nazi, y el mundo está al corriente de tus
gilipolleces».

Jimmy soltó una risotada.

—Joi es una mujer de una gran vitalidad, pero te he encontrado alguien con quien convivir en lugar de ella… al menos
por un tiempo.

—¿Stretch Perkins?

—No ha habido tanta suerte. Me llamó Liberace. Quiere
que cuides de su leopardo mientras él se va de gira. Eres el
único hombre apto para el trabajo. El puto leopardo se come-
ría a cualquier otro.

Solté una risotada.

—Me lo pensaré. Cuéntame alguna otra gilipollez que yo
desconozca, y procura que sea entretenida.

Jimmy encendió un pitillo y exhaló anillos de humo concéntricos. Gadge Kazan me contó que ese truco le había va-
lido el papel en *Al este del Edén*.

—Trabajé dos días en *El valle de la ira*, en la Universal. Lew
Wasserman sabe que tú y yo somos compinches, y vino a
charlar conmigo en el plató. Me contó que Rock Hudson va
de culo detrás de chicos de todas las razas, colores y credos, y
Morty Bendish, de *Mirror*, está dispuesto a publicarlo en un
chisme anónimo por falta de pruebas, y va a pasar la información concreta y algunas imágenes infrarrojas en habitaciones

de motel a cierta gente de *Transom* y *Whisper*. Quiere que tú procures que se corra un tupido velo al respecto y le encuentres una esposa a Rock, quizá así la apariencia de hombre casado acalle todos esos rumores tan persistentes y totalmente certeros.

Solté una justificada carcajada y me desternillé desvergonzadamente. Me desprendía de mi depre discontinua y dejé de lado a Joi la Ultrajante y a Johnnie «Jaleos» Ray. Me eché al cuerpo dos de las dexedrinas de Jack Kennedy y me sentí renovado y revitalizado.

—Telefonea a Lew, y ponlo de tu lado en todos los asuntos relacionados con tu carrera. Dile que cuente con nosotros. Presionaré a Bendish y a los de *Transom* y *Whisper*. Negociaremos la búsqueda de esposa cuando me apropie de esas fotos infrarrojas, y nos repartiremos a medias el pago de Lew. Recurre a las aspirantes que rondan los estudios en busca de un papel y reúne a unas cuantas que sean guapas y reconozcan una oportunidad en cuanto la ven, y capaces de mantener la boca cerrada. No semipros, nada llamativo. Mantendremos a raya la conclusión «Es sarasa» hasta que reduzcamos nuestra lista de candidatas. Telefonea ahora a Rock y dile que sea discreto y se monte en casa el ñaca ñaca, por el momento. Dile a Lew que le toca a él comunicarle la situación a Rock… y darle la buena noticia de que, en lo que se refiere a mujeres, nada dura eternamente.

Renovado, revitalizado, a punto para rodar. ¡¡¡¡¡*Pum!!!!!* Rasca un poco en un americano recto y reptante, y la línea entre OPORTUNIDAD y AMOR se desdibuja.

Jimmy se fue dispuesto a encontrar a Rock Hudson una esposa a la que él nunca echaría un casquete. Consulté la prensa matutina y puse la radio. Como era de prever: el 459 en la suite de Jack Kennedy no salió en las noticias. Como era de prever: me telefoneó un poli de la División de Allanamientos del Departamento de Policía de Beverly Hills. Como era de prever: telefoneó a todos los que constaban en la lista de invitados del sarao atómico del senador Jack. Como era de prever: mencionó el resbaladizo robo con fuerza en términos *muuuuuy* discretos. *Pero...* transmitió el vívido verismo al expoli Otash, en exclusiva.

—Sabemos quién lo hizo, Freddy. Fueron aquellos tarados que violaron a una animadora. Dejaron huellas a punta pala. Esos cretinos están apañados.

Don Wexler telefoneó al cabo de media hora. Fijémonos: sacamos 11.600 por las pieles y las joyas de la suite de Jack el K.

Revisé las cinco agendas que robamos. *Confidential* se nutría de chismes de fuentes fidedignas. Tenía en mis manos agendas de piel rosa y roja de Ingrid Bergman, de Lana Turner y de una cronista sentimental llamada Connie Woodard. Esta escribía para las revistas de Hearst y cubría las regias y regaladas vidas sociales de la élite angelina. Tenía agendas negras de Bob Mitchum el *Briboooooón* y del mismísimo senador Jack.

Exprimí primero la de Bergman La Grande. Los nombres y números eran pudibundamente previsibles. Alfred Hitchcock, el voyeur gordo. Gregory Peck, el maestro del bostezo. Los directores italianos Roberto Rossellini, Vittorio De Sica, Michelangelo Antonioni. Hasta ahora, ¿qué? Ingrid se lio con Rossellini, allá por el 50. Ella dio a conocer el contubernio de él fuera del lazo conyugal y causó gran conmoción. ¿Y qué? *Confidential* había publicado ya esa trasnochada trápala. ¿El resto de los números? Elementos de los estudios, mariliendres, anónimos lameculos de las estrellas. Además... Jack el K., *graaaaaaaaaan* sorpresa: Ingrid era una MUJER... Si a él alguna le hacía tilín, se la tiraba. Además *esto*: todos esos desabridos datos estaban ya en el archivo maestro de *Confidential*.

Exprimí la agenda negra de Bob Mitchum. Eran todo fulanas/disponibles las veinticuatro horas del día. Observemos las magníficas medidas del busto junto a los números. La mitad de esas nenas practicaban el pindongueo desde Googie's. *Bostezo*. Constaban todas en el amplio archivo de fulanas de

Confidential. Nota para Bondage Bob Harrison: ¡¡¡¡publicar pronto un número en exclusiva sobre fulanas!!!!

A continuación: la plumífera de Hearst, Connie Woodard. *Ajá*: aquí se me pusieron los pelos de punta.

De *cocottes* a comunistas. *Ese* es un sorprendente salto. Fijémonos en esos nombres nocivos. Tenemos a Joe Losey y a John Howard Lawson. Tenemos al comisario cultural del Comintern V. J. Jerome. He ahí al dispéptico Dalton Trumbo. Ahora no pares. He ahí a baladrones bullangueros, lamentables liantes en la lista negra, mandaderos de Moscú todos ellos, además de los mártires de mentira conocidos como los Diez de Hollywood.

Teníamos todos los nombres y números en nuestro dosier «Comus Conocidos». ¿Y qué? ¡¡¡Es la confusa conexión con la tal Woodard lo que lo enreda todo!!!

Y… *he aquí* un hecho chocante. Escarbemos en *esta* incongruencia. Este individuo no es un airado apparátchik. No es un rojo de remate, imposible.

Steve Cochran.

Steve el Semental. El Hombre de los Treinta Centímetros. Matón y maleante supremo de películas de serie B. Estrella de bodrios proyectados en cines al aire libre como *Carretera 301, Al rojo vivo* y *Los condenados no lloran*. Steve el Semental es rudo y duro, dentro y fuera de las pantallas. Es un camorrista y un siniestro sicópata. Los hombres lo temen, las mujeres lo desean. Es el mejor dotado entre todos nosotros. Trata a las mujeres con rudeza y dureza… como si eso a ellas las deleitara disolutamente. Casi mató de una paliza a dos pachucos que intentaron asaltarlo. Un sarasa le dio un bocinazo ante el Grauman's Chinese. Él le arrancó la nariz de un mordisco y se la escupió a la cara.

¡¡¡¡Uau, uau!!!!

Tuve un pálpito, potente. Considerémoslo la Confluencia de Cochran. Me quedaban dos agendas. La de Lana Turner y la de Jack K. Dichas agendas darían lugar a absoluto aburrimiento. A excepción hecha de esto: dichas agendas aunarían la Confluencia de Cochran.

Hice crujir las agendas y pasé las páginas. Ahí aparece Steve el Semental, por orden alfabético.

Premio. En las dos agendas. Añadamos a la comunistófila Connie Woodard. He aquí mi pálpito: eso apuntaba a Algo Grande.

Volví a mi chabolo. Cavilé y trabajé con el teléfono hasta las 22.00 h. en punto. Luego me puse elegante y fui en coche al Valle.

Algo Grande.

Mi trabajo telefónico lo confirmó. Recurrí a mi contacto en PC Bell. Le di cuatro nombres y le prometí mil dólares por examinar las facturas de teléfono. Fijémonos en esto, funesto:

Jack Kennedy había llamado a Steve Cochran diecinueve veces en los dos últimos meses. Llamó desde su despacho en el Senado y desde su casa en Hyannis Port. Steve el Semental llamó a Jack catorce veces. Llamó desde su conocido picadero en West Hollybufo.

Connie Woodard había llamado a Steve Cochran veinticuatro veces en los dos últimos meses. Llamó desde su choza en Hancock Park, una zona de alquileres altos. Steve el Semental llamó a Connie veintiuna veces.

Lana Turner había llamado a Steve Cochran treinta y cuatro veces en los dos últimos meses. Lo llamó desde su mansión en Holmby Hills. Steve el Semental llamó a Lana veintiséis veces.

Consigné la insidiosa información y la dejé palpitar y penetrar. Un despropósito doméstico me distrajo. Joi me había dejado una nota, pegada con celo en el espejo del cuarto de baño. Me llamaba «Mercader del Odio y la Violencia» y me profetizaba presuntuosamente una vida corta y vacía de amor. Comprobé los mensajes en mi servicio contestador. Liberace me rogaba que hiciese de niñera de Lance el Leopardo. Dejé un mensaje en su servicio contestador: «De acuerdo, ya me ocuparé».

Me eché al cuerpo dos dexis y compensé la carga con cuatro tragos de Old Crow. Me puse mi traje de raya diplomática predilecto y me rocié de Lucky Tiger. Cavilaba sobre la Confluencia de Cochran y Joan Perkins alias «Stretch», incesantemente. Telefoneé a Bernie Spindel de camino a la puerta.

—Mañana trabajamos —dije—. Hay que colocar micros en casa de Steve Cochran.

—Vaya —dijo Bernie, y colgó.

Linda's Little Log Cabin: una lobera lesbi y un refugio rústico. Un oscuro cuchitril. Vigas de madera lacada y música de musical a bajo volumen. Un idóneo marco para el magreo. Reservados envolventes envueltos en humo de tabaco. Cubículos para camioneras y nidos para fascinantes *femmes*.

Entré. Me conocía la rutina. La Brigada Central Antivicio autorizaba el antro y se embolsaba el cinco por ciento. Linda Lindholm estaba en deuda conmigo. Le gustaba el material latino lujurioso. Se machacaba a las muchachas espaldas mojadas, a *muchas*. Linda dejaba molidas a *las chiquitas*. Linda pasaba del amor absoluto al aburrimiento en seis segundos escasos. En ese punto intervino Freddy el Falseador. Monté una redada en busca de grifa entre las chicas y las fleté al otro lado de la frontera.

Linda me vio. Se quedó en la barra y me hizo el gesto «Dame». Deslicé dos billetes de diez en dirección a ella. Señaló un reservado al fondo.

Me dirigí hacia allí. Percibí un aroma a perfume Jungle Jaguar: a palo seco/sin acompañamiento. Salió del reservado y se acercó a recibirme. Diosa dorada, soy todo tuyo.

Era de una estatura espectacular. Retroiluminada, revolvió mis instintos básicos y me llevó a una *suaaaaaave* ebullición bajo su resplandor. Lucía un vestido camisero de madrás sin mangas y zapatos de silla de montar sin calcetines. Emitía vibraciones valquíricas. Parecía Kirsten Flagstad cantando *Tristan und Isolde*. Dijo:

—Hola, señor Otash.

Tendió la mano. Se la estreché e hice una inclinación. Tenía una voz ronca infantil. Era timbre tranquilo de contralto mezclado con escuela secundaria: a palo seco/sin acompañamiento.

Nos acomodamos en el reservado. Nos sentamos uno frente al otro. Una lamparilla de mesa iluminaba a Stretch, bomba atómica malva y rosa. Sus brazos desnudos eran del tamaño de los míos. Alzó una mano y se alborotó el pelo. Asomó el vello de la axila. Sus *colosaaaaales* credenciales crepitaban a la luz de los farolillos. De Kirsten Flagstad a Anna Magnani. Adquirió un resplandor italiano neorrealista. Dijo:

–Me comentó Billy que quería usted conocerme. Como me gusta conocer a gente nueva e interesante, accedí.

–Vi su foto –dije–. Por eso estoy aquí, y me consta que usted puede adivinar la razón. Pero mis intenciones se han esfumado nada más verla.

Stretch sonrió.

–Billy dijo que usted era el hombre a quien hay que acudir en Los Ángeles. Me considera una persona propensa a los problemas, porque, digamos, me gustan las chicas. Estoy entrenándome para los Juegos Olímpicos del año 56, y no quiero líos.

Aparecieron las bebidas. A cuenta de la casa. Las trajo Linda en persona. Un Manhattan para Stretch. Old Crow para mí.

Ladeamos los vasos.

–Tiene usted diecinueve años. Para usted todas las personas son nuevas e interesantes. Eso la convierte en una mujer vulnerable. Las lesbis, y los hombres de color como Billy, y los hombres como yo traen problemas, y si usted es propensa a los problemas, debería plantearse a quién deja entrar en su vida y a quién no.

Stretch tomó un sorbo de su copa. Reprimí el movimiento de mis manos y me esforcé en no tocarla.

–Si la táctica del hermano mayor severo es una estratagema, es nueva. No suele ocurrirme que alguien, nada más conocerme, me recomiende que me aleje.

—Me gusta la idea de que sea una chica temeraria, y de que yo la saque de apuros. He aquí mi primer consejo. Billy me dijo que quiere usted que *Confidential* la relacione con él. Esa es una maniobra poco inteligente. Estropearía su trato con el rectorado de la Universidad del Sur de California y con la gente de los Juegos Olímpicos.

Stretch se encogió de hombros.

—Tengo diecinueve años. Soy una persona inquieta. Destaco todo lo que puede destacar un deportista universitario que casualmente es mujer. Soy grande, y bastante torpe, y eso atrae a cierto tipo de hombres y mujeres, y quieren conocerme y ponerse a prueba conmigo, y yo siento mucha curiosidad por saber quiénes son esas personas.

Entrelacé las manos sobre la mesa. Stretch entrelazó las suyas sobre las mías. Las suyas eran más grandes que las mías.

—O sea, a mí usted me atrae. Quería conocerla, y la he conocido. Le he explicado mis intenciones, y he aquí algo que a lo mejor considera interesante. Voy a cuidar de un leopardo real vivo durante las próximas tres semanas. Puede venir usted a mi chabolo y conocerlo. No permitiré a ese animal que la ataque o la mate.

Stretch se desternilló. Se alborotó el cabello tentadoramente. Lo tenía lacio y de un rubio sucio, peinado con raya en medio. Le asomaban unos dientes grandes.

Trabé mis dedos con los suyos. El gesto acabó en un adorable tira y afloja. Sus manos eran más fuertes que las mías.

—¿Está en un aprieto ahora mismo?

—No.

—¿Es capaz de adivinar malas intenciones y alejarse, deprisa?

—Sí.

—¿Me telefoneará si alguien le inspira dudas?

—Sí.

—¿Tiene dinero suficiente para ir viviendo?

—Sí, y nunca permitiría que un hombre, mujer o bestia me instalara en un sitio y esperara favores.

Solté una risotada.

—Es un código suyo, ¿no? Yo también tengo uno. Haré lo que sea menos cometer un asesinato, y trabajaré para quien sea menos para los comunistas.

Stretch soltó una risotada y destrabó nuestras manos. En el reservado hacía calor. Sudábamos. Stretch se enjugó la frente y las axilas. Se recogió el cabello por detrás con una goma y me dirigió Cierta Mirada.

—Me alegra que le guste eso de mí. Significa que tiene usted buen criterio, y que le va lo poco convencional.

Yo tenía los nervios hechos trizas. Stretch me asustaba y me causaba dispersión y me alimentaba la lujuria de una manera nueva. Stretch me leyó su limitadora ley antidisturbios.

—Me gusta el magreo y las siestas con hombres. Dejo de lado el resto hasta que aclare algunas cosas.

Encendí un pitillo. Stretch encendió también uno de mi paquete. Exhaló cuatro anillos de humo concéntricos frente a los tres míos. Me sentí aturdidamente drogado y sexualmente sacudido... y súbitamente sin vida de una manera nueva. Apoyé la cabeza en la mesa. Stretch deslizó las manos por mi cabello.

—Eres buena persona, tío Freddy. Sé que mataste a un hombre cuando eras policía, y Billy dijo que quizá no deberías haberlo hecho. Yo soy tolerante con la gente, siempre y cuando no se metan directamente conmigo.

Levanté la cabeza y le bajé las manos y se las besé. Percibí su aroma y el mío, fundidos.

—¿Qué más te dijo Billy de mí?

—Dijo que los dos somos curiosos y solitarios, exactamente de la misma manera.

Jungle Jaguar. El ajado aroma de la viuda. El salto de Joan a Joan a la 1.00 h. Un pago en penitencia en el bolsillo de mi pantalón y una película en mi cabeza.

Liz Taylor en *Un lugar en el sol*. Los momentos finales. Monty Clift recorre a pie el último kilómetro. La peculiar puesta en escena adquiere un carácter sedosamente subjetivo. El clímax se presenta en un primer plano. Liz asoma, *enooooorme*. Separa los labios. Transposición/Transfiguración. Yo beso a la fusión Joan Perkins-Joan Horvath para el fundido a negro. Camerford y El Centro. He ahí la casa. He ahí una luz tardía en el salón.

Aparqué y me acerqué. Imité el último kilómetro de Monty y *alargueeeé* la escena de la entrega en el buzón. Regresé a mi buga y esperé. Silbé «My Funny Valentine» a velocidad fúnebre.

Joan Horvath salió. Vestía el mismo conjunto de andar por casa. Sostenía un pitillo y un vaso de tubo. Agitó su insulsa falda de lana y se sentó en el porche.

Me sorprendió a medio estribillo. Silbé una nota aguda y di vuelo al tema secundario. La miré. Ella miró *hacia* mí. La luna asomó entre las nubes. Vi motas grises en su pelo corto y enmarañado.

Aquellas gafas de montura metálica le conferían visión en 3D. Veía a través de mí como ciertas criaturas en las películas de monstruos. Cerré los ojos para excluir su mirada y presentar el gran primer plano. Un telón negro tapó su beso.

LA FURGONETA DE ESCUCHA DE
BERNIE SPINDEL

Frente al complejo de apartamentos de
Steve Cochran
West Hollybufo
16/2/54

–Con este trabajo no lo tengo del todo claro –dijo Bernie–. Ese soplapollas es un psicópata. Me da miedo.

Steve el Semental vivía en Havenhurst, entre Fountain y el Strip. Tres relucientes edificios españoles/un patio fresco. Seis chabolos por edificio. Fulanas y mindundis del mundo del cine allí instalados.

Ahora son las 9.14 h. Steve está en casa. Su Mercedes de un granate lúgubre está aparcado detrás.

Encendí un pitillo y di un tiento al Old Crow. Me atormentaban un estridente estrés y una migraña malévola. No paraba de ver cosas. Polis de mano dura en vertiginosa vigilancia. Mujeres cuya presencia ansiaba con toda mi *aaaaaaaalma* y no estaban. Sentía los estragos de la espera. Quería *TRABAJAR*. Me eché al cuerpo dos dexedrinas para darme marcha.

–Son cuatro habitaciones, más baño –dijo Bernie–. Lo he consultado en la Oficina de Urbanismo del condado. Las paredes son de estuco blando, todo en acabado tosco. Será fácil taladrarlas y rellenar luego con masilla. Entré anoche y extraje unas cuantas muescas de pintura. Es pintura reciente, así que debería ser fácil encontrar el mismo tono.

Vestíamos monos de técnico de reparación de televisores. Las llaves maestras nos permitirían acceder. Steve el Semental estaba rodando un bodrio de policías titulado *Infierno 36.* Bernie lo siguió ayer. Dijo que Steve iba al plató a las 9.30 h. y trabajaba todo el día.

—Instalaremos el puesto de escucha en Sweetzer —dije—. Burt Lancaster tiene su cámara de tortura en el mismo edificio. Mis marines vigilarán ambos lugares. Tendremos a un hombre conectado en todo momento.

Bernie puso cara de «Vaya».

—Burt hace a pelo y a pluma. Me lo contó Ward Wardell. Compra sus chicos a una loca que se llama Dwight Gilette.

—A cada cual lo suyo —dije—. Todos somos los grandes señores de nuestras sinagogas, y luego vamos y tenemos ocho novias negras.

Bernie puso cara de «Vaya». Señalé hacia la otra acera. Steve el Semental se pone en marcha. Su Mercedes de color cereza se dirige hacia el sur.

Llevábamos de todo. Taladros, masilla, pintura y brochas... *verificado.* Rollos de cable, micrófonos de condensador, cinta de fricción... *verificado.* Abrazaderas para cable, espátulas, aspiradora industrial... *verificado.* Una caja de herramientas llena de herramientas para un trabajo minucioso... *verificado.*

Teníamos dos grandes cajas metálicas. Llevaban el rótulo «Reparación de televisores Acme». Vaciamos la furgoneta y cruzamos el patio. Llegamos a la puerta de Steve al trote. Bernie insertó llaves en la cerradura. La llave n.º 3 nos dio acceso.

Me paseé por el piso. Era fresco y acogedor y estaba muy ordenado. Salón/dormitorio/cocina/cuarto de baño/cuarto de aseo. Un pasillo lo comunicaba todo. Un motivo decorativo demencial:

Segunda Guerra Mundial. Espléndidos emblemas e inestimables insignias auténticas. Botín de Berchtesgaden y banderas japonesas rescatadas de Saipán. Banderines con la esvástica. Cascos alemanes convertidos de cuencos para cereales, en remojo en el fregadero. Ceniceros con motivos de las SS.

Alfombras del sol naciente. Impresionantes Lugers enmarcadas. Foto en cueros de Eva Braun: la estrafalaria *Frau* del *Führer*. La quintaesencia de toda esa quincalla en sillas/mesas/estantes. Fijémonos en *esto*, demencial: cabezas japonesas reducidas, bestias con botones por ojos, todas con gorras de los Dodgers de Brooklyn a medida.

Bernie babeaba, boquiabierto. Saqué mi cámara de espionaje Minox y lo fotografié todo. Le vi posibilidades para la difamación. Fotografiemos toda esta puta mierda.

Steve Cochran, el *Bürgermeister* de la Gran Polla de Los Ángeles. El Reich. Nidos de nazis en la Warner, la Metro y la Fox. Lo relacionaremos laxamente con el asunto nazi/platillo volante del año pasado. Bondage Bob Harrison se fue de fiesta con el parásito paraguayo Alfredo Stroessner y el maligno Juan Perón. Ocultaron hordas de hitlerianos, allá por el 46. Los columnistas comunistas calificaban a *Confidential* de «fascista», «nativista», «charlatanista», y «la voz de la vil voluntad de la vox pópuli». ¡¡¡¡¡La resplandeciente revelación sobre Cochran mutilaría las mentiras de esos izquierdistas!!!!!

Bernie me tiró de la tela del mono y casi salté del susto.

—*Venga*, Freddy. Deja de mirar embobado. Tenemos trabajo que hacer.

Pues eso: *trabajamos*. Tendimos cables a lo largo del revestimiento de madera y por debajo de la moqueta. Taladramos paredes blancas y encajamos los soportes de los micrófonos. Reenmasillamos y repintamos rigurosamente. Aspiramos el polvo que había desprendido la masilla. Colocamos micrófonos en grietas, aberturas, altillos. Extrajimos los receptores de los dos teléfonos y colocamos micrófonos de condensador. Examinamos las lámparas de pie y adherimos soportes de micro bajo las pantallas. Pusimos micros en el dormitorio y repetimos en el salón. Supersonorizamos el lugar.

Tic tac, tic tac. Más de cuatro horas de trabajo. Yo estaba sumergido en sudor y dinamizado por las dexis y eufórico a más no poder. Recogimos el equipo. Bernie suspiró y puso cara de «Vaya». *La oportunidad es amor.* Esa máxima torpe marchaba por mi interior.

El puesto de escucha de Sweetzer. Un pisucho de dos habitaciones en un edificio Deco decadente a un paso de Willoughby. Allí grabamos las tendencias a la tortura de Burt Lancaster con starlets pechugonas. Más la acción en tres nidos de fulanas. Más la acción en un fumadero de opio en la trastienda del Hunan Hut, el «Hogar del cóctel Naufragio de Shanghái».

El chabolo rebosaba cable, del suelo a las vigas. Hilo de alambre y tomas hasta los topes. Teníamos hombres dispuestos en los dispositivos de grabación las veinticuatro horas del día. Bernie había instalado un transmisor-receptor en el salón de Steve Cochran. Quedó óptimamente operativo a las 18.00 h. Las 18.00 h. llegaron y pasaron. Me coloqué los auriculares y escuché el aire muerto.

Jimmy Dean se dejó caer por allí. Trajo fotos de las candidatas a esposa de Rock Hudson desnudas y breves biografías suyas. Fijémonos: seis nenas que servían café al elenco y al equipo técnico en el rodaje de exteriores y se la mamaban a directores selectos. Dije a Jimmy que tenían *bueeeeeena* pinta. Jimmy se colocaba los auriculares y controlaba la grabadora del Hunan Hut. Nos transmitía las insinuaciones indecorosas más interesantes. Los ceporros de los repartidores ponían pastillas junto con las bandejas de *pupu* y arroz frito con carne de cerdo. Bela Lugosi y Peter Lorre fumaban «O» en el fumadero. Conversaban sobre sus colaboraciones como artistas invitados en el programa nocturno de televisión de Vampira. Vampira se hizo lesbi en Las Amigas, hogar de acogida para chicas. Regentaba una red de lesbis desde el Googie's, en esos mismos momentos.

Más aire muerto. Me aburría y llamé a mi servicio contestador. *Oooooh:* había llamado la señorita Joan Perkins alias «Stretch». Me preguntaba si podía pasar a recoger a Lance el

Leopardo e instalarlo en mi choza. Devolví la llamada a Stretch y lo organicé. La insté a la cautela. Stretch me lanzó un beso telefónico y dijo que no tardaríamos en magrearnos.

Llamó Joi. Llamó Johnnie Ray. La chica del servicio contestador dijo que transmitían rencor. «Dígale al señor Otash que la tiene como un anacardo... ¿y quién mejor que yo para saberlo?». «Dígale al señor Otash que es un guardia de asalto nazi malévolo... y pronto lo sabrá el mundo entero».

Simples gilipolleces, a la mierda... Volví al susurro de la línea y el aire muerto.

Transcurrió el tiempo. Fumé un pitillo tras otro y me rasqué los huevos. El Hunan Hut trajo la cena. Jalufé fideos a la Chang y chop suey de China Joe's. El teléfono de Steve Cochran sonó a las 20.29 h.

Steve lo cogió. El activador de voz vibró. «Aquí Lew's, la tienda de excedentes militares. Tenemos una liquidación de pistolas ametralladoras Schmeisser, dagas nazis y cabezas reducidas de japos... fritas a golpe de lanzallamas en Iwo Jima». Steve compró tres dagas y tres cabezas. El tipo dijo que las adornaría con gorras de béisbol de los Dodgers.

Más aire muerto. Garabateé en un papel borrador. Escribí «Freddy & Stretch» y dibujé un corazón alrededor. Transcurrió el tiempo. El teléfono de Steve sonó a las 22.52 h.

Escuché. La estática y el susurro de la línea ensuciaron la llamada. Me llegó una voz femenina. Me llegó la voz de Steve. Me llegó estática, el susurro de la línea, confusión, turbiedad total, risas rijosas y guiso de estática.

Le casqué a la consola. Aporreé el interruptor de supresión de sonido. Manipulé los mandos y me llegó lo siguiente:

La mujer dijo: «Bueno... no sé... vas a... ¿puedes... fichar a gente de renombre?»

Steve dijo: «Estás de bro... concepto... ha llegado la hora... explícito entre famosos. Te conviene hablar...»

La llamada se atascó en la estática, los susurros y la turbiedad, y dio paso a un diminuendo hasta quedar en aire muerto.

El Googie's bullía y rebullía. En el Iris Theatre ponían el adelanto de una peli sobre un perro en 3D. Los cretinos del Googie's conservaban sus gafas de 3D y se tronchaban de risa.

Pipiolos pueriles. Se pasaron de rosca con la parranda y pusieron a prueba mi paciencia. Los soplones tomaron nota de mi presencia. Me endosaron una dosis de agua pasada.

Bostezo. Orson Welles troceó a la Dalia Negra. Revisemos *La dama de Shanghái.* Interpretemos la simbología. *Bostezo.* Bill Holden está ingresado en el pabellón para casos de delirium tremens de Queen of Angels. Se tira a las enfermeras del turno de noche de dos en dos. *Bostezo.* Tengo una foto del depósito de cadáveres. El suicidio de Carole Landis, allá por el 48. Totalmente desnuda. Felpudo a la vista. Kodachrome color... ¡¡si miento que me lleve el viento!!

Ronquido. Existe un complot para boicotear la Serie Mundial del 54. Las Naciones Judiounidas están moviendo los hilos. *Ronquido.* Grace Kelly es ninfómana. Convirtió a Johnnie Ray en hetero en un cuarto de material de limpieza del Crescendo. *Ronquido.* Sé que no te lo vas a creer, pero ¡¡¡¡¡Pat Nixon concibió al hijo ilegítimo mulato de Count Basie!!!!!

Me lo creí todo y no me creí nada. Estaba de nuevo en el puesto de escucha. Una mujer desconocida: «¿Puedes contratar a gente de renombre?». Steve Cochran: «Concepto... ha llegado la hora... explícito entre famosos».

Trémulos interrogantes corroían mi cerebro y pululaban bajo mi piel. No podía interrumpir el escabroso discurso.

De pronto:

Los cretinos del Googie's se quedaron inmóviles. Yo me quedé inmóvil. Entraron cuatro pasmas y se pavonearon por el local. No eran polis cualesquiera. La Brigada de los Sombreros del Departamento de Policía de Los Ángeles. El sargento Max Herman. El sargento Red Stromwall. El sargento Harry Crowder. El agente Eddie Benson.

Sección de Robos y Atracos del Departamento de Policía de Los Ángeles. Cazadores y asesinos de atracadores. Todos de metro noventa y cien kilos. Todos con trajes gris perla y panamás blancos. Los chicos más duros entre los duros del Departamento de Policía. Los perros de pelea personales del jefe William H. Parker. Son mastines con la misión de machacar al servicio de su amo.

Me puse en pie. Vinieron hacia mí apresuradamente y me abordaron. Red Stromwall dijo:

—Hola, Freddy.

—El jefe quiere verte, Freddy —dijo Max Herman.

—Me gusta tu traje, Freddy —dijo Harry Crowder—. ¿Dónde lo has robado?

—Siempre has sido un descerebrado, Freddy —dijo Eddie Benson.

Max Herman me tiró de una trabilla del cinturón y me sometió.

Red Stromwall me hincó una porra plana. Harry Crowder y Eddie Benson me flanquearon y me empequeñecieron y me redujeron a algo microscópicamente minúsculo.

Salimos al aparcamiento. Se acercó un coche sin distintivos del Departamento de Policía, solo. Bill Parker ocupaba el asiento trasero. Miré al interior. Él miró hacia fuera.

—¿Cómo van las cosas, Bill? ¿Su mujer todavía hace el número de la mula?

Harry Crowder me dio un puñetazo en los riñones. Red Stromwall me atizó con la porra. Max Herman dijo:

—No chilles, Freddy. Quedaría afeminado.

Eddie Benson me lanzó al asiento trasero.

Contuve la respiración y me acaricié los riñones. Parker iba de paisano. Parker habló con su grave vozarrón y su dejo de Dakota del Sur.

—Joan Hubbard Horvath, la viuda del hombre que mataste en acto de servicio, fue asesinada anoche en su casa. Sus hijos se habían ido de excursión con el colegio. Parece que fue un crimen sexual obra de un ladrón merodeador. Pusieron la casa patas arriba, y estrangularon y apuñalaron a la mujer. Encontramos un total de catorce sobres con tus huellas. Dos de ellos llenos de billetes de veinte y cincuenta dólares.

Parker se interrumpió. Me miró mal. Me hizo *malocchio*.

—La víctima se resistió. Encontramos restos de barba y fragmentos de piel bajo sus uñas, y veo que tú no tienes ninguna marca. El agresor era del grupo sanguíneo AB negativo. Según tu expediente en la policía, eres 0 positivo. Eso te exonera como asesino, pero no como cómplice o testigo material. Te aconsejo que me des una explicación verosímil de la presencia de tus huellas en esos sobres.

Miré mal a Parker. Le hice un *malocchio* que rebosaba más odio y ardor que el suyo.

—Maté a Ralph Mitchell Horvath conforme a la norma tácita del Departamento de Policía de que los asesinos de polis deben morir. Iba desarmado. Le coloqué un arma exculpatoria y le pegué un tiro por la espalda. Después el poli contra el que él disparó se recuperó, lo cual me supo a cuerno quemado. He estado haciendo pagos a modo de penitencia a Joan Horvath, desde hace cinco años. Nunca he hablado con ella. Usted es un buen católico. Usted mismo se siente culpable de vez en cuando, así que ya sabe de qué hablo.

Parker encendió un pitillo y me echó el humo a la cara. Tosí y eché el humo de vuelta contra su cara.

—La cosa se complica aún más, y casi todo dirige las sospechas hacia ti. En primer lugar, te hemos visto hablar con el Departamento de Policía de Beverly Hills, y os atribuimos a ti y a tus chicos el 459 en la suite del senador Kennedy. La cagaste con las transparencias de las huellas. Colocaste las huellas de *esos tres* mangantes que han estado aterrorizando Beverly Hills. Eso fue un gran error. George Collier Akin dejó la banda hace dos semanas. Disponemos de información muy fiable a ese respecto. Él insistió en matar a la chica que secuestraron, pero Brown y Dulange lo disuadieron, y la chica fue puesta en libertad. Suponemos que George Collier Akin anda realizando robos con merodeo en solitario en mi jurisdicción, y he dicho a Max y a los chicos que lo busquen y lo maten. Es posible que traten de consultar contigo en el transcurso de la investigación, y te aconsejo que cooperes. Puede que así el Departamento de Policía de Beverly Hills no presente cargos contra ti.

Parker se interrumpió. Parker puso cara de «Largo de aquí, cucaracha». Salí del coche. Los Sombreros me rodearon, todos muy efusivos.

Max Herman me estrechó la mano.

—Bravo por ti, Freddy.

Red Stromwall me estrechó la mano.

—Pórtate bien, chaval.

Harry Crowder me estrechó la mano.

—Te echamos de menos, Freddy. Alegra esa cara.

Eddie Benson me estrechó la mano.

—No te metas en líos, descerebrado.

Me zafé y volví a entrar en el Googie's a trompicones. Fui derecho a la puerta delantera y aparté a camareros y ayudantes, en masa. Volqué bandejas con bebida. Los clientes chillaron y se encogieron como si se cagaran encima. Agarré un whisky doble de la mesa de Gene la «Reina Mala» y lo apuré, sin consentimiento. Derribé a una camarera y saltaron por el aire batidos de leche y sándwiches club. Salí impetuosamente por la puerta delantera y cogí mi macarramóvil Packard, aparcado junto a la acera.

El Strip se hallaba a una manzana al norte. Me salté un semáforo en rojo y fui zumbando hacia el oeste. El Ciro's estaba cerca. Pisé el acelerador y atravesé el tráfico nocturno levantando chispas. Viré bruscamente a la derecha y planté mi chasis en la puerta cochera. Topé con Ferraris y Facel-Vegas y me importó un carajo. Dos aparcacoches trataron de arrinconarme. Los tumbé y los sometí y les pateé las pelotas. Acometieron un falsetto de pelotas pateadas y llamaron a sus mamás a Miami y Milwaukee entre maullidos.

Irrumpí en el club. La pista estaba de bote en bote. Johnnie Ray zapateaba en el escenario. Se contoneaba femeninamente y ululaba lascivamente su gran éxito «Cry». Meneaba el micro y gemía como una pescadera despechada. Sollozaba, suspiraba, sacudía su bucle en la frente y hacía girar el audífono ante el público.

Joi y Liberace ocupaban asientos en el centro de la primera fila. Me abalancé hacia allí. Los clientes me vieron. Se levantaron y pusieron cara de «Eh» y «¡¡¡¡¡Alto ahí!!!!!». Aparté a camareros y a una gorda sentada a la mesa de Bing Crosby. Llegué a la primera fila. Joi y Lee alzaron la vista. Joi articuló con los labios: «Perdedor soplapollas».

Le derramé su Tom Collins en el vestido y le eché los cubitos de hielo por el escote. Joi me lanzó un gancho y se cayó de culo. Los clientes se rieron a carcajadas. Johnnie llegó a su crescendo y, fiel al título de la canción, lloró de verdad. Vacié el bolso de Joi y encontré su alijo de seconal. Engullí el contenido del frasco. Tragué los cinco gruesos diablos rojos seguidos del martini doble de Lee. A Lee le *encantoooó*. Me pellizcó la mejilla y entró en éxtasis. Tambaleante, me lancé al frente y levité camino de la salida del club. Subí al buga y me escabullí hacia el este por Sunset.

Me subsumió un nuevo sistema solar. Las farolas pasaron a ser de colores malva y rosa. Partículas de bomba atómica pulverizaron el parabrisas y penetraron a través de él. Observé a los viandantes. Las caras de todos los hombres pasaron a ser gárgolas, las de todas las mujeres pasaron a ser súcubos. Steve Cochran cantaba «Das Horst Wessel Lied». Yo arrancaba banderas nazis de sus paredes.

He ahí Vine Street. Tomé hacia el sur y tomé hacia el este por Camerford.

La casa de los Horvath irradiaba luz, pasadas las doce de la noche. Vecinos chismosos curioseaban. Fuera los arcos voltaicos envolvían en resplandor el chabolo y cruzaban el cielo. Aparqué detrás de una hilera de coches de policía y coches K. Hombres de paisano y uniformados se paseaban por el porche. Esparcidos por el jardín había juguetes y muebles. La puerta de la calle estaba abierta. Los dactilógrafos espoloreaban las paredes. Los fotógrafos tomaban fotos. Los del laboratorio barrían los suelos en busca de fibras.

Agentes de Robos y Atracos comprobaban las aberturas de las ventanas y cacareaban. Vi a Harry Fremont en plena tarea. Los diablos rojos me hicieron trizas y lo pusieron todo patas arriba. Me quedé en blanco. Los arcos voltaicos me abrasaron los ojos con su resplandor. Joan Horvath y Joan Perkins me besaron como Liz en aquel primer plano. Me quedé en blanco y negro y parpadeé. Vi a Bill Parker y Red Stromwall pasarse una petaca en el porche. Recliné el respaldo del asiento de mi coche para desviar la luz del arco voltaico. Me puse cómodo y en posición supina. Dije, «Te lo ruego, Dios mío, vela por mi seguridad», y perdí el conocimiento.

Perdí el conocimiento en la noche fría y desperté caldeado por el sol que atravesaba el parabrisas. Tenía las ventanillas cerradas. Un tipo con aspecto de poli me observaba desde la calle. No lo reconocí. Se metió en una unidad sin distintivos, aparcada frente a mí. Agarré un papel y anoté la matrícula.

De pronto me acordé de todo. Supliqué a Dios que me permitiera escapar de la luz del sol y regresé a la negrura con un parpadeo. Rosie Clooney cantaba: «Hey there, you with the stars in your eyes».

DESPACHO DE SEGURIDAD EN EL SÓRDIDO HOLLYWOOD RANCH MARKET

17/2/54

Salí en el *Mirror*: INFIERNO EN EL NIGHTCLUB: EL DETECTIVE PRIVADO FRED O. EN FRENÉTICA REFRIEGA. Salí en el *Herald*: OTASH, EL POLI DE *CONFIDENTIAL*, EN LA BARAHÚNDA DEL CIRO'S. Los tórridos titulares me estimularon. Me instilaron orgullo al instante. Joan Horvath lo amorteció mortalmente. Freddy, el bien y el mal que has hecho.

Bondage Bob me telefoneó y me felicitó. La insidiosa información acicateó las ventas matutinas de *Confidential*. El Ciro's era territorio del sheriff. Bob llamó a Gene Biscailuz y prometió diez mil para su campaña de reelección. Eso cubría el coste de mi desmán de diez minutos y paralizaba posibles demandas.

Joan Horvath obtuvo una mínima mención en las páginas locales del *Herald*. VIUDA VÍCTIMA DE ASESINATO EN SU CASA DE HOLLYWOOD. ROBO CON FUERZA–SEXO PRESENTADO COMO POSIBLE MOTIVO.

Bob y yo hablamos de negocios. Lo puse al corriente del cotilleo sobre la búsqueda de esposa para Rock Hudson y describí en detalle a las posibles esposas. Bob conocía a la candidata Claire Klein. Servía de señuelo para la extorsión en *Whisper*, allá por el 51. Su bolo a tiempo parcial en la Universal era un simple subterfugio para ponerla en contacto con hombres extorsionables. Intervine: Tenemos que adelantarnos a las revistas de fans en este asunto. Hacer correr el rumor sobre los engañosos encuentros del Bujarrón Rock con mujeres reales. Insinuar el subtexto. Por puro descarte. Hollywood te joderá cuando no te joda nadie más.

Bob estuvo de acuerdo. Añadió: Y en su noche de boda traicionaremos a Rock y revelaremos su inclinación por los chicos. Nos carcajeamos por la irritante ironía. Solté el trapo sucio sobre el chabolo de Steve Cochran. Bob quitó importancia al tesoro de fetiches nazi-japos y calificó a Steve de mero aficionado a la historia. El propio Bob había pagado cinco mil por un bikini estampado de esvásticas que en su día llevó Leni Riefenstahl. La gente se volvía a contemplar a su novia cuando se lo puso para la fiesta en una piscina de la Fundación contra la Polio.

—Y, Freddy... he oído decir que Cochran, si acaso, tira hacia la izquierda.

Para acabar, le expuse la persistente pista «explícito entre famosos». Bob me dijo que ocupara yo mismo el puesto de escucha.

—Y... si todo cuadra, infiltraremos a alguna para atrapar a Steve... Claire Klein podría servir.

Bob puso fin con un «Sayonara». Yo respondí con un «Auf Wiedersehen», jefe. Cagué, me duché, me afeité, y me obligué a observarme en el espejo. Me vi a mí mismo y vi hacia dónde apuntaba todo aquello. Freddy, el bien y el mal que has hecho. Telefoneé a Harry Fremont y quedé a comer con él.

Volví en coche a casa. Junto a la puerta había colgado un aro de baloncesto. Stretch lanzaba ganchos desde lejos. Vestía los colores de la Universidad del Sur de California. Los hijos de los vecinos observaban. Lance el Leopardo languidecía en mi portal. Los niños le daban palmadas en la cabeza y patatas fritas.

Me acerqué sigilosamente a Stretch por detrás. Dije:

—Si me convences de que de verdad tienes diecinueve años, te alborotaré el pelo y te daré un beso en la nuca.

Stretch se rio. Dejó caer la pelota y se echó el cabello a un lado. Los niños permanecieron atentos al intercambio. ¿Qué pasa aquí? *Pero si ella es más grande que él.*

—Nací el 18 de enero de 1935, en el Good Samaritan. Eso significa que tienes vía libre.

Le acaricié los hombros desnudos y le besé la nuca. Para ello me puse de puntillas. Los niños aplaudieron. Lance el Leopardo miró y gruñó.

Stretch encestó tres lanzamientos desde lejos y giró en redondo. Me agarró por el cinturón y tiró de mí hacia el interior de mi propio chabolo. Lance nos siguió adentro. Se desvió hacia el cuarto de baño delantero y engulló agua del inodoro. Stretch se despidió de los niños con un gesto y cerró la puerta con el pie.

Me apoltroné en el sofá. Stretch se estiró y apoyó la cabeza en mi regazo.

—Mi madre me ha enseñado el *Mirror*. ¿Te divertiste anoche en el Ciro's?

—¿Vives con tus padres?

—Vivo con mi madre. Mi padre murió en Saipán cuando yo tenía ocho años. ¿Qué hiciste tú en la guerra?

—Fui instructor en Parris Island. Preparé a marines que acabaron muertos en Saipán, pero yo nunca salí del país.

—¿Por qué no?

—Porque sabía que me matarían, y no tuve agallas para asumir ese riesgo.

—¿Por qué?

—Porque soy miedoso y egoísta, y tengo que conseguir todo aquello que deseo, y de aquí no paso si el interrogatorio sigue por esos derroteros.

Stretch me cerró los puños y me besó los nudillos. Se desprendió de las zapatillas y dejó los pies colgando por el extremo del sofá. Lance subió de un salto a mi sillón preferido y se lamió las bolas.

—Además, eres muy observador. Te has olvidado de mencionar eso. Y eres reservado y circunspecto cuando estás conmigo. Y ninguna de las chicas del Linda's te odia, pese a que rompiste la mitad de las botellas durante la redada por el control de la bebida del año 48. Y te disgusta hacer indagaciones sobre mí, pese a que espías a la gente y sacas a la luz sus asuntos en la prensa, y mueles a palos a las personas que amenazan con demandar a tu despreciable revista.

Sonreí.

—Robé las botellas que no rompí, y Billy Eckstine me las compró a mitad de precio.

—A Billy le caes bien. Yo no estaría aquí si no fuera así.

—Billy es Billy, y no es tan bueno como parece. Intentó hacerte promoción conmigo y la que ya es mi exnovia desde hace poco tiempo.

Stretch me forzó a abrir los puños y me colocó las manos en sus pechos. «Hey there, you with the stars...».

—Billy me sobrevalora, en muchos sentidos.

—Tienes diecinueve años, y andas buscando. Veo que eres audaz... y piensas que las reglas no van contigo. Y de aquí no paso si la conversación sigue por esos derroteros, hasta que te vea empezar a cometer errores.

—¿Estás diciéndome que lo único que puedes enseñarme ahora mismo es eficacia?

—Estoy diciendo que para algunas personas la oportunidad es amor, y que tú podrías ser una de ellas.

El desconcertante dúo en el puesto de escucha. El Leopardo en el Lazo y la Mujer Mayúscula. Race Rockwell y Ward Wardell entraron en éeeeeeextasis.

Stretch vestía una falda de tweed, unos zapatos de silla de montar y una blusa Oxford rosa. Lance lucía un collar de púas que le había regalado Bondage Bob por Navidad. Llevé tres pizza pies y una caja de Brew 102 fría.

Stretch se cernía y descollaba por encima de tres hombres altos. Lance recorría las habitaciones y se dejaba acariciar por la gente. Race le dio pizza de anchoas. Ward alardeó de nuestro tablero de corcho nuevo. He ahí Operación Esposa de Rock a plena vista... con fotos de desnudos y disparatados dosieres clavados debajo.

Devoramos las pizzas pies y nos pusimos a trabajar. Race trabajó en la escucha del Hunan Hut, yo trabajé en la línea de Cochran. Ward trabajó en la Línea Fulanas n.º 1. Stretch se ocupó de la Línea Fulanas n.º 2. Nuevos estímulos me motivaban. Era la línea lesbi. Bernie Spindel y yo habíamos colocado micrófonos en la choza: Flores al sur de Sunset. La obscena escena sáfica se prolongaba desde el anochecer hasta el alba e incluía a alguna que otra muchacha y marimacho de nombre conocido. Veamos cómo registra y reacciona Stretch.

Acercamos sillas a las consolas. Nos conectamos. Nos pusimos los auriculares. Lance se papeó las costras de las pizzas y se cagó en el suelo.

Me senté muy cerca de Stretch. Jugamos a roce de rodillas y lánguido entrelazamiento de manos. Capté dos horas de aire muerto. Un varón desconocido telefoneó a Steve el Semental a las 20.19 h. Steve lo llamó «Cal». Pegaron la hebra sobre *Infierno 36*. Steve se despachó sobre Howard Duff y su esposa Ida Lupino. Duff era un borrachín. La Lupino tocaba la flauta. Se la mamó detrás de la furgoneta de comida. Dorothy Malone estaba como un tren. «Estoy trabajando en ese asunto del material explícito entre famosos. Ella es la principal candidata».

¡¡¡Premio!!! Pista n.º 1 sobre «explícito entre famosos»/ 20.27 h.

La llamada concluyó a las 20.33 h. En el absoluto aburrimiento posterior resonó el aire muerto. Observé a Stretch trabajar en la línea lesbi. El auricular le quedaba apretado. Tomaba notas en su registro telefónico. Traslucía profundo placer y soterrado tedio.

El aburrimiento me abrumó. Agarré la foto en cueros de Claire Klein y su dosier del tablero de corcho y volví a sentarme. Stretch se apoderó de la foto y la examinó. Guiñó un ojo y puso cara de *Oooh-la-la*. Dijo:

—Rock debería casarse con *ella*.

Le devolví el guiño. Claire estaba como un tren y tenía unas credenciales creíbles. Nacimiento: Nueva York, 11/8/21. Segunda Guerra Mundial, teniente de la sección femenina. Consejo de guerra y licenciamiento deshonroso bajo la acusación de proxenetismo. Emigró a Palestina, año 47. Sedujo y torturó a espías árabes para el Irgún y la Banda de Stern. *Mierda*: ¡¡¡¡¡Los árabes son mi pueblo apaleado!!!!!

Claire se planta en Estados Unidos. Se traslada a Los Ángeles y recibe una credencial docente en California. Da clases de álgebra en el instituto Le Conte. Consigue un trabajo a tiempo parcial en los estudios de cine. Claire es una trepa. Arranca cueros cabelludos y sigue en su ascenso. Bob Aldrich, Otto Preminger, Henry Hathaway, Willy Wyler. Visita la cámara de tortura de Burt Lancaster. Burt quiere hacerla girar en su diana montada en la pared y lanzarle dardos a las piernas. Claire no se presta. Burt se pone coercitivo. Claire le enseña el pincho prendido de la pierna izquierda. Burt aumenta la oferta inicial. Claire deja caer nombres.

Mickey Cohen, Lou Rothkopf, Sammy Dorfman, Baldy Stein. Los vaqueros kosher de la mafia de Los Ángeles. Todos esperpénticos sionistas. Todos dementes y dispécticos. Burt se echa atrás: Claire es mala hasta la médula y tiene contactos calamitosos.

Sonó el teléfono de Steve el Semental. Consignemos: 22 h.

Steve descolgó. Varón desconocido n.º 2 empezó a parlotear. Steve lo llamó «Fritz». Pegaron la hebra sobre la espada japo y el mercado de cabezas japos reducidas. Fritz lo calificó de «sector en auge». El negocio iba viento en popa. El negocio era boyante en lo referente a cuchillería nazi, todo grabado con esvásticas. Además de cascos nazis remodelados en forma de bufetera y sopera.

Steve dijo: «Estoy dejando atrás mi fase boche, Fritzie. Búscame unas pistolas Makarov y unos recuerdos de la NKVD. No diría que no a las dagas del alijo de la Lubyanka de algún Iván».

La llamada se prolongó monótonamente. Exhumé la información de Bondage Bob: «Cochran, si acaso, tira hacia la izquierda».

Concluyó la llamada: 22.42 h. El aire muerto me maceró y me sumió en el sueño. Fui a algún lugar seguro y suave. Ronqué sincronizadamente con Lance el Leopardo, tendido a mis pies.

Transcurrió el tiempo. Lo seguro y suave pasó a ser acuoso y caliente. Yo nadaba en la Laguna Estigia. Joan Horvath me rebautizaba. Llevaba un bikini de estampado nazi y aletas de natación. Stretch me arrancó los auriculares. Tal inocencia, tal júbilo.

–Fíjate, tío Freddy. Los puntos se conectan. Claire Klein hace de buscona, a tiempo parcial. Uno de sus clientes era aquel individuo de asuntos culturales del Partido Comunista, V. J. Jerome, que supuestamente está infiltrándose en Hollywood, y el tercer rayo de la rueda era Babs Payton, que ha ido de capa caída desde que abandonó a Franchot Tone, según las revistas de fans que lee mi madre. Estuvieron dale que te pego durante dos horas seguidas, y luego bebieron vodka y engulleron *borscht*.

ASADOR OLLIE HAMMOND'S,
ABIERTO LAS VEINTICUATRO HORAS

Wilshire con Serrano
18/2/54

Nos bebimos el almuerzo. Yo tenía mucho, mucho apetito. Había pateado culos continuamente toda la mañana. Morty Bendish en el *Mirror*. Los tipos de *Transom* y *Whisper*. Les dije que Rock Hudson era *mi* bolo, en exclusiva. Se quejaron, se quedaron mustios y gimieron. La sangre salpicó mi porra plana. Eché por tierra sus contratos civiles y desprecié su derecho a la libertad de expresión.

Harry enseñó la placa a nuestro camarero. Plantó ante nosotros una de las botellas a mitad de precio reservadas al Departamento de Policía. Old Crow y dexedrina: ¡¡¡¡¡Va-va-vuuum!!!!!

—Vayamos al grano. Es por el crimen de Joan Horvath, quieres estar en el ajo. Llevas años de lo más sentimental por esa chiflada. El precio es quinientos por el acceso, y otros cien por cada favor especial.

Exhibí mi fajo y desprendí diez billetes de cien. El fatigado Freddy siempre va fuerte. Harry se apropió de la pasta y exhibió una sonrisa de suficiencia.

—Parece un robo con merodeo 459 que se torció mucho. El fulano rompió una ventana para entrar y dejó huellas de guantes de goma en el alféizar. Tenía el bolso de Joanie en las manos cuando ella despertó y se enfrentó a él. Lo arañó, y extrajimos restos de sangre del grupo AB negativo y fragmentos de una barba áspera y oscura de debajo de sus uñas. Hasta aquí bien, por el momento. Pero no había sangre suficiente para hacer comparaciones individuales. En este caso, eso significa que el grupo sanguíneo puede exonerar, pero no condenar.

Eché un tiento al Old Crow.

—Adelante, dime porque has llamado «chiflada» a Joan.

Harry hizo un gesto masturbatorio.

—Primero, se casó con Ralphie Horvath, tuvo dos hijos con él, y se quedó con él. Segundo, estaba sobrecualificada para un ladrón de poca monta y un bicho raro como Ralphie. Tenía una amplia formación, y era algo así como una erudita en historia rusa, pero se conformó con quedarse en casa y cuidar de sus mocosos.

Encendió un pitillo.

—He aquí la pregunta: ¿el trabajo fue cosa de George Collier Akin?

Harry negó con la cabeza.

—Yo no estoy muy seguro de eso. Bill Parker está convencido, ha convencido a los Sombreros, y ya sabes lo que eso significa. Parker vio la foto en el hospital de aquella chica que secuestraron Akin, Brown y Dulange, y ahora está entrándole la fiebre, y tiene un termómetro metido en el culo tan a fondo que le duele. Quiere a Akin muerto, los Sombreros quieren matarlo, y es verdad que Akin rompió con Brown y Dulange cuando estos se negaron a cargarse a la chica. Vale, podemos dar por supuesto que Akin… que es ladrón merodeador desde hace mucho… anda por ahí trabajando en solitario, muy probablemente en la ciudad de Los Ángeles. Hasta aquí todo bien… pero conozco a ese soplapollas malévolo desde el 43… y el caso Horvath no parece propio de él.

Aplasté la colilla.

—¿En qué sentido?

—Veamos. Tiene el vello facial oscuro y áspero, o sea, eso concuerda. He consultado su expediente de San Quintín, y es del grupo sanguíneo AB negativo, o sea, eso concuerda, y se trata de un grupo poco común. Pero trinqué a Akin por ocho robos con merodeo en el 43, y siempre llevaba una máscara roja de diablo, de goma, que le llegaba muy abajo, cubriéndole todo el cuello, para protegerse de arañazos y heridas cortantes, y para aterrorizar más a sus víctimas... porque es el hijo de puta más sádico que he conocido en la vida... así que si los Sombreros quieren liquidarlo, ¿quién soy yo para andar armando jaleo?

Eché un tiento al Old Crow. Redirigí mi subidón de dexis, *molto bene.*

—*Quería* matar a la animadora, pero antes nunca había matado a una mujer, que tú sepas.

Harry hizo girar su vaso.

—Nunca. Pasó del 43 al 51 en San Quintín. Salió en libertad condicional en noviembre, incumplió la libertad condicional, y volvió a las andadas en solitario. Desde entonces hemos tenido otros seis robos con merodeo/agresiones atribuibles posiblemente al Bandido Diablo Rojo. Todos con graves lesiones físicas al borde del asesinato. Después este capullo se alía con Brown y Dulange, y a partir de ese momento se convierte en el suplicio del Departamento de Policía de Beverly Hills.

—Se separó de Brown y Dulange hace dos semanas —dije—. «Das por supuesto» que trabaja en solitario, pero «insinúas» que no se atiene estrictamente al modus operandi del Bandido Diablo Rojo, y no se ha denunciado ningún robo con merodeo que puedas atribuirle a ciencia cierta.

Harry dejó escapar un suspiro.

—Veo que lo has pillado. Que no se diga que el infame Freddy O. tiene un pelo de tonto.

Yo fumaba un pitillo tras otro.

—¿Qué más? Descríbeme la escena del crimen.

—El chabolo quedó patas arriba. Creo que, aparte del dinero del bolso y cualquier otra cosa que llevarse, buscaba algo en concreto. En el armario de Joanie había guardados más de seis mil dólares de tu dinero de penitencia, y no se molestó en registrarlo o robar el contenido. Todo este asunto huele a animadversión personal. Se trata de un asunto «te odio y te mato», y eso suena a venganza.

Exhibí mi fajo y desprendí otros cinco billetes de cien. Harry les echó mano.

—Eres un hombre decente, Freddy. Mañana tendré el historial completo de Joanie.

Me entró una nostalgia nociva. «Harry», «Ralphie», «Joanie». Del 49 al 54. Un poli joven ENTONCES. Un perro pervertido de la noche AHORA.

—Recuerdo aquel día en la sala de revista. Tenías menos años y no estabas tan gordo. «Eh, chaval, se te ve aburrido. Ve a por ese Ralphie y cárgatelo».

Harry puso cara de «Nanay».

—Corta ya, Freddy. No puedes andar metido en la mierda al cuello, como haces en tu vida diaria, y luego esperar que esta falsa cruzada que has emprendido te sirva para hacer tabla rasa.

«Tabla rasa», *y una mierda*. «Falsa cruzada»... otra mierda aún más maligna. Harry Fremont fue un poli corrompido y comprado y pagado desde su primer año en el cuerpo. En lo referente a Oportunidad es Amor asombrosamente no sabía ni mu.

Regresé en coche a mi chabolo. La puerta estaba abierta de par en par. Oí chillidos, gritos, gruñidos, *hiiii* y rugidos. Entré corriendo y comprendí el problema.

Pelea de gatos. Lance el Leopardo contra Joi Lansing, mi exultante ex y socia por excelencia en la extorsión.

Joi estaba recogiendo unas bragas que se había dejado. Lance se olió que se trataba de un robo. Inmovilizó a Joi contra la pared del fondo y le hizo jirones la ropa con las garras. El vestido se desprendió de ella. Arañó afiladamente su sujetador. Sus garras se engancharon en la tela deshilachada y rasgaron y rasgaron. Intuí una intención sexual. Lance lanzó zarpazos contra Joi. Organizó orgiásticamente un striptease transespecie.

Me desternillé. Joi chilló: «¿Freddy?». Agarré a Lance por el collar de púas y tiré tiré tiré. Lance reaccionó con manso malhumor. Gruñó someramente y se escabulló hacia el baño. Lo oí lamer agua del inodoro a modo de aperitivo.

—¿Qué te trae por aquí, nena? —pregunté.

—Eres un perdedor y un mangante —dijo Joi.

Avancé hacia ella. Ella avanzó hacia mí. Me lanzó un gancho de izquierda y me acertó en plena cara. Dio un derechazo. Acepté el golpe y la derribé en la cama de un empujón.

—Uno por lo que le hiciste a Johnnie, y otro por el número que montaste en el Ciro's —dijo—. Y dile a Lee que lleve a ese gato violador suyo a que le arranquen las garras.

Acerqué una silla. Joi agarró su bolso y extrajo el tabaco. Le encendí un pitillo.

—Me alegro de verte, nena.

—Eres un mangante descastado. Nunca volveré contigo, y nunca volveré a trabajar contigo, no en esta vida.

Me desternillé.

—¿A ver qué te parece esto? Rock Hudson necesita una esposa. Lew Wasserman está protegiendo su reputación y la inversión de la Universal. Podría dejarte a ti ser la chica, por el diez por ciento de la pensión.

Joi me lanzó puntapiés. Sus zapatos volaron a los lados y no me alcanzaron. Sus medias de nailon tenían enganchones y estaban plagadas de carreras. Lance arañó *muuuuy* cerca.

—Nunca volveré contigo.

—Ya te he oído.

—No más extorsiones, no más trabajos de señuelo, no más tríos.

—Vamos. ¿Estás diciendo que no más Liz Taylor en el catre?

Joi me echó una bocanada de humo. Su feroz fachada se agrietó una pizca. Me había asestado dos buenas. Me enjugué la sangre de los labios.

—El mundo lo sabe todo de ti, Freddy. Tu número del «Cacique del Cotilleo que ha tomado a Hollywood como rehén» está cansando a la gente.

—¿Qué «gente», nena? Vamos. Dame algunos nombres que signifiquen algo para mí.

Joi volvió a abrocharse el sujetador.

—Steve Cochran, por ejemplo. Dijo que os vio a ti y a Bernie Spindel merodear cerca de su casa. Buscó micros y no encontró nada, pero te tiene catalogado como Cucaracha Pública Número Uno, y dijo que vas camino de llevarte una buena patada en el culo.

Steve el Semental. Ese sí capta su atención. Es un irritante indicio de *Algo*.

Mentí manifiestamente.

—Su edificio está lleno de burdeles. Bernie y yo estábamos colocando micros. «Merodear», anda ya. No sabe de qué habla, y la revista no tiene ningún interés en él.

Joi me lanzó la colilla encendida. Me chamuscó la chaqueta de Sy Devore.

—Estás celoso. Steve posee todos los atributos que tú envidias. Te conozco, Freddy. Necesitas saber qué se trae entre manos, y me pagarás por la información.

Se me contrajo y cerró completamente la garganta. Me temblaron las manos. Saqué la cartera y eché los billetes a la cama.

Joi cogió la pasta y la contó. *Confidential* va fuerte. Uno de los grandes por un soplo de cinco minutos.

—Me encontré con Steve en casa de Johnnie. Me contó que está haciendo una peli porno con «mensaje», basada en una canción country de Bill Haley and His Comets, quienesquiera que sean. Está intentando reunir a unos cuantos actores y actrices de renombre, porque la película solo se proyectará en privado, y por tanto no será perjudicial para la carrera de nadie. La canción se titula «Trece mujeres y un solo hombre en la ciudad». La bomba atómica aniquila a todo el mundo, excepto a trece mujeres y un hombre de una pequeña aldea del desierto, y el hombre tiene una polla gigante, y emprende una cruzada para repoblar el mundo. ¿Captas? Steve está como una regadera, y él es el director, el guionista y obviamente el protagonista. Dijo que tiene respaldo financiero, pero no me lo creo. ¿Captas? Quiere arrastrar a trece mujeres al desierto y tirárselas, y lo más probable es que no haya película en la cámara y que sea todo puro cuento.

«Explícito entre famosos». El nombre de Steve Cochran en la agenda de Jack Kennedy. Los registros telefónicos. Steve llama a Jack/Jack llama a Steve/Steve llama a Jack.

Me olí *Algo*.

—Cinco de los grandes, cariño. Te instalaré un micro y te enviaré a él como señuelo.

Joi sonrió.

—Eres maleable, Freddy. Siempre ha sido fácil manipularte. Eso es lo único que me atrajo de ti.

Fui al Ranch Market. Un programa de radio resonaba, arriba en mi despacho. Fijémonos: el sahumado senador Joe McCarthy se revuelve contra los rojos y hace circular citaciones por todo el sur. Fijémonos, ídem: el Jorobante Joe y Bondage Bob están confabulados: turbios tratos inmobiliarios y piojosas propiedades en las barriadas. *Je, je*: Freddy el Frenético lo sabe todo y tiene todos los triunfos.

Apagué la radio y eché un vistazo a mi bandeja de entrada. Harry Fremont había cumplido, ipso facto. ¡Premio! El historial de Joan Hubbard Horvath.

Joan, un gran cerebro y un rendimiento irregular. Se matriculó en UCLA, aproximadamente entre el 39 y el 45. Tiene títulos superiores en lenguas del este de Europa. Habla con fluidez italiano, polaco y ruso. Trabaja de intérprete para el Senado del Estado de California, aproximadamente entre el 46 y el 47. Se casa con el rufián Ralphie Horvath, aproximadamente en el 48. Incuba su semilla de segunda categoría. No dispone de un medio visible de sostén, desde entonces hasta el día de hoy. *Pero* —esto augura algo GRANDE— Red Stromwall encuentra una libreta de ahorro del Bank of America escondida en el cajón de las bragas de Joan. *Y...* el saldo actual supera los catorce mil.

Eso es un devanasesos. *Eso* es punzantemente provocativo. Recordé el coche de la poli aparcado en el lugar del crimen. Recordé el número de matrícula que anoté. Telefoneé a la Brigada Central de Allanamientos y abordé a Harry Fremont. ¿Para quién trabaja este poli granuja? La matrícula no es del Departamento de Policía de Los Ángeles. Harry dijo que el sufijo denotaba un buga federal. Tal vez del FBI o del Tesoro.

Tragué dos dexedrinas y eché un tiento al Old Crow. *Aaahhh:* mi torrente sanguíneo se tonificó y se transformó. Llamé a mi servicio contestador y consulté mis mensajes. *Aaahhh:* ¡¡¡el amplio mundo quiere a Freddy el Frescales!!!

Joi llamó. Su conversación de café con Steve el Semental estaba prevista para las 19.00 h. Stretch llamó. Dijo que se pasaría por mi chabolo. Bondage Bob llamó. Ponme al corriente, encanto: ¿Qué sabemos de Steve el bien dotado? Jimmy llamó. Es oficial: Claire Klein se apunta al bolo de la boda con Rock. A las doce de la noche en el Googie's: debes estar allí para el encuentro de bienvenida. Llamé a Bernie Spindel. Seis y cuarto en Havenhurst. Joi va a liar a Steve el C.

Uau: ¡¡¡Freddy el Frenético en demoniaca demanda!!! ¡¡¡Es EL hombre a quien hay que acudir!!!

Joi se quejó. Desvirtuó drásticamente mis anteriores palabras de aliento. Le instalamos el micro en la parte de atrás de la furgoneta de escucha de Bernie. Freddy, el soporte del micro aprieta demasiado. Freddy, el cable se enreda debajo del sujetador. Bernie, no me sobes, saca tus gruesas zarpas de mis tetas.

El trabajo de colocación del micro consumió quince minutos. Obligamos a salir a Joi y reaparcamos en la calle de

Steve Cochran, en el lado de su casa. Joi emitía estática y un taconeo por la acera. Nuestros auriculares captaban todos los roces y riffs. Bernie trabajaba en el transmisor-receptor. El sonido en vivo se filtraba furtivamente. *Toc, toc:* Joi está ante la puerta de Steve el Semental. *Crujido/Chirrido:* los ruidos de la cerradura de la puerta. Steve el Semental la deja entrar.

Estática/Balbuceos/superposición de sonidos. Bernie manipuló los mandos y recalibró los roces y los riffs. Llegaron los sonidos del momento en que se acomodaron. Tintineo de vasos/Steve sirve las copas/chasquidos de encendedores.

Joi suspira. Esa es su señal: «Estamos sentados». Se está grabando, alto y claro. Incrimínate, pedazo de mierda. El porno es un delito. *Confidential* va a pillarte. Vas camino de San Quintín.

Joi dijo: «¿Quién decoró esto, Hermann Goering?».

Steve dijo: «Es un decorado para la película. Estoy metido a fondo en la parte de inmersión de todo este asunto. Estoy trabajando en cierta subtrama. El tipo que se propone repoblar el mundo es un antiguo simpatizante nazi, que renuncia al nazismo y adopta la mentalidad de la unidad mundial. La apostasía es uno de los temas principales de esta película. No todo es jauja y mete-saca».

Joi se rio a carcajadas. «Chico, eres todo un vanguardista».

«Estoy *por encima* de esas cosas, más bien».

Joi: «*¿Ah, sí?* A ver, ¿lo piensa alguien más? Es decir, ¿cuánta gente de renombre va a participar, aparte de tú mismo en el papel protagonista?».

Steve: «Anita O'Day y Barbara Payton tienen contratos en tinta, como dicen en el oficio. Casi tengo en el bolsillo a Lana Turner, que está pensándoselo».

Joi: «Eso es pan de hace una semana a mitad de precio, encanto. Anita es una yonqui, y Babs atiende a clientes baratos desde el autoservicio Stan's. Y Lana… sencillamente te está tomando el pelo».

Steve: «Agárrate. También tiene contrato en tinta Gene Tierney. Seguro que eso te impresiona. Intervino en *Laura* y

Que el cielo la juzgue, y fue prometida de Jack Kennedy, antes de casarse él con esa envarada, Jackie».

Ooooh: asoma Jack el K. *Ooooh*: Su nombre en la agenda de Steve el Semental.

Joi: «Mi ex, Freddy, envió a unas cuantas chicas a Acapulco, para animar la luna de miel de Jack. Lo sé por Jack, créeme».

Steve: «Y yo sé algo de Freddy O. Mis compinches en el mundo de la política han hecho circular rumores. Los estudios están reuniendo un fondo de reptiles común para pararle el carro a *Confidential*. Freddy y sus guardias de asalto han estado delatando a todos esos maricones, tortilleras y gente de ideas liberales. A Freddy se le está acabando la buena racha, tenlo por seguro».

Bernie hizo un gesto masturbatorio y puso cara de «Vaya». Me corrió el sudor. «Fondo de reptiles.» «Gente de ideas liberales». Eso en mi mundo denotaba *ROJO*.

Joi: «Dame nombres, cielo. Tus compinches del mundo de la política. Si aparezco en esa película tuya, ¿quién va a verme? Lo digo para asegurarme de que lo que tú ya sabes no empezará a salpicar».

Steve: «Para empezar, Jack Kennedy. Joe McCarthey, pese a que es un fascista a la manera de *Confidential*. Tenemos también al senador Bill Knowland, y al senador Hubert Humphrey. Toda esa gente de peso son compinches míos, y acallarán cualquier rumor que pudiera filtrarse sobre la película, y te doy mi palabra de que solo se proyectará para personas de alto nivel en el mundo de la política y la industria... personas que quieren ver... hablando en plata... a estrellas de cine follar y chupar y predicar el evangelio antibomba atómica tal como solo yo puedo escribirlo. Esto es una empresa de alto nivel desde la línea de salida, amiga mía, y tú puedes arrancar con ventaja».

Bernie puso cara de *Está looooco*. Bernie se agarró la entrepierna y puso cara de *Vaya*. La estática irrumpió en la emisión. Manejé los mandos y despejé la transmisión.

Joi: «... y no es que no necesite la plata. Pero te diré una cosa, la idea de joder en una película me trae al fresco. Siempre y cuando la película no circule por ahí, como esa foto de Marlon Brando con la boca llena».

Steve: «Marlon quiere salir en la película. Lo sé de buena tinta».

Joi se rio a carcajadas. «Estás mal de la cabeza. Como dice Bondage Bob Harrison: "A mi tu buena tinta me la pendula"».

Steve soltó una risotada burlona. «Mi buena tinta es el señor V. J. Jerome. ¿Qué te parece eso como nombre? Todos los actores del Group Theatre reciben órdenes de él, y no me salgas con esa calumnia fascista de que está al servicio del Comintern. V. J. distingue un espectáculo de calidad cuando lo ve».

Joi soltó una risotada burlona. «Vale, estamos dando nombres. Vale, dame *un* nombre que pueda servirme de algo cuando mi carrera cinematográfica y televisiva se vaya a pique, si es que eso ocurre».

Steve: «Harry Cohn. ¿Ese nombre te parece bastante importante? Es el director de Columbia, y financia mi película. Él personalmente velará por que nadie fuera de un círculo muy elitista vea esa película. Esta no es una peli porno como las que se ven en las reuniones del Elks Club».

El transmisor-receptor se descompuso y falló y emitió estática estable. Consumió la conversación. Bernie manipuló los mandos y reconectó la consola. Atrapé trozos de diálogo.

Steve: «Vamos. Tampoco es que no hayas ido nunca a una audición».

Joi: «Bueno… tampoco es que… esté obligada por decreto».

Zumbidos/silbidos/estática estacionaria en la línea. Enredos de cable y lámparas quemadas: la consola escupe humo…

Tiré los auriculares y abandoné la furgoneta. Crucé el patio, *rápidamente*. Circundé el edificio de Steve el Semental y espié por las ventanas de la planta baja. Vi las insignias y los emblemas nazis nocivos de Steve y la falda y los zapatos de Joi, allí abandonados. Vi banderas japonesas y cabezas reducidas enmarcadas, y oí graves gruñidos en un barítono bajo. Seguí un rastro de medias de nailon y calzoncillos Jockey. Espié por una última ventana la *Walpurgisnacht*...

Y vi a Joi engullir a Steve el Semental, hasta las amígdalas.

Llamadme *Cornuto.* Decid que estoy inmerso en la ignominia y patéticamente privado de poder y autoridad. Acudí al encuentro de las doce de la noche en el Googie's. Se adueñó de mí la autocompasión. Stretch llamó a mi servicio contestador. No asistió a nuestra cita y adujo un entrenamiento temprano. El perro pervertido de la noche sabe que hay algo más. Ahora Stretch retoza recostada en salvaje abrazo sáfico.

Me senté solo. Acuné un whisky para abotargar el espíritu. Joi entró por la puerta de atrás. Me vio y percibió mi supremo sufrimiento. Yo era *l'etranger* salido del calmo Camus: camino del patíbulo por mis propios méritos.

Joi puso cara de *Oooh-la-la.* Alzó la vista al techo y mantuvo las manos a sesenta centímetros de distancia una de otra. Me hizo una peineta y volvió a salir por la puerta.

Bebopeé a ritmo de bua bua. Cabrito/*Cornuto*/abandonado y abochornado. Que alguien me salve. Estoy sumido en esta sentina de odio hacia mí mismo.

Jimmy Dean y Claire Klein entraron por la puerta de atrás. La Klein vestía vaqueros azules, mocasines de Bass y una siniestra sudadera de Beethoven. Era flacucha, pechugona y morena, y no llevaba adornos. Tenía ese aire típico de judía orgullosa/neoyorquina/no me jodas.

Me puse en pie. Me retoqué. Me desprendí de la depre y resurgí en el resplandor del nuevo amor.

Se acercaron parsimoniosamente. Eso era trabajo a cuenta de Bondage Bob. Chasqueé los dedos. El muermo se marchó.

Se dejó ver un camarero espalda mojada. Pedí una jarra de limonada de alta graduación/fuera del menú. Bourbon de 75 grados. Una ambigua anfetamina. Pócimas del aparador de hormonas de Hop Ling.

Jimmy actuó de maestro de ceremonias.

—Claire, te presento a Freddy. Freddy, te presento a Claire. Estoy aquí como socio de pleno derecho en esta empresa, y para asegurarme de que Rock no sufra daño alguno.

—Yo estoy aquí para casarme con él, no para despellejarlo vivo —dijo Claire.

El camarero volvió a aparecer. Actué de anfitrión y serví las copas. Dije:

—No conviene fumar. Este brebaje tiende a arder.

Nos acomodamos. Examiné a Claire. Me mareavillaron sus dientes torcidos y sus osados ojos castaños. He aquí mi primera impresión intermitente:

Es una agente provocadora. Vive para que hacer bailar a su son e imponer sus condiciones.

—Jimmy ya me ha informado —dijo—. Steve Cochran y demás.

Vivía para sonsacar. Lo percibí. Redirigí una respuesta.

—*Y demás* es el acuerdo con respecto a Rock, por el momento. Ahora que la he visto en persona, señorita Klein, se me ocurren algunas ideas.

Jimmy tomó un sorbo de limonada alegrada.

—Escuchamos, jefe.

Tomé un sorbo de limonada. Claire tomó un sorbo de limonada. Le palpitaron las pupilas, al instante. De su frente salió sudor.

—He aquí la situación. Seis citas, todas ellas cubiertas por *Confidential*. Con una actitud atípicamente sana para lo que es *Confidential*, pero introduciremos alguna insinuación anticomunista, para justificar eso otro. Usted se interpreta a sí misma. Es una profesora de álgebra bohemia del instituto Le Conte. Conoce a Rock en el autoservicio Scrivner's. Estaba tomando una malta con piña, y unos pachucos la acosaron. Eso introduce un mensaje antipachuco en el texto. Rock interviene en el altercado y da una paliza a los pachucos. Se enciende una chispa. Rock va a dar una charla motivacional a sus alumnos de álgebra. Es entrañable. Tienen seis citas. Sus mundos separados chocan y se funden. Rock la lleva al Ciro's y al Mocambo. Usted lo lleva a antros culturales y los dos disfrutan de lo último del jazz. Él le propone matrimonio, usted acepta, la prensa corriente cubre la boda. Conviven hasta un futuro no muy lejano, y Jimmy tiene bajo vigilancia a Rock y lo aparta de los chicos. Hay algunas normas que le expondré cuando la conozca mejor, y cuando ya no me dé tanto miedo la posibilidad de que me saque los ojos.

Jimmy se rio a carcajadas. Recorrió el local con la mirada y le palpitaron las pupilas al ver a un chico escultural de pelo rubio decolorado. Se escabulló para crear contacto. Dispuse de Claire Klein para mí solo. Dijo:

—Déjame adivinar las normas. Luego te diré qué es aceptable y qué no.

—Dispara, nena.

—Nada de acuerdos bajo mano con Rock, sus novios o cualquiera de los hombres a quienes yo conozca a través de él —dijo Claire—. Nada de relaciones extraconyugales evidentes con hombres a quienes quiera trabajarme por mi cuenta, o sencillamente con hombres que me gusten. He de abandonar mi empleo en Le Conte, o convertirlo en la farsa de que lo hago por ayudar a niños desfavorecidos. He de delatar todos los tejemanejes poco honrados que vea en mi nueva vida de postín en Hollywood.

Tomé un sorbo de limonada alegrada. Hice Cierto Gesto. Significaba bravo/tablas por ahogado/te toca mover a ti, ma-ma-san.

Claire encendió un pitillo. Chica valiente. Chica lista. Entiende la combustión química. Su limonada no arde.

—Nada de tratos. Tus normas dan pena. Y antes de que lo preguntes, sí: le saqué un cuchillo a Burt Lancaster. Y antes de que salga el tema, estuve en el Ciro's la otra noche, y presencié tu numerito con Joi Lansing, y si te has planteado que ella vuelva a hacer de señuelo para ti después del bolo de Cochran, piénsatelo bien. Soy mejor que ella para este tipo de trabajo, y no voy a permitirte que impongas restricciones, aunque represente volar por los aires este asunto de la «esposa de Rock».

Lo asimilé. Encendí un pitillo. Freddy el Freón. Mi limonada no arde.

—Vale. Tú misma. Y antes de que lo preguntes, sí: te tendré en cuenta para cualquier bolo de señuelo que pueda surgir para la revista.

Claire exhaló anillos de humo.

—No todo es una calle de un solo sentido, muchacho. Conozco no pocos trapos sucios desde dentro, y no tengo ningún reparo en darlos a conocer, sobre todo si guardan relación con los rojos y esa clase de escoria. He hecho de soplona para el Comité de Actividades Antiamericanas, y haré de soplona para ti… al menos tú me compensarás debidamente.

Hice Cierto Gesto n.º 2. Significaba capitulación con C mayúscula y rendición sin resistencia.

Claire se rio. Enseñó sus dientes torcidos. Puse cara de «Oooh oooh oooh». «Hey there, you with the stars in your eyes».

—Freddy O. es un pusilánime. Es lo último que esperaba ver en este mundo.

—Vamos a algún sitio y derrumbémonos —dije—. Colémonos en un agujero y no salgamos durante un tiempo.

—Esta noche no —dijo Claire—. Tengo exámenes que corregir, y no puedo dejar en la estacada a esos niños desfavorecidos.

FRENTE AL CHABOLO DE LA MUERTE DE LOS HORVATH

19/2/54

Las altas horas de la noche me favorecen. Me confunden y me cogen desprevenido. Me envían a donde se supone que debo estar.

Paré y aparqué en Camerford. El Departamento de Policía de Los Ángeles había retirado la vigilancia en la escena del crimen. La cutre casucha estaba ahora a oscuras. El reloj avanzaba hacia las doce de la noche. Puse la radio y sintonicé *Nachtmusik*.

«Machito» de Stan Kenton. «Uptown Blues» de Jimmie Lunceford. Tiempos pasados, socios. Música majara para una entrada con fuerza.

Manipulé el mando y prolongué el interludio. Encontré bop, por vía de Bird y el desquiciado Dizzy. El bop me bebopea y me transporta a donde se supone que debo estar.

Llevaba mi maletín de pruebas. Llevaba mis herramientas de allanador. Estaba excitado y exhausto en grado sumo.

Había trabajado todo el día en la Operación Esposa de Rock. Las cosas del sexo, socios. El estrecho contacto con Claire Klein me había *desbordaaaaaaado*.

Jimmy manejó a Rock e hizo de director. *Confidential* proporcionó un fotógrafo. Telefoneé a Harry Fremont y lo metí en el bolo. Harry sacó a tres frijoleros feroces de la celda de borrachos de Lincoln Heights. Representaban el papel de los pachucos que amenazaban en grupo a Claire. Escenificamos el emocionante episodio en el Scrivner's Hollywood. Claire toma un sorbo de malta con piña en su Ford del 51. Rock ronda cerca. Elegantes camareros del autoservicio se arremolinan en torno a él. Firma *muchos* autógrafos.

Jimmy motiva a los cholos. Los convierte en estanislavskistas allí mismo en la entrada. Fijémonos: vais como *loooooooocos* detrás de un chocho blanco.

Rodean el coche de Claire. La manosean y le enseñan la salchicha. Claire grita. Rock corre al rescate. Tumba a los tres tipejos pachucos. El Departamento de Policía de Los Ángeles se presenta y se lleva a los frijoleros. Harry Fremont los había avisado previamente.

Todo salió *perfecto*. Nuestro fotógrafo filmó e hizo instantáneas y le bastó con cuatro tomas. Rock conoce a Claire. Es amor a primera vista. Jimmy había asesorado al reacio Rock. Hermano, *tienes* que hacerlo. Lew Wasserman ha decretado que tomes esposa.

Telefoneé a Harry y le prometí quinientos por su trabajo. Harry me facilitó pistas en relación con el crimen de Horvath.

Pista n.º 1: investigó el número de matrícula de aquel coche de la poli que vi en el lugar del crimen. *Diana*: es un buga federal/FBI/prestado al sinuoso senador Joe McCarthy y su cacería de comunistas en Los Ángeles. Pista n.º 2: los Sombreros trincaron al compinche de George Collier Akin, otro mierda. También él era un ladrón merodeador, el muy tarado. Los Sombreros estaban vapuleándolo de *valieeeeeeeente*.

Bird me bebopeó. Dizzy me dio determinación. Me puse unos guantes de goma. Cogí el maletín de pruebas y me puse en *marcha*.

Me sumergí entre las sombras. La luz de las farolas era tenue. Crucé el porche con paso enérgico y me enfrenté a la puerta de entrada. Saqué una ganzúa n.º 4 y la deslicé hacia arriba junto a la jamba contra el muelle del pasador. La puerta se abrió, *depriiiiisa*.

Saqué la minilinterna. Me cerré por dentro. Coloqué el maletín de pruebas en una silla. Harry me había entregado el inventario de huellas del Departamento de Policía. Las huellas de Joan y las huellas de sus hijos estaban reproducidas en tinta.

Constaban las ubicaciones de los borrones y manchas. No se había hallado y registrado ninguna otra huella conocida o verificada. He aquí *mi* tarea: revisar las superficies de contacto y agarre que se habían pasado por alto. Contrastar y comparar.

Casa de Joan. Ahí está todo para tocarlo y degustarlo. Ahí está *ella,* para ti, toda tuya. Adelante, perro pervertido: contrasta y compara.

Deambulé. Esparcí polvo dactilográfico sobre las superficies no incluidas en la lista y obtuve suciedad y sudor de palmas de manos. Retrocedí hacia el dormitorio de Joan y lo reservé para el final. Entré en la habitación de los niños. Me partió el correoso corazón. Extraje una huella no registrada de un niño pequeño de la barandilla de una cama. Examiné estantes y cajones en busca de algún botín allí guardado y encontré cero.

La cocina apestaba a comida pasada y basura. Aun así, la revisé. Espolvoreé la mesa rinconera para el desayuno y obtuve una huella dactilar completa. Consulté el inventario de huellas y comparé crestas, arcos y circunvoluciones. *Eureka*: es una huella desconocida.

La reproduje en tinta en una ficha de huellas nueva. Mi recorrido por la vivienda duraba ya dos horas y diez minutos. Mi corazón corría a toda marcha. Entré en el dormitorio de Joan y me quedé allí inmóvil.

Me asaltó un aroma antiguo a perfume. Era Tweed o Jungle Gardenia. El perro pervertido es un rastreador de fragancias y sabe de lo que habla. Percibí el olor de fondo de Joan. Me excité y me jodió, en cáustica concurrencia. Iluminé con la minilinterna las paredes y vi algo.

Un pequeño agujero de taladro. Ahí mismo. En la pared orientada al este. Justo por encima del suelo. Masilla blanca se acumulaba en los bordes. Asomaba un cable raído.

Me arrodillé y alumbré en primer plano. Soy un profesional de las escuchas. Reconozco una instalación de escucha cuando la veo. *Esa* era la perforación de un punto de acceso. El cable raído era viejo. Se habían retirado los soportes de los micrófonos. La masilla era vieja y se desmigajaba. El hombre encargado de la retirada del dispositivo había hecho una chapuza en su intento de camuflaje.

Aroma antiguo a perfume. Tweed o Jungle Gardenia, mezclado con su...

Registré los cajones del dormitorio. La ropa interior de Joan estaba bien ordenada. El aroma antiguo a perfume se convirtió en su aroma, en sí mismo.

Me quedé traspuesto en el Ranch Market. Bondage Bob telefoneó temprano y me sacó de un sueño. Joi alzaba la vista al techo y separaba las manos más de medio metro. Joi me hacía la peineta y salía de mi vida.

Bondage Bob me sumió en el sombrío paisaje del sueño nuevamente. Exigió información sobre el bolo de Steve Cochran. Expuse lo esencial del trabajo de señuelo de Joi. Bondage Bob consideró que la conclusión era: *La seductora Lana Turner va de capa caída... ¡¡¡Está a punto de firmar un contrato porno!!!*

Hablamos de las facturas telefónicas de Steve el Semental. Había llamado a Jack Kennedy y a la cronista de los ecos de sociedad Connie Woodard. Hablamos del robo por mi parte de las agendas en la suite de Jack. Connie es una gacetillera de Hearst. *Pero...* constan los números de los muchachos de la levantisca lista negra de los Diez de Hollywood. Más V. J. Jerome y otros granujas rojos. Bob consideró que Connie la Comunistófila era la clave de lo que yo percibía como Algo Grande. El trabajo de señuelo con micro de Joi lo confirmaba.

Steve el Semental parlotea sobre sus «compinches del mundo de la política». La combinación agenda/factura telefónica. Connie Woodard llama a Steve veinticuatro veces. Steve llama a Connie veintiuna veces. Jack Kennedy llama a Steve diecinueve veces. Steve llama a Jack catorce veces. Connie la Comunistófila es mayor que Jack el K. Bondage Bob lo calificó de «refrito de rojillos»... ahora resueltamente *rojos*.

Dije a Bob que abordaría a Connie Woodard y colgué. Omití el coste en tiempo de mi cruzada por el crimen de la Horvath. El tiempo me atropelló. En un acto reflejo me eché al cuerpo dos dexedrinas y el tiempo se puso de mi lado.

Tenía una pila de papeles pispados de la fiscalía de Los Ángeles. Mandatos y contrarréplicas, emplazamientos y citaciones, todo ello firmado, sellado y a rebosar de jerga jurídica. Confeccioné una orden judicial para solicitar las transcripciones universitarias de Joan Horvath. La falsifiqué y estampé el sello del fiscal Ernie Roll. Rellené de jerga jurídica el blanco del papel. Calculé que la administración de UCLA aflojarían el material al cabo de una semana.

La lluvia y un violento viento me impulsaron hacia el oeste por Wilshire. El viaje a Westwood Village me llevó una hora y media. Mi macarramóvil Packard se abrió camino en dirección oeste. Los peatones asaeteados por el agua se apartaban a mi paso.

Aparqué y entré corriendo en el edificio principal de la administración. Enseñé mi placa de investigador especial de la fiscalía a una recepcionista impresionada. Ernie Roll me mandó la placa. Yo lo había sacado de un lío con dos menores en un sarao del Jonathan Club.

La recepcionista prometió rápido cumplimiento. Cerré el trato con un guiño. Una tormenta invernal azotaba Los Ángeles. El regreso a Hollybufo me llevaría más de dos horas. Disponía de tiempo que matar. Me acerqué a la biblioteca del campus norte y pedí una microficha.

El *Herald* de los gacetilleros de Hearst. La columna de Constance Woodard. Busquemos calumnias pro comus camufladas en forma de ecos de sociedad. Busquemos artículos aduladores o meras menciones sobre Steve el Semental y Jack el K. Veamos qué sale.

La microficha abarcaba desde diciembre del año 53 hasta agosto del año 51. La columna de Connie se llamaba «Columna de Connie». Una foto pequeña acompañaba a todos sus textos de una plana. Era una pelirroja patizamba con aire de solterona idealista. Debía de estar más que madura para ser reclutada por los rojos.

Desplacé la microficha por una máquina. Leí las columnas de Connie. Al principio se me pusieron los pelos de punta. Toda crónica sobre un baile en Hancock Park, una *soirée* en honor de una debutante o un cursi cotillón contenía reprobaciones contra los rojos. Eso era *demasiaaaaaaaado* bueno. Era *muuuuuy* desproporcionado para lo que solía verse en la prensa. Retrocedí y llegué al 16 de mayo del 53. Jack K. asiste a un sarao en un jardín. En la crónica se agasaja al afeminado perdedor Adlai Stevenson. Connie denigra debidamente a Adlai y menciona «su gusto por el lila y el rojo en más de un sentido». *Epa,* Connie, ahí has dado en el clavo. *Pero...* señala al hermano menor de Jack, Bobby el K. Alude halagüeñamente a sus estrechos lazos con Joe McCarthy. Y *fijémonos*: McCarthy ya ha caído en desgracia. Ahora es anatema para los antirrojos sagazmente informados.

Demasiaaaaado bueno. *Muuuuuy* desproporcionado para lo que se veía en la prensa.

¿Qué pasa aquí? Connie tiene el nombre de Jack en su agenda. Sale justo al lado de los de John Howard Lawson y V. J. Jerome. Connie llama a Jack. Llama a Steve Cochran. Steve se opone a la bomba atómica. Eso es sospechoso en sí mismo. Steve se trae entre manos cierto material «explícito entre famosos». «Últimamente tira hacia la izquierda».

Pasé hacia atrás las columnas de Connie. Rastreé los nombres de Jack y Steve insertos en el guiso de palabras. 53, 52, 51. Ahí: 18 de agosto.

Steve está cautivando a niños en un guateque de los Shriners. Aquí Connie se muestra atolondradamente amarillista y sensiblemente sacafaltas.

«Anoche el galán de serie B Steve Cochran rompió corazones en la fiesta de los Shriners, y no los corazones de mujeres predispuestas como a menudo se le atribuye. No, lectores… ni armó camorra en los pasillos del Hospital de Niños, ni pegó a ningún médico ni abofeteó a ninguna enfermera que se cruzó en su camino. Sencillamente colmó de afecto a aquellos menos afortunados que él, y de paso se ganó los corazones de muchos, incluida yo. ¿No es ya hora de que el mundo vea a este joven talentoso y humano como el artista dotado y sensible que es?».

Me quedé anonadado, atónito y al borde de la ira. Es el Partenón de los Artículos de Adulación. Es el *deus ex machina* de la mentira. Conexiones, desviaciones, falsedades impropias incluso de *mí*. Al principio presentí que era *Algo Grande*. Ahora sabía que era *Algo Malo*.

Salí levitando de la biblioteca. Algo Grande/Algo Malo. Surfeé el tsunami hacia el este por Sunset. Era un monzón monumental. En Havenhurst Avenue me asaltó un instinto rector. Enfilé hacia el sur y paré junto al patio de Steve Cochran.

Vigilancia inmóvil. Allí acurrucado junto a la acera, la lluvia me ocultaba. Old Crow para frenar el frío.

Activé el dispositivo antivaho y mantuve las ventanas transparentes. Observé alternativamente la cochera de atrás y la puerta de Steve el Semental. El tiempo se tambaleó y no consiguió trastornar mi trance. Pasaron las horas. Steve Cochran y Joi Lansing salieron de la cochera y se encaminaron hacia casa.

La casa de él. Ahora la casa de *ella*. Acarreaban el equipaje de *ella*. Las maletas a juego que *yo* le regalé. Con las iniciales grabadas en Mark Cross.

Una pareja encantadora. Un dúo a juego. La Pechugona y el Bien Dotado. Joi se bamboleaba sobre sus tacones muy altos. Una tirita en la mejilla derecha de Steve realzaba su mandíbula sin empañar su atractivo.

Bua. Nadie ha visto tantas desgracias como yo, nadie conoce mi dolor. Que alguien me salve. ¿Quién ha dicho que el tamaño no importa? Estoy sumido en esta sentina de odio hacia mí mismo.

Salí a toda velocidad. Atajé hacia Fountain y volví a subir por Crescent Heights. Aparqué en el estacionamiento posterior del Googie's y entré en el local. La vi, de inmediato. Vestía su conjunto de antro cultural. Vaqueros, mocasines Bass, una siniestra sudadera de Beethoven.

Me acicalé. Me eché en la boca dos Sen-Sen para un aliento fresco instantáneo. Estaba sola. Ocupaba un reservado al fondo. Simulé el desenfado de los hombres despreocupados y duros y fui derecho hacia allí.

Ella hacía girar su cenicero. Bebía absenta con hielo y mordisqueaba patatas fritas.

—Joi se ha instalado en casa de Steve Cochran. Me ha llamado Jimmy y me lo ha dicho. Me ha contado que él la ha ayudado a hacer las maletas para llevarse el resto de sus cosas.

—El teletipo viaja deprisa —dije—. Yo acabo de enterarme.

—Espero que esto te sirva de consuelo. Jimmy ha dicho que había una chica muy grande durmiendo en tu cama. Es casi tan alta como ese hombre de color de la Universidad de Kansas. Joi le ha hecho mal de ojo y ha derramado linimento en su pantalón corto de baloncesto.

Me desternillé y eché un trago de la absenta de Claire. Aguijoneó mi vapuleado hígado y me subió a la cabeza. Claire lanzó unas patatas fritas a mi mantel individual.

—Bondage Bob ha extendido un cheque para tu vestuario. Quiere que vayas de punta en blanco a vuestro encuentro en el Mocambo la semana que viene. Será una doble cita: tú acompañarás a Rock y Jimmy llevará a Liz Taylor. Jimmy ha firmado un contrato para un papel en una película importante sobre la vida en el oeste ambientada en Texas, inminente. Rock y Liz son los cabeza de cartel. Lo de Jimmy y Liz es estrictamente platónico. Se asegurarán de que Rock no se vaya detrás de alguna corista maciza.

Claire encendió un pitillo.

—Venderé a Liz unos cuantos bonos en favor de Israel. Ahora se ha consagrado a la causa. Tiene tratos secretos con cierto embaucador, Mike Todd. Nunca se queda soltera mucho tiempo. Mike es un *paisano* judío de la vieja escuela. Liz es fruta prohibida para él.

Me desternillé.

—Liz es una fruta al alcance de la mano de la nueva escuela. *Confidential* hace la vista gorda con los divorcios, y la revista siempre la tratará bien.

Claire cambió de tema.

—Le clavé un pincho a ese mexicano que se sacudió el chorizo delante de mí. Jimmy lo aleccionó conforme al método, pero se la meneó demasiado cerca de mi cara.

Cambié de tema.

—Harry Fremont vio un expediente del servicio de inteligencia federal. Dijo que estuviste metida en el atentado con bomba del hotel King David, en los tiempos del mandato británico.

—Yo puse la bomba. Y después me hice pasar por una chica judía y afectuosamente saqué a ingleses muertos.

—Los hombres del Departamento de Policía llevaron al mexicano al Receiving de Georgia Street. Fuiste benévola. Era una herida superficial. Lo superó fácilmente.

Claire hizo girar su cenicero.

—Tú tienes un pasado en Georgia Street. Harry tiende a irse de la lengua. Dijo que tu hombre no lo superó tan fácilmente.

—No entremos en recuentos de cueros cabelludos. Con toda seguridad sería incapaz de competir contigo.

Claire sonrió.

—Tienes linaje. El libanés que vino a luchar. Eres cristiano, así que seguramente los tuyos eran considerados de la élite.

Hice un gesto masturbatorio.

—Me caí del camello y aterricé en Los Ángeles. Mi vida entera no ha sido más que un preludio para llegar a ti.

Claire soltó una risotada.

—Nunca diré sí, y nunca diré no. En algún punto querremos derrumbarnos juntos, y cuando llegue el momento, los dos lo sabremos.

Me recorrió un escalofrío. Privé de la absenta de Claire. El ajenjo me agitó el alma y me arrojó de vuelta al Berlín de Weimar. Me uní a una banda de bohemios en el hotel Adlon. Estábamos allí para congregarnos en la cúspide del abismo.

—¿Qué haces en Los Ángeles? No viniste aquí para dar clases en un instituto y ver qué pasa a continuación, y estás sobrecualificada para bolos en los estudios y trabajos de señuelo.

—Aquí a la gente le encanta hablar —dijo Claire—. Jimmy, Harry, Bob Harrison. Tengo entendido que estás interesado en Connie Woodard, y yo también estoy interesada en ella.

—Ahora no pares —dije.

—Vine a Los Ángeles a matar a un hombre —dijo Claire—. No sé cómo se llama, pero creo que quizá Connie Woodard sí lo sepa. Para mí todo es intención y oportunidad, como lo es para ti.

Volví a casa en coche. Volví a casa en coche sobrexcitado y sobreestimulado y tan ASUSTADO que casi me cagué en los calzoncillos.

El chabolo estaba curiosamente tranquilo. Stretch había dejado tirado su equipo de la Universidad del Sur de California en el suelo del salón. Vi una nota suya apoyada en el teléfono.

«Ha llamado Harry Fremont. Reúnete con él mañana en la Unidad Central de Investigación. 10.00 h. Brigada de los Sombreros. Un sospechoso de 459. Sin falta».

Volví al dormitorio. Había una lamparilla de noche encendida. Stretch sobaba en mi cama. Se había tapado con las mantas y dormía profundamente. Lance el Leopardo yacía hecho un ovillo sobre el edredón. Stretch era demasiado alta para la cama. Le tapé los pies. Lance me gruñó. Tarado, no tontees con mi mujer.

Sé cuándo me han derrotado. Regresé al salón y me dormí vestido en el sofá.

UNIDAD CENTRAL DE INVESTIGACIÓN

Sala de Interrogatorio n.º 3
21/2/54

Los Sombreros tenían a un tarado en la silla caliente. Un armario claustrofóbico/una mesa/seis sillas. Un grueso listín telefónico vívidamente a la vista.

Es Delbert Davis Haines/varón blanco estadounidense/ fecha de nacimiento 12-6-18. Está a partir un piñón con George Collier Akin. Se conocieron e intercambiaron opiniones en San Quintín. Haines cumplía condena hasta el día del Juicio Final por un 459 más violación con sodomía.

Harry Fremont le tendió una trampa y lo trincó. Tenía coartada para el homicidio de Joan Horvath. Era clarinetista y había estado tocando blues en una francachela de veinticuatro horas en el Riptide Room. Confirmaban su coartada Dexter Gordon, Chet Baker y Art Pepper.

Harry dijo que se había puesto en contacto por teléfono con Akin. Haines dijo que Akin andaba en busca de gachís para un retorno del Bandido Diablo Rojo. Se despide de Beverly Hills. Vuelve al territorio de Los Ángeles.

Los Sombreros esperaban. Estaban sentados a horcajadas en las sillas y se cernían sobre Haines. Yo arrimé mi silla a la pared lateral y observé. Haines era un yonqui. Se metía en el cuerpo magnífica «H» y ahora mantenía el hábito a raya. Tenía los dientes desiguales y pústulas a porrillo. Vestía una camisa de Sir Guy y un pantalón caqui con rajas en los bajos.

Era un motorista de tomo y lomo y un mal actor. Max Herman dijo:

—Podrías irte de rositas, Delbert. No tenemos nada en los archivos que echarte en cara.

—O podríamos inventarnos algo y retenerte indefinidamente —dijo Red Stromwall.

—O podríamos ponernos desagradables —dijo Harry Crowder.

—Tú sabes lo que queremos y a quién queremos, y cuanto antes nos lo digas, menos probabilidad hay de que te hagamos sufrir —dijo Eddie Benson.

—¿Quién es ese tipo que se ha llevado la silla al fondo? —dijo Haines—. Creo haberlo visto antes.

—Es el señor Otash —dijo Max Herman—. Es un expolicía de Los Ángeles, en la actualidad investigador privado.

—Parece latino —dijo Haines—. Soy muy sensible a las distinciones raciales. Formo parte del consejo editorial del Partido por los Derechos de los Estados Nacionales, y escribo para *Thunderbolt Magazine*.

—No nos apartemos del tema que nos atañe —dijo Red Stromwall—. George Collier Akin. Ya sabes lo que queremos.

Haines se hurgó la nariz y se comió la pelotilla.

—Y yo quiero que tu mujer me la chupe.

Red le sacudió con el listín. ¡Zum! Un potente golpe en gancho. Su cara se estampó contra la mesa. Se le partió la nariz. Salpicó sangre.

Intentó enjugarse la cara. Harry Crowder le agarró las manos y se las esposó a los barrotes de la silla. Los aros se le hincaron profundamente y lo hicieron sangrar.

Haines dejó escapar una risita y se lamió la sangre de los labios. Blandió su considerable lengua en dirección a los Sombreros.

—Soy el Animal del Amor. Comprobad mi historial. Soy pilonero de toda la vida.

—Vemos a Akin ligado a un allanamiento con homicidio de hace dos noches —dijo Harry Crowder—. En Lower Hollywood. Camerford a la altura de Vine. La víctima se llamaba Joan Horvath. ¿Te suena de algo?

—La que me suena es tu mujer, ocho noches por semana —dijo Haines—. Es pilonera de toda la vida.

Harry le sacudió con el listín. Fue un potente golpe lateral. La cabeza de Haines fue de aquí para allá. La sangre salpicó ampliamente por la nariz y la boca. Dos dientes llegaron a la pared opuesta.

—Joan Horvath —dijo Eddie Benson—. Camerford a la altura de Vine. El allanamiento con homicidio fue allí. Ella se despierta y se enfrenta a él. ¿Te suena eso como algo propio de Akin? ¿Te ha comentado ese trabajo?

Haines se lamió los labios y retorció la lengua. Dijo:

—Tu mujer comentó que la tenías como una ameba. Por eso me reserva a mí todo el ñaca ñaca.

Eddie le sacudió con el listín. Le asestó un revés. Le arrancó una ceja. La sangre manchó la pared opuesta.

—Joan Horvath se acercaba a los cuarenta —dije—. Tenía alguna que otra cana y tiraba a robusta. Seguro que a Akin le gustan las mujeres más jóvenes y de carne más firme, y Harry Fremont me dijo que el Bandido Diablo Rojo no actúa en las zonas norte y oeste.

Haines se lamió la sangre de los labios.

—Eh, el latino habla, y no habla con lengua viperina.

—Explícanos qué quieres decir con eso —dijo Max Herman.

—Quiero decir que el latino dice *la verdad* —dijo Haines—. Al Bandido Diablo Rojo le gustan las nenas jóvenes a las que puede aterrorizar. Le gustan los chabolos de los alrededores de Washington con Jefferson, cerca de la Universidad del Sur de California. Puedo concretar más si, como decíais, me dejáis ir de rositas y me dais un vale para una gran cena con bebida en la Pagoda China de Kwan.

—Hecho —dijo Max Herman.

—Añadiremos una ducha y una visita a Georgia Street —dijo Red Stromwall—. Conocemos a todos los médicos del hospital. Allí te recompondrán.

—Delbert es de fiar —dijo Harry Crowder.

—No tiremos la casa por la ventana —dijo Eddie Benson.

Haines me miró a la cara.

—Severance Street, la primera manzana al sur de Jefferson. El Bandido tiene la mira puesta en un chabolo allí. Podría actuar esta noche. La chorba es una estudiante de preodontología. En una foto sale con el pelo corto y oscuro.

Max quitó las esposas a Haines y le entregó su pañuelo. Haines se frotó las muñecas y echó atrás la silla. Se tambaleó y se levantó con visible esfuerzo.

—¿No te lo imaginas yendo a por Joanie? —dije—. ¿Es imposible que la eligiera a ella?

Haines se carcajeó.

—¿Joanie? ¿Detecto algo ahí?

Los Sombreros se carcajearon. Cruzaron pícaros guiños. Max dijo:

—Nosotros sí lo imaginamos yendo a por Joanie, y eso es lo único que cuenta.

Harry y Eddie llevaron a Haines a Georgia Street y lo dejaron cómodamente instalado con un médico del pabellón de presos. Los acompañé. Georgia Street, revivido. Recorrí el malévolo camino que recorrí cuando maté a Ralphie Horvath.

Eddie me chinchó.

—Debe de traerte recuerdos, ¿eh, Freddy?

Haines no conocía la dirección habitual de George Collier Akin. Los Sombreros preferían sorprender a los ladrones merodeadores con las manos en la masa. Max extrajo un plano de Severance al sur de Jefferson. Red llamó en frío a todas las casas de la manzana. Localizó a la chica de la foto. Era una tal Louise Marie Vernell, dieciocho años.

Red expuso la siniestra situación. Louise ahogó una exclamación. Tenía alquilada una habitación en una pensión mixta. Max decretó la evacuación. Red envió tres bugas patrulla. Polis de patrulla llevaron a los inquietos inquilinos y a su casera al Statler del centro. El Departamento de Policía corrió con el gasto. Las chicas rajaron sobre el servicio y se hicieron fotos con los polis.

Esperamos. El crudo día de invierno dio paso al anochecer. Max telefoneó a Bill Parker. Oí su lado de la llamada. Dijo «Sí, jefe» catorce veces y colgó.

Cogí mi automática del 45. Los Sombreros cogieron Python Magnums. Harry hizo circular el alpiste. Trajo seis botellines de bourbon añejo y un montón de patatas fritas.

Nos fuimos en dos coches K. Yo fui con Max y Red. Max llevaba escopetas Ithaca y una caja de armas exculpatorias. Encabezamos la marcha. Harry y Eddie nos siguieron de cerca. Llegamos a South Severance ya a oscuras.

Louise había dejado las luces encendidas, en el piso de arriba. Anunciaban: Estoy sola en casa / Venid a buscarme violadores. El coche en cabeza ocupó la posición del callejón trasero. El coche de cola se situó en la posición de Severance.

Max y Red actuaron de anfitriones. Compartimos los botellines y las patatas fritas. En el coche hacía frío. El alpiste creó su reluciente resplandor. Max y Red me tomaron el pelo y me lanzaron pullas.

Eres buen tío, Freddy. Te echamos de menos, Freddy. *Confidential* es una revistucha de mierda, Freddy. ¿Cuántas extorsiones te has marcado este año, Freddy? El jefe tiene sus cuatro ojos puestos en ti.

Sus palabras desfilaron desconsoladamente ante mí. Tenía la cabeza en Stretch y Claire y el hombre misterioso a quien ella había jurado matar. Y en Steve el Semental y Connie Woodard la Comu. Claire en relación con Connie: «Y yo también estoy interesada en ella».

Transcurrió el tiempo. *Tic tac, tic tac.* Contemplo revelaciones recientes. Claire me da más miedo que Georgie Akin y los Sombreros. *Tic tac, tic tac.* Los diabólicos Horvath. Me han obsesionado y me han obligado a *esto*.

Las burlas y pullas fueron a menos. Transcurrió el tiempo hacia las 22.00 h. Max y Red se adormilaron por efecto del alpiste y se echaron siestas de diez minutos. Me metí en el cuerpo dos dexedrinas y cargué las pilas.

Vi algo. Era algo malévolo y algo indebido. Ese algo caminaba en dirección norte. En dirección a nosotros. Un borrón rojo allí donde debería estar la cabeza y negro por debajo. Se acerca. Gira hacia la verja trasera de la pensión.

Los chicos se despiertan. Ese Algo está *très* cerca. Tiene la mano en el picaporte de la verja. Dicho picaporte no está cerrado con llave. Nuestro coche K se encuentra sumido en las sombras. Lo vemos. Ese Algo no nos ve a nosotros.

El Bandido Diablo Rojo. He ahí la máscara de goma roja. Los colmillos y los cuernos. Viola y mutila. No mutiló ni mató a Joan Horvath. Ahora ya hemos dejado atrás todo eso.

Max y Red desenfundaron las armas que llevaban al cinto. Yo desenfundé la mía. El Bandido Diablo Rojo abrió la verja, entró y cerró. Max formó con los labios Uno, dos, tres, cuatro, cinco. Nos apeamos y lo seguimos.

Avanzábamos en silencio. Íbamos de puntillas. El Bandido Diablo Rojo no oía nada de nada. Se detuvo en el sendero del jardín y miró hacia la luz del piso de arriba. Harry y Eddy salieron de una sombra. La Bestia Roja los vio. Empuñaban escopetas de corredera.

La Bestia Roja se volvió para echarse a correr. Vio aparecer a otros tres hombres con otras tres armas. Me vio a mí.

—Mátalo, Freddy —dijo Max.

Di un paso al frente. Apunté. La Bestia Roja permaneció inmóvil. Le disparé a la cara. Estalló, rojo sobre rojo. La goma roja y la sangre roja explotaron. La detonación resonó muy *muy* alto.

Harry y Eddy le dispararon con sus escopetas y la Bestia Roja voló hacia atrás. Ahora está muerto. No representa ningún peligro. Así funciona esto. Los cinco nos acercamos y vaciamos nuestros cargadores. Disparamos a quemarropa y lo despedazamos.

INTERMEDIO INFERNAL

Mi vida se va al carajo calladamente
22/2 - 18/3/54

Sí, lo hice. Sí, estaba mal. Sí, lo disfruté. Pagó por lo que había hecho. Sabía que yo también pagaría, en algún momento del futuro.

A los periodicuchos de Hearst les encantó. ¡¡¡LOS SOMBREROS LIQUIDAN AL BANDIDO DIABLO ROJO!!! ¡¡¡EL DETECTIVE PRIVADO DE LAS CELEBRIDADES LOS AYUDA!!! Fijémonos en las favorecedoras fotos. Yo salgo con Max, Red, Harry y Eddie. Parezco un enano a su lado. Señalamos algo rojo y muerto en el suelo.

Más titulares atronadores. ¡¡¡UN SOPLÓN DELATA AL BANDIDO DIABLO ROJO!!! ¡¡¡A ESO LE SIGUE UN AUDAZ TIROTEO!!! Más fotos favorecedoras. Las fotos de la ficha policial de 1943 de Georgie Akin. Una toma en pose de «mi héroe». Freddy el Frenético con Max Herman y Red Stromwall. Nos pavoneamos. Louise Marie Vernell nos dirige una sonrisa lisonjera.

El Departamento de Policía de Beverly Hills puso bajo vigilancia a Durward Brown y Richard Dulange. Los Sombreros les dieron caza y los mataron cuatro días después. A los periodicuchos de Hearst les encantó. Más titulares atronadores. ¡¡¡MASACRE EN EL MOTEL!!! ¡¡¡LOS SOMBREROS ABATEN A LOS SECUESTRADORES VIOLADORES!!! ¡¡¡YA ESTÁN MUERTOS TODOS LOS MIEMBROS DE LA BANDA!!!

Muchas más fotos favorecedoras. Los Sombreros con el jefe Parker. Los mastines acometen al servicio de su amo. Grandes palmadas y risotadas. A mí me mencionan mucho. Max Herman dice: «Para esto necesitábamos a Freddy O. Freddy es nuestro chico. Es el hombre a quien hay que acudir». Red Stromwall dice: «Dios bendiga a Freddy O. ¿Qué es un audaz tiroteo sin él?».

Sí, lo hice. Sí, sabía que estaba mal. Sí, me encantó el revuelo de los reporteros. No fastidies a Freddy O. Es el hombre a quien hay que acudir. Qué lástima que el mundo vuelva la vista atrás. Qué lástima que el mundo esté dentro de él.

La panda del Googie's me vio y me pasó los soplos y me proporcionó cuentos para el cotilleo. Anoté montones de insinuaciones indecentes para la revista. Homos, lesbis, borrachos, yonquis. *Untermenschen* infradotados y barracudas de grandes pollas. ¡¡¡Potente acción hermafrodita hiende Sunset Strip!!!

Freddy O. es el Chamán del Bochorno. Tiene la necesidad de *verte*. Entretanto *tú* lo ves a él.

Vi a Joan Perkins alias «Stretch» y a Claire Klein. Hablamos de cosas y en torno a cosas. Las vi, me vieron. Me hicieron cosquillas, me provocaron y se pitorrearon de mí. Stretch quería amor juvenil, con todo el va-va-vum verboten. Dormíamos en mi cama. Stretch vestía el equipo de baloncesto. Yo vestía pijama. Nos magreábamos hasta impúdica interacción y parábamos en seco. Lance el Leopardo se interponía entre nosotros. A eso seguía a nonón.

Stretch me provoca y se pitorrea de mí. Sabe cosas sobre mí. Sabe que maté al Bandido Diablo Rojo a sangre fría. Sabe que todo guarda relación con los diabólicos Horvath, y que yo no he acabado aún con ellos. Claire Klein me provoca y se pitorrea de mí. No se derrumbará conmigo. Nos vemos casi todas las noches en el Googie's. Sonreímos y bebemos. A menudo nuestras manos se rozan. Hablamos de la Operación Esposa de Rock. Pronto asumiré el papel de organizador cuando Jimmy Dean lo deje vacante. Se marchará a rodar *Al este del Edén* con Gadge Kazan y aquella gran peli sobre Texas con Liz y Rock. Claire quiere matar a un hombre. Eso lo *veo*. La consume. Ella *ve* que yo abordo el bolo de Cochran y la conexión de Connie la Comu circunspectamente. Es una de esas chicas que quiere *verlo* todo y saberlo todo ya. Y muy seguramente una psicópata. Se mantiene a distancia de mí. Yo me mantengo a distancia de ella. Nuestros límites vacilan, se debilitan y finalmente se mantienen firmes. Me da miedo. Yo no le doy miedo a ella. No soy el hombre a quien acudir. Soy el hombre que la ayudará a realizar su destino criminal.

Stretch aporta inocencia. Claire vuelve contra mí mi eterno voyerismo. Quiero conocer sus secretos, pero temo el precio que me hará pagar. Sabe que maté al Bandido Diablo Rojo para impresionarla. Se propone matar a un hombre. Yo me propongo matar al hombre que de verdad mató a Joan Horvath. Los diabólicos Horvath. Todo vuelve a ellos. Claire *ve* eso y lo sabe muy bien. Le dije que maté a un hombre para que ella me amara. Ella no respondió. No me amará hasta que encuentre al hombre a quien *ella* quiere matar. Entretanto, ardo en deseos de trabajar.

Trabajo en el bolo de Cochran. Bondage Bob quiere una serialización salvaje y rebosante de sexo. Vivo en el puesto de escucha. Los micros y las cintas funcionan *bieeeeeen*. Oigo a Steve el Semental follarse a mi exmujer Joe Lansing. Me difaman delirantemente. Me infravaloran. Joi chismorrea, me provoca y se pitorrea de mí. Sabe que hay micros colocados. No se lo ha dicho a Steve. Sabe que estoy escuchando. Quiere que la oiga. Eso significa que quiere que *vea*.

El oído equivale a la vista. Mi imaginación sustituye las brechas sensoriales. Introduce información insistentemente. Steve ha reclutado a Lana Turner y al tarado del maridito, Lex Barker. Al licencioso Lex le gustan las menores con *locuuuuura*. El proceso de selección para el reparto de la película porno de famosos prosigue. Yo me mantengo al día. También me mantengo al día con la conexión Connie.

Frecuento la biblioteca de UCLA. Agobio a la gente de administración: ¿dónde están las transcripciones de Joan Horvath? La gente de administración pone cara de «Pronto, pronto». Leo y releo las columnas de Connie. Connie es una Comu codificada. Está en el Comintern. Es un reptil rojo cómodamente a cubierto. Es sediciosamente sutil. Sus palabras actúan a un nivel de minimicropunto. Está vinculada a Steve Cochran. Steve rueda en rojo. Estoy elaborando una revelación para una revista de cotilleo y un perfil peyorativo de mil demonios. Se lo filtraré a Joe McCarthy o a algún otro individuo rigurosamente responsable. Entretanto sonsacaré a Claire el nombre del hombre a quien quiere matar. Entonces ella me amará o no me amará. Yo la amaré sea cual sea el resultado.

Trabajo. Operación Esposa de Rock. Rock y Claire simpatizan y forman buena pareja. Lew Wasserman está contento. Rock encarga muchachitos a un servicio de putos por teléfono propiedad del hermano menor descarriado de Bondage Bob. Obtiene su ñaca ñaca con regularidad.

Fotografío los besos de Rock y Claire ante la puerta. Es material estéril. Rock es un estrella de cine y un encanto de hombre. Se ha comprometido en matrimonio con una pirada lanzabombas por decir poco. Solo en Estados Unidos, solo en Los Ángeles, solo en Hollybufo.

Trabajo. Aliados y adversarios. Viejos amigos de paso.

Los Sombreros se refrenan. Se pasan por el Googie's y me mortifican mientras consigno la información de los soplones. ¿Cómo te va, Freddy? ¿Nos echas de menos, Freddy? El jefe te echa de menos, Freddy. Te lleva siempre en su pensamiento.

Yo los buscaba cuando no estaban presentes. Los escuchaba en el puesto de escucha. Impartían el impúdico mensaje de Te Vemos. Los veía en todas partes. Me echaba al cuerpo unas píldoras y los veía. Bebía y los veía. Me abstenía obstinadamente y era entonces cuando más los veía.

Trabajo. Recibí mi respuesta del FBI acerca de la huella hallada en casa de los Horvath. Mala noticia: esa huella no existe en los archivos. *Vivía* en el puesto de escucha. Me ponía los auriculares y ansiaba que la siguiente intermitencia de tartamudeo y estática me revelase algo grande y algo malo. Esperaba la llamada de UCLA. Connie la Comu me confundía. Jamás salía de su casa de Hancock Park. Yo necesitaba entrar allí. Necesitaba colocar micros y cablear la choza entera.

Connie se escondía de mí y me estorbaba e inmolaba mi imaginación. Aparqué en la acera de enfrente y puse la radio. Joe McCarthy proclamaba su presencia en Los Ángeles. Bondage Bob me contó que los federales habían instalado un puesto de escucha en algún sitio. Vi mis cables cruzarse con sus cables, tensados como cordones de estrangulamiento.

Trabajo con miras a la comunión constante. La casa de los Horvath en tanto que sacristía ensuciada. Juré venganza. Exoneré al Bandido Diablo Rojo y revisé las razones con las que justificaba su muerte. Joan me oyó. Lo sé. La vigilancia es amor. Paso en vela la mayoría de las noches. Sé que Joan me oye y me ve.

FRENTE A LA CASA DE CONSTANCE WOODARD EN HANCOCK PARK

19/3/54

Casa de Connie: un sitio contemporáneo y moderno en la esquina de la Primera con Beachwood. Dos plantas. Todo aluminio y cristal reflectante, de arriba abajo. La demencial idea de lo postinero de algún danés.

Vigilancia consistente en sentarse y reflexionar. Una lluvia torrencial trae una lluvia de ideas. Eh, señora, se han caído las líneas telefónicas. Déjeme entrar a comprobar sus teléfonos, si no le importa.

Permanecí en mi macarramóvil Packard. Estaba esperando a Bernie. Él tenía las seudoherramientas de reparación y los conocimientos técnicos. Lo haría en un pispás. Un teléfono/ un micro de condensador/una chapuza de escucha. No había tiempo para montar micros en soportes.

Las lluvias torrenciales me desgarran, en rememoración. Me lavan el cerebro recalentado y me lo limpian bien limpio. Hace un mes. El puesto de escucha en Willoughby. Stretch Perkins trabaja en la Línea de Fulanas n.º 2. Oye a Claire Klein y Barbara Payton prestar un servicio a V. J. Jerome. El apabullante apparátchik en la agenda de Connie. Esa es la Conexión Fría n.º 1. He aquí la Conexión Fría n.º 2:

Hace un mes, ídem de ídem. Claire y yo nos nutrimos de noticias y coqueteamos a las claras en el Googie's. Claire me ilustra ampliamente con estas frases:

–Vine a Los Ángeles a matar a un hombre. No sé cómo se llama, pero creo que Connie Woodard quizá sí lo sepa.

De ahí mi intimidatoria lluvia de ideas. De ahí mi robusta resolución. Trabaja en la Conexión Connie *ya*.

Bostecé. Iba con el culo a rastras. Ayer trasnoché. Mi casero canceló mi contrato y me puso en la calle, temporalmente. Lance el Leopardo dejó desechos en sus rosales y le olfateó la entrepierna a su estirada esposa. Alquilé un bungalow soberbio en el hotel Beverly Hills. Stretch me ayudó con la mudanza. Colgamos tableros de corcho y clavamos con tachuelas los gráficos de ventas de *Confidential*. Más las notas de mi intrincada troica: Operación Esposa de Rock/Bolo de Cochran/mi Cruzada por los Horvath.

A Lance le *encantooooo*ó su nueva guarida. El servicio de habitación le servía sus hamburguesas con queso y patatas fritas en un plato para perros. Lance dormía con Stretch. Yo dormía en el sofá.

Bostecé. Me desprendí del muermo con una dosis de dexi. Apareció Bernie. Se había agenciado una furgoneta del servicio de reparaciones de PC Bell, para un vívido verismo. Aparcó en el camino de acceso de la casa de Connie Woodard y tocó el timbre.

Ella abrió. Hela ahí. Sigue siendo fibrosa, nerviosa y patizamba. Es la Solterona de las Supercherías y Miss Soviética Obsequiosa de 1924.

Bernie pegó la hebra con ella. Bajé la ventanilla y los oí. Puso cara de «Vaya, señora». Ella puso cara de «No me diga, ¿seguro? Ooohhh». Hablaba con voz grave de marimacho a lo Lauren Bacall.

Dejó entrar a Bernie. Cerró la puerta. Cronometré la visita a la casa.

Veintidós minutos y medio. Bernie se toca la visera de la gorra y sale. Connie le aguanta la puerta. Ahora lleva el cabello castaño rojizo recogido en un moño. Hace con la mano el gesto *chau chau*.

Un filón.

Bernie pinchó el teléfono del salón y colocó un transmisor-receptor de corto alcance bajo el sofá. Alquilamos un despacho en la primera planta del edificio de la esquina de la Primera con Larchmont, encima de un banco. Instalamos la parafernalia del puesto de escucha. Desde casa de Connie hasta el puesto: dos manzanas, corto alcance. Por fuerza tenía que haber una *bueeeeeena* señal.

Bernie se puso los auriculares y accionó el aparato. Llamé a Harry Fremont desde una cabina. Me quejé y anuncié el aprieto en que me hallaba.

Hay cierta mujer. Vive enclaustrada. Le he puesto una escucha. Necesito acceso al chabolo. Elabora una estratagema. Necesito cuatro horas. Es una comu. El Tío Sam te necesita. Viola sus amariconados derechos civiles. Te pagaré quinientos.

—*Jawohl,* jefe —dijo Harry.

Babs Payton hacía de camarera y fulana en el autoservicio Stan's. Era una vida difícil para Hollywood High. Su punto más alto en Hollybufo fue con *Corazón de hielo,* allá por el 50. Fue la señora Franchot Tone durante seis segundos. Tom Neal casi mató a palos a la Tímida Tone y vapuleó a Babs con su agobiante amor. *Tattle* contó el calenturiento cuento, allá por el 51. La carrera de Babs se cortó en seco. *Sí,* estaba a punto para la sexplotación de Steve Cochran.

Paré en el Stan's. Una cuadrilla de guapas camareras alcanzó a ver al gran Freddy O. Mi relación con Babs viene de lejos. Extorsionábamos a hombres de negocios en mi época de poli. Babs atraía a los incautos al Kibitz Room del Canter's Delicatessen. Los llevaba al motel Lariat, en Lankershim. Ponía al pringado en posición y empezaba con los gemidos. Yo echaba la puerta abajo de una patada y hacia el papel de marido iracundo. Me apropiaba de la pasta y echaba a los tipos a patadas por la puerta.

Babs rodó hacia mí con sus patines. Vestía un pantalón de montar rojo y blanco y un jersey muy ajustado. Pregonó: «He aquí un problema». Enganchó una bandeja a la puerta del lado del acompañante.

Eché un billete de cien en la bandeja. Babs captó la gestalt. Subió al coche y se sentó a mi lado. El billete hizo ¡¡¡Puf!!!

—Vale, lo haré.

—Ya me parecía a mí que te prestarías.

Babs se repantigó y levantó las piernas. Los patines de sus botas le rozaron las rodillas y formaron una imagen fetichista. Hizo un mohín y deslizó los patines por el salpicadero.

—Tengo un descanso de quince minutos. Antes de que empieces, permíteme advertirte: no más estafas. No voy a volver al Kibitz Room ni al motel Lariat.

Me desternillé y encendí un pitillo. Babs me gorroneó un cigarrillo y lo encendió con mi mechero.

—*Freddy*, aquí la cuestión es…

—Steve Cochran. La peli porno que está haciendo, y no me preguntes cómo me he enterado.

—Ja, ja —dijo Babs—. Estás celoso, porque Joi sale en la peli, y te dejó por Steve. Lo entiendo, yo también lo estaría. Ja ja, y lo siento por Joi, porque, en lo que se refiere a indeseables, ha pasado de Guatemala a Guatepeor.

Hice caso omiso del cerril comentario.

—Ponme al día. La película, a quiénes ha camelado Steve para que actúen, la fecha de inicio del rodaje, y toda la pesca.

Babs se encogió de hombros.

—El porno es el porno, y yo conozco el porno a un nivel íntimo. Veamos, Steve termina con *Infierno 36* esta semana, así que no tardaremos en empezar. Probablemente menos de dos semanas. Lana Turner, Lex Barker y Gene Tierney se han rajado, lo que me consta que no te sorprende. Steve se ha quedado conmigo, con Joi y con Anita O'Day, y va a reclutar a otras diez chicas por medio de uno de los servicios de acompañantes para el que algunas de nosotras hemos trabajado, lo que completa las trece mujeres con las que Steve y su enorme polla repoblarán el mundo, después de que una bomba atómica elimine al resto de la población de la Tierra. De más está decir que no conozco a nadie tan obsesionado con la bomba atómica como Steve.

Puse cara de «Ahora no pares». Babs rodó los patines por mi salpicadero de cuero rojo. Me sentó mal. Le empujé las rodillas y le puse fin a aquel juego.

Babs echó ceniza por la ventanilla.

—Se estrenará en algún momento a finales de la primavera, en la sala de juegos de Harry Cohn. El porno es porno, y qué sería del porno sin unos cuantos puritanos para escandalizarse mientras la ven. Y como Harry es Harry, y un tirano, un pervertido y, muy especialmente, un lameculos, esos puritanos en particular son muy poderosos, como por ejemplo el senador Bill Knowland, el senador Joe McCarthy... si no se tropieza con su propia polla entre ahora y ese supuesto «estreno»... y el senador Jack Kennedy, a quien me consta que ya conoces, pero probablemente no en un plano tan íntimo como yo.

—¿Por qué será que sale el nombre de Jack en la agenda de Steve? ¿Por qué será que Jack y Steve se llaman el uno al otro con regularidad?

—Porque Steve es el chulo y el proveedor de droga en Los Ángeles de Jack. Porque Steve tira hacia la izquierda, y Jack es un sensiblero apenas reprimido, justo por debajo de la superficie.

Me abrí paso entre esa información. La tendí y la tensé y la observé minuciosamente al microscopio. Nada me sorprendió. Babs brama banalidades, por el momento.

—Claire Klein. Sé que te montas tríos con ella, y no me preguntes cómo me he enterado. Si ya de entrada me dices que te da miedo, no me sorprenderé, porque a mí también me da miedo.

Babs hizo el gesto del mal de ojo. Babs agitó unas flores de acónito imaginarias. Babs se santiguó.

—Claire no me da miedo. Claire me aterroriza. Le gusta afeitar el vello púbico a los hombres a navaja, y a la mitad de los clientes para los que trabajamos les *encanta*. Lleva en el bolso una pistola Makarov con silenciador, y hemos estado prestando servicio a ciertos tipos del consulado ruso, y hablan en ruso con ella, así que no sé qué dicen...

La interrumpí.

—Y V. J. Jerome, ese buitre de la cultura comu...

Babs me interrumpió a mí.

—Sí, está ese, *y* Claire tiene sus propios negocios paralelos, montándoselo con esos rusos y afeitando a sus mujeres, y no para de presionarlos, intentando sacarles información sobre cierto científico comu de los años treinta y cuarenta, que tiene un nombre en clave raro, «Robin Redbreast», y también los presiona para sonsacarlos sobre cierta periodista, una tal Constance Woodard, y más o menos a partir de ahí pierdo el rastro a los delirios de Claire, y empiezo a rezar al buen Dios para no tener que trabajar nunca más con ella.

Fui en coche al Googie's. Espié perversamente a Claire por una ventana trasera. Temblé. Dejé la huella de la nariz en el cristal.

Claire estaba sentada en su reservado del fondo. Bebía absenta y mordisqueaba patatas fritas. Vestía un ajustado vaquero. Observemos el bulto de la navaja en la pierna izquierda.

Entré. En el comedor se redujo el ruido. Se oían solo los latidos de mi corazón y los del suyo. Temblé y avancé a trompicones hacia ella. Me vio. Me interpretó bien y transmitió telepatía. *Sabía que yo lo sabía.*

Me senté. Me interpretó. He aquí a Freddy tenso y temeroso. Freddy tiene temblores.

—Vi los soportes de los micros cuando Babs y yo prestamos servicio a V. J. Jerome. Pensé que podías acabar enterándote.

Babs incluso bromeó al respecto. «Hay micros en la mitad de esos picaderos, y nunca sabes quién puede estar escuchando. Muy probablemente es Freddy Otash».

Eché un trago de su absenta. Sujeté la copa con excesiva fuerza. El cristal se rajó y se rompió. Las afiladas esquirlas me cortaron la mano.

Claire apretó su servilleta contra mi palma y me cerró el puño alrededor. Claire me desabrochó los gemelos y me remangó todo a la vez.

Recorrió mis brazos con las manos. Tiró del vello. Retiró la servilleta y me secó la sangre de la mano.

—Debes dar por supuesto que quiero que sepas todo lo que hago y digo, y que es todo por nuestro común interés. «La oportunidad es amor», como tú mismo has dicho. Estoy segura de que has hablado con Babs y estoy segura de que te ha contado alguna que otra cosa. Tú sabes por qué estoy aquí en Los Ángeles, y sé que tú no estás aquí para disuadirme o impedirme hacer lo que me propongo hacer. De aquí en adelante deberíamos atribuirnos mutuamente la capacidad de aprender y extrapolar. Disfrutaremos de nuestro momento juntos cuando hayamos logrado hacer lo que debemos hacer, y entonces será tanto más tierno.

Dije: «Robin Redbreast» y «Connie Woodard». Se me quebró la voz. Claire sacó el pincho y hurgó en mi mano para extraerme las esquirlas de cristal.

—Estás asustado —dijo Stretch—. Es como si hubieras visto el peor fantasma del mundo.

El bungalow me brindó seguridad. Stretch inspiraba seguridad. Lance inspiraba seguridad. Eso era lo que *necesitaba*. Lo que *deseaba* era estar en algún sitio oscuro y obsceno con Claire Klein.

Mantuve la mano en alto. Cicatrizo deprisa. Los cortes habían formado nítidas y pequeñas costras entrecruzadas. Había sido estigmatizado.

Claire fue enfermera en la Marina, allá por el 43. Claire entendía de navajas. Me limpió las heridas con absenta de alta graduación. Me colocó la mano sobre su pecho y la sostuvo ahí. Una parte de mí se traspasó a ella.

—Tío Freddy, estás temblando. ¿Y qué te ha pasado en la mano? No me digas que has visto una especie de aparición religiosa.

Me acerqué al gráfico de la pared. Las ventas diarias de *Confidential* se habían disparado desmesuradamente. Examiné el traicionero gráfico de mi troika. Dibujé flechas entre la Operación Esposa de Rock y el Bolo Cochran. Vinculé uno con otro y escribí debajo: «Claire Klein y Babs Payton». Vinculé con una flecha: «V. J. Jerome» y «Connie Woodard». Escribí debajo: «Tipos del consulado ruso» y «Robin Redbreast».

Stretch se acercó. Recorrió el gráfico con la mirada y fue derecha a «Robin Redbreast». Se le puso carne de gallina. El vello erizado se le extendió por los brazos.

—El puesto de escucha de Sweetzer —dije—. Controla la Línea Les n.º 2, siempre que puedas. Te pagaré doscientos por semana.

Escrutó mis jeroglíficos mejorados. Dijo:

—A condición de que me digas en qué consiste todo esto.

20/3/54

Transcripciones. Una gruesa caja de carpetas. Por entonces ella era Joan Marcelline Hubbard. Ahora es Joan Horvath de Mi Corazón.

La gente de la administración había cumplido. Me habían llamado esa mañana. Insistieron inflexiblemente en que se aplicaban las normas y reglamentos. Examine el contenido aquí. Devuelva la caja antes de las 21.00 h. No robe documentos. No mangonee monografías. Se aplica el sistema del honor.

Dispuse de una mesa para mí solo. Conté carpetas etiquetadas y creé una cronología. Joan Marcelline Hubbard. Fecha de nacimiento 6-11-18. Procede del valle de San Joaquín, infernalmente caliente. Es hija de jornaleros. Se graduó en el instituto en el 35. Recoge fruta con una cuadrilla de espaldas mojadas. Se abre paso hasta dejar atrás la Depresión. Presenta una solicitud en UCLA.

Es aceptada. Llega a Westwood en otoño del 39.

Todo es laboratorios de idiomas y crítica literaria. Aprende ruso/polaco/italiano. Alardea de su fluidez en clase y causa conmoción. La Hubbard es un hueso duro de roer. Es presentadora de un programa en Bruin Radio. Obliga a los ignorantes del campus a soportar a Shostakóvich. Los recompensa con el reduccionista Rachmaninoff y el chabacano Chaikovsky. Improvisa sobre literatura rusa. Escribe sus propios anuncios para restaurantes rusos. Es una asidua de la Kasa Kiev de Karlov. Karlov apoquina su buena pasta. Escribe sus propios anuncios para el Pirogi Palace del polaco Pete. Pete le paga con dinero contante y sonante y salchichas kielbasa. Se financia los estudios trabajando a este trepidante ritmo. Se la conoce en el campus por sus bromas pesadas. Es una animadora que practica pecaminosamente la autopromoción.

Saca buenas notas. *¡¡¡Uau!!!* Sobresalientes en todo. Estudia a los poetas románticos rusos. Crítica cruelmente ese movimiento. Todo son memeces marginales y místicas. Relaciona al aporreador de pianos polaco Paderewski con necios compositores nazis de la índole de las bandas de umpapa. Sus profesores saben que es una tocapelotas por diversión, pero subrayan la sólida sensatez de su rigor. 39, 40, 41. Joan Marcelline Hubbard deja su huella y sigue adelante.

Se licencia. Pasa al posgrado. Esa clara cronología me marcó el camino de su vida académica. Nombres de asignaturas/fechas/notas de exámenes/calificaciones de los cursos/nombres de los profesores. Las transcripciones transcurren mientras La Joan prosigue su portentoso paseo. Las páginas pasan en desdibujada progresión.

Llegué a finales del 41 y la cúspide del 42. Llegué a mi primer salto cronológico. Primavera del 40: Introducción a los movimientos obreros polacos/profesor Witold Kirpaski. Dejé a un lado la transcripción y me adentré en el tramo final del 41. Luego esto, luego esto, luego ESTO:

Otoño del 39. Contenido político de la novela rusa posrevolucionaria/profesora invitada Constance Woodard.

La noche me favorece. Adopto mi pose de perro pervertido. Mi lado adicto se me adelanta y me motiva. Soy el Bandido Diablo Rojo, con un cromosoma de la locura menos. Son gilipolleces infantiles privadas de pretensiones. He espiado desde que era un chico de catorce años en un rincón perdido de Massachusetts. Por tanto, espiaba AHORA.

Aparqué frente al chabolo de Connie Woodard. Me eché al cuerpo tres dexedrinas y ajusté mi carga de adrenalina. Las doce de la noche se deslizaron hacia la 1.00. En casa de Connie estaban apagadas todas las luces. Me planteé entrar por la fuerza, pero me abstuve.

Me asaltó mi gráfico de la pared. Vidas y líneas se vinculaban sobre el papel. Otoño del 39. Connie Woodard se vincula con Joan Hubbard. Connie está vinculada con Steve Cochran. Claire Klein se vincula con Connie. Ha decidido asesinar a un hombre. Piensa que Connie puede saber algo. Sabe que yo sé algo. Sabe que tengo bajo escucha a toda la ciudad de Los Ángeles. Soy el hombre a quien hay que acudir. Claire me habla a través de un médium demente. Los puestos de escucha emiten en *dos* direcciones bajo su hechizo. Me aporrea, paranoica. Freddy, el bien y el mal que has hecho. Me vapulea con la Biblia. *Apocalipsis 3.8. Conozco tu conducta, he abierto ante ti una puerta que nadie puede cerrar.* Me ha convertido en el Hombre a Quien Hay que Acudir.

Observé la casa de Woodard. Reprimí el impulso de entrar por la fuerza. Me sentí visto. Seguí viendo cosas que tal vez estuvieran allí o tal vez no. Coches de la poli apostados en estrecha vigilancia. Mujeres manipulando pinchos. Claire me estigmatizó. Los latidos de nuestros corazones se fundieron. Me señaló como el Hombre a Quien Hay que Acudir.

Trabajé al teléfono toda la tarde. Hablé con Harry Fremont. Cuando le planteé la cuestión de facilitarme la entrada en la casa de Connie, se quedó paralizado. «No se me ocurre ninguna estratagema o maniobra de distracción, Freddy. Dame tiempo para pensarlo». Hablé con Stretch. Informó desde el puesto de escucha de Sweetzer y la Línea Les n.º 2. Dijo que Claire y un ruso desconocido hablaron mucho de McCarthy. El parlanchín Joe el Jerigonza y sus flojos federales estaban trabajándose Los Ángeles, de punta a punta. Joe había decidido hacer circular citaciones y correr tras todas las camarillas de rojos de los últimos veinte años. Joe necesitaba *desesperadameeeeeente bueeeeeeeena* prensa. Los periódicos le lanzaban dentelladas. Los locutores radiofónicos lo reprendían. Los comentaristas de televisión lo castigaban por sus pecados. Hermano, me solidarizo. Los dos somos Hombres a Quienes Hay que Acudir.

Me refugié en el puesto de escucha de Larchmont y escuché apático aire muerto. Maté allí el atardecer y la mitad de la noche. Connie no telefoneó a nadie, nadie la telefoneó a ella. Me adormecí y soñé con Stretch y Claire, desnudas como no las había visto nunca. Desperté y recorrí en coche las dos manzanas hasta aquí.

Las altas horas de la noche me favorecen. La 1.00 h. dio paso a las 2.00 h. Advertí botellas de leche vacías ante la puerta de la casa de Connie. Se me ocurrió Cierta Delirante Idea Que Quizá Diera Resultado.

Transcurrió el tiempo. Fume un pitillo tras otro y mastiqué chicle. El lechero llegó a las 4.13 h. Agarró las botellas vacías y dejó otras cuatro de leche fresca en una caja. Agarré mi alijo de secobarbital de sodio y saqué ocho cápsulas. Podía ser que Connie echara leche al café de la mañana. En ese caso, está lista.

Me acerqué a la puerta. Destapé las botellas y batí mi brebaje de bruja. Cuatro botellas/ocho píldoras/el buen batido de Freddy O. Agité las botellas y condensé el contenido. Volví a mi buga y me quedé a esperar.

El alba atenuó la noche. Unas nubes bajas se ennegrecieron y llegó la lluvia. Connie abrió la puerta a las 7.14 h. Fue una acción rápida. Cogió la caja de cuatro y entró de nuevo.

Esperé. Esperar me extenúa y me erosiona. Aun así, esperé. De 7.14 h. a 8.14 h. Una hora, no más. Ha tomado café o no lo ha tomado. La cocina es el lugar lógico. Es espiable. Observemos esas ventanas bajas que dan al camino de acceso.

Me aproximé con propósito de espía. Espié por una ventana, por dos ventanas, por tres. He ahí a Connie en la cocina. Ha caído redonda al suelo. Hay café con leche derramado. Está invitándome a entrar.

Mi ganzúa n.° 6 encajó en el ojo de la cerradura. La puerta trasera se abrió de par en par. Accedí a la cocina. Connie roncaba. Habitaría el mundo de los sueños durante diez o doce horas. Tenía tiempo para ponerlo todo patas arriba.

La cocina. Cromo y madera clara blanqueada. Nada suculento o sospechoso. El salón. Todo un miasma moderno de mediados de siglo y nebuloso arte abstracto. Un ataque de cuero negro. Resplandor procedente de las paredes de cristal. Una alfombra a lo Kandinsky, de color cobalto y a rebosar de formas estrambóticas y estridentes. Nada suculento o sospechoso. Solo el sospechoso gusto de Connie.

Miré en el baño de la planta baja. Nada me motivó. Subí al piso de arriba. Ninguna sorpresa me asaltó, a bote pronto. Un cuarto de baño/un dormitorio/un despacho. Siempre he de armarme de valor para entrar en el dormitorio de una mujer. Miré primero en el cuarto de baño.

No, *nein, nyet*. Paredes de frío color cobalto y alfombrillas deshilachadas. Nada de botiquín rebosante: nada de droga desorientadora/nada de gomas con estrías/nada de diafragma salpicado de harina de maíz.

El despacho. Aquí la cosa se pone *bieeeeeeeen*.

Observemos las paredes *rojas*. Están cubiertas de pósteres. Es un tríptico traicionero. ¡¡¡¡¡Dejad en libertad a los Chicos de Scottsboro!!!!! ¡¡¡¡¡El comunismo es el americanismo del siglo xx!!!!! La disonante diatriba de Ben Shahn: «No convertís a un hombre por haberlo silenciado».

Me agarré la entrepierna. Eh, Connie: convierte *esto*, ¡¡¡¡¡Reptil Rojo!!!!!

Hay un escritorio/una silla giratoria/una máquina de escribir. Hay tres cajones a rebosar de material de escritorio estéril. La columna de Connie para hoy estaba insertada en la máquina de escribir. Escuela para Chicas Marlborough, el baile de invierno del 54, asiste la élite de Hancock Park.

Miré en el cajón superior. Hay un diario encuadernado en cuero rojo con el rótulo «1954». Ayer era 20 de marzo. Fui a la fecha y leí *lo siguiente*:

«Temo lo que será, supongo, la última aparición del senador McCarthy antes de una censura del Senado de Estados Unidos que debería haberse aplicado hace mucho tiempo. Temo lo que pueda ocurrir cuando anticomunistas menos estridentes asuman la causa que en su día él defendió y ahora ha enlodado visiblemente, y que esos sutiles fascistas adopten un aura de respetabilidad. Temo que salga a la luz mi pertenencia al Partido, así como la de los demás miembros de mi célula… lo que parece probable, ya que el senador Joe se ha instalado aquí en Los Ángeles, muy encubiertamente, y parece decidido a causar daño a aquellos a quienes quiero en la ciudad que quiero y que considero mi hogar. Todos nosotros hemos jurado lealtad a la Unión Soviética. ¿Cómo no iba a hacerlo una persona en su sano juicio? Pero temo que no tengamos nunca la oportunidad de defender nuestros argumentos en público, ya que llevamos a cabo nuestras tareas más pertinentes en secreto. McCarthy ha sido nuestro azote más constante y la cara del vituperio fascista más persistente desde los primeros tiempos de Corea. ¿Qué ocurrirá cuando se vaya? Necesitamos una intensa persecución para demostrar la solvencia de nuestra guerra contra el capital. Nunca debemos ser tolerados. La tolerancia va contra la revolución. Es necesario que encontremos una oposición violenta, para que nuestra reacción en especie sea considerada la única reacción verdadera y juiciosa por las masas oprimidas que tratamos de liberar».

¡¡¡¡¡Uau!!!!! ¡¡¡¡¡Eso sí es dialéctica delirante y confusión caótica!!!!! Connie es una estalinista estancada… ¡¡¡¡¡y eso que hace ya un año que el tío Joe murió!!!!!

Pasé hacia atrás las páginas del diario. Había más, más, más… desmañadamente más de lo mismo. Llegué al 17 de febrero. Un simple sentimiento me causó estupefacción y me detuvo en seco.

«JMH ha muerto. *Ella* ha muerto, la única *ella* que he conocido. Salió en los periódicos y brevemente por la radio. La policía sospecha que se trata de un allanamiento que se torció».

Salté atrás hasta Año Nuevo. Era todo agitprop y agitación. No tuve más sobresaltos con respecto a Joan, ninguna inicial incriminatoria, ningún nombre dado.

Pasé al dormitorio. Vi más paredes rojas. Estaban engalanadas con retratos goyescos de mujeres. *Ooooh*: estaban tan desnudas como una bomba nuclear y vestidas con vil vestuario de la revolución. Llevaban botas negras y gorros guarnecidos de piel adornados con la hoz y el martillo. Lucían látigos y asestaban azotes a hombres identificados con el rótulo «opresor fascista».

Lo *capté*. Es Goya en plan dibujante de cómic. Es sátira salvaje. Es la antítesis aniquiladora de la vida *demasiaaaaaaaado* dócil de Connie Woodard como gacetillera de Hearst. Es el comunismo como pornografía de contrabando. Es una vacilante veta de esas proclamas pueriles con la que TODOS nos pajeamos. Son los pajoleros juegos juveniles que han esclavizado a medio mundo.

Abrí la puerta de un armario. Los trapos de solterona canalizaban Channel n.º 5. Un estante alto contenía coquetas camisolas y bonitas bragas. Deslicé una mano por debajo de ellas. Salieron sobres perfumados. Supe que eran cartas de amor lesbiano.

Dejé allí las misivas de las marimachos. Un archivador adosado contra la pared reclamó mi atención. Tres cajones. Ninguno cerrado con llave. Un tornado los traspasó.

Diarios encuadernados en cuero rojo. El mensaje rojo de Connie, que se remontaba al 38. Los juicios ejemplares de Moscú. Connie justifica las purgas de Stalin. Confusamente se convierte en cosignataria de muerte, muerte y más muerte. Hay fotografías insertadas entre las páginas. Connie cultiva a mujeres jóvenes y se pavonea presuntuosamente con ellas. Piérdase mi alma si no te quiero: ahí está Ella.

Connie y Joan Hubbard. UCLA de telón de fondo. La fecha de la foto 12/8/41. Ahí está Joan. Tiene veintidós años. En Kodachrome color desvaído. Connie tiene el cabello rojo castaño y es patizamba a los cuarenta. Joan luce una boina roja.

Rastreé el diario de Connie de agosto del 41. Fui al 12/8/41 y encontré *lo siguiente*:

«Hoy he pasado un rato con Joan H. Creo que está preparada para unirse al Partido. Le he dicho que mi célula es pequeña y que todos somos absolutamente leales a todos. Ahí ella estaría a salvo».

No bastaba. Yo quería conocer mejor de que trataba todo eso. Encontré diarios datados hasta 1946. La prosa de Connie pasó a ser criptorrecortada. Las iniciales sustituyeron a los nombres. «Todo eso» tenían que ser actas de la célula comu.

Llegué a las primeras iniciales «JH» en mayo del 42. Seguí la «JH» a intervalos semanales hasta el día de la Victoria sobre Japón. «JH», «JH», «JH». Mi Joan es una subversiva de tomo y lomo. Sé quién es «CW». ¿Quién es «SA»? ¿Quién es «RJC»? ¿Quién es «EPD»? No lo sabía ni me importaba. Solo me interesaba el nombre de Joan y el perfume de Connie en las páginas.

JH, JH, JH. Es mía a lo largo de los años de la guerra. Ha dejado UCLA. Yo estoy en el Cuerpo de Marines y eludo el servicio en combate. Ella traduce para el Senado del estado de California. Me incorporó al Departamento de Policía de Los Ángeles. JH, JH, JH. Estamos ya en el 46. Asesinaré al marido de Joan dentro de tres años…

El Googie's. Mi cobijo de confianza y mi respetable refugio. Esos eran los dominios del Cacique del Cotilleo. *Confidential* era el rey. Los donativos de Bondage Bob Harrison me permitían comprar todo el amor al que podía dar abasto.

Los soplones de media mañana casi me desmantelaron la mesa. Orson Welles despachó a la Dalia Negra. Ese era el rumor que corría ahora. Mandé a los soplones a la mierda y me los quité de encima con calderilla. Joe McCarthy está en la ciudad. No me digas, Sherlock. Sí, pero se ha instalado en el Chateau Marmont con Danny Kaye. Vale, aquí tienes diez pavos, no me agobies más, estoy apesadumbrado, y totalmente solo ante una mierda que me tiene machacado.

Bua, bua. Estoy en un exilio existencial. Tengo un montón de oportunidades, pero el amor me elude.

Devoré panqueques y pensé sobre mi desaborido dilema. Pedí a mi camarero espalda mojada que me trajera un teléfono. Llamé a Harry Fremont a la Unidad Central de Investigación, en el edificio municipal. Harry me lloró. No había elaborado una estratagema ni diseñado una maniobra de distracción para permitirme entrar en Casa Connie. Le dije que ya había entrado. Borré mi rastro y me apresuré a lanzar una propuesta de reentrada. Entretanto, te pagaré por hacer *lo siguiente*:

Hay federales en la ciudad. Puede que se estén descarriando. Están compinchados en revuelto vudú con Joe McCarthy. Deben de tener una oficina *in situ* por alguna parte. Localízalos y sobórnalos con la mordida de Bondage Bob. Necesito tres horas con sus archivos.

—¿Y eso tiene que ver con Joanie? —preguntó Harry.

—Joder que si tiene que ver —dije.

Harry tosió para confirmar que cumpliría. Colgué. Claire Klein y Rock Hudson se sentaron conmigo. Iban cogidos de la mano. Yo levanté la mía y les mostré mis estigmas. Claire se desternilló. Rock puso cara de «¿Eh?».

Hacían buena pareja. Resplandecían. Era actores hasta la médula. Eran estrasbergianos mutilados por el Método. El galán gay se casa con la psicópata sicótica. Los trae a mí ese matrimonio de mentira, socios. Rock dijo:

—Tienes muy mal color, Freddy. Deberías tomar bromo y meterte en el catre.

—A Freddy le rondan cosas por la cabeza —dijo Claire.

Me desternillé.

—¿Habéis fijado ya una fecha?

Rock encendió un pitillo.

—De eso se ocupa Jimmy. Trabaja con Liz y conmigo en *Gigante*, como ya sabes. Según él, lo suyo sería celebrar dos ceremonias. Claire es judía, y yo presbiteriano. Jimmy quiere poner de relieve el ángulo interreligioso. Ya me entiendes, una boda en la sinagoga y una boda en la iglesia.

Claire encendió un pitillo.

—No hace falta que Rock se convierta. Conozco a un rabino que oficia una buena ceremonia y sale barato. Nos conocimos en el Sinaí, en el 48.

—Claire es una mujer con historia —dijo Rock.

—A mí me lo vas a contar —dije.

Cazadores de autógrafos se abalanzaron sobre la mesa. Rock levantó las manos y guiñó un ojo a Claire. *Estoy muy solicitado, nena.*

Claire me guiñó un ojo a mí. Rock firmó autógrafos. Claire me pasó una nota por debajo de la mesa. Escruté el papel.

Claire la soplona. La infiltrada insidiosa. Tiene información sobre la peli porno de famosos.

Se había adelantado la fecha de inicio. Ruedan esta noche. He aquí la dirección. Es un motel abandonado en Cathedral City.

El motel Jolly Jinx. Un lugar desamparado en el desierto. A pie de un camino con profundas roderas entre Indio y Palm Springs. Está encajonado entre dunas de arena y cerca de la nada. Cerró por una execrable ejecución de hipoteca, allá por el 31.

Esta noche es un plató de cine. *Trece mujeres y un solo hombre en la ciudad.* Steve Cochran, «*L'Auteur*», maneja el megáfono. El Jinx es un cuchitril en forma de herradura. Hay doce bungalows hechos mierda, sin puertas. Observemos los coches aparcados. Observemos las lámparas de arco frente a los bungalows 8, 9 y 10. Observemos la cámara sobre ruedas y el micrófono en la jirafa. Hay un cámara y un técnico de sonido. Los he visto en el Googie's. Son yonquis ya de camino al infierno y rancios revendedores de hipódromo.

Fijémonos: todo es *finito*. La bomba atómica arrasa el mundo. Es en Steve el Semental en quien recae el delicioso deber de repoblarlo. Tiene el trepidante talento de sembrar su semilla y auxiliar. Joi Lansing, Anita O'Day y Babs Payton. Más diez fulanas de camino al estrellato en Hollybufo y a denuncias por el delito de pornografía.

Me hundí hasta la cadera en la arena de una duna alta. Portaba unos prismáticos y el receptor de sonido de Bernie Spindel. Iba a pilas y transmitía el sonido a los auriculares con orejeras. El plató se hallaba a cuarenta metros. Yo disponía de visibilidad a través de la puerta abierta y la ventana hecha añicos. Las lámparas de arco y el cruel claro de luna me dejaban en una situación inmejorable.

El patio era el puesto de mando de Cochran. Steve atendía a las trece afortunadas damas. Ellas vestían bikinis de ganchillo muy *cooooooortos,* dejando a la vista el vello del felpudo. Las chicas revisaban copias del guion y memorizaban sus frases. Movían los labios e intercambiaban ocurrencias.

«¿Cómo podemos vivir en medio de semejante devastación?» y «No quiero que nuestros hijos crezcan con estroncio-90 en los huesos». Joi dijo: «Para empezar, es necesario que tengamos hijos. ¿Creéis que el Gran Steve dará la talla? El motel es el Jardín del Edén. El Gran Steve es nuestro Adán, y nosotras trece somos sus Evas». Babs dijo: «Por lo que he oído, la tiene grande como una barracuda». Anita dijo: «La gente echa la culpa a los comunistas y la Unión Soviética de todo lo malo que pasa en el mundo. Pero yo digo: "El que esté libre de pecado que lance la primera piedra"». Y fijémonos: «Es Estados Unidos, el bueno de toda la vida, el que echó la bomba atómica a los japos».

Ooohhh: El guion de Steve el Semental roza la repugnante línea roja. ¡¡¡Trémulos tonos de la roja Connie Woodard!!!

Steve pasó revista de actriz en actriz. Les tiró de los sujetadores hacia abajo del bikini y reajustó a la *baaaaaaja* las bragas. El vello púbico resplandeció bajo las lámparas de arco. Steve puso en fila al reparto. Formaron de a trece. La noche era fría. La carne de gallina se propagó, pandémica. Steve acometió con el micrófono a su grupo de talentosas actrices.

«*Achtung, meine Kinder.* Habla el camarada Steve, y vuestra misión como mi Guardia de la Fertilidad es escuchar. Vamos a rodar ya la primera escena. El bungalow nueve se ha decorado con cierto material nazi que he reunido. Babs encarna a Hilda, la loba de las SS. Mi misión es fecundarla y readoctrinarla. Aprisita, camaradas. Babs y el equipo al bungalow nueve. Las demás acomodaos en vuestros coches para no enfriaros».

Doce chicas salieron por piernas del patio. Steve y Babs en el papel de Hilda fueron al bungalow 9. El cámara y el técnico de sonidos los siguieron. Los preparativos llevaron seis segundos. Yo tenía sonido en vivo y visibilidad a través de una ventana rota. A por todas, Gran Steve.

Luces, cámara, acción. El Gran Steve va a por todas. El cámara enfocó los banderines con la esvástica de las paredes y la colcha con el sol naciente. Steve en el papel de Adán y Babs en el papel de Hilda se aprestaron.

Steve/Adán: «Eh, zorra fascista, tienes que expiar tus pecados y someterte a la reeducació, como en los juicios de Moscú que impuso el camarada Stalin en los años treinta».

Babs/Hilda: «A mí no me vengas con esas, *muchacho*. Los juicios de Moscú fueron una farsa... y lo sé porque estoy suscrita a la revista *Klansman*. Sé de qué vais los cretinos como tú. Si te piensas que vas a repoblar el mundo conmigo, mejor será que te guardes los sermones y me muestres en qué me estoy metiendo».

Steve/Adán desenfunda. ¡¡¡Chaval, qué *minga*!!!

Babs/Hilda dice: «Estoy impresionada, pero *der Führer* la tenía más grande. Eva Brown me contó que le medía un metro. Pero supongo que treinta centímetros es mejor que nada, sobre todo si el destino del mundo está en juego».

Steve/Adán dice: «¡¡¡Estoy radiactivo, nena!!! ¡¡¡Ya sabes lo que quiero!!!».

Babs pone cara de «ñaca ñaca» y se quita el bikini. El Gran Steve se desprende de sus prendas. Prescinden del juego previo. Se lanzan sobre la colcha japo e incitan a la inserción. Steve es un hombre de dos minutos. Todo concluye con esa quijotesca presteza. Steve culmina un clímax y gime en arrobado ruso. ¿Cómo dices? Babs/Hilda ahoga una risa y enciende un pitillo.

Toda la noche transcurrió insulsamente igual. Hasta el pustulante punto en que cambió.

Babs/Hilda lo hace con Steve. Anita en el papel de Nellie la Bomba Nuclear ídem de ídem. Joi encarna a Eva la Malvada. Lo hace con Steve… y no consigue encenderme los celos. Las fulanas se quedan en cueros colectivamente y se abalanzan en masa sobre el Gran Steve. La mitad del tórrido trajín acaba en gatillazo. A Steve no se le empina. Es un niño prodigio apagado. Su bestia se ha batido en retirada. Ha dicho *auf Wiedersehen,* adiós, sombrío sayonara. Su príapo ha dicho *proschai.*

Me pasé horas observando. Mi voyerismo de buitre voló hacia su nadir. Me abismé en el aburrimiento. Chaval, qué muermo y qué monotonía.

El cámara y el técnico de sonido recogieron su material. Steve se paseó mustio por el patio y musitó a su musa. Orienté los prismáticos hacia el bungalow n.º 7. Vi a Anita O'Day y Babs Payton prepararse sendos chutes de la magnífica «H».

La cocinaron. Llenaron la jeringa. Ataron los torniquetes. Se quedaron con los ojos desorbitados y desfallecieron. Subían al séptimo cielo cuando Steve entró en la habitación.

Dio un revés a Babs. Ella cayó al suelo. Anita retrocedió hacia la cama. Steve se plantó ante ella. Anita blandió la jeringa. Steve la agarró y se la clavó en la pierna.

Anita gritó y sollozó. Lo oía a distancia desde mi duna. Steve salió colérico del bungalow. Resplandecía de un rojo radiactivo. El rojo era estroncio-90. Se le calcula una vida media de diez mil años. Yo mismo resplandecí de rabia roja.

Stretch dormía. Lance el Leopardo se arrimó a ella y me gruñó. Habían pedido servicio de habitación. Lance dejó huellas de garras en el mantel blanco.

Me cambié de ropa. Me puse guantes negros, pantalón negro y jersey de cuello alto negro. En el camino había hecho un alto en la tienda de regalos abierta las veinticuatro horas. Compré una máscara de diablo de goma roja.

Me la probé. Me situé frente al espejo del cuarto de baño. Soy George Collier Akin, renacido. Bailoteé y me pavoneé.

Havenhurst estaba a un paso Sunset arriba. Me subí al buga y circulé hacia allí por el carril lento. Torcí hacia el sur y aparqué. Eran las 3.00 h. Las luces de su guarida aún resplandecían.

Volví a ponerme la máscara. El Bandido Diablo Rojo resucita. Fui derecho a su puerta y llamé al timbre.

Abrió él. Chilló y retrocedió. El tamaño no lo es todo. Saqué mi porra plana y le asesté un rabioso revés.

Le abrí un largo labio leporino y le arranqué algún que otro diente. Con el revés opuesto le apareció en la frente un segundo pico entre las entradas. Cayó al suelo como había caído Babs Payton.

Cogí un casco ruso convertido en cenicero y le eché las colillas sobre la cabeza. Di un gran salto y aterricé con los dos pies sobre él. Oí el crujido de las costillas. Los huesos torácicos asomaron de su camisa.

Chilló. Puso los ojos en blanco. Lo obligué a abrir los párpados y acerqué mi cara de Diablo Rojo a la suya. Farfulló y expulsó Camel y Kool Kings al toser. Me limpié la ceniza de la cara de Diablo Rojo.

DEPENDENCIA *IN SITU* DE LOS AGENTES
DESCARRIADOS DEL FBI

Bloque de oficinas en la esquina de Wilshire
con Mariposa
22/3/54

—Esto va a salir caro —dijo Harry—. Tengo que untar unas cuantas manos. Esta vez Bondage Bob tendrá que exprimir la cartera.

Menuda oficina. Un cubículo confinado. Rotundamente ruinoso. Lo más básico y estrictamente de bajo presupuesto. Seis metros por seis metros. Hay tres escritorios/tres sillas. Hay un archivador. No hay teléfono ni teletipo.

—Esta gente es de lo más tirada. McCarthy está en las últimas. No puede telefonear al viejo Hoover y decir: «Eh Johnny, necesito unos cuantos hombres para cazar rojos».

Harry se encogió de hombros.

—Cuentan con algunos vehículos del parque móvil federal. Al menos tres, por lo que se ve. ¿Recuerdas aquel número de matrícula que investigué para ti? El coche estaba asignado a esos tipos.

—A ver si puedes ponerle nombre, ¿vale? —dije—. Puede que el coche se asignara específicamente a alguien.

—Cómo no, chaval. Bondage Bob y tú decís «Salta», y yo digo, «¿Desde qué altura?».

Me quedé pensando. Acudió a mi mente la palabra *Hollywood*. Acecho Casa Connie. Los actuales delirios de su diario me desvelan algunos detalles. Teme el último aliento del intransigente Joe McCarthy y teme por su célula. Joe está trabajándose Hollywood. Es un esfuerzo concentrado e intensamente específico. Piensa que trincará a peces gordos en algún momento del futuro. Es su último hurra demencial. Es una cacería de titulares en Hollywood. He aquí una corazonada. No sabe exactamente qué tiene ni dónde está.

Harry hizo ejem.

—Freddy, manos a la obra. Tenemos tres *horas*, no tres semanas.

Reventé el cajón superior del archivador. Aquello era la Ciudad de las Escuchas. Soportes, micros, transmisores/receptores y cables. Además de mierda/material para emisiones de *laaaaaargo* alcance. Reventé el cajón del medio. Era la Ciudad del Dolor. Nudilleras, cachiporras de goma, bolsas con cojinetes.

Reventé el cajón inferior. Era la Ciudad de los Chivatos. Lo anunciaba la etiqueta de una carpeta: «Seguridad 1-A: Índice de informadores en clave».

Cuatro carpetas finas. Tapas finas. Hojas finas de papel carbón dentro.

Carpeta n.º 1. Nombre en clave: «Big Duke». Estas notas: «Sin remuneración. El sujeto ha declarado que su motivo es "el amor por el país". Tiene numerosos contactos en la industria del entretenimiento».

Ya lo sé. Tiene que ser John Wayne. Lleva delatando a rojos desde la edad del hielo. No dice que es travesti. Es estrictamente hetero... *aun así*. Mis marines lo fotojodieron en la Big Girls Boutique de Balboa. Pagó para evitar una *graaaaaaaan* revelación.

Carpeta n.º 2. Nombre en clave: «Mama Zee». Estas notas: «Destacada escritora (negra) convertida en fanática anticomunista. Tiene muchos contactos en la comunidad negra de Los Ángeles».

Ya lo sé. Tiene que ser Zora Neale Hurston. Delata a rojos a Bondage Bob. Se ofrece una imagen favorable de ella en la sección de *Confidential* «Baile del pavoneo en el barrio negro».

Carpeta n.º 3. Nombre en clave: «Míster Webfoot». Estas notas: «El sujeto presenta un programa local para niños en Los Ángeles. Endeudado con corredores de apuestas. Siempre necesita $ y conoce a gente en el PC».

Ya lo sé. Tiene que ser Jimmy Weldon. Es un ventrílocuo venal. Webster Webfoot es un Pato Donald de poca monta. Jimmy es un ganso del Googie's. Trapichea a todas horas con fotos del cuerpo desnudo de Carole Landis en el depósito de cadáveres.

Carpeta n.º 4. Nombre en clave: «Red Bird». Sin notas de resumen. Un extracto de cuenta bancaria.

Los ingresos iban desde marzo del 47 hasta el mes anterior. 150 dólares semanales. Del 47 al 54. Casi siete años enteros. Cuenta n.º 8309. Sucursal: Bank of America en Melrose con Cahuenga.

YA LO SÉ. Melrose con Cahuenga. Está a cuatro manzanas de la Casa de la Muerte de los Horvath. Red Stromwall encontró una libreta del Bank of América en el cajón de las bragas de Joan. Saldo: 14 de los grandes. La paga semanal de soplón se interrumpió el mes pasado. Joan Horvath *está muerta.*

Ya lo sé. *¿Qué sabes? ¿Qué conclusión sacas?*

Mi Joan. Infiltrada en el Partido Comunista/soplona del FBI.

Soy un perro pervertido. Somos nativistamente nocturnos. Nuestro género hace una genuflexión al ponerse la luna y cobra vida de noche. Buscamos socorro siguiendo el rastro de vidas secretas, semiocultos. Espiamos, merodeamos, forzamos puertas, entramos, BUSCAMOS.

El día dio paso al anochecer. Aparqué en la acera frente a la casa de Connie Woodard. Estaba medio ido por efecto de la limonada de alta graduación. El perro pervertido penetra.

Me había pasado toda la tarde enclaustrado en el puesto de escucha de Larchmont. Telefoneé a la sucursal del Bank of America de Melrose con Cahuenga. Me hice pasar por un federal anónimo. Exigí el nombre correspondiente a la cuenta n.° 8309. El cohibido cajero me lo dio: Joan Hubbard Horvath.

Me pareció bien. Me pareció mal. Reaccioné, reflexivo. Seguí el rastro de Connie Woodard.

Me acoplé los auriculares. Capté conversaciones telefónicas. Connie llamó a su servicio de limpieza y a un concesionario de Chevrolet. Oí pitidos de fondo en mi línea. Se me pusieron los pelos de punta.

El transmisor-receptor de *laaaaargo* alcance. Está encajado en el patético despacho de bolsillo. Es equipo caro. Denota un aparato de escucha centralizado. El Jorobante Joe McCarthy. ¿No tan profundamente patético como cabría pensar? Connie la comunista, ¿muy posiblemente pinchada y escuchada?

Nubes de lluvia eclipsaron la luna a la que yo había ido a aullar. El cielo se abrió y cayó la lluvia. Puse la calefacción y calenté mi cuero canino. Connie Woodward salió por la puerta.

Vestía un conjunto formal de tela escocesa. Un fajín de tartán ceñía su blusa negra de crepé bordada. Los pliegues de tartán descendían hasta las rodillas de patizamba. Calcetines blancos hasta las rodillas y zapatos calados negros completaban el conjunto.

Cogió su Chevrolet del 52 y enfiló hacia el sur. Tuve un buen presentimiento. Tuve un mal presentimiento. De pronto me sentí emplazado. *Toma nota de lo que estás buscando, porque eso está buscándote a ti.* Esa frase la dijo algún suduroso swami. Ahora caigo, socios.

Crucé la calle y abrí con ganzúa la puerta trasera. Connie había dejado encendidas las luces de la cocina. Había dejado potentes pistas a la vista.

Los cristales rotos de la botella de leche y los restos de leche en el fregadero.

El frasco de Leche de Magnesia en la encimera. La Leche de Magnesia absorbe los barbitúricos ingeridos.

Connie está fríamente indignada. Ha sido vilmente violada. Ha dejado esas pistas para dirigirse a mí. Vil cobarde, ¿te echarás las manos a la cabeza y huirás?

Vacilé y me vine abajo. Estuve a punto de hundirme y huir. Su emplazamiento me sedujo. En lugar de irme, subí arriba corriendo.

Connie había dejado encendidas las luces del dormitorio. Fui derecho al armario con su ropa y su perfume. Abrí los cajones de su archivador. Había dejado fuera su diario de 1949, con una página marcada para mí. 10/9/49. Connie hinca la pluma para tachar las iniciales J. H. y garabatea «Traidora» en trazo grueso.

Me senté en una butaca de piel roja. Las paredes rojas se estrecharon en torno a mí. Saqué la fusca y la metí bajo el cojín del asiento. Miré la cama. Había dejado aquellas cartas de amor lesbi a la vista para que yo las leyera.

Toma nota de lo que estás bus...

Las leí por encima y de cabo a rabo. Busqué el nombre de Joan y/o las iniciales J. H. No aparecían. No había textos tórridos. Era todo *beso* y *evasivas* y *aliento* y *perfume*. No logré determinar el sexo o el género: bestia masculina/femenina/lunática.

Cerré los ojos. Invoqué segundos de seguridad y solaz y sucumbí al sueño. Era *beso* y *evasivas* y *aliento* y *perfume* impregnado en la lana y el crepé negro. *Toma nota de...*

Me desperté y me desperecé y la descubrí allí. Estaba de pie junto a la cama. Empuñaba una Makarov automática. El conjunto escocés captó mi atención y la retuvo. Ella tenía cincuenta y dos años. Somos mayo y septiembre. Se ha vestido así para reunirse conmigo. Es una primera cita furtiva y una única cita a ciegas.

—Redbird —dije—. Imagino que sabe que esto tiene que ver con ella.

—Aquí hay ciertos puntos culminantes —dijo—. Traicionó al

Partido, y usted mató a su marido. Vi su fotografía en el periódico. Pensé: sin duda es un joven que se propone llegar a algún sitio, y ciertamente lo ha conseguido. Eso de «Cacique del Cotilleo» lo describe bien, pero tal vez «Mirón» y «Mercader de la Calumnia» serían apelativos más apropiados.

Me repantigué. Ella se quedó de pie. Su cama nos separaba. Yo me sentía inadecuadamente vestido y superado tácticamente y retado con tranquilo desdén. Ella está al borde de la ruda reprobación, y aun así deseo tocarla.

–Se ha puesto usted la indumentaria de combate. La vi en la fiesta de Jack Kennedy por la bomba, y no exhibía este estilo. He averiguado unas cuantas cosas sobre usted, y usted conoce mi reputación. Eso sirve como base para cierto tipo de conversación. Soy un mirón, y usted quiere que la vea. Ha dejado su diario y sus cartas para que yo los lea. Está rogando comprensión íntima a un desconocido que ha invadido su casa y ha agredido a su persona, y quiero saber por qué.

Manipuló su Makarov. Tenía unas manos rápidas. Extrajo el cartucho de la recámara y retiró el cargador. Lo lanzó a la butaca de piel roja. Mi fusca se hallaba debajo del cojín.

–«Comprensión íntima». Eso es aplicable en ambas direcciones, ha de saber. Quizá debería decirle lo que sé de usted, para que pudiéramos convertir esto en una oportunidad.

–Dígamelo –dije.

–Yo estaba enamorada de Joan Horvath –dijo–. Usted no era el único propenso a aparcar frente a su casa y languidecer. En más de una ocasión conté el dinero que usted le dejó en el buzón, y estoy convencida de que se propone matar a la persona que la mató, puesto que obviamente no lo hizo el hombre que usted ya ha matado. Tiene mi consentimiento para hacerlo, y mi palabra de que no denunciaré ese hecho, ni ningún otro que pudiera haber tenido lugar entre nosotros hasta ahora.

–He leído sus diarios –dije–. Camarada, toda su vida es un engaño. Su palabra vale más o menos tanto como la mía, y eso no es precisamente una acusación.

Ella apoyó una rodilla en la cama. La indumentaria de combate de tartán. Los pliegues/la lana/el perfume. Una larga pierna a la vista.

–Todo tiene que ver con Joan, como comprenderá. Se trata de su voluntad de actuar, y de mi voluntad de sobornar su intención. Yo nunca traicionaría a nadie que tuviera las agallas necesarias para hacer lo que se propone hacer, pese a mí deplorable historial con respecto a la veracidad por sí misma.

Me puse en pie. Connie permaneció inmóvil. Metí la mano bajo el cojín del asiento y agarré la pipa. Tengo unas manos rápidas. Vacié la recámara, retiré el cargador y lo lancé todo sobre la cama.

–Pronuncie su nombre –dijo Connie.

–Joan –dije yo.

–Bien, pues –dijo ella.

–Me propongo volver a verla –dije.

–Sí, naturalmente –dijo ella.

Me encaminé hacia la puerta y la rocé al pasar. Le toqué la espalda y le acaricié el cabello con la nariz. Se inclinó hacia mí durante un demencial momento.

INTERMEDIO INFERNAL

Mi vida se va al carajo calladamente
23/3 - 4/4/54

Así fue como empezó. Estábamos juntos en Joan y plasmados en el perdón. El sexo nos saturó. He decidido desdibujar los detalles en interés del decoro. «Freddy & Connie». Iniciales grácilmente grabadas en un árbol. Yo tengo treinta y dos años, ella cincuenta y dos. Ya sabéis lo que *yo* soy. Connie Woodard desafía las consabidas clasificaciones. Comu, lesbi, vigorosamente bisexual. Que cada cual elija. Es todo eso, algo de eso, nada de eso.

Estoy siendo implacablemente insincero. Connie es una roja de rigurosa rectitud. Es una auténtica creyente traicionera con sus garfios enganchados en mí. Me veo malogrado y en la mierda de mil maneras distintas. Piérdase mi alma. Y no me permite *VERLA* plenamente.

Yo necesitaba nombres para conocerla y para saber quién mató a Joan. Allegados conocidos, rojos rancios, cabecillas de camarillas vanguardistas fracturadas. Compañeros de viaje, rojillos retraídos, izquierdistas intimidados. Dame nombres/no, ni hablar/Connie se acoge a la condenada Quinta Enmienda. Dime los nombres de tus compañeros de célula comu. Ya he memorizado sus iniciales. ¿Quién es SA? ¿Quién es RJC? ¿Quién es EPD? He revisado rastreramente tus diarios... y me pica la curiosidad. Yo te conté que maté al Bandido Diablo Rojo a sangre fría. Debes corresponderme en especie.

No, Freddy. Soy una *refusénik* reincidente. Además, me has ocultado un nombre.

Sí, es cierto. Me negué a nombrar a Claire Klein. A ese respecto fui ambiguo. Dije a Connie que una mujer peligrosa orbitaba en su órbita. Quiere matar a un hombre, pero se niega a decirme por qué. Se niega a dar el *nombre* de ese hombre. Es mi otra rotunda *refusénik*. No voy a dar su nombre. Es una de las otras dos mujeres a quienes amo.

«Freddy & Claire». «Freddy & Stretch». Más nombres grácilmente grabados en un árbol. Comuniones no consumadas. De momento me parece bien. Voy de culo con mis cosas. Tengo que encontrar a un hombre y matarlo, yo mismo.

Connie se niega a dar nombres. Juro que mataré al que mató a Joan. Connie se niega a dar nombres. Juro que llevaré al huerto a Joe McCarthy para que no revele su identidad. *Aun así*, se niega a dar nombres. ¿Por qué está en tu agenda el nombre de Jack Kennedy? Ah, *bah*... Jack es solo un viejo amigo. ¿Por qué está en tu agenda el nombre de Steve Cochran? Aquí Connie se mustia y me marchita: fue mi último amante masculino atormentado y atormentador... antes de ti.

Llevo trece días con Constance Linscott Woodard. Es una experiencia tierna y atormentada. Voy de culo con mis cosas. Me tropiezo con diversos treces, unos dan suerte y otros mala suerte.

13 de la suerte: Harry Fremont frenó lo de mi agresión al Gran Steve. Untó a los guripas del sheriff que investigaron el caso. Lo archivaron atribuyéndolo a un allanamiento obra de alguien atraído por el material nazi del Gran Steve. 13 de la mala suerte: faltaba una semana para el estreno de *Trece mujeres y un solo hombre en la ciudad*.

En la sala de juegos de Harry Cohn. Palomitas de maíz y prive de bajo presupuesto. Estoy presente. El Gran Steve está presente. Está hecho fosfatina, vendado y momificado como el abuelo del faraón. Jack el K. está presente. Bill Knowland está presente. Se carcajean y silban. Joe McCarthy está presente, el mismísimo.

La peli me da unas náuseas de narices. Yo no tengo nada contra la bomba atómica. Deberíamos haber machacado a Moscú después de joder a los japos. Joi Lansing era mi ex, y yo sentía una ávida atracción por Babs Payton. Era el componente de la sexplotación. Eso es lo que me encendía la sangre.

Bondage Bob me abordó fuera de la sala de juegos. Dijo que no iba a sacar a luz el asunto de Cochran. El Gran Steve estaba a partir un piñón con ciertos politicastros poderosos. Conseguía carne para Jack K. Explotaba la propensión a las pastillas de Jack. Freddy, déjalo correr.

Así lo hice. Me exasperó extraordinariamente. Compensé, conmensuré. Me concentré a fondo en los frentes Quién mató a Joan y Libra a Connie de Joe McCarthy.

Encargué a Harry Fremont un *bueeeeeen* bolo. Los federales descarriados *por fuerza* tenían un puesto de escucha de largo alcance. Encontrádmelo, socios. 13 de la suerte: Harry le dio caña, con ganas. 13 de la mala suerte: localicé micros en el salón y el dormitorio de Connie. 13 de la suerte: estaban mal montados y mal emparejados y en mal funcionamiento. Las emanaciones de la emisión llegaban apenas a casa del vecino.

13 de la suerte: Stretch trabajaba en mi puesto de escucha de Sweetzer. 13 de la mala suerte: captó una conversación en la Línea Les n.° 2. Claire Klein prestó un servicio a V.J. Jerome. Ella intentó sonsacarlo sobre «Robin Redbreast», pero el venal V.J. afirmó que no sabía nada de nada. Claire intentó sonsacarlo sobre Connie Woodard. V.J. dijo: «No me sondees… es solo una diletante». Stretch me dijo que su tono era vilmente vejatorio. V.J., hablas con lengua viperina.

Trece días. Quiero nombres. Claire quiere nombres. V.J. se niega a dar nombres. Connie se niega a dar nombres, más que nadie.

Juro que encontraré al asesino de Joan. Connie se niega a dar nombres. Juro que la salvaré de Joe McCarthy. Connie se niega a dar nombres. Hacemos el amor. Charlamos en la alcoba acerca de la vehemente mujer que nos unió. Connie se niega a dar nombres. Se niega a decir si ella y Joan hicieron o no hicieron el acto y si fueron no fueron arrebatadas amantes.

Leí los diarios de Connie. El sexo me eludió. Seguía siendo todo *beso* y *evasivas* y *aliento* y *perfume*. Leí sobre los años de confabulación comu. Los delirios me desbordaron. El patetismo me pisoteó. Connie y sus hermanos de célula se chuparon la cháchara soviética y proclamaron presuntuosamente que era verdad. Dialectizaron purgas purulentas, invasiones impasibles, matanzas en masa. Connie dice que me está sovietizando. Alzo la vista al techo. Eso le da risa. Entonces se tapa la boca. Podía estar escuchando algún kretino del Comité Central del Kremlin.

Connie se niega a dar nombres. Se niega a revelar la verdadera identidad de Robin Redbreast. Se niega a dar nombres. Estoy de su lado en la medida en que me lo permite… y más. Se niega a dar nombres en recuerdo de Joan. Honra la memoria de Joan y me dice lo mucho que la quería. A mí me quiere con el cuerpo y se niega a pronunciar las palabras de veneración. Exploro los secretos del mundo. Lo execro y lo hago explotar en *Confidential*. Vivo para esto. Espío por las ventanas desde 1936. Connie se afilió al Partido ese mismo año. Se afilió al Partido para apartarse de los convencionalismos y vivir al mismo tiempo como una burguesa *maaaala*. Mordimos la misma moneda cancerosa y la escupimos de vuelta al mundo. Una sangre común corre por nuestras venas. Los dos lo sabemos. Aun así, ella se niega a dar nombres.

EL PUESTO DE ESCUCHA DE SWEETZER

5/4/54

El nocivo turno de noche. Tórridas tendencias en dos líneas. Pizza pie y cerveza y perritos calientes de Pink. Stretch trabajaba en la Línea Les n.º 1. Yo trabajaba en la Línea Les n.º 2. Nos cogíamos de la mano e intercambiábamos preciosas perlas.

Gamal Abdel Nasser está en la ciudad. Recauda fondos para derrocar al gobierno egipcio. Es un camarada árabe. Se lo monta con marimachos, tres de una tacada. ¡¡¡Dale, Gamal, dale!!!

Biff Stanwyck se ha instalado en un picadero de Highland. Le gusta hacerlo en sitios frescos y celestialmente saludables. Hay un antro de esclavas tortilleras cerca del instituto Hollywood. La madama del antro es una antigua enfermera de los estudios especializada en raspados. «Reeduca» a las nínfulas, les administra droga y les inculca la salaz sabiduría de Lesbos. Ahora enredada allí: la exestrella infantil Natalie Wood. Jimmy Dean me contó que lo suyo es pura calentura, en todo el espectro sexual. Biff se pone la primera de la fila.

Art Pepper ya está dándole otra vez. Se ha convertido en un forofo de las fotos. Ahora es el Rey de la Instantánea Sáfica. Está manejando la cámara en un picadero de Fountain. ¡¡¡Dale, Art, dale!!!

Yo estaba absolutamente aburrido. Me picaban las orejas

por los auriculares. Lance se había ido a su casa con Liberace. Stretch y yo lloramos su marcha. Los frutos de las Líneas Les eran exiguos... pero sabrosos. Entonces llamó Harry Fremont, hacía dos horas. ¡¡¡Dale, Harry, dale!!! Harry cumple una vez más.

Aquel coche de los federales. La matrícula que vi. Frente al escenario del crimen Horvath. Lo tiene en préstamo un capullo federal, un tal Charles Fullerton. Forma parte de la cuadrilla de Joe McCarthy. Es un maltratador de rojos descarriado desde que nació. Y, Freddy, fijémonos: he localizado el puesto de escucha de largo alcance. Es una choza de lo más chungo en Silver Lake. Están poniendo micros a base de bien. He llamado a mi contacto en PC Bell. Fijémonos: las facturas de teléfono ascienden a tres mil al mes.

¡¡¡*Uau!!!* ¡¡¡Eso sí es una perla preciosa!!!

Bostecé. Me rasqué los huevos. Me comí con los ojos a Stretch con su uniforme de baloncesto. Me entró un persistente picor. Deseaba recorrer *lentameeeeeeeente* el chabolo de los federales y hacer el amor a Connie ya entrada la noche.

Bostecé. Me rasqué los huevos. Me comí con los ojos a Stretch con su uniforme de baloncesto. Puso cara de «Requeteuau» y garabateó en su bloc. Se desprendió del auricular y puso cara de «Tú también».

Me prendí el auricular. Stretch *resplandecioooó* y me informó de *lo siguiente*:

–Claire y Babs acaban de prestar servicio a V. J. Jerome. Me he tragado cuarenta minutos de gruñidos y gemidos, y después Claire ha vuelto a tratar se sonsacar a V. J. sobre Robin Redbreast. V. J. está irritado y aburrido, pero *al final* suelta que Robin Redbreast era un científico chiflado y un comparsa del PC llamado «Sammy». Pero no ha pasado de ahí, porque todos han empezado a darle otra vez al ñaca ñaca.

Nos solazamos en el dormitorio rojo. Connie llevaba una media enagua y la falda de tartán. Yo me había quedado en gayumbos. Pusimos la radio. Algún pianista ruso reproducía Rachmaninoff.

Yo estaba *muuuuuuuuy* tenso y abstraídamente agobiado. Me había pasado por el chabolo de los federales y había hecho un reconocimiento. Se me ocurrió la Gran Idea Tonta. Estaba todo claramente calculado y el propósito era que Connie diera nombres.

Connie yacía lánguidamente. Nos desperezamos e hicimos poses y nos levantamos de la cama. Besé las rodillas patizambas de Connie. Ella deslizó las manos por mi cabello.

—No empieces a acosarme otra vez, cariño. Mis labios están sellados, y no permitiré que eches a perder este momento encantador.

Le separé las piernas y le subí la falda y fui ascendiendo beso a beso. Connie emitió cierto sonido suave que ella emite.

—*Yo* diré algunos nombres que quizá reconozcas. No tienes que responder, pero me alegraría que lo hicieras.

Connie se desternilló.

—Es nuestro juego permanente, ¿no? Freddy interroga a Connie. Connie se acoge a la Quinta. Freddy y Connie. ¿Se te ha ocurrido pensar alguna vez que nuestros nombres carecen de dignidad?

Sonreí. Connie dijo:

—Te lo consentiré si me prometes que no me presionarás demasiado. Estoy dispuesta a mantener este ánimo en el que me encuentro.

Le bajé la falda y se la reacomodé. Alcé la vista y fijé los ojos en los suyos. Así sabría si ocultaba algo o me mentía descaradamente. Sabría si conocía los nombres y ponía cara de *refusénik*.

—Robin Redbreast. Es presuntamente un «científico chiflado» y un comparsa del Partido, llamado Sammy. Hay también un hombre del FBI llamado Charles Fullerton. Estuvo en casa de Joan con todos los demás polis, y lo vi allí con mis propios ojos. Deberías saber que pertenece a la cuadrilla de

Joe McCarthy… que, para serte franco, se ha propuesto atraparte, a juzgar por los micros que he arrancado aquí.

Bingo/Eureka/Jackpot de las tres cerezas. La *refusénik* reacciona. Se le empañan los ojos. Se lleva las manos a la cara.

Te conozco, Constance. Te enjugarás la cara con una funda de almohada. Encenderás un pitillo y echarás el humo al techo. Dirás: «Sin comentarios» o «No voy a decírtelo».

Di en el clavo con respecto a la primera parte. Fallé con respecto a la segunda. Connie dijo:

—No te rendirás nunca, ¿verdad? Siempre insistirás en esto, y al final te perderé o no tendré jamás un instante de paz.

Me acerqué a ella. Nuestros ojos se acercaron.

—Sammy. Charles Fullerton. Los «SA», «RJC» y «EPD» de tu célula. Quiero nombres completos y confirmaciones. Es todo por Joan. Sabes que es así, y puesto que eres una materialista dialéctica que anda siempre buscando un beneficio, te ofrezco el premio gordo, si haces esto por mí.

Connie me besó. Le limpié unas lágrimas con los pulgares. Volvió a besarme. Le levanté la enagua y le besé la espalda desnuda.

—¿El premio gordo has dicho?

—Sí. Si me dices lo que necesito saber, quemaré el tenderete de McCarthy. No pisarás jamás el estrado de los testigos. Ahorraré a otras cuantas personas muchos sufrimientos, tanto si son auténticos traidores como si solo son necios sensibleros como tú.

—No está bien traicionar a los amigos, ya lo sabes —dijo Connie—. Gente con la que has vivido la Historia.

—Joan —dije.

—Siempre volveremos a ella —dijo Connie—. Es nuestro *deus ex machina*.

—Joan —dije.

Connie aplastó la colilla y se volvió hacia mí.

—Sí, fuimos amantes por un breve tiempo, y no pasaré de allí para saciar tu curiosidad a ese respecto. Charles Fullerton convirtió a Joan en informante del FBI y actuó como supervisor suyo durante años. También le presentó a Ralph Horvath. Sammy es un físico que se llama Samuel Ahlendorf... y sí, fue Robin Redbreast en nuestra célula. «RJC» era un negro llamado Robert Jones Crawshaw. Escribía para el *Daily Worker*, y ahora escribe noveluchas baratas sobre chulos negros. Sé que es amigo de tu amigo Billy Eckstine, por si te sirve de algo. «EDP» es Eleanor Price Donnell. Fue profesora de Joan en UCLA.

Se había soplado. Me dejó atónito en todos los sentidos. Me aparté de ella. Contemplé las paredes rojas y las guirnaldas de mujeres seudogoyescas. Connie se colocó claustrofóbicamente cerca.

—«La ciudadela de mi integridad se había perdido irrevocablemente». Eso es de T. E. Lawrence, por si sientes curiosidad.

Yo no la sentía.

—No estafes a un estafador, y no simules conmigo. Era lo que había que hacer.

Connie exhaló un suspiro teatral.

—Tengo veinte años, un mes y nueve días más que tú. Nací en 1902, y tú estás enamorado de otras dos mujeres. ¿Por qué he hecho lo que acabo de hacer? ¿Tan desesperada estoy por retenerte?

Exhalé un suspiro teatral.

—Solo estás ensimismada. ¿Todos los comunistas son tan egocéntricos como tú?

Connie se desternilló.

—Para serte franca, sí.

—¿Incluida Joan?

—Sí, y Joan más que la mayoría.

—Lo probó todo, ¿verdad? —dije—. Hombres, mujeres... tenía esa avidez.

—Carecía de fe, sí —dijo Connie.

—Lamento oírlo —dije.

—No lo lamentes, cariño. Lo mismo te pasa a ti.

Le bajé la falda. Capté su perfume y le besé los pechos.

—He cumplido mi parte del trato, cariño. ¿Cómo harás descarrilar tú los planes de ese malvado senador y me salvarás?

—Haré algo valeroso y estúpido, y me costará carísimo.

BIBLIOTECA PÚBLICA DEL CENTRO DE LOS ÁNGELES

6/4/54

Investigación. Silencio sepulcral de sala de lectura. Conoce a tu enemigo. Podría venir a por TI, al ataque. Tú eres el Cacique del Cotilleo Que Ha Tomado a Hollywood como Rehén. Eres el Freddy O. el Frescales.

Me sentía *bieeeeeeen*. Connie me preparó un descomunal desayuno. Acto seguido tomé tres dexis y cuatro tientos de Old Crow. Llegué a la biblioteca temprano. Recopilé una ristra de *bueeeeeeeena* información. Recurrí a fuentes fidedignas.

El *L.A. Herald* y el *L.A. Sentinel*, la revista en color de Los Ángeles. *Quién es quién en Estados Unidos/1953. Quién es quién en la Academia americana/1953.* Más la revista *Downbeat*, el *Daily Worker*, y una llamada a Archivos e Identificación del Departamento de Policía de Los Ángeles.

Fijémonos:

Camarada Sammy Ahlendorf. Edad 63. Ese es para nosotros «Robin Redbreast». Es físico. Tenía doctorados en su Rusia natal, y aquí por la Universidad de Chicago. Es también kommissar kultural. Salía de fiesta con bohemios borrachines en el abominable Berlín de Weimar y el maligno Moscú. Conocía a Eisenstein/Nijinsky/Stanislavsky/Meyerhold/Okhlopkov. Cine licencioso, danza descerebrada, postizas producciones teatrales para los millones de mutilados que esclavizó la Bestia Roja. Sambo emigra a Estados Unidos, allá por el 36. Lo excluyen del Proyecto Manhattan, allá por el 44. Por entonces era partidario de la bomba atómica. Ahora se opone a la bomba atómica. Ese fulano me encendía la sangre. Yo estaba al cien y *maaaaaás* que dispuesto a salir en busca de cueros cabelludos de comus. Podría sacudir a Sambo con un listín telefónico a la masculina manera de la Brigada de los Sombreros.

El camarada Robert Jones Crawshaw/alias «*KKKamarada X*». Edad 41. Agitador obrero y patético plumífero del *Daily Worker.* Aspirante a «Reconciliador Racial». Fijémonos en lo siguiente: intentó integrarse en el Klan de Los Ángeles allá por el 40. Íntimo amigo de mi amigo Billy Eckstine. Augusto autor de *Chulo negro, Amo negro, Salvador negro, Dictador negro, Capitoste negro, Buana negro* y el KKKontrovertido *Führer negro.* El camarada Bob renuncia al comunismo, allá por el 51. El camarada Bob vira vigorosamente a la derecha. Es amigo del nocivo nativista Gerald L. K. Smith. Tiene un edificante historial. Hay tres denuncias por recepción de bienes robados. He ahí el caso más canceroso, allá por el 48. Ralph Mitchell Horvath le paga la fianza tras una demanda por allanamiento.

La camarada Eleonor Price Donnell. Edad 38. Profesora titular de Historia en UCLA. Es un gorrión chillón y una rabiosa ilusa soviética. Es autora de *Miasma en Moscú,* una arrebatada apología de los pecados de los procesos ejemplares del tío Joe Stalin. Creéis que tenéis clasificada a la venenosa nena, ¿verdad? Pues bien, capullos, he aquí el *verdadero* riff reconstruccionista:

Es una exfulana. Proporcionaba polvos al servicio del Partido, allá por el 44-45. Vendía sexo a los peceros con pasta. Formaba parte de un establo estalinista de chicas trabajadoras pobres. La trincan el Día de la Victoria en Europa. Una cuadrilla de magnates de la construcción comus celebra la rendición de Hitler. Para esos tipos hay caviar y fulanas. La Donnell y sus estupendas hermanas prestan servicios a los extraordinarios estibadores de los muelles. Interviene la Brigada Anti-vicio. Hacen una redada en un picadero y mansión de un millonario. La Donnell y otras dieciocho comus confesas acabaron enchironadas. La Donnell escribe unas memorias sobre su salaz estancia. Se titula *Chica del Partido*. Las escribió con el pseudónimo «Miss X». Las publicó el editor de Robert Jones Crawshaw.

Mi célula comu de Connie. Añadamos al difunto Joan Hubbard Horvath: comu, chaquetero, amante licencioso. He aquí la inclinación amarillista de toda una vida:

Avanzo hacia el abismo absoluto de la locura.

Todos vivían en Los Ángeles. Instauré un itinerario: norte/sur/noroeste. El camarada Sam vivía en el Valle. El camarada Bob vivía en Watts. Billy Eckstine concertó la reunión en el Club Zombie. La camarada Ellie vivía en el corredor de Wilshire. Estaba *très* cerca de UCLA.

Sambo y la Chica del Partido vivían puerta con puerta. Toc, toc: un problema va de camino hacia ti. Yo los intimidaría. Los haría llorar. Les arrancaría la información sobre la camarada Joan Hubbard. Los arrastraría a lo largo de los años de la guerra. Presionaría desde la óptica de Claire Klein. Cierta dama peligrosa está decidida a matar a un hombre. Piensa que acaso Connie Woodard conozca a ese hombre. Y *usted* ¿qué me dice?

Fui a Van Nuys, una urbanización de tres al cuarto. Villas con Vistas al Valle: chozas chabacanas a un paso de Hastings y Harlequin Heights. Aparqué y me acerqué al chabolo. *Toc, toc:* un problema va de camino…

Abrió Sambo. *Ooohhh:* está demacradamente delgado y consumido por el cáncer. Enseñé mi placa de la Policía del Estado. Todos los tarados del Comité de Actividades Antiamericanas tenían una. *Encógete, rata roja.*

—Ya. He visto antes esa placa. No puede decirse que su gente no haya venido en mi busca anteriormente.

—Se trata de un nuevo giro inesperado, jefe. Tiene que ver con el asesinato de una mujer llamada Joan Horvath. Usted la conocía como Joan Hubbard.

Sambo me dejó pasar. Arrastró una botella de oxígeno sobre ruedas hasta su sillón. Succionó aire. Emitió su tos cancerosa y dijo:

—¿Sí?

Me encaramé a un taburete.

—No estoy aquí para empapelarlo por su pertenencia al PC, amigo mío. Conviene que lo sepa de buen comienzo.

—Eso es muy decente de su parte... y muestra una gran desinformación —dijo Sambo—. Abandoné el PC en el 44, antes de que me autorizaran a participar en el Proyecto Manhattan. Fui el primero en dejar la célula, aunque todos los demás, excepto nuestra supervisora, vieron por fin la luz.

Esa afirmación me dejó atónito. No coincidía con los diarios de Connie. Había visto las iniciales de Sambo en las actas de la célula del período de posguerra.

—Tengo documentos, caballero. Estos documentos dejan claro que asistió usted a los guateques de la célula hasta finales de los años cuarenta.

Sambo suspiró y succionó aire.

—Pues son invenciones. Especialmente si se los ha proporcionado la supervisora. Yo soy un apóstata, señor inspector. Renuncié al Partido, y he sido investigado por numerosos comités, tanto estatales como federales. Y si el señor McCarthy llegara a citarme en este último pogrom suyo, atestiguaré en esa línea desde el principio. Se parece usted a McCarthy, podría añadir. Tiene su mismo cabello negro, sus mismas cejas pobladas.

Anda y que te den por el saco, vejete. Conque cejas pobladas, ¿eh? ¡¡¡Te vas a enterar tú!!!

—Joan Horvath, caballero. Se llamaba Hubbard cuando usted la conoció.

—Sí, y tuve una aventura con esa joven tan vivaz e inteligente, y pienso que usted es lo bastante inteligente para haber deducido que no estoy en condiciones de ir en coche a Hollywood, forzar la entrada de una casa y cometer un asesinato.

Eso es verdad, socio… te oigo alto y claro.

—¿Qué opinión tenía usted de Joan?

—Mi opinión era que se trataba del ser humano más ensimismado que he conocido, y que era una mujer muy fogosa. También pensaba que no era una verdadera comunista, allá en los tiempos en que el resto de nosotros estábamos convencidos de que el Partido era la luz del mundo.

Resoplé.

—Eso es todo lo que tiene que decir sobre Joan, ¿eh?

Sambo succionó aire.

—Sí, es todo. Pregúnteme sobre física nuclear. Puedo pasarme todo el día hablando de física, pero tal vez eso estuviera por encima de su nivel de comprensión.

Solté un resoplido sarcástico.

—Vale. ¿Por qué lo echaron del Proyecto Manhattan? Eso debió de ser un bolo de primera para alguien de su oficio.

Sambo succionó aire. Reverberó y se retorció. Su esperanza de vida no iba más allá de la semana siguiente.

—Había hecho amigos en la comunidad cinematográfica, aquí en Los Ángeles. Personas jóvenes, una en particular. Por entonces yo era antibomba, pese a que ayudé a construir las bombas que el Estados Unidos fascista echó sobre Japón. Hay quien cree que me despidieron por ineptitud científica. No fue ese el caso ni mucho menos. Fui una baja política, simple y llanamente. Puede que sea físico, pero, ante todo, soy un idealista y un mecenas de las artes.

Sambo, el idealista. Sambo, el artista ardiente. Seguí por ese derrotero.

—Sé que tenía usted trato usted con todos aquellos alegres artistas de Rusia. Eisenstein, Stanislavsky, Meyerhold… vaya figurones.

Sambo se desternilló y tosió vapores viscosos. *Vejete, me contaminas.*

—Los conocía, sí. Sus visiones me formaron en sentidos que usted nunca entenderá.

Sambo me asqueaba. La entrevista me encendía. Me dirigí por un nuevo derrotero. Terminemos con esto.

—Una mujer peligrosa anda acechando a los miembros de su célula. Me consta que esa mujer sabe quién es su «supervisora», que, supongo, es Constance Woodard. Se llama Claire Klein, y no es alguien con quien se pueda jugar.

Ooohhh: ¿Acababa Sambo de averiarse, tensarse, estremecerse, acobardarse y encogerse?

—No. El nombre Claire Klein no me dice nada.

Descuida, Sambo, he registrado tu respuesta.

—Constance Woodard. Su «supervisora». ¿Por qué habría ella de inventarse las actas de la célula después de renunciar al Partido todos los miembros de esta?

Sambo suspiró.

—Porque ella era la única de nosotros que creía verdaderamente, y su fe iba más allá de toda realidad. Y era la mujer más solitaria que he conocido, y con sus invenciones ha debido de convencerse de que aún tenía camaradas y amigos.

El Club Zombie. Una dosis doble de barrio negro. Un antro de perdición peligroso. Bebop discordante y el cóctel Baron Samedi: «Un sorbo te deja zombificado».

Yo conocía el Zombie. Allá por los cuarenta apiolé aquí a beboppers, aficionados a la carne negra y yonquis. El descomunal camarero me reconoció. Freddy el Frenético ha vuelto. Sigue haciendo un vudú *maaaaaaaaaaalo* de no te menees. Le preparé un cóctel Baron Samedi. *Hay* que zombificarlo.

Cocinó el cóctel. Despedía un resplandor radiactivo. Le deslicé un billete de cien de Bondage Bob. Puso cara de «Tú eres el hombre». Apuré el cóctel. Este bebopificó las dexis desperdigadas por mi torrente sanguíneo. Quedé ZOMBIFICADO.

Entró Robert Jones Crawshaw. Es alias Camarada Bob y KKKamarada X. Esquivó el estrado de la banda y accedió a un reservado contiguo a la barra. Lo reconocí de unas fotos de ficha policial antiguas. Parecía malo hasta la médula. Me fijé en su sombrero morado de copa baja.

Me senté con él. Chasqueó los dedos. Aparecieron dos cócteles Baron Samedi. Él se bebió el suyo de un trago. Yo bebí el mío a sorbos.

Eructó, regoldó, prescindió de las formalidades. Adoptó la pose Jefe, esto es lo que hay.

–El Partido es un puto pozo de mierda. Pregúntele a Richard Wright o a Zora Neale Hurston. Aquí todo es cuestión de dinero y fama. Yo estoy amasándolo con *Amo Negro, Dictador Negro* y *Führer Negro*. Billy me ha dicho que está usted investigando el asesinato de la camarada Joanie, y permítame decir ya de buen comienzo que a mí esa chica me caía bien, pero nunca me la cepillé... de eso nada. Ralphie y yo estábamos a partir un piñón... y sé que usted lo mató, y fue un camelo, y ahora le ha entrado la culpabilidad. Yo no maté a Joanie, porque la pasma sabe que fue un hombre blanco, porque Joanie le arañó la cara de lo lindo. También sé que usted sabe que Ralphie pagó mi fianza una vez que me acusaron de un 459, allá por el 48. ¿Ya nos hemos puesto al día? ¿Cree que Bob Harrison me encargaría algo, un artículo para *Confidential*? Soy la hostia en los círculos intelectuales. Acaba de salir la duodécima edición de *Führer Negro*. A Alfred Kazin y todos esos intelectuales de mierda les va mi rollo.

Me quedé zombificado. Me quedé beatificado y metamorfoseado. El prive. El bebop. La droga. La triste imagen que el camarada Sammy tenía de mi Connie. Las delirantes divagaciones del KKKamarada X.

–Allegados conocidos. De Joan, de Ralphie, o de los dos. ¿Se le ocurre algún nombre?

El KKKamarada X puso cara de «Ja ja».

–Un tal Charlie, federal, un hijo de puta. Pasaba a Ralphie información de posibles casas donde robar. También conocía a Joanie, y puede que fuera su supervisor cuando ella se hartó y se convirtió en soplona. Además, creo que Charlie podría haber presentado a Joanie y Ralphie. Ese es el único nombre que se me ocurre, así de pronto.

Charlie. Agente Charles Fullerton. Tenía que ser él.

—Hay una mujer que se llama Claire Klein. Se la tiene jurada a un hombre de su célula, o de su círculo del Partido en general. ¿Le suena de algo *ese* nombre?

—*Nein*, socio —dijo el KKKamarada X—. Pero en la célula solo había dos hombres: yo y el viejo Sammy Ahlendorf. Dicho esto, estaban además los miles de hombres a quienes conocía la supervisora, porque siempre andaba acogiendo a descarriados. Dicho también esto, no había ninguno que destacara entre la multitud y dijera: «Eh, ¿te acuerdas de mí?».

Me puse en pie. Estaba zombificado, comuficado, soplonificado.

—Váyase a casa y duerma la mona, amigo. Y no se olvide de hablarle de mí a Bob H.

El KKKamarada X tenía razón. Acepté su consejo y me eché una siesta en el macarramovil Packard. Desperté, deszombificado. Seguía comuficado y soplonificado. Lo primero que pensé fue:

La solitaria Connie.

Arranqué los micros de su vivienda. El puesto de escucha de McCarthy/federales descarriados se hallaba al noreste, en Silver Lake. La casa de Connie estaba al alcance de las emanaciones de la emisión. El camarada Sam vivía en Van Nuys. Su casa quedaba *fuera* del alcance. El KKKamarada X vivía en Watts. Su casa quedaba *fuera* del alcance. La camarada Ellie vivía en Westwood. El chabolo de la Chica del Partido quedaba *fuera* del alcance.

Y:

Die Kameraden habían abandonado el Partido y renunciado al comunismo. Solo mi Connie portaba la antorcha.

Ergo:

Los federales se habían centrado en mi Connie, *solamente*. Más otros comus de células desconocidas.

Me orienté hacia el oeste camino del corredor de Wilshire. La Chica del Partido tenía su domicilio demoníaco en un edificio alto de alto nivel. Un mozo me aparcó el macarramóvil. Le di una señora propina. Dijo que las señorita Donnell estaba en casa y me acompañó al ascensor del ático.

Un cohete de cristal me subió a veinticuatro plantas de altura. Vertiginoso, me hizo vibrar. La puerta daba al salón de la Chica del Partido. La Chica del Partido me dio la bienvenida.

Era alta. Era rubia y esbelta y esquelética. Se parecía a Lizabeth Scott en *Pitfall*. Dick Powell deja a su mujer por ella. Ahora sé por qué.

Enseñé mi placa de la Policía del Estado. La Chica del Partido dijo:

—Ya presté testimonio, y creía habérsela mamado a todos los tipos del Comité de Actividades Antiamericanas del Estado, cuando aún ejercía el oficio.

Me cargó las gónadas. Bordaba el ceceo y el ronroneo grave de Liz Scott. Calzaba zapatillas de tenis para estar en casa y hablaba de mamadas con desconocidos. Encarnaba la expresión *noblesse oblige*.

—Diez minutos, señorita Donnell. No necesito más.

—¿A quién quiere que delate? Pensaba que eso había terminado.

—Estoy investigando el asesinato de Joan Horvath. Nos hemos centrado en la célula del PC a la que ella pertenecía. Ya he hablado con Samuel Ahlendorf y Bob Crawshaw. Obviamente, también usted estaba en mi lista.

La Chica del Partido puso cara de «Adelante, usted primero». Entré en su demencial mundo de mujer alegre. Las paredes de cristal abarcaban ampliamente Wilshire. Fijémonos en la mullida moqueta de pelo largo y los muebles de meublé, todo de velvetón violeta.

Me guio hasta un mueble bar. Sirvió dos Tom Collins, cortos de lima. Nos sentamos en taburetes de cuero negro y nuestras rodillas se rozaron.

—Yo no conocía mucho a Joanie. No quería acostarme con ella, y el Partido se me quedó corto antes que a ella. Intenté reclutarla para mi cuadra, pero no quiso ni oír hablar. Nos delatamos mutuamente a su gente del Comité de Actividades Antiamericanas del Estado, pero no recuerdo quién se sopló primero. La supervisora la conocía mejor que ninguno de nosotros, eso por descontado.

El ceceo y el ronroneo grave de Liz Scott. La mirada inmóvil de una leona. Te está intentando llevar por donde quiere. El KKKamarada X la ha llamado y la ha prevenido. Freddy O. va en camino. No es poli del Comité de Actividades Antiamericanas. Exprímelo, nena. Tiene pasta, por vía indirecta. Es susceptible. Échale tu hechizo.

Quiere colmar de calumnias a la supervisora Connie. Esa es su intención. Encaja este giro, zorra:

—Permítame hacerle una advertencia sobre una mujer a quien considero muy peligrosa, sobre quien ya he advertido al señor Ahlendorf y al señor Crawshaw. Ha anunciado a las claras que se propone matar a un hombre de su célula, o de la órbita general de los miembros del Partido que pueda usted conocer. Se llama Claire Klein. Es muy persistente, y tiene una manera de plantarse ante uno que yo describiría como inolvidable.

La Chica del Partido encendió un pitillo.

—Verá, me vienen a la cabeza una mujer y un caso, pero el nombre Claire Klein no me suena de nada. Fue durante la guerra. En el 43, creo.

—Siga, por favor —dije.

—Bien, era una especie de conmemoración del asunto de los Chicos de Scottsboro, y en principio iba a ser algo exclusivamente del Partido... yo pensaba que al cien por cien. Entonces se presenta una oficial de la sección femenina del ejército, vestida con el uniforme completo. Me clasifica como chica propensa a irse de la lengua, y va y me aplica presión plena.

La guerra/la sección femenina del ejército/subteniente, Claire Klein. *Piérdase mi alma...*

—Lo gracioso era que todo tenía que ver con los arcanos comus de Rusia, durante la época de los juicios ejemplares. Esa mujer estaba obsesionada con Vsevolod Meyerhold, su importancia en los círculos del teatro radical, y el hecho de que Stalin liquidara su teatro, lo obligara a asistir a una sesión de autocrítica, lo denunciara por abandonar el realismo socialista, y lo hiciera torturar y matar. Eso ocurrió en el 39 y el 40, creo. He aquí lo peor. La NKVD sacó los ojos a su mujer y la mató a puñaladas unos meses antes.

Meyerhold. Sambo Ahlendorf conocía a ese fulano.

—¿Eso es todo? ¿Esa mujer de la sección femenina la presionó y siguió su camino?

—Tal cual.

—Samuel Ahlendorf me ha mencionado hoy a Meyerhold, hace un rato.

—Sammy es viejo, y es ruso. Se ha alimentado de teatro socialista radical, desde que lo conozco. Le reto a ver una obra entera de Meyerhold. Hablando en plata, sus obras no son precisamente *Ellos y ellas.*

Tragué saliva.

—Hablemos de la supervisora. ¿Se refiere, supongo, a Constance Woodard?

La Chica del Partido aplastó la colilla.

—Así es. Connie era la plasta del grupo y experta en Joanie Hubbard. También fue la amante de Joanie durante un periodo de tiempo indeterminado, en la guerra y después, lo que significa que se le concedió el Premio a la Amante Celosa de todos los tiempos durante a saber cuántos años consecutivos, porque usted no ha visto *jamás* unos celos como esos, y usted no ha visto *jamás* a nadie revolverse bajo su yugo como a Joanie.

—Continúe —dije—. Creo que se muere usted por decirme algo.

La Chica del Partido se desternilló.

—Connie nunca me cayó bien, pero intuía su angustia existencial. Porque Joanie era una Venus atrapamoscas, y tenía hombres, mujeres y sabe Dios *qué* más haciendo cola para meterse en su cama. Connie sacó un arma a *dos* pretendientes de Joanie, y un hombre, un abogado izquierdista de Marin County, desapareció sin dejar rastro.

Ahora estoy comuficado, reconstructivizado, social-dialecticizado...

—¿Lo capta... señor poli del estado que no es poli del estado? La supervisora mató a ese hombre, y *eso* fue lo que disgregó a nuestra ridícula célula comunista.

«Ese hombre». La obsesión de Claire con Meyerhold. Hombres muertos y Joanie muerta. Yo estaba hundido en lo más hondo por hombres muertos y castrado por mujeres comunistas. Heme aquí en el dormitorio de la supervisora. Estoy hecho polvo en la cama. Las paredes rojas se *estreeeeechan* en torno a mí.

Hojeaba un libro de la biblioteca. Me había pasado por la biblioteca de West Los Ángeles, después de la visita a la Chica del Partido. Investigué por medio de microfilms. El *San Francisco Chronicle*, 48-49. Me centré en los asesinatos locales.

El libro. Es un Baedeker grande y aburrido sobre el teatro radical ruso. Hay párrafos y párrafos sobre Vsevolod Meyerhold y su mujer actriz, Zinaida Raikh. La Chica del Partido no mentía. Los gorilas de Stalin torturaron y mataron a tiros a Meyerhold. Sacaron los ojos a Zinaida y la mataron a puñaladas. Eran una pareja atractiva. La foto no mentía. Él presenta la apostura de un héroe mientras agita una bandera roja. Ella es toda una belleza con su babushka. La Rueda Roja los aplasta.

Meyerhold era un semental de la era de Stalin y un experto espadachín. Se pasó por la piedra a mujeres en Rusia y en el extranjero y dejó a su paso bebés berreantes. Esos hechos me estimularon. Este hecho ídem de ídem. *Alguien delató a Meyerhold a la NKVD.*

Asesinato en Moscú. Asesinato en Marin County. Es septiembre del 49. El «abogado izquierdista» Will Hartshorn desaparece. Will es un mujeriego malévolo. Se interroga a un sinfín de insidiosas individuas comus, en vano. El malévolo Will se disipa y desaparece. No hay *corpus delecti,* caso cerrado.

La supervisora está abajo. Está preparando la cena. Me llamará.

Al salir de la biblioteca, me acerqué a Silver Lake. Ahí está el puesto de escucha de los federales descarriados. Es una choza chunga en Ewing a un paso de Duane Street. Harry me dijo que hacen tres turnos de vigilancia y cierran a las doce de la noche. Fui en coche hasta la ferretería Higgins y compré lo que necesitaría. Charles Fullerton vivía en Miracle Mile. Eso indicaba el listín telefónico de Wilshire Centro.

La supervisora subió. Oí el tableteo de sus tacones. Se detuvo en el umbral de la puerta. Sonrió y me leyó el pensamiento. Puso cara de «¿Qué pasa, amor?»

—He hablado con ciertas personas que te conocían muy bien —dije—. Ya sabes a quiénes me refiero, porque tú me diste los nombres.

—¿Ah, sí? —dijo.

—Te desprecian profundamente, porque mantuviste el rumbo cuando ellos se desviaron, y eso te convirtió en una crédula y te presentó como una ingenua —dije—. Escribiste cientos de páginas de actas de la célula e hilvanaste fantasías. Tú los amabas. Ellos no te amaban a ti. Tú portaste la antorcha. Creaste un mundo ficticio en esta misma habitación. Ese hecho por sí solo me ha convencido de que debo protegerte.

—«Mantuve el rumbo» —dijo—. Es el típico concepto masculino, pero no es algo que pueda aceptar viniendo de ti, si implica que me consideras una persona patética.

Me desternillé.

–¿Cómo iba a pensar eso? Mataste a un hombre sin el menor reparo, a la manera de Freddy Otash. Eso difícilmente lo describe la palabra «patético».

–Trató brutalmente a Joan. Le pegó y la degradó, y no lo soporté. Le pegué un tiro y eché el cadáver a una fosa con cal en Point Reyes. La policía me interrogó una vez y se creyó mis negativas. No volvieron a molestarme nunca más, y mis excamaradas no me delataron.

–¿Cómo te sentiste, después de matarlo?

–Sentí horror y alivio.

Piérdase mi alma... porque sí la CONOZCO.

Charlie Fullerton, FBI. Harry Fremont lo calificó de solterón soplado y moñas metido en el armario. Empinaba el codo en el Raincheck Room, el Rick's Riptide y el Roscoe's Reef. Tenía un pisucho encima de un garaje en la Sexta con Dunsmuir. Harry me aconsejó una acción rápida a media noche. Túmbalo en su puerta y mano dura.

Buen consejo. La cerradura cedió fácilmente. El pisucho era un armario claustrofóbico. Cocina pequeña/cuarto de baño pequeño/salita pequeña en la parte delantera. *Uf*: es la Ciudad de la Asfixia. Impregnada de humo de tabaco viejo y prive derramado.

Mantuve las luces apagadas. Aceché y escuché, cerca de la puerta. 00.19 h. Unos premiosos pasos. La llave de Charlie en la cerradura.

La puerta se abrió. Arremetí contra Charlie, tal como entraba. Le barrí las piernas de debajo del cuerpo. Gimió y gaznó. Le estampé la cabeza contra el suelo y lo amordacé con un pañuelo. Lo arrastré hasta la cocina y encendí las luces. *Vaya, vaya*: hay un calientaplatos.

Esposé a Charlie. Enchufé el calientaplatos. Las resistencias resplandecieron muy *muy* calientes. Levanté a Charlie de un tirón y lo empujé contra la encimera. Charlie me suplicó con los ojos fuera de las órbitas: no me abrase, jefe.

Le metí los dedos de la mano derecha entre las resistencias. Lo abrasé y lo escaldé. La mordaza ahogó sus gritos. Me llegó la fragancia a patata frita de la piel quemada.

Charlie berreó y brincó y se zafó de mí. Le di una patada en los huevos y se dobló por la cintura. Había allí un frígido frigorífico. Abrí la puerta. Erguí a Charlie de un tirón y le encajé la mano chamuscada en el compartimento del congelador. ¡¡¡Eso, *eso*!!! ¡¡¡Piel frita *frappé*!!!

Charlie intentó gritar. La mordaza lo enmudeció. El hielo frío cauterizó su piel escaldada y se elevaron nubes de vapor. Tiré de su mano libre y lo senté de un empujón en una silla. Me planté ante él y le expuse mi ley del no resarcimiento.

—Joan Hubbard y Ralphie Horvath. Connie Woodard y su célula del PC. La falsa última cruzada de Joe McCarthy, y qué pinta ahí Connie. A quiénes tenéis bajo escucha en ese puesto de largo alcance de Silver Lake. Di que sí con la cabeza una vez si quieres vivir y dos veces si quieres morir.

Charlie asintió una vez. Le arranqué la mordaza de un tirón. Emitió un grito ahogado de timbre agudo, a lo soprano sarasa. Saqué la petaca del bolsillo y le di bourbon añejo. Lo gargareó y engulló y emitió un resplandor rojo de beodo.

Esperé. Charlie puso cara de «Dame». Le rellené la garganta. Me toqué el reloj de pulsera. Charlie puso cara de «Más». Le rellené el gaznate por segunda vez. *Eso* lo convenció. El resplandor fruto del alpiste dio paso a un simple rojo rosado común y corriente.

—Habla —dije.

Charlie tosió y se aclaró la garganta. La flema voló hasta su pañuelo. En un segundo escaso pasó de *refusénik* a perro a todo correr.

—Joanie nunca fue comu ni simpacomu. Era una infiltrada del FBI desde el principio. Nosotros financiábamos su programa de radio y le proporcionábamos un estipendio para vivir. Siempre fue *de los nuestros,* y la infiltramos en la clase de

Connie Woodard en UCLA; porque Connie era lesbi y le gustaban las jóvenes idealistas, y porque Connie era la supervisora de la izquierda de Los Ángeles. Joanie fue un señuelo a partir de 1939. No era más que una pandillera promiscua con excelentes notas en la universidad, y estuvo en nómina federal hasta el día de su muerte. Yo presenté a Joanie y Ralphie Horvath, y montaron un 459. ¿Y qué, joder? El allanamiento no es traición, que yo sepa.

Libé bourbon añejo. Pasé la petaca. Charlie libó bourbon añejo. Estaba beodo por la bebida y sin duda dolorido. Adoptó una rara expresión de brujo blanco.

—La célula, pues. Para morirse de risa. Sammy A., el tarado de Crawshaw y Ellie Donnell. Pero fueron listos. Se retractaron antes de que los delataran, con lo que la supervisora se quedó sola. Y entonces *ella* sí que dio risa, pero *conocía* a todo el mundo, y todo el mundo confiaba en ella. Es el eje del nuevo asunto que se trae entre manos Joe M., y pusimos micros en su casa, pero se cortó la recepción. Joanie fue citada a declarar, como testigo amistoso. Iba a exponer las acciones *criminales* de Ahlendorf, Crawshaw y Donnell, como parte de los testimonios complementarios a las retractaciones de ellos, para decir al mundo entero que el que nace comu, comu muere. *Pero* liquidaron a Joanie. *Y resulta que* un tarado merodeador anda suelto. *Y resulta que* el Departamento de Policía de Los Ángeles centra sus sospechas en él, y lo hace picadillo. Usted estaba presente, debe de saberlo.

Repasé el soplo. Un detalle sonaba a falso.

—No me cuesta imaginar a Crawshaw y Donnell como criminales, desde luego. Pero a Ahlendorf no lo veo como posible criminal.

—Ya, pero Sammy no es trigo limpio. Eso lo sabíamos, desde el principio. Emigró en el 36, pero siguió volviendo a Rusia, con pasaportes falsos que le facilitaba el Partido. Estaba metido en un asunto turbio allí, pero nunca averiguamos qué era.

—Ese puesto de largo alcance que tienen en funcionamiento —dije—. No montaron todo ese tenderete solo para trincar a la supervisora.

—Eso es correcto —dijo Charlie—. Tenemos escuchas en otras nueve células, estrechamente vigiladas. Los miembros son gente típica de Hollywood, incluidos algunos nombres muy conocidos, y la mayoría de ellos están relacionados con la supervisora. Joe M. quiere exprimirla y conseguir que los delate. Nunca se ha prestado, pero la tenemos pillada por un cargo de homicidio, en Marin County. Desapareció un abogado, y sabemos por qué. ¿Sabe cómo lo sabemos? Porque nos lo dijo Joanie. Ese tipo la maltrataba, y la supervisora, en un ataque de celos, se lo cargó. Podemos concederle inmunidad plena, si colabora. Si no colabora, tendrá una cita caliente con la sala verde.

Suspiré.

—Constance Linscott Woodard nunca colaborará.

—Freddy, se está sonrojando —dijo Charlie.

El puesto, engalanado y embellecido, era de la era del espacio. Joe McCarthy se había agenciado lo último y lo más nuevo.

Transmisores-receptores de banda ancha y largo alcance. Soportes de micro resistentes a las inclemencias del tiempo, aptos para uso al aire libre. Micrófonos camuflados. Grabadoras de larga duración. Activadores de voz automáticos. Auriculares para la eliminación de estática.

Más escritorios. Más doce archivadores. Ninguno bajo llave. Todos a rebosar de transcripciones de grabaciones. Nueve células comus camino del infierno.

Metí cartuchos de escopeta de calibre 12 en los cajones de los archivadores y los rocié de pólvora. Coloqué bolsas de papel llenas de fertilizante y nitrato de amonio debajo de los escritorios. Vertí por el suelo la gasolina Mobile Supreme de dos bidones de ocho litros. Dejé la puerta de entrada abierta y descerrajé en el interior nueve tiros de una pistola Colt automática.

El puesto estalló en colores malva y rosa. Me trajo reminiscencias de Hiroshima y de aquella achicharrante explosión en el sarao de la bomba de Jack K. Se produce una fenomenal nube hongo, todo resplandor.

APARCAMIENTO DEL GOOGIE'S

7/4/54

El Googie's. Ave madrugadora, espío desde mi macarramóvil Packard. Espionaje esencial a Claire Klein, concretamente.

Me echaba dexis al cuerpo y fumaba un pitillo tras otro. Tenía que llegar el *Herald* matutino. Fullerton no me delataría. Estaba metido en la mierda hasta al cuello por un político pútrido que pronto implosionaría. Yo lo tenía pillado por la cagada del 459 con Joanie y Ralphie. El estallido del puesto de escucha atraería titulares. Los federales lo ocultarían a cal y canto. Las palabras *McCarthy/trabajo sucio/descarriados en acción* no se abrirían paso hasta la letra impresa.

Observaba la ventana trasera. Cuatro sombras aparecieron en mi parabrisas. El sargento Max Herman. El sargento Red Stromwall. El sargento Harry Crowder. El agente Eddie Benson.

Los Sombreros. Trajes de color gris perla y panamás blancos. Eso presagia problemas.

Agité unas flores de acónito imaginarias. Ni se inmutaron. Max y Red me sacaron a tirones del coche. Harry y Eddie me esposaron. Me lanzaron al asiento trasero de su coche K y me emparedaron estrechamente.

Condujo Max. Red silbó «Funeral March of a Marionette». Aplicamos Código 3 en el centro. Llegamos al edificio municipal y subimos en el montacargas hasta la Brigada de Investigación. Me metieron en la sala de tormento n.° 3 y me esposaron a una silla. Observemos el grueso listín encima de la mesa.

—Estás jodido, Freddy —dijo Max—. La Metropolitana te sigue el rastro desde febrero.

—Sabemos a quiénes has visto y todo lo que has hecho —dijo Red.

—La hora de la verdad se acerca, Freddy —dijo Harry.

—Lo tienes crudo, puto beduino —dijo Eddie.

—Quizá podamos endosarle mis faltas al primer malhechor que os salga al paso —dije—. El *Herald* siempre está dispuesto a tomar por ese camino en atención a vosotros.

Max me sacudió con el listín. Fue un golpe en la coronilla, de esos que no dejan marcas. Me crujió el cráneo de lo *liiiindo*.

—Estamos enterados de todas la bajezas que habéis cometido tú y tus matones para *Confidential*. Os vimos a Bernie Spindel y a ti colocar micrófonos en casa de Steve Cochran, y a ti te vimos montar el número del diablo rojo con él la noche del rodaje de la película. Estamos enterados de todas tus jaranas con la supervisora, que ya va teniendo espolones para un joven semental como tú. Te seguimos a tus entrevistas con Samuel Ahlendorf, ese bicho raro de Crawshaw y Ellie Donnell. Grabamos a distancia tu agresión al agente Fullerton, y te vimos volar el puesto de los federales.

Red me sacudió con el listín. Fue un golpe para causar gran dolor sin dejar marcas.

—Estás jodido, Freddy. Estamos enterados de todos los líos en que te has metido, del primero al último.

Harry me sacudió con el listín.

—Ya no eres nuestro compinche, Freddy. No eres más que un zoquete cuya utilidad ya ha caducado.

Eddie me sacudió con el listín.

—Te tenemos por Traición, Sedición y muchas violaciones de la Ley Smith. Pringarás, igual que los Rosenberg.

Max me sacudió con el listín. Empleó su toque cariñoso, en plan no es para tanto.

—Te agradeceríamos que reprodujeras tus entrevistas con Ahlendorf, Crawshaw y Donnell. Eso sería un gran paso para ganarte nuestro favor.

Red me sacudió con el listín. Fue un gancho cariñoso.

—Vamos a dejar que te lo pienses. Te instalaremos arriba en una celda limpia, lejos de la chusma. Me consta que el jefe está deseando hablar contigo.

Harry me sacudió con el listín.

—Las locas aventuras de Freddy O. acaban de terminar.

Eddie me sacudió con el listín.

—R.I.P., Freddy.

Me arrojaron a un calabozo. La litera era un colchón mondo y lirondo. Deposité mi dolorida cabeza en una dura almohada. De carambola entré en coma.

Malogré la vida de Ralph Mitchell Horvath. Joi engulló el nabo de Steve el Semental. Le di una paliza a Johnnie Ray. Espié diez mil casas. Eché pagos penitenciales al buzón de Joanie Horvath.

Debí de llorar. Empapé la almohada hasta el colchón. Me sentía la cabeza homogeneizada. Mi cerebelo cantaba tristes canciones. El cráneo me crepitaba.

William H. Parker empujó la puerta y se sentó en mi litera. Vestía el uniforme completo con cuatro estrellas.

—Ahora le perteneces al Departamento de Policía de Los Ángeles. A partir de este momento *Confidential* renuncia a sus derechos sobre ti. Dejaremos que quedes impune de todo lo que has hecho. Quedarás impune de la agresión al agente Fullerton, y de la voladura del puesto de escucha. Quedarás impune de tus viles acciones en relación con el crimen de Joan Horvath. Quedarás impune de todos tus delitos al servicio de *Confidential*. Te permitiremos vengar a Joan Horvath, tal como consideres oportuno. En recompensa por los actos de clemencia mencionados, pasarás a trabajar directamente para mí.

Parker se interrumpió. Su mirada bíblica abrasó mi alma. El Libro del Apocalipsis 3,17-18: «Y no te das cuenta de que tú eres un desgraciado, digno de compasión, pobre, ciego y desnudo. Te aconsejo que me compres oro acrisolado al fuego».

—Sí —dije.

—Firmarás una confesión detallada con respecto a tu trabajo para *Confidential*. Serás mi informante personal y mi agente provocador, y me auxiliarás en mis esfuerzos para destruir esa revista. Vamos a mandarla a la quiebra, sacar a la luz la magnitud de su maldad, y liquidarla en el tribunal federal. A partir de ahora eres mi soplón personal, mi chivato, mi topo y mi largón. Di «sí» o «no» inmediatamente. Tu respuesta decidirá el curso del resto de tu vida.

—Sí —dije.

Trabajosas tareas. Deberes descomunales. Mi solemne promesa de cumplir ante todo. Las MUJERES lo decían todo.

Joan, Claire, Connie. Vinculadas en causa y efecto. Causalidad calamitosa. Extraigamos la verdad de ahí.

Volví a Beverly Hills y avivé el paso de camino a mi bungalow. Me planté ante el gráfico de la pared y enlacé líneas en tinta negra. Vinculé a Joan con Connie, en el acto.

Connie conocía a todos los comus en cautiverio. El asesino de Joan andaba al acecho entre ellos. El PC de los años treinta y cuarenta en Los Ángeles. Canallas del Comintern de aquí para allá. Se establecieron díscolas camarillas vanguardistas y se usurparon sindicatos. ¿Cuántos hombres blancos de cabello oscuro/barba áspera acechaban y se afanaban en ellas?

Pasemos a Claire. Creemos una cronología. Enlacemos líneas. Contestemos a la peligrosa pregunta: ¿Quién es el hombre al que Claire quiere matar?

Nació en mí una noción nihilista. Todo era circunstancial y se basaba en información de tercera mano. Claire está decidida a ir a por Sammy Ahlendorf. He aquí las líneas que he enlazado:

Línea Les n.º 2. Stretch la supervisa. Babs Payton informa en lo concerniente a sus tríos con Claire. Claire presta servicio a tarados del consulado ruso. Habla ruso. Ahlendorf *es* ruso, pero emigró aquí en el 36. Claire sonsaca el nombre en clave «Robin Redbreast». V. J. Jerome dice que es un antiguo rojo llamado «Sammy». Samuel Ahlendorf pertenecía a la célula de Connie Woodard. Claire porta una pistola Makarov. Claire odia a los rojos y los ha delatado al Comité de Actividades Antiamericanas. Babs informa *lo siguiente*: Robin Redbreast era un comu chiflado en los años treinta y cuarenta. Es historia pasada en los cincuenta. Eso lo subraya su expulsión del Proyecto Manhattan.

Luego está *lo siguiente*:

A Sammy le va el arte revolucionario ruso. Me lo reveló rotundamente él mismo. Ellie Donnell me contó lo de la mutilación y muerte de Meyerhold. Meyerhold era un formalista intermitente. Renunció al realismo socialista y cabreó al cutre Politburó. Meyerhold es eliminado, allá por el 39-40. Su mujer Zinaida Raikh es torturada y asesinada a puñaladas. Una oficial de la sección femenina aborda a la Chica del Partido. En un sarao organizado en Los Ángeles exclusivamente para el Partido. *Tiene* que ser Claire. Presiona a la Chica del Partido en lo concerniente al asunto de Meyerhold. Ahora Claire dispone de elásticas suposiciones. Tiene a Sammy en la mira. Eso es una certeza probable.

Harry Fremont estaba a partir un piñón con un poli de las aduanas de Estados Unidos. Telefoneé y le pedí que consultara los pasaportes de Claire y Sammy A. Consultara si había excursiones a Rusia. Después del 36 en el caso de Sammy. Tal vez utilizara pasaportes falsificados del Partido. Había que buscar variantes del nombre en clave Robin Redbreast. Haz esto en lo concerniente a Claire: consulta las partidas de nacimiento en lo concerniente a su apellido y fecha de nacimiento. Consulta los apellidos de sus padres. Consulta los viajes registrados en el pasaporte de Claire: 39 y 40. Por entonces era mayor de edad. ¿Entró en contacto con Robin

Redbreast en Rusia? Meyerhold era un excelente espadachín. ¿Sembró su semilla en Nueva York en los años 20 y 21? ¿Engendró de algún modo a la espectacular Claire? Prometí a Harry uno de los grandes y le dije que volviera a llamarme con las respuestas *depriiiiisa*. Me dijo que era todo muy traído por los pelos. Sí, pero nunca se sabe.

Vinculé vidas con tinta. Claire, Joan, Connie: cómplices en casos de extorsión, rojas rabiosas, súcubos patizambos. Las cotejé a todas con el *Apocalipsis* y descubrí que las tres encajaban allí a la perfección.

Sonó el teléfono. Descolgué. Harry dijo:

—Nunca volveré a dudar de ti.

—Dime por qué.

—Los caminos de Claire y Robin Redfield... ese es el nombre que consta en el pasaporte de Ahlendorf... se cruzaron en Moscú a finales del año 39 y en el 40, pero viajaron por separado.

—No pares ahora —dije.

—¿Quién para? —dijo Harry—. El de aduanas ha consultado la fecha de nacimiento de esa Klein en Nueva York. Es un tipo listo, porque ha cotejado «Claire Klein» con los nombres de los padres biológicos, y han salido Meyerhold y Zinaida Raikh. Los Meyerhold cedieron la custodia a Mendel Klein y su mujer, Clara, que eran ambos fieles seguidores del Partido y el teatro radical. Estos dieron a la niña *su* apellido, y todo cuadra, como tú dijiste.

Libro del Apocalipsis 2,9-10: «Conozco tu tribulación y tu pobreza... conozco las calumnias de aquellos que se oponen a ti».

Debía a Sambo una advertencia. Presentí una maniobra malévola, allá en Rusia. Él delató a Meyerhold y señora al Politburó y a la NKVD. Adujo reconstruccionismo, reincidencia, formalismo. Besó culos comus como solo los comus pueden hacerlo. Su motivo era muy probablemente la envidia. Él no quería ser el bwana de la bomba. Quería ser un rajá del teatro radical. Quería magnetizar a las masas, a lo Meyerhold en su embaucador apogeo.

Anocheció. Recorrí Coldwater Canyon en dirección norte y llegué al Valle. Asomaron las Villas con Vistas al Valle. Circundé la manzana en reconocimiento y volví a la parte de atrás de los edificios. Advertí una serie de terrazas comunicadas mediante pasarelas en la primera planta.

Sorprendamos al camarada Sambo. Usemos la ganzúa para abrir la puerta corredera de cristal y entremos en su choza. Eh, Sambo, se te acabó el tiempo. Échate a correr ahora que aún puedes. Claire Klein es teatro radical más allá de tu compresión corrupta.

Aparqué y ascendí a la pasarela de las terrazas. El chabolo de Sambo estaba a tres puertas de cristal más allá. Hoy el estremecedor Shostakóvich suena dentro a todo volumen. El mudo mensaje: Que se Joda la Bestia Soviética. Las puertas eran de cristal grueso y estaban cerradas con llave. Me pareció oír un único chillido.

Ya era demasiado tarde. Sambo corría hacia la terraza… y hacia mí. Estaba desnudo. Tenía el vello púbico afeitado. Le habían sacado los ojos. Le habían acuchillado el pecho y las piernas. Claire lo perseguía. Llevaba una máscara Kabuki de madera. Las máscaras Kabuki eran un rasgo distintivo de Meyerhold. La máscara de Claire mostraba el rostro de Zinaida Raikh.

El camarada Sam no podía verme. Zinaida-Claire no me veía. El camarada Sam tropezó y cayó. Claire deslizó su pincho entre sus piernas y lo evisceró.

Hora punta. El tráfico ralentizó mi regreso. Paré en una cabina para matar el tiempo. Telefoneé a Bill Parker y lo puse vagamente al corriente. Dijo:

—Gracias, Freddy. Mejor muerto que rojo —dijo y colgó.

Colgué y volví a paso de caracol a la Sexta con Dunsmuir. Charlie Fullerton vivía encima de su garaje. Su garaje me tentó.

Los antiguos inspectores de policía y agentes federales. Guardaban sus expedientes más enjundiosos y los almacenaban en cajas rotuladas. Amontonaban dichas cajas en sus garajes... las más de las veces.

Charlie estaría fuera, en el Raincheck Room o el Rick's Riptide. Eran las 19.45 h. Yo llevaba encima ganzúas y una minilinterna. Tenía el número de casa de Whiskey Bill Parker por si me metía en un lío.

La cosa salió según lo previsto. Con ayuda de la ganzúa, la cerradura cedió, y revolví cajas llenas a rebosar. Tenían nombres en clave e incluían comus delatados con números en clave. Encontré las cajas de «Redbird» y conté los comus delatados y numerados. ¿Quién te mató, muchacho? Hay solo números, ningún nombre.

Fullerton había anotado algún que otro comentario. Sobresalía el comu delatado n.º 114. Ese tipo era Rojo Empedernido y Rojo Profundo. Sammy Ahlendorf fue su mentor. Hablaba de la necesidad de cargarse a los soplones de los federales. Lo repetía incesantemente. Joan lo delató en mayo del 49. Él nunca se unió a la célula. Fullerton lo llamaba compañero de viaje. Era un miembro del Partido en el armario. Viajó a algún lugar desconocido, otoño del 49.

Anoté «114» y los comentarios de Fullerton en mi cuaderno. Anoté números y comentarios correspondientes a otros diez o doce soplones. Me proponía administrarle Pentothal a la supervisora. Creo en las confesiones bajo coacción. ¿Cómo no iba a creer? Bill Parker acababa de convertirme en su soplón.

Me batí en retirada al Googie's. El Cacique del Cotilleo claudica. Derrotado, se escabulle.

Rock Hudson ocupaba mi reservado. Estaba anclado en la angustia y emparedado en la pérdida. Rebosaba preocupación y ay de mí.

Me senté. Rock dijo:

—Pregúntame por qué parezco una mierda recalentada. Soy una estrella de cine. No puedo permitirme días como este.

—Cuéntame… pero no es que no pueda adivinarlo.

—Claire me ha robado —dijo Rock—. Abrió la caja fuerte de mi casa, y se llevó doce de los grandes en efectivo y cuarenta de los grandes en Krugerrands de oro. Debe de haberse marchado hace ya tiempo, y sé qué nunca volveré a verla. He llamado a Lew Wasserman, y vaya cabreo se ha pillado.

—No sabes de la que te has librado, hermano. Algún día te contaré por qué.

Rock me deslizó un papel.

—Dejó esto en la caja fuerte. Es para ti. A ti sí te dejó un adiós; a mí no.

Leí la nota. Era de una brevedad virtuosa:

Freddy, cariño:
Lo dejamos para mejor ocasión, ¿vale? Pensaré en ti.
Te deseo lo mejor,

C.K.

EL DORMITORIO ROJO DE LA SUPERVISORA

8/4/54

—Es por Joan —dije.

—Sabes qué decir exactamente para conseguir exactamente lo que quieres de mí —dijo—. El suero de la verdad, *francamente...*

Connie estaba sentada en la butaca roja. Yo estaba sentado en el escabel rojo. Tendió el brazo izquierdo. Se lo froté con alcohol y medí un chute. Hinqué la aguja e introduje el jugo.

Suspiró y se desmadejó. Dije:

—Cuenta hacia atrás desde cien y puedes cerrar los ojos si quieres.

Movió los labios. Yo apenas la oía: 100, 99, 98... estaba ya en otro mundo. Tomé un breve respiro y consulté mis notas de control.

Delatada por Joan n.º 84. Nombre en clave: Lazy Maizie. Es una mujer de la alta sociedad, de San Marino. Hace grandes donaciones a la Asociación Internacional de Rompehuelgas. Esta es una fachada habitual entre los comus. Delatado por Joan n.º 204. Nombre en clave: John Henry. Es un varón negro. Es placador derecho de los Lions de Detroit. El comentario de Charlie Fullerton: «Todas las chicas aficionadas a la carne negra están locas por él».

—¿Cómo te sientes, Connie? —dije.

—Floja —dijo Connie—. Pero y si no me siento predispuesta a...

—¿Dar nombres? No pasa nada. Me contentaría con respuestas sencillas y sinceras.

Connie, *très* floja:

—Amor, estoy segura de que eso es lo único que conseguirás de...

—Lazy Maizie —dije.

Connie, *très, très* floja:

—Fumaba hachís. Apoyó... la... mano en la pierna de Joan... y Joan le dio un manotazo.

Eso estaba *bieeeeen*. Era Joancéntrico y Joanfóbico. Le nombré a John Henry.

Connie, todavía *más* floja:

—Era... un ferroviario del que se hablaba en un espiritual negro. Nosotros... cantábamos esa canción en todas las concentraciones por los Chicos de Scottsboro... pero sabíamos que más o menos la mitad de ellos eran culpables.

Eso estaba medio bien. Connie manifestaba una sinceridad impropia de una comu. Le di un breve respiro.

El delatado n.º 114 no tenía nombre en clave. Me veía obligado a mencionar a Sammy Ahlendorf para reavivar el recuerdo. Los periódicos se acomodaron a la versión de Bill Parker, en lo concerniente a la muerte de Sammy. Suicidio, caso cerrado. Connie se creyó esa gilipollez.

—Joan delató a ese hombre —dije—. Debía de albergar sentimientos muy profundos con respecto a él. Él decía que quería asesinar a todos los soplones del FBI, pero no sé su nombre. No llegó a unirse a vuestra célula, aunque estaba en gran medida bajo la influencia de Sammy Ahlendorf, y creo que no me equivoco al decir que compartía la mentalidad contraria a la bomba atómica de Sammy, o lo que es lo mismo se puso hecho una fiera cuando soltamos la bomba atómica a los japos, pese a que eran fascistas, y pese a que dejaron caer aquellos huevos en Pearl Harbor.

Connie suspiró. Contrajo las manos. Parpadeó. En este punto realiza una profunda inmersión.

—Lo... recuerdo... Decía: «Tenemos que denunciar la bomba antes de que elimine a la especie humana, y basaré mi carrera en eso».

De pronto despertó. No dio nombres ni dijo *su* nombre. No hacía falta. Ya antes me había dicho: «Fue mi último amante masculino atormentado y atormentador... antes de ti».

Los datos del dosier de Fullerton cuadraban. Resultaron ser circunstanciales. La delación de Joan parecía cierta. Pero eso no significaba que Steve Cochran la matara.

De pronto Connie despertó mucho. Pestañeó, inexpresiva. No recordaba lo que había dicho.

—¿Has averiguado algo provocativo? No me gustaría pensar que he fallado a Joan.

—Lo has hecho estupendamente —dije.

La fiesta de la bomba atómica. El ejército de los Estados Unidos tiene previsto hacer el lanzamiento a las 21.00 h. Esta vez es un *tête-à-tête*. Es la azotea de mi bungalow. Stretch, yo, daiquiris helados y tortitas chips. Mi transistor para la cuenta atrás. Dos cómodas tumbonas.

Estábamos cogidos de la mano. Stretch se había hundido más en su tumbona para compensar nuestra disparidad de estaturas. La radio recitaba reflexiones sobre Mach-10 y más allá. Los cohetes supersónicos están ya superados.

—No eres una comunista o una psicópata asesina, ¿verdad? —dije—. ¿Mi amistad no está desquiciándote?

—El tío Freddy tiene remordimientos de conciencia —dijo Stretch—. Está acostándose con una vieja chiflada en Hancock Park cuando podría estar aquí conmigo.

Me desternillé y lamí el Daikiri. La noche estaba fresca. Stretch llevaba su chaqueta con las iniciales de la Universidad del Sur de California. Yo llevaba una sudadera de Beethoven que Claire me dejó en el Googie's.

—Ella pronto cortará la relación. Ha sido una especie de acuerdo circunstancial. Tú y yo somos eternos.

Stretch se desternilló.

—Hombre mayor, mujer joven. Eso sí que es una noticia de rabiosa actualidad. Está a la par de «perro muerde a hombre». Me desternillé. Mecimos nuestras manos. El locutor dio paso a un anuncio. Bucky Beaver voceaba el dentífrico Ipana.

—Vi esa nota que clavaste en el tablero. *Francamente*, vaya desfachatez. «Lo dejamos para mejor ocasión, ¿vale?». Y no me digas que C.K. no es la temible Claire Klein.

—Esa mujer es efímera —dije—. Olvida todo lo malo que te conté sobre ella. No esperes encontrarla en las escuchas. Se marchó, justo a tiempo.

Stretch me apretó la mano.

—No estás siendo sincero, pero lo dejaré correr, porque estamos a punto de ser testigos de la historia.

El locutor empezó la cuenta atrás. «Diez, nueve, ocho, siete, seis, cinco, cuatro, tres, dos, uno… estallido».

Me perdí la nube hongo y el cielo de colores malva y rosa. Stretch me besó brutalmente.

EL CEMENTERIO DE MALINOW-SILVERMAN

9/4/54

Cenizas a las cenizas, chico. Preguntémosle al rabino de alquiler. Sammy Ahlendorf muerde el polvo.

El Departamento de Policía de Los Ángeles procesó rápidamente el fiambre y le dio salida. El oficio fúnebre junto a la tumba fue bilingüe y breve. El rabino ululó en hebreo y ensalzó a Sambo en inglés. Era un constructor de bombas, un *macher*, un *mensch*.

Yo estaba junto a la tumba. La supervisora estaba conmigo. Los enterradores introdujeron el féretro en la tierra. El rabino encendió un pitillo y dio por concluido el bolo. Fue un trabajo rápido. ¿Quién es ese mentecato de Ahlendorf?

Connie y yo habíamos llegado en dos coches. Ella insistió en que así fuera. Nos dirigimos a pie hacia la calle y el Gran Adiós. Connie se levantó el velo y me soltó la mano.

—Has traído un torbellino a mi vida. Estuvimos unidos en una causa común por un momento, momento que nunca olvidaré. Pero los muros que nos separan son demasiado altos para salvarlos, cariño. Es mejor que acabemos con esto ya.

—Sé fuerte, roja —dije—. Conocerte ha sido un gustazo. Eres una hija de la Historia. Alguien tiene que portar la antorcha, y me alegro de que seas tú.

Connie me tocó la mejilla.

—Ay, Freddy, sabía que lo entenderías.

Le guiñé un ojo.

—Lo dejamos para mejor ocasión, ¿vale?

Connie me devolvió el guiño. Se le pegaron las pestañas. Sacó un pañuelo y se las desprendió.

—Hasta siempre, amor mío. Por ti, el mundo.

Me alejé. Se alejó. Sentí horror y alivio.

El Ranch Market. Mi ojo en las alturas. Allí me sentía libre de preocupaciones y en mi elemento y *bieeeeen*.

Es el sitio donde planeo y proyecto, donde urdo mis intrigas y mis incursiones. Es un espacio para la extorsión. Es un nido para el negocio de los divorcios. Es un cedazo para los cotilleos con el que cribar oro. El correoso corazón y el alma alienada de *Confidential* medran aquí. Ahora soy informante de la policía. Es ahí donde planearé y proyectaré y donde urdiré mis intrigas y mis incursiones para hundir *Confidential*.

Es un horror. Es un alivio. Es una oportunidad.

Me eché al cuerpo tres dexis y di un tiento al Old Crow. Apoyé los pies en el escritorio y me rasqué los huevos. Entró Bernie Spindel. Llevaba auriculares y una bobina.

—¿*Qué pasa*, chaval? —dije—. Es un buen día para estar vivo, *n'est-ce pas?*

Bernie puso cara de «Vaya». Insertó la cinta en el aparato de mi escritorio y me colocó los auriculares. Dijo:

—Es de nuestra escucha permanente en el hotel Miramar. Destruiré la cinta en cuanto la oigas.

Me acomodé los auriculares y me arrellané. Bernie accionó interruptores. Oí gemidos de colchón y esfuerzos de folleteo. Cotejé los gemidos con mis megamillones de mujeres. Ah, sí, es Joi Lansing en el catre. *Mierda*, el que está con ella es Steve Cochran.

Steve Cochran. Joan Hubbard delata al muy capullo. Él es el Comu n.º 114.

Steve y Joi encienden pitillos. Oigo el fogonazo de la cerilla y la exhalación. Sigue foqui-foqui/ñaca-ñaca. Joder, dura dos minutos largos.

Joi dice: «Chico, tus cicatrices se están cerrando. Esos cirujanos plásticos saben lo que se hacen».

Steve dice: «Lamento decirlo, pero también lo sabe tu ex. Yo no me trago ese cuento del sheriff. ¿Un fanático de la Segunda Guerra Mundial con una máscara de diablo rojo? Eso no cuela. Tuvo que ser Freddy».

Joi dijo: «Déjalo estar, chico. Es solo un títere y un recadero. ¿Cómo era que lo llamabas? "Perro fiel del capitalismo"».

Steve aulló como un perro. Steve dijo: «Los hombres como Freddy son los cameladores de la Oligarquía Americana. Han engendrado toda esta pesadilla atómica que estamos padeciendo. Freddy es el non plus ultra de la gestalt fascista. Es *l'étranger* de Camus. Es el hombre que avanza hacia su propia muerte sin enterarse de una puta mierda».

Joi soltó una carcajada. Joi dejó escapar una risita. Steve le hizo cosquillas… yo conocía esos chillidos.

Steve dijo: «Aunque algo hay que reconocerle. Es gracias a Freddy que emprendí esta gran misión mía. Se cargó al marido de Joanie Horvath, y eso me hizo pensar que quizá la propia Joanie debía pasar a mejor vida. Para empezar, era una soplona del FBI, lo que a mí modo de ver exige la muerte. Por eso instalé micrófonos en su chabolo. En segundo lugar, ya me había delatado una vez, y con Joe McCarthy en la ciudad supuse que intentaría remachar el asunto».

Joi dijo: «Chico, tú sí la "remachaste" a ella».

Steve dijo: «Más bien la desmoché, querrás decir».

Se desternillaron. Steve era moreno de piel y tenía el cabello oscuro. Recordé la tirita que llevaba dos meses atrás. Joan lo arañó. Justo ahí. Leí el protocolo de la autopsia.

Joi: «Chico, no me digas más de la cuenta».

Steve: «Tienes razón. Punto en boca».

Joi: «Y ándate con cuidado. Freddy es un blandengue, y tiene debilidad por las muertas. Puede que vaya a por ti».

Steve se rio a carcajadas. Despidió desdén. Se pitorreó de mi patetismo. Decretó mi endemoniado destino.

«Tengo un seguro para protegerme de Freddy. Charlie Fullerton me dijo que fue él quien incendió aquel puesto de los federales. Levanté unas cuantas huellas suyas en su despacho del Ranch Market y las traspasé a una botella de acelerante aparecida en el lugar del hecho. Si Freddy se excede, puedo endosarle el cargo de traición. Y esa botella está ahora en una cámara de pruebas federal».

Joi se desternilló. Steve dijo: «De Ralphie a Joanie y de ella a esto. El gran círculo kármico. Cuando llegue la revolución, tu ex será el primero en desaparecer».

Accioné el interruptor de apagado. Bernie puso cara de «Vaya» y salió.

Me sentí libre de miedos y libre de preocupaciones. Me sentí estriado y estirado. El fantasmagórico año 54 me había masacrado moralmente y puteado poderosamente.

Lo dejamos para mejor ocasión, ¿vale?

Esa noche hice la ronda. Rock Hudson recibía a gente. Jimmy y Liz estaban allí. Johnnie Ray me vio… y se largó por la puerta de atrás. Claire se había dejado unas bragas. Jimmy me lo dijo y me las enseñó. Las olfateé varias veces en despedida.

Jimmy me informó sobre la nueva candidata a esposa de Rock. Era una tal Phyllis Gates. Trabajaba para el agente de Rock y venía recomendada. Jimmy dijo que Phyllis era una chica muy formal. Quería esperar hasta la noche de bodas. Phyllis era una incauta. Estaba en éxtasis por Rock y no sabía que Rock entraba en éxtasis con los chicos.

Me medio encogorcé y volví a Beverly Hills y mi bungalow. Entré y contemplé a Stretch mientras dormía. Le remetí las sábanas para cubrirle las piernas demasiado largas.

Lo dejamos para mejor ocasión, ¿vale?

Los perros pervertidos son perros rastreadores. A menudo rondamos por lugares que recientemente despertaron nuestra lujuria. Fui en coche en dirección este, hasta Hancock Park, y aparqué junto al chabolo de la supervisora. Apagué los faros y espié sus ventanas en la oscuridad.

Silvé «Willow Weep for Me» y «My Funny Valentine». Vi a Connie cruzar el dormitorio rojo y apagar las luces. Luego pasé en coche junto a Camerford con Vine. Una familia se había instalado en la casa de los Horvath. Sus hijos correteaban por el porche.

Conduje hacia el sureste sin razón alguna. Paré en la asador Ollie Hammond's y empiné el codo en el bar. Espié a una pelirroja alta y la vi alejarse de mi vida.

La oportunidad es amor. «Hey there, you with the stars in your *eyes*».

EL PIRO

Freddy Otash confiesa, 3.ª parte

CELDA 2607

Penal Penitencia
Galería de los rompevidas irreflexivos
Purgatorio de los pervertidos
4/9/2020

Heme aquí de *vuelta* bestialmente. Esta confesión concluyente cubre desde la primavera del 55 hasta la primavera del 60. Freddy O. el Frescales es ahora un soplón sollozante. Soy la puta de esquina y el pobre peón del jefe Bill Parker en su cruzada para acabar con *Confidential*. Es un puto fin de siglo. La disparatada revista está condenada, socios. Y yo soy el ardoroso arquitecto de su despreciable desaparición.

Ya no vivo a lo grande. Vago por los vericuetos del gran bua. Joi Lansing se ha ido. Connie Woodard se ha ido. Claire Klein se ha ido. Stretch Perkins se ha vuelto licenciosamente lesbi y se ha conseguido por su cuenta una camarera en Linda's Little Log Cabin. Jimmy Dean se está distanciando. Ahora es una estrella de cine. Ha destacado en *Gigante* y *Al este del Edén*. Ahora rueda un bodrio de adolescentes titulado *Rebelde sin causa*. Se está filmando en algunos extravagantes exteriores de Los Ángeles. Ya no soy su mayor mentor. El director Nicholas Ray me ha sustituido. Nick Ray es un sudoroso bisexual y un comu carcinogénico. *Yo* soy el verdadero papá falso de Jimmy.

Bua, bua. Me enfrento al embate de las horribles olas de la autocompasión. *Pero...* una impetuosa idea me mantiene presto a acometer.

Conozco a gente. Ahora soy el conducto de pastillas y cocaína del senador Jack Kennedy. Medio en los raspados para las gachís con contrato en Columbia y la Metro. Tengo Los Ángeles pinchada, bajo escucha y cableada de aquí al infierno. Soy todo yo repugnantes recursos y vigorosa voluntad de supervivencia.

La oportunidad es amor. La confluencia es oportunidad. Me muevo entre una patulea de *machers,* timadores y chanchulleros, y los sicofantes sumidos en el sexo tan propios de Los Ángeles. Algo tiene que cruzarse en mi camino. Algo se acerca. Algo me dice que ese ALGO es un ELLA.

GASOLINERA SHELL

Beverly con Hayworth,
Los Ángeles
11/5/55

El aparcamiento. Es la *peoooooooor* pesadilla para esposas exe-
crables y mariditos mujeriegos, ávidos de sexo. El divorcio
empieza aquí. Abyectos abogados llaman a la cabina situada
junto al estante de los lubricantes. Despreciables detectives
salen a toda prisa hacia los picaderos y echan puertas abajo.
Hay resplandor de flashes y *hiiii* y *chiii* y folleteos y chupeteos
registrados en celuloide.

El aparcamiento. Hoy es mi pecaminosa plataforma de lanzamiento. *Confidential* está enculando a Art Pepper. Art el
Artero es un saxo alto y ocupa una posición muy alta en las
encuestas de *Downbeat*. Es un yonqui con un apabullante
anhelo por las chicas monas de instituto. Ya se ha tirado a
Miss Instituto Belmont y Miss Instituto Lincoln. Tiene una
cita con Miss Instituto Franklin en el Leechee Nut Lodge de
Chinatown, dentro de una hora. Estaré allí para incitar al polvus interruptus.

Aquí sirvo a dos amos. *Confidential* va a titular el artículo
«¡¡¡¡¡Pepper el potentado del saxo: ahora marcan el ritmo la
mandanga y las menores!!!!!». La Brigada Antivicio del Departamento de Policía de Los Ángeles dio el dato sobre la cita e
impuso la pauta: *Nosotros* estaremos allí para trincar al tipo por
estupro/primer grado.

Bill Parker odia a los adictos y los menoreros. Bill Parker está dispuesto a dar por culo a *Confidential*. Quiere catalogar los métodos coercitivos de *Confidential* y llevar a la revista a la Ciudad de la Imputación. Está poniendo en práctica una estrategia de *laaaaaaaaargo* alcance.

Me repantigué en mi macarramóvil Packard. Ward Wardell y Race Rockwell permanecían reclinados en su furgoneta de vigilancia. Donkey Don Eversall se ocupaba del puesto exterior. Miss Instituto Franklin disponía de su propio buga. Dispensaba trabajos manuales, a cinco pavos por cabeza, y se había agenciado un Mercedes del 48 hecho mierda. Donkey Don telefonearía a la cabina. Diría «En marcha» y pondría rumbo al Leechee Nut Lodge. El recepcionista era un perro faldero del Departamento de Policía de Los Ángeles. Informó a Don de que el panoli de Pepper estaba instalado en la habitación n.º 9. Dos gorilas de la Brigada Antivicio estaban chutándose mai tais en el Lily Pad Lounge. Tenían previsto pillar a Pepper mientras mi equipo de rodaje filmaba.

Soy un soplón. Soy un chivato. Soy un agente doble descerebrado. *Soy* el Perro Faldero n.º 1 del Departamento de Policía de Los Ángeles.

Recorrí el aparcamiento con la mirada. Seis conductores reposaban en sus vehículos. Tenían autos infernales y derrochaban su pasta en alpiste, coches tuneados, y gachís. *Vivían* en el aparcamiento. Dormían en sus bugas. Se cepillaban a B-girls salidas del Kibitz Room del Canter's Delicatessen y hacían botar sus asientos traseros, los seis a la vez.

Ward Wardell se encaminó hacia el teléfono. Race Rockwell pegaba la hebra con un conductor colocado que tenía granos purulentos grandes como pizzas. Al tipo le privaba la poli. Dijo que la Brigada de los Sombreros perseguía a dos violadores por un 211. Irrumpían en asadores a la hora del cierre. Vaciaban las cajas y cogían las carteras. Robaban bolsos y obligaban a las mujeres a desnudarse y dispensar mamadas. Los Sombreros se disponían a arrancar cueros cabelludos a este respecto.

Desconecté. Los Sombreros y yo compartíamos más de una magnífica mierda. Que les den por el saco... me movilizaba otra mierda más urgente.

Bondage Bob me había llamado esa mañana. Se quejó de una emisora de radio de la zona sur y un programa nocturno titulado *Nasty Nat's Soul Patrol*. Era todo cháchara de chulos, conciencia de tipos en la onda y falso jazz. Una mujer telefoneó tres noches consecutivas. Resultó ser encantadora y *muuuuy* decente. Se hacía llamar «Señorita Cotilleo Anónimo». Rajó con Nasty Nat e imitó la prosa aliterativa de *Confidential*. Bob no tenía nada contra eso. *Pero...* la mujer cruzó cierta línea *deliraaaaante* y atacó agresivamente a la revista. Se quejó con *gaaaaanas* del artículo del número de agosto, el 52, sobre Caryl Chessman, «El Bandido de la Luz Roja».

El artículo criticaba quejumbrosamente la condena tripartita de Chessman. Es *maaaal* asunto: Secuestro/Robo a mano armada/Copu oral forzada. Fijémonos: el tono era de arrebatada apostasía. El tono faltaba al respeto a la perpetua postura de la revista caracterizada por el lema: el capullo a la cámara de gas. Chessman fue condenado en la primavera del 48. Se aplicó la ley de Lindbergh. El juez verdugo Charles Fricke, rigurosamente recto, dictaminó MUERTE. Chessman se declaró inocente. Chessman execró la pena capital. Liberales con locas ilusiones cogieron el testigo y lloraron. Del 48 al 55. Aplazaría su visita a la sala verde durante siete largos años. Presentó apelaciones. Escribió estridentes diatribas y se las coló a directores de revista rojillos. Ahora esa bruja venada se reía de *mi* revista y arremetía contra su único lamentable lapsus en cuestiones de tono moral.

Bondage Bob me dijo que sintonizara a Nasty Nut esa noche. Precisó que la bruja llamaba a la 1.00 h. y hablaba por los codos hasta las 3.00 h. Dije que me pondría en ello y tomaría muchas notas.

Sonó el teléfono de la cabina. Ward lo cogió y sonrió. Dijo:

—*Arriba,* jefe.

Me planté en Beverly, derecho a través del centro. Mi maca-rramóvil Packard *cumplió*. Un V-12 con turbo me propulsó hacia el este. Mi buga exhibía guarniciones metálicas, neumá-ticos anchos y en el cambio de marchas un pomo en forma de calavera nazi. Llevaba instalada una radio de dos bandas adaptada y sincronizada con la furgoneta de vigilancia y el Chevrolet del 53 de Donkey Don. ¿El número de nuestra frecuencia? ¿Cuál *si no?* El 69.

Yo iba en cabeza. La furgoneta de vigilancia me seguía. Donkey Don le pisaba los talones a Miss Instituto Franklin por Arroyo Seco en dirección sur. Es una Chrissy Molette maníaca. Era una muchacha hiperhormonada e inmoderada decidida a beneficiarse a todos los bopsters de las listas de *Downbeat* y *Metronome* del 54. Toca la flauta de carne ende-moniadamente y esconde alfileres de sombrero en su enor-me peinado colmena. Su profesora de actividades domésticas del instituto tenía una calentura con Donkey Don. *Ella* le contó el cotilleo sobre las arrebatadas ansias de Chrissy por los hombres.

Confluencia. La cosa está en a quién conoces y a quién se la mamas. Por consiguiente, esta excelente extorsión.

Mi radio chirrió, crepitó y farfulló. Donkey Don dijo:

—69-Baker a 69-Alfa. Contesta, Freddy.

—Alfa a Baker. Te escucho, Don.

Don ensartó una ensalada de incoherencias. Balbuceos, tartamudeos, estática… su voz real tembló y traspasó el ruido.

—Alguien ha empezado a seguir a Chrissy en la rampa de acceso de York Avenue. Es un Ford descapotable del 49, tos-tado sobre azul. Tengo el número de matrícula y me he pues-to en contacto con la División de Vehículos Motorizados. Es el coche de su hermano Robbie. Robbie tiene antecedentes. Uno por proxenetismo, uno por un 459.

—Mierda, eso significa complicaciones —dije. Me devané los sesos en busca de una contramedida conveniente.

—Los tipos de Antivicio que esperan en el Lodge tienen un walkie-talkie. Están sintonizados con 69, en la P de perro. Avísalos y diles que agarren a Robbie, que le coloquen algo de droga encima y lo detengan. Va con idea de estropear la operación, y necesitamos a Chrissy y Pepper en el catre y *en faena* para que este asunto sirva a la revista *y* a Bill Parker.

Don se burló y se mofó. Se rio, se carcajeó y se desternilló descaradamente.

—Sí, y además felpudo integral, inserción, el saxo de Pepper y parafernalia para el consumo de droga a la vista.

La distorsión dispersó la frecuencia y cortó la comunicación. Sabía que Don procedería con la siguiente transmisión y llamaría a Charlie 69. Este prepararía el encuentro. Convergeríamos y colisionaríamos en el Lodge. Chrissy llama a la Puerta n.º 9. Pepper abre. Podría estar dañinamente desnudo. Retocaremos la imagen: añadiremos una minga de medio metro, hasta las rodillas, y luego la tacharemos. Nuestros lascivos lectores captarán la gestalt. Ward y Race filmarán desde un lugar a cubierto. Yo me ocupo de la toma patada en la puerta. Los polis de Antivicio irrumpen detrás de mí.

Ooooooooh: es estupro/1.er grado para Bill Parker. *Ooooooooh:* ¡¡¡¡potencia mi posición como Soplón n.º 1 del Departamento de Policía de Los Ángeles y me da puntos de scout ante el perver puritano al que he unido mi alma!!!!

Llegué a la colina contigua al instituto Belmont. Camino vecinal de Beverly hasta la calle Uno. Pisé el pedal rumbo este. Torcí al norte por Broadway y al este por Alpine. He ahí el Leechee Nut Lodge, más ade…

Hay una caravana de coches, junto al bordillo. El Mercedes del 48 de Chrissy. El descapotable Ford del 49 de Robbie. El Chevrolet del 53 de Donkey Don. El Lodge tiene forma de herradura, una sola planta. Chrissy está atravesando el patio. Se acerca ansiosamente a la Puerta n.º 9. Robbie acecha junto a la puerta del Lily Pad Lounge. Espía el patio. Tiene intenciones insidiosas. He ahí a Donkey Don y los polis de

Antivicio. Están repantigados en tumbonas frente a la recepción. Comparten un botellín de Old Crow.

Aparqué detrás del Chevrolet de Don. La furgoneta de vigilancia aparcó detrás de mí. Agarré mi rigurosa Rolleiflex. Ward y Race sacaron atropelladamente su equipo de filmación. *Tooooda* la escena hervía en cinemascopecado y se desarrollaba a cámara sinuosamente *leeeeeenta*.

Hice una seña a Don y a los polis de Antivicio en dirección a Robbie. Bebidos, embistieron y lo inmovilizaron. Él puso cara de «¿Quién, yo?». Don puso cara de «Sí, tú, soplapollas». Robbie se resistió en actitud *refusénik*. Alzó las zarpas en pose de pelea y bailó un bebop de puntillas. El Poli de Antivicio n.º 1 lo cogió por el cuello y le estampó la cabeza contra la pared. El Poli de Antivicio n.º 2 le dio una patada en los huevos y le esposó las manos a la espalda.

Robbie berreó como un bebé y gañó como una perra. Don lo agarró por el pelo grasiento y lo arrastró al interior del Lily Pad Lounge. Observé la Puerta n.º 9. Vi a Chrissy la *calenturieeeeeenta* irrumpir y entrar en inmersión ante la entrepierna de Art Pepper. Epa, tenemos una toma en puerta de enfoque profundo, *¡¡¡¡¡perfecta!!!!!*

La puerta se cerró de un golpe. Hice una seña a Ward y Race y me toqué el reloj. El tictac del segundero avanzaba hacia el polvus interruptus. *Tic tac, tic tac…* Alcanzó la marca de los dos minutos. Donkey Don dijo:

—*Banzai.*

Corrimos hacia la Puerta n.º 9. Ward y Race filmaron. Donkey Don manejó el chisme del sonido. Los polis de Antivicio se acercaron corriendo y se quedaron detrás de nosotros. Se pusieron puños porra con las palmas lastradas y se prepararon para infligir algo de daño.

Ward inició la cuenta atrás.

—Diez, nueve, ocho, siete, seis, cinco, cuatro, tres, dos, uno… *cero.*

Pateé la juntura entre puerta y jamba con la planta del pie. La puerta se desprendió de las bisagras. Voló hacia atrás y hacia adentro. Volcó una mesilla de noche e hizo picadillo el saxo de Pepper.

Eh... es un francesus interruptus.

Chrissy engullía a Art el Ardiente. Art el Ardiente le pegaba a la magnífica «H» en cáustica concurrencia. Hice mi foto. Mis muchachos grabaron la puta película. Chrissy puso cara de «Hiiii». Art Pepper dijo: «Mierda». Los polis de Antivicio se abalanzaron hacia la cama.

Los Sombreros apretaron las tuercas a Robbie Molette. Yo observé. Unidad de Investigación del edificio municipal /hilera de salas de tormento/paredes con espejos polarizados y altavoces exteriores en el pasillo.

Espié perversamente la acción. La sala de tormento n.° 3 chascó, crepitó, dio un estampido. Subí el control de volumen de la pared y capté hasta el último malévolo matiz.

Robbie estaba sentado en una silla atornillada al suelo. Observemos la mesa atornillada al suelo y el grueso listín telefónico. Los Sombreros se cernían en torno a él. Max Herman agitaba el historial de Robbie. Red Stromwall revisaba la cartera de Robbie. Harry Crowder se arrimaba a Robbie y le causaba un caso de profusos sudores. Eddie Benson tamborileaba en la mesa y presentaba un aspecto *maliiiiigno*.

—Proxenetismo —dijo Max—. Rebajado en la primera comparecencia para la lectura de cargos, marzo del 52. Eres el chulo más harapiento que he visto en la vida, Robbie. Los chulos de éxito cuidan considerablemente su aspecto físico.

Es la verdad. Robbie vestía al estilo puro pachuco. Llevaba una camisa transparente de Sir Guy y un pantalón caqui con raja en el dobladillo. Unas botas puntiagudas de sarasa completaban el encantador conjunto. Robbie destilaba mala higiene. Copos de caspa caían en la mesa. Robbie se hurgó la nariz y se papeó las pelotillas.

—Artículo 459 del código penal —dijo Red—. Tres cargos. Desechados en la vista preliminar, enero del 53.

—Dejé de chulear, y dejé de entrar a robar en casas —dijo Robbie—. En realidad, no sé de qué se me acusa aquí. Vosotros, chicos, y esos mangantes de la revista me habéis pateado el culo cuando yo lo único que hacía era rondar cerca de una habitación donde mi hermana, menor de edad, estaba a punto de ser desvirgada por un conocido yonqui y degenerado.

Harry se desternilló.

—A tu hermana le faltan tres semanas y un día para llegar a la mayoría de edad. El fiscal nunca presentará cargos por estupro contra Pepper.

Eddie se desternilló.

—Presentará cargos por posesión de narcóticos, y quedará en eso. Y tu hermana perdió la virginidad en los tiempos del presidente Coolidge.

Robbie se desternilló.

—Ya, igual que tu madre.

Eddie le sacudió con el listín. *Zum*, un auténtico rompemolleras. Le abrió el cuero cabelludo y causó ampollas de sangre. Su dentadura postiza fue a parar al suelo.

Robbie la recogió y volvió a colocársela. Bill Parker se acercó a mí. Hacía ligeras eses. Yo conocía las señales. *El Jefe* estaba medio piripi.

—*Hola*, jefe —dije.

Parker me pasó la petaca. Eché un tiento de Old Overholt y de paso me metí en el cuerpo dos dexedrinas.

—El chaval no es trigo limpio. Tengo una teoría. Sospecho que quería sorprender a Pepper en el sobre con su hermana y chantajearlo.

Parker soltó una carcajada.

—Desde luego nadie puede decir que Freddy Otash no sabe de extorsión.

Devolví la petaca. Parker pimpló Old Overholt. Reobservé la jarana en la cámara de tormento.

—Hay unas cuantas cuestiones que querríamos tratar contigo, Robbie —dijo Max.

Robbie se encogió de hombros. Robbie dijo:

—Vale.

—He aquí la primera cuestión —dijo Red—. En tu historial, hay adjunta una nota del supervisor antivicio de la sección masculina del instituto Hollywood. Afirma que se te vio en el partido de fútbol del año pasado entre Hollywood y Fairfax intentando hacerte pasar por «cazatalentos» y reclutar alumnas de instituto para tu cuadra de prostis menores de edad.

Robbie tartamudeó. Palideció y bombeó burbujas de saliva. Reventaron una tras otra: pop pop pop.

—Eso es una acusación falsa. Me he enmendado. Trabajo de botones en el hotel Beverly Hills. Hablad con el conserje. Él os dirá lo mucho que me aprecian tanto mis compañeros como los huéspedes.

—He aquí la segunda cuestión —dijo Max—. Hace una hora hemos enviado a dos hombres de paisano de la comisaría de Highland Park a la casa donde vives con tus padres y tu hermana. Han registrado tu habitación y han encontrado cuarenta y dos fotos de Chrissy en cueros, y todas llevaban escrito al dorso «$ 1.00». Robbie, te ahorrarías muchos problemas, en esta sala y fuera, si reconocieras que trapicheabas con esas fotografías, y que Chrissy y tú erais cómplices en un intento de extorsión a Art Pepper, basado en su relación un tanto engañosa con la propia Chrissy.

Robbie petardeó y tartamudeó. La dentadura postiza se le salió. Volvió a encajársela.

—Esa es una puta mentira, y no os servirá para nada. Esas fotos las colocó la poli, y…

Harry le sacudió con el listín. *Zum…* un auténtico crujecráneos. La cabeza de Robbie rebotó en la mesa. Los ceniceros brincaron, las colillas volaron.

—Has dado en el blanco con lo de la extorsión —dijo Parker.

—La Brigada de los Sombreros —dije—. No aceptes sucedáneos.

Robbie tembló y se estremeció. Se balanceó, bailó y llamó a su mamá, gemebundo. Max sacó la petaca y se la tendió. Robbie succionó y sorbió. Su nuez de Adán subió y bajó.

Apuró la petaca. Max le lanzó un paquete de tabaco y un librito de cerillas. Robbie encendió un pitillo y exhibió un súbito *savoir faire*.

—Admito que soy todo un estafador, tanto es así que haríais bien en utilizarme como vuestro informante personal secreto. Es sabido que he proporcionado carne joven a los huéspedes del hotel, a fin de que ellos utilizaran a esas nenas para lo que podría llamarse «sesiones de casting en el sofá», que no era ilegal la última vez que mi bien remunerado abogado judío lo verificó. Es sabido, asimismo, que «Robbie el Rápido», como se me conoce en el oficio, suministra marihuana a los cretinos que trabajan en los exteriores cinematográficos, por todo el sur. A este respecto seré sincero. Conozco la información interna sobre los rodajes en exteriores por los datos que me pasan los huéspedes.

—Eres todo un genio de la delincuencia —dijo Max.

—Nunca lo he dudado —dijo Red.

—La gente te desprecia porque te considera un descerebrado, un caso perdido —dijo Harry—. No ven al verdadero emprendedor que se esconde bajo esa fachada.

—Sigue adelante, campeón —dijo Eddie—. Nos tienes utilicizados.

Robbie exhaló anillos de humo.

—Ahora mismo, estoy pasando marihuana a la pandilla de *Rebelde sin causa*. Es una peli sobre la delincuencia juvenil que se está rodando por todo Los Ángeles. La dirige ese tarado de Nick Ray. Lo ponen cachondo todos esos pandilleros que ha contratado para aparecer en las escenas en grupo y dar imagen de duros. Ahí estoy haciendo mi agosto. Nick el Gil ha fichado a un reparto de yonquis, y…

Parker accionó el interruptor del altavoz. Robbie el Rápido le dio a la sinhueso e hizo gestos mudos de mimo. Nick el Gil. Ese mierda. Tiene metido en su bolsillo de bujarrón a Jimmy. Yo debería tratar de…

—Estoy desarrollando una idea, Freddy.

—Escucho, jefe.

—Quiero que elabores un perfil peyorativo del rodaje de *Rebelde sin causa*. Recurre a tu amigo James Dean y a tu habitual pandilla de matones, y véndele a Bob Harrison la posibilidad de una gran difusión a través de la revista. ¿Ves adónde quiero ir a parar? Se escribe el artículo. Tú lo apruebas indebidamente. Eso deja a tu revistucha mucho más a merced de cualquier acusación de calumnias y libelo, y entretanto me pasarás a través de los Sombreros cualquier trapo sucio que conlleve un delito serio.

Eché una ojeada al espejo polarizado. Robbie el Rápido le daba a la sinhueso en silencio. Los Sombreros eran todo jolgorio y carcajadas. Max Herman miró al espejo con una mueca. Alzó los ojos al techo e hizo un gesto masturbatorio.

Parker pasó la petaca. Regué mi dosis de dexis. ¡Sí! Una exuberante explosión de puro centeno.

—Ese bolo presenta potencial —dije—. Suelte al descerebrado, y veré qué puedo hacer.

Max concertó la cita. A las 18.00 h. en el Ollie Hammond's. Él estará allí, Freddy. Por lo demás, es solo una patada en el culo.

Llegué antes de la hora. Hablé por un teléfono público durante dos horas justas. Primero llamé a Bondage Bob Harrison.

Bondage Bob lamentó el fiasco de Art Pepper. ¿Toda esa mierda de la extorsión para pillarlo *solo por droga*? Bob rezongó: la fiebre de la demonización de los drogadictos ha pasado. Está *muerta*, ¿captas? Dije: *Au contraire*, socio. Pasa sediciosamente sin transición a la frívola fiebre de la delincuencia juvenil. A saber, asoladoramente: el rodaje del bodrio *Rebelde sin causa*.

Lo expuse *tooodo*. Jimmy Dean es mi «acceso» al rodaje. Nick Ray es un simpacomu carcinogénico. Con todos esos tarados y monadas en el plató sin duda hay retozones rijosos. Fijémonos, socio: me sumergiré en busca de trapos sucios, tú difundes la información. Diez mil palabras en el número de noviembre del 55, que será una bomba nuclear.

Bob se lo tragó, *del todo*. Pasamos plácidamente sin transición al disparate de la seudoboda entre Rock Hudson y Phyllis Gates. La indujo la Universal. Rock era un coqueto caballero gay, y Lew Wasserman quería sofocar todos los rumores recurrentes. Me contrató para buscarle una esposa a Rock. Mi primera candidata se torció y desvalijó la vivienda de Rock en busca de dinero y Krugerrands. Phyllis Gates parecía una segunda apuesta segura y sosegada. Era secretaria de la agente de Rock. *Parecía* percibir el rastro secreto del modus operandi de Rock con respecto al anhelo de hombres, pero muy probablemente mantendría la boca cerrada. *Confidential* se proponía publicar un artículo arrasador e insincero. ¿A ver qué tal esto? «Tremendo triángulo de Rock... *¡¡¡¡¡con dos mujeres!!!!!*». ¿Qué tal *eso* para risas y polvos/mentiras y suspiros?

Bob dijo: Primero tienes que *encontrar* a la otra mujer. Yo dije: Ya... y he quedado con Phyllis y Jimmy Dean en el Googie's esta noche para comentarlo. Bob cortó la comunicación, como de costumbre: *A tu salud, muchacho.*

Llamé al chabolo de Jimmy y no obtuve respuesta. Llamé a su servicio contestador y dejé un mensaje: Esta noche a las nueve/Googie's. Llamé a Phyllis y le dije que acudiera a la cita. Rajó sobre la opción de la tremebunda triada. Dijo que debería culminar en una pelea de gatas en el Mocambo.

Colgué y observé a la gente que había junto a la barra. *Mierda:* He ahí a Robbie Molette. Está acosando apremiantemente a una rubia refinada y ocasionando un ondulante revuelo.

Mierda...

Me acerqué a toda prisa y lo agarré. Robbie el Roedor se revolvió y chilló. Lo arrastré a la fuerza hasta un reservado del fondo y lo obligué a entrar de un empujón.

—Compórtate —dije.

Robbie se sometió enfurruñado, sumiso. La nena de la barra me lanzó un beso.

Se acercó un camarero. Pedí dos Old Crows dobles, sin demora. Robbie adoptó una mueca de suficiencia. El camarero dejó nuestras copas y se esfumó.

—Yo sé quién eres —dijo Robbie—. Mi padre tiene un contacto en la policía metropolitana. Te llamó «Señor Miedo». Dijo que eres el rey de la extorsión.

Encendí un pitillo.

—¿Qué pretendes decirme?

—Que somos tal para cual. Que deberías plantearte acogerme como protegido. Podrías enseñarme los trucos del oficio y convertirme en el nuevo tú. Luego podrías retirarte y alejarte hacia la puesta de sol, consciente de que tienes a un semental joven y vital para perpetuar tu legado.

Me encogí.

—Cambiemos de tema.

—¿Qué tal el boxeo? Ray Robinson contra Bobo Olson. Creo que Ray es agua pasada. Bobo es un Semental joven y vital, y con Ray no tiene ni para cuatro asaltos.

—¿Y tú qué me dices de *Rebelde sin causa*? Ponme al corriente de todo. Si me gusta lo que oigo, te dejaré seguir a tu aire. Si no, te pondré de nuevo en manos de los Sombreros. Puedes hacer el papel de semental joven y vital en la trena de maricas de Mira Loma.

Robbie se encogió.

—¿Qué te voy a contar? Nick Ray hace a pelo y pluma. Le gustan jóvenes y bien dotados, y descarados e insolentes. Cuentan que en cada una de sus películas elige a un par calentorros, uno de cada género. En *Rebelde*, tiene a Jimmy Dean para el ojo marrón, y a Natalie Wood por el lado femenino. Natalie tiene dieciséis años, por si sientes curiosidad. Además, es una ninfo con tendencias lesbis, por si te aclara las cosas.

Robbie el Roedor. Robbie el Reptil. Transmite los trapos sucios. Hasta el momento es de una credibilidad cruel.

—Sigue.

Robbie echó un trago.

—O sea, llevo la marihuana y fumo con los actores. Observo la gestalt, y por lo que yo veo, es ese actor, Nick Adams, el mandamás en el plató al servicio de Nick Ray. Es el bufón de la corte y el instigador, el chulo del jefe y el que lleva la voz cantante y hace realidad las repulsivas ilusiones y sueños de Nick Ray.

Liquidé mi copa.

—¿Qué ilusiones y sueños?

Robbie puso cara de «ji ji».

—Conseguir que todos esos actores jóvenes, bichos raros, sarasas y yonquis «se lancen sin paracaídas», «trabajen sin red», y todas esas gilipolleces del mundo del cine, cuando lo único que de verdad quiere es ñaca ñaca ilimitado con jóvenes, y manipular a las personas con sus falsedades, su supuesto arte.

Aplaudí. Puse cara de «¡¡¡Olé!!!». Silbé y puse cara de «¡¡¡Ooh Ooh!!!».

—No eres tonto, Robbie. Probablemente ese sea el único elogio que vayas a recibir de mí, así que disfrútalo ahora que puedes.

Robbie desplegó una *graaaaaaaaaan* sonrisa.

—Nick Ray tiene a todos esos extras con pinta de matón comiendo en la palma de su mano. Dice que está poniendo a prueba su «motivación». Los manda a hacer «carreras de gallinas», como en la peli. Nick Adams dirige esas operaciones, y Jimmy Dean se apunta. No sé qué está pasando en realidad, pero Jimmy las llama «incursiones en busca de bragas».

Fumé un pitillo tras otro.

—¿Dónde dejas la droga?

—En el plató, los exteriores, o en el bungalow de Nick Ray en el Chateau Marmont.

Separé cinco billetes de cien y los deslicé por encima de la mesa. Robbie el Réptil alzó la vista al techo y puso cara de «Ooh-la-la».

—Salgo en las páginas blancas. Llámame a casa o búscame en el Googie's la próxima vez que tengas una entrega.

Robbie se embolsó la pasta.

—¿Dos para el camino? ¿Un par de aperitivos para abrir boca?

Suspiré.

—De acuerdo.

—Mira tú, ya está haciendo ver que se aburre y que lo fastidio.

—Robbie...

—Vale, vale. He aquí el aperitivo número uno, salido de labios de Nick Ray. Jimmy va a bares de amantes del cuero, donde deja que le apaguen pitillos en el cuerpo. Por eso se lo conoce como el «Cenicero Humano». El aperitivo número dos es más previsible. Jimmy le está echando los tejos a un actor, Sal Mineo, que es un niño. No está mal, ¿a que no? Sobre todo viniendo de alguien que conoces solo desde hace unas horas.

Me asaltó un recuerdo. Jimmy en el Googie's. Tiritas en los brazos y el cuello. Un tufo a disolvente que flotaba hacia mí.

Robbie se puso en pie. Lo agarré de la muñeca y lo obligué a sentarse otra vez. Gritó y se revolvió. Acerqué la vela de la mesa a su cara. La llama le chamuscó el tupé de pachuco y le frio las exhaustas puntas abiertas.

—Jimmy y yo nos conocemos desde hace tiempo. Admito mi debilidad. Cuidado con lo que cuentas sobre él.

CAFETERÍA GOOGIE'S
ABIERTA TODA LA NOCHE

West Hollybufo
11/5/55

Eran las 20.00 h., hora punta. Prosaico y previsible. La gente se movía de mesa en mesa, papeaba y estaba de palique. A eso de las 21.30 h. se aceleraba la acción en los clubes nocturnos. Ídem de ídem en los cines para la última sesión. El Strip/el Boulevard. El Ciro's, el Mocambo, el Crescendo. El Grauman's Chink y el Egyptian. El Googie's quedaba cerca de todos.

Ocupé mi mesa. Los soplones consideraban al Cacique del Cotilleo un tipo de fiar. Saludaban servilmente. Daban dudosa información.

Orson Welles troceó a la Dalia Negra. *Eso* ya está muy visto. Aquí tienes cinco pavos… hazme el favor de marcharte.

He aquí toda una novedad: Orson Welles troceó a la Dalia Negra. *Ya,* lo sé, eso son bollos de ayer a mitad de precio. Ya, pero fíjate en *lo siguiente*: Rita Hayworth le sujetaba las piernas a la Dalia mientras Orson la serraba por la mitad.

Vale, aquí tienes *diez* pavos… *ahora* márchate.

Van Johnson vuelve a la carga. El viejo demonio del semen siempre dispuesto a darle. Succionaba la pitón de Tab Hunter en la última fila del Admiral Theatre.

No, no puedo demostrarlo. *Sí,* necesito la plata. En el Iris ponen el adelanto de una película, y estoy a dos velas.

Aquí tienes veinte pavos. El tío Freddy tiene su corazoncito. Las palomitas corren a mi cargo.

Un tipo vendía las fotos de Carole Landis en el depósito de cadáveres. *Bostezo.* Un tipo vendía la instantánea de Marlon Brando con una polla en la boca. *Mierda...* pensaba que había monopolizado *ese* mercado, allá por el 53. Una fulana me pasó un soplo sobre los violadores/ladrones del asador. Se habían escondido en un meublé de la calle Cincuenta y cuatro con Vermont. Estaban metiéndose morfina de elaboración nazi y speedballs de meta. Le aflojé cuarenta pavos. Ella me aflojó su número de teléfono. Le dije que pasara el soplo a la Brigada de los Sombreros. Ella me dijo que se tiró a Red Stromwall en una reunión del Elks Club, allá por el 46.

Juan, el cocinero de las frituras, me pasó un mensaje. Jimmy anulaba la cita con Phyllis Gates. Nick Ray había reunido al reparto para una lectura del guion. Nick Ray realizaba con regularidad «Misiones de Motivación», como por ejemplo esa noche. Lo siento, chico, dale recuerdos míos a Phyl.

Nick Ray el Neutro. «Misiones de Motivación». El monólogo maníaco de Robbie Molette. Mi amigo Jimmy. El «Cenicero Humano». Tuve la horrible sensación de que recibía un puñetazo en la tripa.

Eran las 20.55 h. Se avecinaba una larga noche. Tenía una tanda de biliosas cuestiones atrasadas que estudiar para el gran Bill Parker. *Nasty Nat's Soul Patrol* salía al aire a la 1.00 h. La Señorita Cotilleo Anónimo tal vez llamara. Castigaría y condenaría a *Confidential*. Mostraría rigurosa rabia en lo concerniente a Caryl Chessman, «El Bandido de la Luz Roja». El asunto me intrigó al instante. Chessman era culpable como el que más. Yo quería muérete, muchacho, muérete.

Mi dosis de dexis chisporroteó, flojeó y se mustió hasta reducirse a casi nada y nervios rotos. Me eché al cuerpo otras dos y esperé el *aaaaahhhh*. Entró Phyllis. Me puse en pie y me incliné. Se acercó e hizo una graciosa reverencia. Vestía un pantalón de sarga y una rebeca de cachemira. Irradiaba rectitud y un reservado *ring-a-ding*.

Una camarera trajo las cartas. Phylis estaba sentada frente a mí. Puso cara de «¿Dónde está Jimmy?».

—No ha podido venir —dije—. Por algo relacionado con un ensayo con guion.

La camarera reapareció en el acto. Phyllis pidió un dry martini. Alcé dos dedos. La camarera se largó. Phyllis dijo:

—Joroba.

Me desternillé.

—¿Joroba?

—Bueno, sí.

—¿Debo decodificar eso?

—Bueno… Jimmy y Rock hicieron buenas migas en *Gigante*. Yo confiaba en que él proporcionara…

—¿Una perspectiva sobre las inclinaciones de Rock, y el enigma al que usted se enfrenta? ¿Quizá que la pusiera al corriente y que yo fuera al meollo?

Los martinis se materializaron. Phyllis se mamó la mitad del suyo. Dijo:

—Joroba. ¿Dónde me he metido?

Encendí un pitillo.

—Lo quiere, ¿no?

—¿Cómo no voy a quererlo? Es el sueño de cualquier granjera de Minnesota. Pero una servidora ha vivido en Hollywood durante un tiempo, y he oído los rumores, y sé interpretar las señales.

—¿Está muy desanimada?

Phyllis se desternilló.

—No tanto. Parte de mí sabe que es algo más que un poco de diversión.

Me mamé parte de mi martini. Dinamitó las dexis. Resurgí y me revitalicé.

—Yo estoy de su lado, y del lado de Rock. «El amor lo puede todo», y todas esas graciosas gilipolleces. La revista está de su lado, y del lado de Rock, pero la revista es *Confidential*, con todo lo feo que eso implica. Tenemos que disipar una serie de rumores, y crear una segunda serie contradictoria para eclipsar la primera. Bob Harrison se ha comprometido a presentar la historia del eterno triángulo. Eso significa que necesitamos a una chica que haga de señuelo, y Los Ángeles es la capital de las chicas señuelo. Y, por si sirve de algo, a mí me gusta su idea de la pelea de gatas en el Mocambo.

Phyllis se echó a la boca la aceituna de su copa y la devoró. Yo lancé mi aceituna a su posavasos. La devoró, ipso facto.

—Rock es un encanto. ¿Quién soy yo para exigir la perfección en un hombre?

—Tiene usted todo el derecho a exigir más que aquello con lo que quizá tenga que conformarse.

—Uf —dijo Phyllis.

—Perdone —dije—. Ha sido una manera poco delicada de decirlo.

Phyllis puso cara de «¡Bah!».

—No es que me haya desanimado del todo.

—Deme la buena noticia, pues.

—Una vez a Rock le hicieron el test de la mancha de tinta, en la Marina. Vio mariposas y serpientes, que simbolizan una naturaleza femenina y el pene. Hizo una segunda prueba, después de la guerra… y esa vez, por puntuación, sale mucho más macho.

Solté un suspiro, pesaroso.

—Mierda, no me parta el corazón.

Phyllis agarró mi martini y lo apuró. Los ojos le hicieron boing. Ahora, es toda rectitud… como una cuba.

—Es por diversión, ¿verdad?

—Verdad.

—Y no hay garantías de que *siga* siendo diversión, ¿verdad?

—Verdad.

—Así que debo estar preparada para cualquier resultado posible, ¿verdad?

—Verdad.

—¿No ha dicho algo de ir al meollo?

Me incliné hacia ella. Phyllis se inclinó hacia mí. Sintonizamos profundamente nuestros ojos y nos traspasamos. Llevaba Chanel n.º 5. Yo llevaba Lucky Tiger. Nuestros distintos aromas se atrajeron y se fundieron, *molto bene*.

—Tarde o temprano usted querrá salirse. No querrá que la prensa maltrate a Rock, pero sí querrá la parte del pastel que le corresponde. Yo tenderé la trampa y demás por el diez por ciento de las propiedades iniciales y el reparto de ganancias, más el diez por ciento de su pensión de alimentos, a perpetuidad.

Phyllis me besó. Buscó la posición y me sujetó la cabeza y me rodeó las piernas con las suyas por debajo de la mesa. El beso se alargó *muuuuuucho*. Nos dejamos envolver por él. Nuestros aromas se fundieron mucho más. En las mesas contiguas unos cretinos silbaron y aplaudieron.

23.00 h. En el Googie's reina la calma de altas horas. La afluencia de la cena ha quedado casi en nada. Phyllis se ha ido. Cavilé y me devané los sesos sobre el asunto de *Rebelde sin causa*.

Los decibelios de mis dexis ayudaron. Los tragos de vodka limaron las asperezas. Hablé desde el teléfono público. Llamé a Harry Freemont y a mi contacto en Archivos e Identificación de la Oficina del Sheriff. Fijémonos: consígueme datos sobre detenciones en antros homosexuales de Jimmy Dean, Sal Mineo, Nick Ray. Busca un posible historial de Natalie Wood en los tribunales de menores. En lo concerniente a Nick Adams, solicita documentación en su pueblo.

El hombre de la barra compartía información. Cada noche Nick Ray encargaba comida para llevar. Juan el de las frituras la transportaba hasta el soberbio bungalow de Nick en el Marmont. Los pedidos llegaban a altas horas. Esta noche aún no había nada de nada. Le dije a Juan que quemara unas cuantas hamburguesas y las enviara *ya*.

El Marmont estaba a cuatro manzanas al oeste por Sunset. Cogí mi macarramóvil Packard y me acerqué allí a paso de caracol. Vi tres impresionantes bólidos aparcados uno tras otro a un paso del Strip. *Deliraaaaantes* creaciones cromadas. Candentes colores caramelo.

Un cupé Ford del 40. Un Mercedes del 46. Una camioneta Chevrolet tuneada a lo cholo, con llamas pintadas y todo. Los tres exhibían banderines del «Klub de Koches de los Kaballeros de Nick, S.A.».

Los banderines flameaban en antenas flexibles y flotaban en el aire. Me abandoné a febriles fantasías.

Nick Ray con una toga ajustada y un afectado corte de pelo a lo César. Empuña un megáfono cinematográfico y lleva puesto un collar de púas. Es el Señor Fascista Fantástico en la bacanal solo para chicos. A modo de prueba en la *vida real:* he ahí a los Kaballeros de Nick, que posan plantados junto a sus bugas.

Tres gorilas muy cachas. Embaucadores de las artes escénicas y fornidos B-Boys. Cazadoras de cuero negras, tupés con brillantina, y pantalones pinzados. Robbie el Roedor había delatado a esos tipejos. Eran extras de las escenas en grupo de Nick el Nabab. Salían en las «carreras de gallinas» y las «incursiones en busca de bragas». Nick el Negado los tenía a sus pies.

Me acerqué y aparqué en el camino de acceso al bungalow. La carraca de Juan el de las frituras estaba estacionada justo delante. Me dirigí hacia la hilera de bungalows. Espié por las amplias ventanas. Vi un *soixante-neuf* sáfico y a Marilyn Monroe mamársela a Joe DiMaggio. Vi a una dominatriz negra fustigar al productor Sam Spiegel. Vi al Fétido *Führer* Nick Ray blasfemar, bramar y arengar a sus acólitos actores.

Es el Padre *Führer*, el papi despótico, el *Duce* desquiciado que ha exhumado al Mussolini majara. Está ensartando tonificantes trivialidades. Es parloteo populista en todo el engañoso espectro. Le da un tinte estalinista. Incluye a Lenin y al marginal Marx. Es el arte del actor someterse al imperio de la ley y la sociedad ordenada. Es ARTE saquear sinagogas sagradas, encadenar puertas de iglesia y volver a quemar a Juana de Arco en la hoguera. Es psicótica liberación sexual, a la manera del manazas del Marqués de Sade. Está enhebrando la perorata del *Sexo/Sexo/Sexo* y *Ámame/Ámame/Ámame,* y yo os brindaré beatíficamente el dorado Don de la MOTIVACIÓN, que os abrirá todas las puertas en vuestras vidas.

Su Kamarilla de Kríos lo asimilan. Están recostados en pufs. Mastican las hamburguesas que yo les he comprado. Escuchan con los ojos muy abiertos las sandeces del Gran Nick. He ahí a Jimmy Dean y Natalie Wood. He ahí a Sal Mineo el de los ojos endrinos. Ese rubiales es Nick Adams. He visto al tarado de Dennis Hopper en televisión. Son las hilarantes *Jugend* hitlerianas de Nick el Nihilista, diez años después del Día de la Victoria en Europa.

Dejé de espiar por la ventana y volví a rastras de vuelta al buga. Comunicado al jefe Bill Parker: tengo su puto perfil peyorativo, de un metro de largo.

Algo se estaba coci-coci-cociendo. Tenía que romper a hervir y derramarse, *pronto.* Me agaché mucho y espié a los tipejos de los bólidos. Abrían los capós y ajustaban las correas de los ventiladores. Vertían líquido de arranque rápido en carburadores cuádruples y revolucionaban los motores *sonoramente.* Emitían un gran ruido. Enturbiaban y toxificaban el aire frente al Chateau Marmont. Entonces llegó el momento de *Achtung!!!!!*

Los tipejos se quedaron inmóviles. Ojos a la derecha, todos los *Kameraden.* He ahí a Nick Ray con un moderno mono caqui. Es Rommel, renacido. Lleva una Cruz de Hierro prendida en un bolsillo. Luce una gorra del Korps del Desierto. Una cámara cinematográfica cuelga de su hombro. Jimmy Dean y Nick Adams se hallan detrás de él. Son sus subalternos serviciales.

Los tipejos le hicieron reverencias y le dirigieron saludos militares. Nick Ray corrió hacia la camioneta Chevrolet. *Raus mit uns!!!!! Mach schnell!!!!!* ¡¡¡¡¡Todos los subalternos y los B-Boys a la camioneta Chevrolet ya mismo!!!!!

La cuadrilla se encogió y cumplió, a toda leche. La camioneta cambió de sentido y enfiló al oeste por Sunset. Yo cambié de sentido y la seguí.

Bajamos como rayos por el Strip y como cohetes a través de Beverly Hills. Mi macarramóvil Packard permanecía a tres coches de distancia. De Beverly Hills a Holmby Hills y a la salida de East Bel-Air. Hacia Westwood y el campus de UCLA.

La camioneta torció al sur por Hilgard. Desaceleró y siguió a paso de caracol. Yo avancé a paso de caracol y mantuve la distancia perfectamente. Ahora estábamos en Sorority Row. Observemos las grandes casas de estilo Tudor y de chispeante estilo español. Observemos los símbolos griegos grabados junto a las puertas.

Eran las doce de la noche. Reinaban el silencio y una oscuridad de luna amordazada. El conductor bajó la ventanilla y señaló hacia la otra acera. Alguien dijo: «Estableciendo toma». Una ventanilla trasera bajó. Nick Ray asomó su cámara y grabó. Yo desaceleré y me arrimé al bordillo. La camioneta del *Führer* cambió de sentido y aparcó frente a una fraternidad femenina construida a modo de falso château.

El Korps del Desierto se puso en marcha. Eso incluye a los B-Boys, Nick Ray, Jimmy y Nick Adams. Un B-Boy sostenía el cable de la cámara de Ray y un foco. Ray dio la señal. Avanzaron en fila de a seis. Cruzaron la acera y pisotearon el césped del jardín. Llegaron al porche. Nick Adam extrajo un juego de ganzúas y abrió la puerta. Es todo *muuuuuuy* siniestro: los seis psicópatas penetran sibilina y sigilosamente.

No oí nada. No vi nada. No se encendió ninguna luz. Me apeé y me acerqué al trote a la puerta. Estaba entornada. Oí arriba malignos murmullos y *chist, chist*.

La luz de la cámara se activó. Un rayo rebotó en las paredes de arriba y en las puertas cerradas. Oí abrirse una puerta. Una chica dijo: «¿Qué es eso?». Una chica dijo: «¿Quién anda ahí?».

A continuación patadas en las puertas/penetrantes chillidos/haces de luz en las puertas de los dormitorios y dobles literas…

A continuación universitarias en camisón y pijama. Se sacuden de encima las mantas y saltan de las camas. Corren derechas hacia la intensa luz y el Korps del Desierto con las manos abiertas para AGARRAR.

Nick Ray gritó: «¡¡¡Carrera de *gallinas*!!!».

Jimmy gritó: «¡¡¡¡¡*Incursión en busca de bragas*!!!!!».

Las luces de los focos rebotaron. Vi tomas en corto de agarrones a chaquetas de pijama y camisones. Vi bragas bajadas hasta las rodillas y oí chillidos superpuestos.

Corrí arriba. Chicas semidesnudas esquivaban manos dispuestas a agarrarlas y luces en pleno rebote y huían de los demonios del Korps del Desierto. Me abalancé contra ellos. Le arranqué la cámara al puto *Führer* e hice añicos la máquina de la luz rebotadora. Conseguí un fundido a negro. Es de Jimmy Dean con una braga rosa enfundada en la cara.

Vi un interruptor de alarma contra incendios montado en una pared. Di un manotazo al interruptor e instauré una profunda oscuridad. Una sirena prorrumpió penetrante. Las chicas gritaron a la par. Corrieron hacia la izquierda y llegaron a la escalera de atrás. El Korps del Desierto corrió hacia la escalera principal. No me veían. Yo no los veía. Saqué la porra del cinto y asesté mamporros contra cuero negro y tela caqui áspera. Respondieron a la motivación y protestaron como perras. Acaso diera un mamporro a mi amigo Jimmy. ¿Y qué si se lo di?

MI SOBERBIO CHABOLO DE SOLTERO

West Hollybufo
12/5/55

Puse la radio. KKXZ: la intensidad del jazz compensada con la languidez de baladas bop que inducían la tristeza y adormecían hasta la nada. Una emisora de corto alcance/poca monta. Por encima del Sultan Sam's Sandbox y el Rae's Rugburn Room.

Yo estaba derrotado, sumido en la miseria y estropeado hasta las estrías en la Isla de la Desesperación Desoladora. El asunto de Westwood me daba por culo. Repeché por Hilgard hacia Sunset. Gasté goma justo cuando llegaban la pasma y los bomberos. El Afrika Korps salió a toda pastilla hacia el sur. Su torpe vía de huida enmascaró su insidiosa intención. Un momento para martirizar mi memoria: Jimmy Dean, con unas bragas rosas enfundadas desde los ojos hasta el cuello.

Nasty Nat's Soul Patrol irrumpió en las ondas. Nat leyó las noticias locales antes de reanudar sus soporíferos sonidos de la noche. Arrancó con su sección «Monada».

UCLA. Sorority Row. Incursión en busca de bragas en Chi Beta Gamma. Llega la pasma. Hay una guirnalda de chicas, envueltas en batas y rebosantes de indignación. Cuatro de ellas lo achacaron a los chicos del SAE Institute o a los sementales del equipo de fútbol de la Universidad del Sur de California. Una consideró que se trataba de algo «más malévolo. Esos tipos eran mayores. Uno llevaba una cámara. Nos han arrancado las batas y han intentado rodar una película de desnudos allí mismo».

Nasty Nat puso algunos peros. «UCLA no es un gueto, hermanas. Y estoy seguro de que esos polis jóvenes y machos volverán para pediros que escenifiquéis una recreación en cueros».

Uf.

Nasty Nat dijo: «Esta noche tenemos delincuencia a punta pala. La infame, como algunos dirían, Brigada de los Sombreros del Departamento de Policía de Los Ángeles se ha liado a tiros con esos dos violadores-ladrones de los asadores. Eso ha ocurrido en el Tommy Tucker's Playroom, en la esquina de Washington con La Brea. Un hombre ha escapado en medio de la monumental melé. *Muerto* en el lugar del hecho: Richie Van Duesen, alias "el Holandés"/edad treinta y ocho. Todavía en libertad: George Mazmanian, alias "el Gordo"/varón blanco estadounidense/edad cuarenta y dos. Supuestamente el Gordo va armado y es peligroso, así que mucho cuidado».

Nasty Nat imitaba el estilo de *Confidential*. Me encendía la sangre. Saltó de la delincuencia a punta pala a un blues puro del Synagogue Sid Trio. Fijémonos: Sid al saxo bajo, Bobby Horvitz al fiscorno, Aaron Adelman a la batería. El tema: «Premature Funeral March for Gamal Abdel Nasser and King Farouk». Nat presentó la intro. Cerró con «These cats run long». Uno, dos, tres: *Shalom*, amigos.

Sinagogue Sid atronó con su saxo. Bobby Horvitz fanfarroneó con su fiscorno. Aaron Adelman batió su batería. Bajé el volumen. Estaba imperiosamente impaciente. ¿Dónde anda la Señorita Cotilleo Anónimo? ¿¿¿Dónde está su cruel crítica al artículo sobre Caryl Chessman de *Confidential*??? ¿¿¿Dónde está la impugnación «friamos al soplapollas»???

Yo me sentía impaciente/nervioso/tenso/trastronado y dexidisparado hasta la locura. Saqué mi cuaderno y miré por encima el contenido de los números de *Confidential* desde el 52 hasta el 55. Soy un soplón, un chivato, un topo, un largón, un colaboracionista, un perro descarriado, que muerde la mano de quien le da de comer. Hagamos trabajo legal preparatorio para el jefe William H. Parker.

Bill Parker y yo. Ahora estamos *así* de unidos. Eliminemos *Confidential*.

Números atrasados. Dosieres jurídicos adjuntos. Anotaciones de abogados e informes sobre el terreno. Busquemos lagunas. Distraídas declaraciones que desmenuzar y desechar. La revista contrató a sagaces leguleyos de primera fila. La revista contaba con Freddy O. para investigar y verificar con mano dura. Todas nuestras difamaciones y calumnias son ciertas. Nos mantenemos en nuestros trece. Sí, pero si alguien está dispuesto a echarlo todo a rodar, allá él.

Rastreé números atrasados. Leí informes jurídicos y mis propias notas. Me abrí paso a través de melifluas rememoraciones.

Diciembre del 52: «¡¡¡Corista vende acciones de sí misma!!!».

Insípido, en general. Una parodia de la Bolsa. La investigación a cargo de un chico de la redacción. Aquí ni calumnias ni libelo.

Diciembre del 52: «¡¡¡¡Revelación: amor en las Naciones Unidas!!!!».

El contenido es cotilleo. Marcha Multinacional de la Miscegenación. *J'accuse* a simples subalternos. Empiezo a aburrirme. Ninguna nota de investigación. Los diplomáticos desustanciados nunca demandan.

Noviembre del 53: «¡¡¡Señalado por la muerte: Walter Winchell, Obispo Fulton Sheen!!!».

Paparruchas anticomus. Los abogados citan fuentes anónimas. Como para roncar.

Marzo del 54: «¿Por qué Orson Welles le mordió el labio a Eartha Kitt?».

Miscegenación: Alegre columna central de *Confidential*. Orson estaba tirándose a la exasperante Eartha. Un corresponsal de Las Vegas nos pasó el bocado. Eartha dijo que unos matones echaron abajo su puerta. Era verdad. Yo contraté a los matones. Eartha exigió una clara compensación. Le apoquiné diez mil. Orson dijo: «Eres un mierda, Freddy». Lo abofeteé rabiosamente.

Ese artículo era mal vudú y un posible premio para Parker. Sacaba a la luz los métodos de mano dura que empleaba la revista y me ponía a *mí* en evidencia. Lo guardé en mi carpeta secreta de trapos sucios para Parker.

Noviembre del 54: «El romance entre Christine Jorgensen y un hijastro de Vanderbilt».

Travesuras de travestis. El exhombre Christine enredó a Vanderbilt y me encargó que tomara fotos furtivamente. Quería la publicidad, para impulsar su carrera cinematográfica estancada. Le saqué veinte mil a Vanderbilt. Christine y yo nos repartimos la plata. *Confidential* publicó un artículo a rebosar de bazofia que pinchó. Christine se cabreó. Quería ver un poco de sexo salvaje y húmedo. Ese artículo podía enterrar a la revista de *maaaaaala* manera. A Fred Otash, ídem de ídem. Eran *bueeeeenos* despojos para la carpeta de Parker.

Enero del 55: «Eartha Kitt y su "Santa Baby" Arthur Loew, Junior».

Miscegenación en marcha. La consabida perla: canario de color/papi blanco con pasta. Otra vez la exasperante Eartha. Eartha amenaza con demandar. Yo soy quien maneja el percal. *Confidential* apoquina no poco parné.

Sinagogue Sid seguía con sus trompetazos. Bostecé. ¿Dónde está la Señorita Cotilleo Anónimo? Son casi las 2.00 h.

Marzo del 55: «La esposa de la que Clark Gable se olvidó». Bostezo. «La chica en la bañera de Gregory Peck». Chaval, tan soporífero como para irse al sobre.

Sinagogue Sid tocó un diminuendo quejumbrosamente crudo y profundo. Oí, magnificado por el micrófono, un tintineo de monedas en un teléfono público. Subí el volumen. Nasty Nat dijo: «La Señorita Cotilleo Anónimo ha vuelto, así que sé que vamos a hablar de la revista *Confidential* y el caso del infame Caryl Chessman».

La Señorita Cotilleo Anónimo dijo: «Eh, Nat. ¿qué cuentas?».

Me fijé en la voz. Era una contralto que traslucía calma y *muy* del Medio Oeste.

«Cuento solo las horas que van pasando, nena».

«Sitúame, Nat. ¿Dónde lo dejamos la última vez?».

«Bueno, hicimos un análisis de alcance de *Confidential*, y los dos comentamos lo atípicamente liberal que era su cobertura del caso Chessman, dado que *Confidential,* desde que salió a la luz, ha recurrido a la provocación contra los rojos y la provocación racial».

Nasty Nat no mentía. Agosto del 52. La cursi crónica sobre Chessman. Por entonces la revista era ingenuamente nueva. Yo no me incorporé hasta otoño del 53.

La Señorita Cotilleo Anónimo se desternilló. «*Confidential* tiene estilo, muchacho. Ya estás empezando a aliterar».

Nasty Nat soltó un silbido. «Y te diré que, como dicen nuestros primos los mexicanos, vaya *cojones* hay que tener para llamar a un hombre negro "muchacho"».

La Señorita Cotilleo Anónimo se redesternilló. La cabina de teléfono micromagnificó los sonidos. Se oye el roce de una cerilla y una exhalación. Está fumando un pitillo.

«Soy actriz, Nat. Da por hecho que recurriré siempre a algún efecto provocativo».

«Los locutores de radio van por el mismo camino. Nuestros patrocinadores lo fomentan. ¿Te crees que el Sultan Sam's Sandbox y el Rae's Rugburn Room van a pagarme por la cara? Vamos, hombre».

«Hablando de aliteraciones, *muchacho*».

Nasty Nat dijo: «Tú no eres la Señorita Cotilleo Anónimo, tú eres el súcubo sexi. Ahora, cambiando de tema antes de que me metas en apuros con el Klan, la Legión Católica de la Decencia y el mismísimo jefe Parker, ¿por qué no expones los aspectos básicos del caso Chessman para toda la gente que hay ahí fuera en el mundo de la radio?».

La Señorita Cotilleo Anónimo recargó el teléfono de pago. Monedas de diez se deslizaron, monedas de cinco cayeron por la ranura.

«Es a principios del 48. Chessman acaba de salir de Folsom. Está robando coches y cometiendo robos a mano armada. Está utilizando un Ford del 46 afanado como vehículo para sus violaciones, y le ha acoplado una luz roja falsa para hacerse pasar por policía. Veamos, recorre paseos frecuentados por amantes en Pasadena y por encima de Hollywood. Atraca a parejas jóvenes mientras se magrean. En dos ocasiones legalmente constatadas, obliga a salir por la fuerza a mujeres jóvenes de *sus* coches y a entrar en el coche de él. Legalmente, eso constituye un delito de secuestro. En cuanto las tiene en *su* coche, las agrede sexualmente, lo que constituye un segundo conjunto de cargos concretos. Sus dos víctimas *confirmadas* lo identifican de manera concluyente. Fue declarado culpable en un juicio y condenado a muerte. Se ha insistido mucho en el hecho de que Chessman no mató a nadie. *C'est la guerre*, encanto. Se aplica la ley de Lindbergh. Veamos, ese tipejo malévolo, esa nulidad, se ha convertido en un abogado de primera en la cárcel, y ha frustrado sucesivos intentos de mandarlo a la sala verde, que, francamente, es el sitio que le corresponde. Escribió un libro, que se publicó el año pasado, titulado *Celda 2455, San Quintín*. En él, declara neciamente su inocencia en los crímenes del Bandido de la Luz Roja y exige una rectificación de todo el sistema jurídico estadounidense».

Nasty Nat adoptó una actitud de «¡Uf!». «Voy a cambiarte el nombre, y no será para llamarte "nena" o "encanto". Y en realidad no eres la Señorita Cotilleo Anónimo, sino más bien la "Víbora Vengadora", lo que me lleva a preguntarte por qué te indigna tanto este caso, cuando casi todo el mundo que *yo* conozco piensa que lo de Chessman fue un atropello, y esa gente preocupada por el respeto a la justicia que *yo* conozco está haciendo todo lo que puede para *evitar* que ese hombre acabe en la sala verde».

Dale, Nasty Nat. Eso es tirarle de la lengua. Nena, encanto, Señorita Cotilleo... ¿Por qué llamas a mi programa de radio?

«Empiezo a caer en la cuenta, monada. En este asunto de Chessman, para ti está en juego algo personal. Eso quiere decir que hay algo que no nos has contado».

La Señorita Cotilleo Anónimo encendió un pitillo. Oí el fogonazo de la cerilla y una exhalación.

«Hubo una tercera víctima. Se presentó e identificó a Chessman, pero el fiscal decidió no llamarla a declarar en el juicio. La agresión sexual que Chessman perpetró contra ella fue especialmente vil y cruel. Hablando claro, la mujer enloqueció, y ha pasado los últimos siete años en Camarillo. Esa joven era amiga mía. Estudiamos juntas en una prestigiosa escuela de interpretación de Nueva York, a finales del 47. No hay más que contar, Nat. Ahora tengo un bolo en Nueva York, pero decidí tomarme un descanso y venir a montar un poco de alboroto en la ciudad natal de mi amiga, y quizá hacerle una visita en Camarillo».

Es la verdad. Yo estaba en la Comisaría de Hollywood esa noche. Vi a la Señorita Tercera Víctima entrar y desplomarse en la sala de revista.

Acerca del rodaje de *Rebelde sin causa*
13/5/55

¡¡¡¡¡Uf!!!!!

Vigilancia exterior. Lo peor de lo peor. Prendas polvorientas y un roce de zarzas en el culo. Estoy en un sendero de excursionistas en un lugar dejado de la mano de Dios. Me abrasa un malévolo sol de mediodía. Unos prismáticos me brindan una visión nítida del aparcamiento del Observatorio.

Es la hora del almuerzo. El aparcamiento está acordonado para el elenco y el equipo técnico, en exclusiva. Está a rebosar de bólidos y críos en la onda repantigados en los asientos. Robbie Molette va de bólido en bólido. Está pasando pastillas y grifa. Yo espío las transacciones. Es una resonante repetición de la incursión en busca de bragas/carrera de gallinas de la noche anterior.

He ahí a Nick Ray, Nick Adams, mi tarado amigo Jimmy Dean. La panda se ha engalanado con ropa de calle. Hoy no hay alta kostura del Afrika Korps ni *Sieg Heil*. He ahí a los tres B-Boys. Siguen vestidos de nefando negro. Anoche memoricé el número de matrícula de la camioneta Chevrolet. Se había registrado a nombre de un tal Chester Alan Voldrich/varón estadounidense/edad 26. Fijémonos: fue cabecilla de los Rat Pack, prominente pandilla del instituto Hollywood. Atracaban a sarasas de cierta edad y drogaban a las chicas del Marymount para tirárselas.

Eso era *bueeeeeeena* información peyorativa. Bill Parker se cagaría en los pantalones. *Y...* en lo concerniente a Nick Adams/nombre verdadero Adamshock/fecha de nacimiento 10-7-31/Nanticote, Pennsylvania:

Sin detenciones/interrogado como sospechoso de ocho delitos: robo de vehículos, timo, vandalismo, estupro, voyerismo, venta de fotos pornográficas. *Además*: interrogado en redadas en bares gay con Jimmy Dean y Nick Ray. Confirmado en lo concerniente a Jimmy: el número del «Cenicero Humano» de Robbie Molette. Confirmado en lo concerniente a Nick Ray: redada en el Saints and Sinners Drag Ball. Uau, Nelly: Nick causaba sensación con su vestido de estilo imperio inspirado en los uniformes de la Guardia Roja. *Además*: Natalie Wood y Sal Mineo, presentes en la «Jarana de Menores de Edad» en el Linda's Little Log Cabin.

Se trata exclusivamente de Todos los Críos Enloquecidos /Críos Descarriados. Eso me impulsaba a servir a Bill Parker y mi desquiciada revista. Me impulsaba a salvar a Jimmy D. de sí mismo.

Observé con los prismáticos el amplio aparcamiento. Robbie pasaba pastillas. Jimmy y Nick Adams jugaban a los dados sobre una manta con la bandera nazi. Jimmy había llamado a mi servicio contestador y había dejado un mensaje: «Nos vemos en el Googie's esta noche». *Eso* significaba *lo siguiente*: no me reconoció en la incursión en busca de bragas/carrera de gallinas.

Observé con los prismáticos. Chester Voldrich y sus compinches B-Boys esnifaban un trapo empapado de pegamento. Natalie Wood tomaba el sol en bikini. Estaba reclinada en el techo de un Eldo del 52. Nick Ray pasó por su lado y le besó los muslos furtivamente.

Entré en la comisaria de Hollywood. El sargento de guardia gimió. *Hay que joderse, es Freddy O.*

Subí a la sala de revista. Una encargada de parquímetros que procesaba multas suspiró. *Hay que joderse, es Freddy O.*

El teniente de la brigada me vio. Alzó la vista al techo y cerró su despacho de un portazo. *Hay que joderse, es Freddy O.*

Busqué a Colin Forbes y Al Goosen. Habían llevado el caso Chessman, allá por el 48. Ahí están. De por vida en la Brigada de Hollywood: siguen en los dos mismos escritorios. Son mulas de carga agotadas. Están trabajando. Por lo demás, la sala de revista estaba muerta.

Me vieron. Cruzaron una mirada. *Hay que joderse, es Freddy O.*

Acerqué una silla. Forbes dijo:

—Hola, Freddy.

Goossen dijo:

—Freddy ha venido a visitarnos a nosotros los pobres. Eso significa que quiere algo.

—Chessman —dije—. La revista quiere expiar aquel artículo lacrimógeno que publicó hace tres años. Se han filtrado ciertos rumores sobre la tercera víctima. No sé si lo recordáis, pero yo estaba aquí cuando vino.

Forbes encendió un pitillo.

—Exacto. Llamaste al Queen of Angels cuando se desmayó.

Goossen encendió un pitillo.

—Chessman la mordió cuarenta y tres veces. *Tú* también te desmayarías. Fue derecha del Queen of Angels a Camarillo, y por lo último que he sabido, sigue en estado de shock. No la saques en la revista. Demuestra un poco de elegancia por una vez en la vida.

Lo dejé correr.

—¿Recordáis cómo se llamaba?

Forbes movió la cabeza en un gesto de *nein*. Goossen movió la cabeza en un gesto de *nyet*. Revelaron cero. Mi reputación de reptil los enrabiaba.

—¿Cuál es la historia de esa mujer? ¿Podéis contármela, sin nombres?

Goossen se retrepó en la silla.

—Era una chica de Los Ángeles, que volvía a casa de visita. Estudiaba en el Actors Studio de Nueva York, que es una especie de academia de altos vuelos. Así que está en su ciudad, y se queda en casa de sus padres. Además es lesbi, cosa que sus padres no saben. Aquella noche en cuestión, ella se liga a una chica en el Rhonda's Rendezvous, y aparcan en el arcén en Mulholland con Beverly Glen. Chessman monta el número de la luz roja. Ve a las chicas magreándose y pierde la chaveta. Echa del coche al ligue, acompaña a la víctima a su propio coche, hace lo que hace con la chica, y ella se presenta aquí, por su propio pie. No prestó testimonio en el juzgado, ni falta que hizo. El juez Fricke oyó la historia, y *eso* es lo que lo convenció de que Chessman debía pringar. Y pringará, tarde o temprano, a pesar de todos sus libros y sus apelaciones, y de Marlon Brandon y todos los demás cretinos de Hollywood con sus pancartas.

—Métete por el culo esos «rumores que se han filtrado», Freddy —dijo Forbes—. Como pervertido que eres, tú tienes tus propios planes en este asunto, así que llévatelos contigo cuando salgas por la puerta, en algún momento dentro de los próximos cinco segundos.

«Pervertido». «Tus propios planes». *Hay que joderse, es Freddy O.* Mis antiguos colegas polis expresaron su amor. Freddy O. es el Rey de la Extorsión. Es el Chamán del Bochorno. Es el Perro Pervertido de la Noche. ¿Dónde está aquí el premio, Freddy? Contigo tiene que haber un premio.

¿Para qué andarse con rodeos? *Cherchez la femme.* Es la Señorita Cotilleo Anónimo. Se ha grabado a fuego bajo mi piel.

Fui en coche al Ranch Market. Consulté mis mensajes. Había llamado Jack el K. «Estoy en el hotel. Pásate a las seis. Viene una gente a tomar unas copas».

Ahí estaré, Jack. Busca, Perro Pervertido, busca. Antes pasaré por tu farmacia preferida. Ya sé lo que te gusta. ¿Para qué andarse con rodeos? A mí también me gusta.

La Señorita Cotilleo Anónimo. Estudió con la Señorita Tercera Víctima. Eran amigas en Nueva York. Una «prestigiosa escuela de interpretación». A finales del 47.

Al Goossen. *El* Actors Studio. «Una especie de academia de altos vuelos».

Así pues…

Quo Vadis, Freddy? ¿Ahora adónde?

Lo sé. Acudamos al Señor de la Lista Negra. Él siempre suministra la mercancía.

Jack Lawson. John Howard Lawson. Anglicanizado a partir de Levy o algo por el estilo. Un esbelto estalinista. Pisotea a trotskistas y hace mal de ojo al Comité de Actividades Antiamericanas. La gente odia a Jack. Es esa perenne suma de política y personalidad. Jack es decididamente dispéptico. Es un imbécil, un inútil, un inepto y un inoperante. El Departamento de Policía y el fiscal Ernie Roll lo tienen en el puño encubiertamente. Volvamos al año 40. Jack es el Kultural Komissar del Partido y sanguinario sicario.

Entra en escena Budd Schulberg. Es un escritor de rompe y rasga y un *Mensch* maravilloso. Está escribiendo «¿Por qué corre Sammy?». El Partido exige una ristra de revisiones. Budd es un hombre del Partido mermado por *muchas* dudas. Como las purgas del estiloso Stalin que segaron millones de vidas. Jack concierta una cita y establece el sitio. Es la casa de un camarada cerca de Hollywood con Fairfax. Budd es emplazado repentinamente. El nervioso Jack está presente. Lo mismo que el viperino V. J. Jerome. V. J. es el Ko-Kultural Kommissar de Jack. V. J. y Jack se encargan de asestar el uno-dos del Partido.

V. J. y Jack. Amonestan a Budd durante dos días, con contundente claridad. Reescribirás ese libro burgués tuyo. Debe ser orgullosamente proletario. Eres un revisionista, un *refusénik*, un delincuente desviacionista. Eres un peón pasivo de la élite fascista.

He aquí el desenlace. En la casa del camarada hay micrófonos, desde las alfombras hasta las vigas. El camarada llamó a la policía. El pacto Hitler-Stalin fue la causa. El camarada ya no es comu.

Jack amonesta a Budd. Jack le lee la maloliente Ley Antidisturbios. Jack habla por los codos sobre muchos temas. Jack acomete contra las camarillas vanguardistas populares y las pone a parir. Jack despotrica contra los ideólogos idiotas de todo el mundo. El Departamento de Policía envió las cintas al Comité de Actividades Antiamericanas del Estado. El resultado son catorce imputaciones conforme a la Ley Smith.

Los micrófonos siguen en su sitio. Jack tiene subarrendada la casa del camarada desde el 48. Excomus visitan a Jack. Lo atiborran de aguardiente y lo animan a hablar. Jack habla como un descosido. Es el sueño de todo poli de la Brigada Anti-Rojos y buscador de trapos sucios. Del 48 al 55. Eso son siete años. Los micrófonos permanecen en su sitio. Jack no tiene ni puta idea.

Me acerqué allí en coche y aparqué frente a la casa del camarada. Le llevé a Jack una botella de Jim Beam. Jack estaba sentado en los peldaños de la entrada. Lo vi. Me vio. Fue *Hay que joderse, es Freddy Otash*, revivido.

Me apeé y me acerqué. Jack puso cara de «Sieg Heil» y tarareó «Das Horst Wessel Lied». Solté una carcajada y lancé a Jack su botella. Arrancó el tapón y se echó un lingotazo.

—Freddy el O. *Gauleiter* de las fuerzas de ocupación del jefe William H. Parker.

—Ya sabes para quién trabajo, Jack. Soy un defensor de la libertad de expresión, igual que tú.

Jack se llevó la mano a la entrepierna.

—La libertad de expresión importa un bledo. Es una pantalla de humo para retocar cosméticamente el programa fascista. *Confidential* indigna a los charoles y los mariposos. En ese sentido, es un órgano de intención revolucionaria.

Me desternillé.

—Se lo diré a Bob Harrison.

—Dile a Bob que vi a su primera mujer en una concentración por los Chicos de Scottsboro, allá por el treinta y tantos. Iba cogida de la mano con un tiznajo y la novia filipina de

Pete Seeger. Cantaban «Swing Low, Sweet Chariot»... y para colmo desafinaban.

Le metí a Jack un billete de cincuenta en el bolsillo de la camisa. Jack repimpló Jim Beam. Tarareó «Lili Marlene» y el fragmento del amor y la muerte de *Tristán e Isolda*.

—Freddy el O. quiere algo. Nunca viene solo a pegar la hebra.

—El Actors Studio —dije—. Finales de los cuarenta. Sé que estuviste en el Group Theater, y he pensado que a lo mejor podías ayudarme.

—El Actors Studio. *Vaya*. No un órgano revolucionario. Susceptible de caer en manos del camarada John Howard Lawson y los centenares de majorettes de la Guardia Roja deseosos de chuparle la gran polla dialéctica.

—Vamos, Jack —dije—. Pensaba que podías darme algunos nombres.

Jack se indignó *mucho*.

—¿Yo? ¿Dar *nombres*? ¿Crees que el apparátchick que ha de acabar con todos los apparátchiks daría nombres y traicionaría al Cuarto Aparato del Soviet Central?

—Jack, eres un tocacojones —dije.

Jack entró a trompicones en la Casa del Camarada. Dejó la puerta abierta. Lo vi estamparse contra las estanterías y tirar tomos al suelo.

Encendí un pitillo. Jack volvió a salir vigorosamente. Me entregó un anuario como de instituto. Estaba encuadernado en bocací y tenía letras doradas. En la portada se leía: *Actors Studio/ 1946-47.*

—Gracias, Jack.

Jack tarareó «La Internacional».

—Sé lo de los micrófonos, Freddy. Mi mujer de la limpieza negra los descubrió cuando me mudé aquí.

Me quedé atónito y anonadado. Agarré la botella de Jack y libé el líquido. El mundo se removió y se revisó ante mis ojos.

—Podrías haberlos arrancado. Les habrías ahorrado mucho sufrimiento a algunos camaradas tuyos.

—Quizá no quise. Quizá se merecían lo que les pasó. Quizá pensé en jugar con la Historia y echar los dados durante un tiempo.

Viajé en las líneas aéreas Trans-Jack. El enlace Lawson-Kennedy. Era un vuelo desde Casa Camarada hasta Beverly Hills. Pasé zumbando por la farmacia de Beverly Wilshire y cargué con el pedido de Jack el K. El astronauta Jack entraría en órbita esa noche.

Llegué al hotel Beverly Hills. Era un sarao en un bungalow de la parte de atrás. Atravesé como un rayo el vestíbulo y aterricé justo a tiempo. Las mujeres superaban a los hombres en número de seis a uno. Eran todos muchachas pechugonas aspirantes a estrella de cine y políticos pillos. El fiscal de distrito Ernie Roll y el fiscal general Pat Brown. Ambos conspiradores en la campaña contra *Confidential*. El gobernador Goodie Knight. El congresista de color Adam Clayton Powell. Observemos su insignia electoral: «Bésame, soy irlandés».

Me mezclé entre la multitud. Aparecí junto a un porche junto a la piscina y me senté a horcajadas en una silla plegable. Una vigorosa brisa indujo *aaahhhs*. Examiné el álbum del Actors Studio.

Paseé la vista por páginas repletas de fotos. Chicos anónimos montaban decorados. Lee Strasberg hacía de Moisés y presentaba las tablas de la ley. Observé a actores de renombre y a nulidades que había visto por televisión. Llegué a una sección marcada con el rótulo: «Promoción de 1946-47». Los chicos se congregaban en gradas y sonreían, conmovedoramente esperanzados. La página 22 reclamó mi atención. Me *pareció* ver…

Los que se habían hecho un nombre y los que no aparecían ahí mezclados. Kim Hunter, Ralph Meeker. Dos varones anónimos. Reconocí a Reed Hadley de *Racket Squad*. He ahí a Julie Harris y a la soberbia Barbara Bel Geddes. He ahí a la muchacha malherida que vi en la comisaría durante la serie de agresiones del Bandido de la Luz Roja.

Ahí se la ve esperanzada. Se la ve sincera. Lleva un blusón embadurnado de pintura y zapatos de silla de montar. Aparece de pie al lado de una grácil mujer de cabello claro que yo nunca había visto.

Una lista de nombres identificaba a los intérpretes. La Señorita Tercera Víctima era Shirley Tutler. La mujer de cabello claro era Lois Nettleton.

Jack el K. se acercó. Le lancé la bolsa de la farmacia. Los frascos de pastillas vibraron y se sacudieron sonoramente.

—¿Me atrevo a preguntar cuánto cuesta?

—Cero —dije—. El farmacéutico es un médico apartado de la carrera. Me debe numerosos favores.

Jack reencendió su puro.

—Yo seré un senador de Estados Unidos apartado de la carrera si no consigo recaudar mucho dinero esta noche.

—No hay mucho dinero en el salón de al lado. Las chicas no lo tienen, y los políticos nunca lo dan.

Jack ahogó una risa.

—Cuéntame un buen chisme, Freddy. A mis hermanas les gusta la información sobre actores jóvenes y apuestos y sus vidas secretas. Y no me vengas con lo de Rock Hudson, porque eso es noticia de ayer.

—A James Dean se lo conoce como el «Cenicero Humano» —dije.

—Eso es un tanto de mal gusto.

—Barbara Payton va en patines. Atiende en el autoservicio Stan's, enfrente del instituto Hollywood.

—Noticia antigua —dijo Jack—. Me la jugaste con Babs cuando tú eras poli y yo congresista.

—Katharine Hepburn es en realidad un hombre —dije—. *Whisper* lo publicará el mes que viene. Se sometió a una terapia hormonal en la Unión Soviética.

—Lo sobrellevaré, siempre y cuando ella no sea comu o republicana.

Se me había acabado el tiempo. Jack desvió y dejó vagar la mirada. Es Jack Dos Minutos con sus adláteres. Es Jack Diez Minutos en el catre.

–Encantado de verte, Freddy.

–Es siempre un placer, Jack.

El sol me sedó. La brisa se tornó templada y me invitó a tumbarme. Me tendí y me quedé traspuesto. Los sonidos del bungalow a mis espaldas quedaron amortiguados y enmudecidos. Vi la foto de Shirley Tutler y oí la voz de la Señorita Cotilleo Anónimo. Suaves sonidos me serenaron. Ensoñación. Siento arrobamiento y reverencia. Vuelvo a ser un niño en la iglesia.

Unas ruedas se deslizaron por el pavimento. Unos platos traquetearon. Alguien dijo: «No sabía que conocías a Jack».

Abrí los ojos. Mierda, es Robbie Molette el Roedor. Una redecilla le ocultaba el cabello chamuscado. Hoy es Robbie el Botones. Empuja un carrito.

–Todo el mundo conoce a Jack. Representa nuestra nueva sociedad igualitaria. Por eso le dirige la palabra a tipos como tú y como yo.

Robbie se rascó los huevos.

–Sea como sea, debo aprovechar la circunstancia de que me he tropezado contigo y contarte el último chisme del rodaje.

–Escucho –dije.

–Te *conviene* escuchar, teniendo en cuenta la esencia de lo que estoy a punto de contarte.

–Robbie, no lo alargues…

–Vale, he aquí lo último y lo más sonado, que a mi modo de ver no es tan sonado. Primero: Nick Ray está hablando de «intensificación». Quiere que «los chavales» hagan «un sondeo de su motivación» e «intensifiquen sus travesuras». Segundo: habla de 459 con merodeo, robos en licorerías, y la realización de algo así como una «película alternativa radical», que «complementará y agrandará el significado de» este bodrio, *Rebelde*

sin causa, que en mi opinión va camino del circuito de auto-
cines en Pollaperro, Arkansas.

Medité sobre esa mierda. Robbie se retocó la redecilla.

—Me quemaste, cabrón. Estropeaste mi buena presencia,
porque me tienes envidia.

Me han dejado tirado, plantado, me han dado calabazas y es-
quinazo. Me han abandonado por un *Führer* de la filmación
psicótico. Me he quedado afligido como una beldad sin pareja en el baile.

Jimmy no se presentó. Esperé en el Googie's. Ni asomo
de Jimmy. Telefoneé a mi servicio contestador. Ningún mensaje. Telefoneé a casa de Jimmy. Sin respuesta. Fui a casa de
Jimmy. No había luz, ni asomo de Jimmy. Pasé por delante
del Chateau Marmont y volví a la hilera de bungalows. Espié el bungalow de Nick Ray. Vi a Nick el Nazi pasarse por
la piedra a Natalie Wood mientras Sal Mineo tomaba fotos. Regresé a mi buga y salí hacia el sur. Me sentía de lo
maaaaaaás descalabrado y dolido. Una nueva noción anidó
en mí. Guardaba relación con la Señorita Cotilleo Anónimo.
Paré en una cabina y telefoneé al rajá del laboratorio forense Ray Pinker.

Expuse mi plan. Prometí cinco de cien. El rajá Ray dijo:
«Claro que sí, lo haré». Corrí de regreso a mi macarramóvil
Packard y enfilé hacia el sur. Me sumergí en el barrio negro.
De Vermont a Slauson, dirección este y *abaaaaaaaaajo.*

Pasé por delante del Mumar's Mosque, el Mama Mattie's
Massage Paradise y el Mad Monk Klub. Dejé atrás rápidamente Happytime Liquor, Happy Hal's Liquor, Hillhaven Liquor y otras licorerías iluminadas por letreros en los que se
leía BEBIDA y nada más. Vi los letreros del Sultan Sam's Sandbox y el Rae's Rugburn Room. He ahí mi desconcertante
destino: KKXZ Radio.

Un borracho pasó haciendo eses. Aparqué mi macarramóvil junto a la acera ante la misma puerta del Rugburn Room.

El borracho silbó y elogió la pintura tritonal. Le lancé uno de diez y le dije que vigilara mi tesoro.

Dejé abajo el Rugburn Room por la escalera de atrás y subí a Radioland. Era un sitio vilmente bohemio y cultivadamente cutre.

Una sala de espera estragada. Fundas de discos clavadas a las paredes desnudas. Eran todas de Bird. Bird se fue al otro barrio y nos dijo adiós en marzo. Ahora Bird sonreía sosegadamente: estoy *muerto, muchachos.* Decenas de dolientes habían escrito garabatos en las paredes blancas. Era todo adiós, Gran Socio y Salve al Rey.

—Escriba algo, señor Otash. A él no le importará.

Roté en redondo. Allí estaba Nasty Nat. Reconocí su voz radiofónica. Era alto y tenía unos cuarenta años bien llevados. Vestía de insurgente moderno. Me fijé en su conjunto fez/traje de combate/botas de tacón alto.

Saqué la pluma y garabateé en la pared. Nasty Nat dijo:

—Está cabreado, ¿verdad? O sea, la revista está cabreada.

—Yo no estoy cabreado. Más que nada estoy intrigado. Estaba pensando que podría usted grabar un mensaje por mí, y asegurarse de que la Señorita Cotilleo Anónimo lo oiga la próxima vez que llame.

—¿Y qué tal un mensaje para Bird? «Siento haberte trincado por droga enfrente del Club Alabam en marzo del 49».

—¿Cómo sabe que no es eso lo que acabo de escribir en la pared? —dije.

Nasty Nat señaló hacia la cabina de sonido. Lo seguí y entré. Ocupamos las dos sillas. Quedamos encajonados en la cabina. Estábamos rodilla con rodilla.

El Sinagogue Sid Trio entró y trinó. Nasty Nat quitó el sonido y movió el micrófono hacia mí. Excavé mi vigorosa voz de barítono bajo.

—Señorita Cotilleo, me llamo Fred Otash. Trabajo para *Confidential* y soy un expolicía de Los Ángeles. Estaba en la comisaria de Hollywood la noche que se presentó su amiga Shirley. Coincido con su valoración de la culpabilidad de

Caryl Chessman, y me gustaría hablar con usted de un segundo artículo sobre Chessman que podría servir para rectificar las cosas.

Voilà. Eso estuvo *bieeeeeeeen*. Demostré dominio y concisión. Nasty Nat sonrió y pulsó el interruptor de apagado.

—Estoy casi seguro de que ella llamará esta noche, y me aseguraré de que oiga su mensaje. Y antes de que me lo pregunte, desconozco su nombre real, ni sé más de ella que usted.

Recorrí con la mirada el escueto espacio de la cabina. Presenta esa gestalt de reducto de ratas/personas pobres y orgullosas.

—Va tirando a golpe de donativos, ¿no? Le cuesta pagar el alquiler y siempre va escaso de recursos.

—Así es —dijo Nasty Nat.

—A *Confidential* le va el buen jazz —dije—, y nos interesa hacer amigos, al margen de lo que quizá haya oído usted sobre mí, o sobre la propia revista. Necesito un favor que solo usted puede hacerme, y si me lo hace, la revista aflojará quinientos pavos al mes para KKXZ, indefinidamente.

Nasty Nat encendió un pitillo.

—Ella llama desde un teléfono público. La oigo echar las monedas. ¿El favor tiene que ver con eso?

Sonreí.

—Así es. Necesito una pista. Necesito que llame usted a un amigo mío policía dos minutos después de que ella se ponga al aparato para hablar con usted. Puede que la primera vez no dé resultado, pero debería darlo tarde o temprano.

—Quizá ella se marche de la ciudad. Todo este asunto podría quedar en nada.

—Se embolsará la pasta igualmente.

—Siendo así, de acuerdo.

Guiñé un ojo.

—Me voy a casa, para sentarme junto a la radio.

—Dígame algo antes de irse.

—Cómo no.

—¿Qué ha escrito en la pared?

—He escrito «Querido Bird: Gracias por los sonidos. Sinceramente, Fred Otash».

—Es usted cáustico, pero nunca estará en la onda —dijo Nasty Nat.

El Synagogue Sid me serenó. Puse la radio a bajo volumen y me tendí en el sofá, muy bajo. Nasty Nat pasó a los anuncios de Sultan Sam's Sandbox, Kool Kings y el Cannonball Adderley Quintet. Luego las monedas de diez se deslizaron y las monedas de cinco cayeron por la ranura. Yo ya conocía ese ruido. Sabía que lo magnificaba el micrófono.

El silencio me sacudió. Sabía por qué. Nasty Nat puso a la Señorita Cotilleo Anónimo en espera y telefoneó a Ray Pinker.

Es Intento de Localización n.º 1. Queda registrado a la 1.16 h.

Oí susurros, zumbidos, roces radiofónicos y tonos de marcado disonantes. Supe por qué. Nasty Nat está atendiendo mi ruego. Contuve la respiración. A continuación ella reaparece en desgarradora réplica.

«No sé, Nat. ¿Busca nuestro señor Otash una cita, o justicia para mi amiga Shirley?».

«Podrían ser las dos cosas, ¿sabes? La una no excluye a la otra».

Oí un tamborileo. Un tamborileo de *tensión*. La Señorita Cotilleo Anónimo está encajonada en una cabina. Golpetea la pared. Es arte interpretativo. Está ganando tiempo para construir una contestación. Eso significa que le pica la curiosidad, eso significa que le interesa.

«El señor Otash tiene cierta reputación, Nat. Le precede, podría decirse. Leí un artículo en el *L.A. Mirror*... el año pasado, creo. Describía sus métodos de vigilancia ilegales y sostenía que recurría a la fuerza física para frenar las querellas entabladas contra *Confidential*».

«Bueno, ya conoces el dicho, ¿no? "Si quieres hacer una tortilla, tienes que romper unos cuantos huevos"».

La Señorita Cotilleo Anónimo se desternilló.

«No puede decirse que la revista *Confidential* sea precisamente una tortilla, ¿no?».

«Ahí me has pillado, nena».

Se asentó el silencio. Aterciopelado, taciturno, hastiado… ¿quién sabe? Ardiente o artificial… *¿eso* quién lo sabe? Es ampliamente ambiguo. Está claramente calculado. Está tratando de *arrastrarme,* está siguiéndome el *juego, quiere* algo.

«Un director de reparto que conozco me dijo que ese hombre le dio una paliza a Johnnie Ray. *Francamente,* Nat… ¿A *Johnnie Ray?* Coincidí una vez con él, después de su bolo en el Copa de Nueva York. Es sin duda un hombre amabilísimo, y sin duda el menos agresivo que he conocido. No se me ocurre nada que pueda justificar un comportamiento así».

Nena, sé exactamente cómo te sientes.

Nasty Nat dijo: «Sí, a mí Johnnie Ray me va. Pongo sus discos en el programa de vez en cuando».

«Un hombre apuesto donde los haya, Nat. Vi al señor Otash en el programa de Paul Coates la última vez que pasé por Los Ángeles. Recuerdo que pensé: Vaya, desde luego es un hombre muy presentable, por lo que me entristeció doblemente conocer la historia de Johnnie Ray».

Señorita Cotilleo Anónimo. Me ha cautivado.

El sórdido Hollywood Ranch Market
14/5/55

Trabajo de mierda de madrugada. Trabajo telefónico e informes sobre el terreno. Dos concernientes a *Rebelde sin causa*. Mendaces mensajes para Bondage Bob Harrison y Bill Parker.

Telefoneé a Nasty Nat en KKXZ. El patetismo me pudo. Él *vivía* en la emisora. La nociva noticia: el intento de localización de anoche falló. Nat dijo que lo intentaría de nuevo esta noche. Deseé bon voyage al buen bopster.

Señorita Cotilleo Anónimo. Me ha prendido y abrasado.

Escribí mi informe a Bondage Bob. Le impartí la información sobre el Afrika Korps de Nick Ray y describí la pustulante incursión en busca de bragas con delirante detalle. Omití la presencia de Jimmy Dean. Eso se lo debía a Jimmy. Expandí exorbitantemente mi comunicado a Bill Parker. Informé del dato de Robbie Molette concerniente a las escapadas con fines de «intensificación» del *Führer* Nick. Fijémonos, jefe: está planeando un 459 con merodeo y un 211 en una licorería. Es el aturdido autor intelectual del delito de «motivación». Atolondrados actores se prestan a sus peticiones. Nick el Nazi aplicó el sello estanislavsquiesco.

Telefoneé al servicio de mensajería de *Confidential*. Un coche descendió desde Sunset con Vine y recogió los regalos. Ipso facto, capullo, entrégalos ya mismo.

Sonó el teléfono de mi escritorio. Descolgué. Bondage Bob entró a saco.

—Acaba de llamarme Lew Wasserman. Rock está en la Oficina del Sheriff de West Hollywood. Lo han fichado por su nombre real, Roy Fitzgerald, y parece que estaba borracho o que quizá le habían echado alguna droga en la bebida, puede que estuviera mamándosela a alguien en un coche aparcado, y lo que es seguro es que le lanzó un puñetazo al ayudante del sheriff, así que ahora está bajo custodia. Todo eso significa que os necesito a ti y a tus chicos para sacarlo y limpiar su nombre antes de que el asunto llegue a oídos de la prensa.

—*Jawohl, jefe* —dije—. Ahora mismo me pongo manos a la obra.

Bob entró a saco de nuevo.

—Tenemos que salvaguardar nuestra exclusiva en el tema «Rock se casa con una mujer». Lew nos respalda al cien por cien. Quiere titular el artículo «El rocoso recorrido de Rock hacia la dicha conyugal», y le pirra la idea del eterno triángulo que Phyllis y tú habéis guisado. Eso significa que *tienes* que buscarnos una chica señuelo para hacer el papel de la otra mujer. ¿Captas, chico? Quiero una cara nueva, o sea, nadie que hayamos utilizado antes. Si Rock acaba hundido en la mierda por este asunto del sheriff, podemos presentar a la chica señuelo como «el sexi súcubo que llevó al rigurosamente religioso Rockster a la trepidante tentación», o alguna otra gilipollez graciosa por el estilo.

—Capto la gestalt. Sacaré a Rock en menos de una hora —dije.

—No me vengas con esa jerga boche —dijo Bob—. Tengo una veinticuatroava parte de sangre judía, y soy muy sensible al respecto.

Ward Wardell y Race Rockwell se reunieron conmigo. Subimos subrepticiamente. Circulamos con cautela y aparcamos junto a la puerta de salida de los calabozos. Bondage Bob telefoneó con antelación y facilitó la fianza. Rock estaba a punto para partir.

Race se quedó en mi buga y calentó el motor. Yo había telefoneado con antelación y prometido a los ayudantes del calabozo un billete de cien por cabeza. Ward y yo nos colamos por la puerta del calabozo. Cogimos un corredor y avanzamos hasta la hilera de celdas. He ahí a Rock. Está firmando autógrafos para una mísera multitud de compañeros de calabozo. ¡¡¡*Uf!!!* Son *Menschen* malolientes: borrachos, fumatas, cowboys del K-Y cogidos in fraganti.

Race agarró a Rock. Yo me interpuse entre él y los otros. Rock lanzó besos con las manos a los chicos y salió corriendo con nosotros. Estaba sudoroso y sobreexcitado por algún tipo de droga. Sus pisadas resonaban contra el suelo.

Llegamos a la puerta. Salimos atropelladamente. Tropezamos con una tumultuosa patulea de periodistas.

¡¡¡¡*Banzai!!!! ¡¡¡¡Ataque sorpresa!!!!* ¡¡¡¡Es Pearl Harbor perpetrado por el panoli Cuarto Estado!!!!

Resplandor de flashes. Preguntas planteadas. Oí *Rock, Rock, Rock* y SON CIERTOS ESOS RUM…

Un cordón nos constriñó. Saqué la porra del cinto. Ward sacó su porra del cinto. Aporreamos a los cámaras. Los flashes se rompieron y saltaron hechos añicos. Aporreamos cabezas y abrimos cueros cabelludos y empujamos a Rock por delante de nosotros. Entramos en mi buga en fila de a tres. Race Rockwell pisó el pedal. Salimos a San Vicente y enfilamos el norte hacia el Strip.

Fijémonos. *Escape from Stalag 69.* Rock podría ser protagonista de esa peli. Se carcajeó, me carcajeé. Ward y Race se carcajearon. Tengo sangre hasta en el alma y dientes pegados a la porra.

Race torció al oeste por Sunset y zigzagueó ebriamente al sur y al norte por Crescent Heights. Rock y yo nos apeamos en el Googie's. La cafetería estaba sumida en el muermo de media mañana. Ocupamos mi mesa. Ponme al corriente, socio. *Escape from Stalag 69.* ¿Cuál es aquí el preludio priápico?

Entregué a Rock mi petaca y dos dexis. Me administré lo mismo. Rock dijo:

—No me digas que quieres que te cuente toda la sórdida historia.

—Pues sí —dije.

Rock encendió un pitillo.

—Esto es lo que recuerdo. He ido a ver a ese chico, Nick Adams, el actor. ¿Por qué? Porque he percibido susceptibilidad. Tiene una pequeña casa en alquiler, al norte del Marmont. Vale, estoy allí. No pasa gran cosa, solo que voy al baño, y me fijo en una habitación de invitados llena de aparatos de alta fidelidad, televisores, cámaras de cine, y toda clase de consolas de radio y equipo eléctrico. Es como si Nick tuviera un Sears, Roebuck en esa habitación. Luego Nick me ofrece una copa, y me juego lo que sea que le había echado algo, porque me he quedado grogui. Y... bueno... puede que hubiera otro tipo allí, pero no estoy seguro... y... bueno... lo siguiente que recuerdo es que he despertado en el calabozo.

Nick Adams. «Motivación, intensificación». La información de Robbie Molette sobre el 459. Esa chorrada de Rock sobre Sears, Roebuck. Irradiaba *botín de robo*.

—Te llevo a casa. Se nos echa encima ese asunto de la falsa esposa, tendrás a dos mujeres de buen ver compitiendo por ti, y conviene que descanses un poco.

Rock puso cara de «¿Por qué yo, Dios mío?».

Accedí al autoservicio Stan's. Babs Payton entendía de chicas señuelo. Tenía cierto pasado con Nick Ray. Consiguió cursos en el Actors Studio West. Lo sabía todo dentro de los límites de su pervertida visión. Contaba cualquier cosa por dinero y cocaína.

Yo había dejado a Rock y pasado por el Ranch Market. Leí mis dos mensajes. Bondage Bob y Bill Parker habían llamado. Devolví las llamadas. Obtuve vigorosos bravos por mi informe sobre *Rebelde sin causa*. Bob dijo que la *Escape from*

Stalag 69 le había costado seis de los grandes. Con eso cubría cámaras hechas añicos y huesos fracturados atendidos en el Central Receiving. Le quitó importancia con una carcajada.

Al lado del informe sobre *Rebelde* y el intrincado triángulo de Rock, ese dinero era desdeñable. Parker me prodigó elogios. Me dijo que Ernie Roll quedó entusiasmado en lo concerniente a las revelaciones de *Rebelde*. Reúnete con nosotros en el despacho de Ernie, mañana 16.00 h.

Babs se acercó sobre sus patines. Hizo su característica inclinación lateral y me entregó una malta con piña. La malta se metastatizó. Una nube hongo me toxificó. Babs alegraba *mis* maltas. Bourbon añejo y bencedrina desmenuzada llevaban a su clímax el brebaje.

Deslicé hacia atrás nuestros asientos. Nos pusimos cómodos. Babs encogió las piernas, las levantó y pasó las ruedas de los patines por el salpicadero.

—Necesito cien, Freddy. Al margen de cuántos temas abarquemos.

—De acuerdo. Empecemos por el Actors Studio. Esta vez busco algo muy concreto. ¿Hay en la academia una biblioteca de grabaciones de radio y televisión? Quiero identificar a determinada actriz por su voz.

Babs encendió un pitillo.

—Sí, la hay. Los socios se ponen unos cachivaches en las orejas y ven el material de televisión y cine en unos chismes parecidos a monitores.

Eché un sorbo de malta. La carga de profundidad detonó. *Oooooohhh,* socio.

—Segundo tema. Busco a una chica señuelo. Es un asunto de largo alcance, y busco a una chica nueva en la ciudad, del tipo ¿y *tú* quién eres?

Babs exhaló anillos de humo.

—Ya volveremos después sobre eso. Tengo que darle vueltas.

—De acuerdo, pasemos al tema tres. Nick Ray. Sé que trabajaste de extra en *Los amantes de la noche,* así que el asunto debe de sonarte de algo.

Babs lanzó un hurra.

—Eso es el jackpot de las tres cerezas y *dos* capítulos de mi libro *Bichos raros de Hollywood que he conocido*. Para empezar, es un pervertido del tipo seudopapá. Le gustan jóvenes, y le gusta mandar a los jóvenes actores en «misiones motivacionales», que él filma, y supongo que eso lo hacía por divertirse en el momento y con fines de chantaje de cara al futuro. ¿Qué te parece hasta ahora?

—Cuéntame algo que no sepa —dije—. Me interesa ese bodrio que están rodando sobre la delincuencia juvenil.

Babs tiró el pitillo.

—Nick tiene un matón jefe en todas sus películas, en esta es el mierdecilla de Nick Adams. También tiene su «chico preferido» y su «chica preferida» en todas sus películas, y esta vez son tu compinche Jimmy Dean y Natalie Wood. Siempre intenta meter a esos chicos en toda clase de situaciones de terror, y lo justifica y endulza todo a la enésima potencia. En el rodaje hay un actor que se llama Dennis Hopper. Es cliente de aquí, y lo bastante sensato para mantenerse a distancia de Nick. Pues bien, Dennis me contó que Nick tiene a Jimmy encandilado con la idea de interpretar a Caryl Chessman, y Jimmy babea por el papel.

Clic, clic, clic. *Eso* es un jackpot de las tres cerezas. Sí, pero es abrumadora actualidad, es una noticia *nueva*, Chessman capta titulares, *aun así*...

—Freddy, ¿me estás *escuchando*?

—Sigue —dije—. ¿Qué más sabes de Chessman?

—Nada. Excepto que quiere ver a un semental joven y vital como Jimmy Dean hacer el papel de Caryl...

—Alto ahí, Babs. Un momento. ¿De dónde has sacado eso del semental joven y vital? Lo he oído antes.

Babs soltó una risotada burlona.

—De un aspirante a cerebro criminal que se llama Robbie Molette. Es cliente asiduo de aquí, y siempre se refiere a sí mismo como «semental joven y vital». Yo me cepillaba a su padre cuando era una joven con contrato en la Metro. También trabaja de botones, en el hotel Beverly Hills, y...

La interrumpí.

—Babs, ¿qué pasa? ¿A qué viene esa chispa en la mirada?

—No es nada. Solo que estás buscando a una chica señuelo, y Robbie estuvo aquí anoche, y vaya una cuadra que se ha montado, y vaya si hay caras muy nuevas en el álbum de la mercancía que me enseñó.

FRENTE A LA CASA RÚSTICA DE ALQUILER DE NICK ADAMS

West Hollybufo
15/5/55

Operación de vigilancia. *Eine kleine Nachtwerk.* El agónico avance hacia la 1.00 h. y la Señorita Cotilleo Anónimo. Pondría la radio *muuuuuuuuuuy* baja. Oiría monedas deslizarse por la ranura. Nasty Nat intentaría la localización. Yo oiría *Su* voz.

Nick Adams el Anormal. He ahí su chabacano chalet. Estoy aparcado en la acera de enfrente, dos puertas más abajo. Una tenebrosa bruma enturbia la luna. Estoy cautamente camuflado. Las sombras de los árboles disimulan la silueta de mi buga.

Es el mirón jugando al escondite. Veo el chabolo de Nick. Nick no ve una mierda. Hay luz en las ventanas. Grandes haces asoman en dirección a mí. Poseo la visión del Mirón. Nadie más la tiene.

Hay una licenciosa lectura de guion. Nick Ray pontifica. Nick A. y Jimmy Dean declaman el diálogo.

Hice mal de ojo a la casa. Machaqué mentalmente a los tipejos y me mofé de su motivación. Marchaos ya, imbéciles inútiles. Tengo trabajo que hacer ahí dentro.

Había llevado mi maletín de pruebas. Contenía el equipo para huellas dactilares y la cámara toma a toma de Ray Pinker. Apremié a la División de Vehículos Motorizados. Me pasaron fotocopias de tres solicitudes de carnet de conducir. Tenía las huellas dactilares de Jimmy Dean, Nick Ray, Nick Adams. La luz de la cámara de Pinker iluminaba las huellas latentes y agrandaba las crestas, las circunvoluciones y los arcos. Mi idea era la confirmación y/o eliminación. Si habían tocado el botín del robo que Rock había descrito, lo sabría.

Encendí la radio. Sinagogue Sid me serenó. Sonó el saxo bajo de Sid. El fiscorno flotaba con él. La batería batía un calmo contrapunto. De pronto surgió el sonido cacofónico de las monedas.

Adiós, Sid. Nasty Nat te ha apartado para dar paso a la Señorita Cotilleo Anónimo. Puse la radio *muuuuuuuuuy* baja. Atendí al tono por encima del texto. Háblame, encanto. Di algo, di cualquier cosa. *Dame tu voz.*

La Señorita Cotilleo Anónimo redundó en lo mismo y reanudó su diálogo con Nasty Nat. Atendí al tono por encima del texto. Me abandoné a la ensoñación mientras ella hablaba.

Caryl Chessman viajaría a Los Ángeles. Prontísimo. Tenía una apelación en el juzgado del centro. Nick Ray quiere que Jimmy Dean interprete el papel del Bandido de la Luz Roja. Asomó como subtexto y me dejó indiferente. No podía competir con Su Voz. Sus vocales remitían el Medio Oeste urbano. Es una voz de mujer de ciudad que ya lo ha visto todo.

Un portazo. Observé el chalet. Tomemos nota: 1.23 h. Los tipejos salen del chabolo. Montan en el descapotable de alquiler de Nick Adams y se dirigen hacia el norte.

Me puse en marcha. Es tarde, el tiempo apremia, necesitas una hora ahí dentro. *Corrí* a la puerta y me concentré en la cerradura.

Ganzúas y minilinterna. Es un primer plano, trabajo de precisión. Inserté una ganzúa del n.º 4 en el ojo y masajeé el resorte principal. Aparté dos pines. Extraje la del n.º 4 e inserté una del n.º 2. La puerta se movió en el marco. La empujé con el hombro y entré poco a poco.

Me encerré por dentro. Recorrí con la minilinterna el salón y me fijé en los detalles. Pósteres de corridas de toros, bongos, un televisor sintonizado en la carta de ajuste. Una foto de Natalie Wood desnuda clavada a una pared.

Es un claroscuro escabroso. Natalie aparece iluminada desde atrás por unas llamas trémulas y la observan unos rostros agrestes. Son el Afrika Korps, los B-Boys, el Klub de Koches de los Kaballeros de Nick. La cara del *Führer* observa por encima de ellos. Nick Ray lleva unos cuernos de diablo y enrosca una lengua viperina de veinticinco centímetros.

Recorrí el pasillo. Iluminé una habitación con un colchón desnudo y un cuarto de baño en gran desorden. Mi luz irrumpió en la habitación de invitados. El haz voló sobre el botín.

Los modernos aparatos de alta fidelidad. Las considerables consolas. Los atractivos televisores traficables y la cascada de cámaras. Los habían dispuesto en desorden y cubrían descuidadamente el suelo.

Dejé las luces apagadas. Saqué mi equipo. Me encaminé hacia la montaña de mercancía y me puse manos a la obra.

La minilinterna proporcionó un plano cercano. Pasé de un artículo de contrabando a otro. Tomé nota de los números de serie de los fabricantes en mi cuaderno. Era todo un alijo robado. Lo sabía. Podía ser rastreable hasta lotes robados concretos.

A continuación las huellas. Esa es la parte difícil. Espolvoreemos las superficies de contacto y agarre. Embadurnemos con color de contraste. Coloquemos la cámara toma a toma ante las latentes que es posible levantar. Ampliemos las imágenes y busquemos configuraciones de huellas de pulgar. Contemos las crestas, las circunvoluciones y los arcos. Comparémoslos con las fotocopias de la División de Vehículos Motorizados.

Me puse a ello. Arremetí, con ganas. Mantuve las luces apagadas. Analicé con la linterna y extendí polvo morado con el pincel por encima de todas las superficies de contacto y agarre claramente a la vista. Gracias a la grasa de los dedos, asomaron manchas, borrones, risibles huellas parciales y huellas completas. Fui artículo por artículo. Espolvoreé aparatos de alta fidelidad/consolas/cámaras/televisores. Asomaron manchas, borrones y huellas parciales. No cobraron forma huellas enguantadas. Eso era *bueeeeeeno.*

Localicé dos juegos completos de cuatro dedos. Asomaban en una consola de madera de pino. Eso significaba nada/cero/nulo. Necesitaba huellas de pulgares de la mano derecha exclusivamente.

Trabajé hasta el agotamiento. Me abrí paso hasta dos televisores portátiles.

Tenían superficies difíciles de sujetar y carecían de asas. Eran voluminosos y poco manejables. Eran artículos que había que levantar como buenamente se pudiera.

Espolvoreé el Televisor n.º 1. Actué en las superficies duras, las rendijas, los resquicios. Obtuve una huella de pulgar de mano derecha. Alcé la cámara. Acerqué la imagen. La puse en funcionamiento.

La cámara agrandó. La cámara empaló imágenes y las sacó en primer plano, blanco sobre negro. Conté puntos de comparación. Había memorizado los puntos de las fotocopias. Me las había grabado a fuego en la mollera. Me conocía todas las crestas, circunvoluciones y arcos.

Conté Uno, dos, tres, cuatro, cinco, seis, siete, ocho, nueve, diez…

Nick Adams, ese eres tú. Has pringado por un 459 del Código Penal.

Espolvoreé el Televisor n.º 2. Es difícil de sostener y de sacar de su sitio. Tiene una carcasa difícil de sostener.

Lo espolvoreé. Extraje Huella de Pulgar de Mano Derecha del n.º 2.

Enfoqué la huella con la cámara. La agrandé. Conté puntos comunes. Seis puntos me entristecieron y enfermaron. Nueve puntos me anularon. Diez puntos apuntaron a James Dean, concluyentes en un juzgado.

Chicas señuelo. Babs Payton se cepilla al padre de Robbie Molette, allá por el 47. Robbie el Roedor. Ahora regenta un servicio de fulanas. No jodas, Sherlock. Robbie tiene un álbum con la mercancía. Babs revela rostros nuevos. Veo un hilo lógico de locura. Indica la animal amplitud de mi *demenciaaaaaal* y desbordante vida.

Partí hacia el hotel Beverly Hills. Robbie trabajaba en el turno de doce al mediodía a nueve de la noche. Estacioné en el aparcamiento de empleados y me quedé rondando junto a la puerta del cuarto de taquillas. Robbie apareció a las 11.40 h. Su Ford del 49 expulsaba putos gases hasta Beverly Hills y más allá. Convertía Los Ángeles en un pabellón de enfermos de pulmón.

Me acerqué tosiendo al coche. Robbie me abrió la puerta. Me encajoné en el asiento. Robbie hizo acopio de cierta calma.

—Eh, Freddy. ¿Qué te trae por aquí?

Encendí un pitillo. Robbie dijo:

—Eh, cuidado. En mi familia el asma es una enfermedad hereditaria.

—Hablemos de tu familia. Por ejemplo, tu padre, que es operador de maquinaria en la Metro. Aquí veo nepotismo en acción. Babs Payton y tu padre eran una unidad de algún tipo. Y a Babs la impresiona tu nueva cuadra. «Caras nuevas», así mismo lo ha dicho.

Robbie metió la mano bajo el asiento. Sacó un cuaderno acolchado rosa. Embarazosamente estampado se leía el título «La cuadra del joven semental».

Lo hojeé. «Caras nuevas», sí. Nepotismo, sí por partida doble. Eran gachís con contrato en la Metro. Del tipo ingenua inocente. La Conmovedora Promoción de Hollywood del 55.

El papá tejió el tinglado en torno a Robbie. Le legó su patrimonio de proxeneta. Yo conocía el método de la Metro. Los encargados de reparto reunían y tomaban bajo su tutela a cierta clase de chicas. Bryn Mawr, Vassar, Mount Holyoke. Eso era la flor y nata del ñaca ñaca deluxe.

—Tu padre no quiere dispersión. Todo ha de quedar en el hotel, y punto. Te camelas a los huéspedes y partes de ahí. Tu padre unta a los de recepción y consigue las habitaciones. Tú haces un poco de alcahuete, y te embolsas tu tajada.

Robbie sopló y resopló. Se le salió la dentadura postiza. Tiene veintidós años. Lleva dentadura postiza. *Necesita* un papi.

Volví a hojear el álbum de chicas. Una mirada me echó el lazo. Es alta y grácil como una leona. Tiene el cabello castaño. Es un regalo del cielo vestido de tweed jaspeado. Es la viva imagen de Bryn Mawr.

—Esa es Janey Blame —dijo Robbie—. Estudió en Smith. Esta noche tiene un bolo con Jack.

—¿Jack? ¿Te refieres al senador John F. Kennedy?

—Verás, *yo* lo llamo Jack, y soy el que le ha organizado la cita con Janey. Ha quedado con ella esta noche en un acto de recaudación de fondos del Partido Demócrata. Es una escena que yo he patentado: «Velada mágica». ¿Captas? Janey es funcionaria del Partido de fuera de la ciudad, ¿captas? Ve a Jack en el guateque, sus miradas se cruzan en una habitación abarrotada, y ella lo acompaña a su bungalow, y se queda toda la noche. En el guateque habrá figurones del cine, y verán a Janey y consultarán su pedigrí en la Metro. Conseguirá trabajo legítimo a partir de este bolo, ¿captas?

Fumé un pitillo tras otro.

—Capto. Y yo me sumaré al bolo, por cierto. Y si me gusta cómo se comporta Janey, tengo un bolo a largo plazo al que no se podrá resistir.

Robbie se sorbió y sorbió la nariz. Se le empañaron los ojos. Tembló. Le castañeteó la dentadura.

—A mí sí se ha resistido, eso desde luego, maldita sea.

Yo me resistí a responder. Siempre tendrás a tu hermana, chaval. Chrissy es la bomba. Es tuya mientras vivas y respires.

Ernie Roll tomó un sorbo de whisky.

—Tu resumen de *Rebelde sin causa* es el no va más. ¿No te parece, Bill?

Parker tomó un sorbo de whisky. El sanctasanctórum del fiscal presentaba trofeos de pesca en las paredes revestidas de madera. Marlines monstruosos y pulpos petrificados.

Ernie se había arrellanado tras su escritorio. Parker y yo estábamos sentados en mullidas butacas de cuero. El cuero verde náusea hacía juego con las paredes.

—Sí. Dará pie a unas cuantas imputaciones, y pediremos a Freddy que verifique indebidamente el artículo de la revista, lo cual será un doble revés cuando hundamos a *Confidential* en la mierda.

—Consíguenos algún que otro trapo sucio interesante sobre ese James Dean, Freddy. Ahora es una gran estrella de cine.

—Freddy está a partir un piñón con ese chico, Ernie. Debemos suponer que él es la fuente de gran parte de esta información.

Tomé un sorbo de whisky.

—El jefe tiene razón en eso, Ernie. Dicho lo cual debo añadir que registré el chabolo de Nick Adams y levanté sus huellas de unos televisores robados. Harry Fremont tiene los números de serie de la mercancía. Si lo robos se denunciaron, trincará a ese tipejo por un buen puñado de 459.

Una maniobra de desorientación más. Una misiva misericordiosa más para Jimmy el D.

—Freddy Otash —dijo Parker—. No aceptes sucedáneos.

—Expón unos cuantos casos en los que fuiste negligente o penalmente culpable en tus verificaciones de artículos, Freddy. Y recuerda, te doy mi palabra voluntariamente de que cuando esto vaya a juicio, tú quedarás exento de todo, así que no recaerá sobre ti ni un solo cargo penal.

Me hice crujir los nudillos.

—Los dos trabajos sobre Eartha Kitt fueron dudosos. Zurré a Orson Welles. Pagamos a Eartha en los dos casos para hacerla callar, todo dinero negro. Los artículos eran pura mentira.

La mezcla racial era un tema candente, y por eso perdimos la chaveta.

Ernie puso cara de «Vaya, vaya». Parker dijo:

—Freddy me ha informado previamente. Lo mejor está por venir.

Contemplé los cubitos del whisky.

—Christine Jorgensen y yo sableamos al joven Vanderbilt veinte de los grandes. El artículo que publicamos se expurgó durante el proceso de redacción. Yo eché la puerta abajo y tomé fotos. Serán buenas pruebas en un juzgado o salvamanteles en su próxima reunión del Elks Club.

Ernie se dio una palmada en las rodillas.

—Como tus fotos estelares de Marlon Brando con una polla en la boca.

Parker alzó la vista al techo.

—Un hito legendario.

—Tu legendario altercado con Johnnie Ray —dijo Ernie—. Esa es una buena anécdota para el juzgado.

Me encogí.

—Para lo que son los altercados, no fue gran cosa. Tampoco diré que me enorgullezca.

Parker levantó un dedo. Ernie dio por zanjado *ese* tema.

—Aquí estamos trabajando en una calle de doble sentido, Freddy. Eso significa que la banca te concederá amplio crédito.

—Caryl Chessman ha conseguido una apelación ante el tribunal superior —dije—. Pronto estará aquí. Me gustaría visitarlo en la cárcel.

—Menudo soplapollas malévolo —dijo Parker.

Ernie se santiguó.

—Esas pobres chicas. Esa chica en Camarillo.

Parker se santiguó.

—Piensa en la petición de Freddy, Ernie.

Yo me santigüé.

—Prometo que me comportaré, y prometo que cualquier cosa que *Confidential* publique, será una expiación de aquel artículo lacrimógeno que salió en el 52.

Parker me dirigió una mirada maligna con ojos saltones. —He aquí un recordatorio junto con esa petición. La próxima vez que veas a los Kaballeros de Nick, o al Afrika Korps, o como quiera que los llames, cometer delitos graves, tendrás que intervenir con la debida y atenta contundencia.

Empareja la voz. Forma una huella vocal. De KKXZ al álbum de 1946-47. Ella no es Kim Hunter ni Barbara Bel Geddes, actrices destacadas. No es Shirley Tutler/alias Señorita Tercera Víctima. *Probablemente* es una Actriz Desconocida n.º 1 o n.º 2. *Podría* ser la grácil Lois Nettleton. Su foto *podría* no haber salido en esa página.

Babs me consiguió acceso. Llamó previamente y planteó mi petición. Asistió astutamente como oyente a las clases del Actors Studio West y se amorró alguna que otra vez al pilón de la miembro Mercedes McCambridge. Explicó mi peculiar problema. Una espabilada empleada lo entendió enseguida. Agarró su ejemplar del anuario. Encontró las caras. Preparó un aparato televisor/selección de fotogramas/mecanismo para el desplazamiento de cinta.

La Actriz Desconocida n.º 1 era Marjorie McConville. La Actriz Desconocida n.º 2 era Lana Linscott. Shirley era Shirley. Lois era Lois. El aparato lanzaba un zumbido por las rendijas de ventilación laterales.

La empleada me instaló cómodamente en un cubículo y quitó la luz. Desplacé la cinta. La señorita McConville destrozaba *El comandante Barbara*. Irrumpía en un escenario en Belfast o Ballymore. Me endosó a Shaw con un dejo despiadado. Volví a desplazar la cinta.

Lana Linscott actuaba a la ligera. Interpretaba a una Doris descerebrada en una vacilante *Cena a las ocho*. Su voz no era *La Voz*. Era una sulfurante soprano. Cuajaba como comediante.

Supe qué vendría a continuación. Desplacé la cinta y lo encontré. He ahí a Shirley Tutler, pre-Chessman.

Tenía aspecto de Los Ángeles. Tenía una manera de *hablar* de Los Ángeles. Tenía las vocales planas y el vibrato. Aparecía en un ensayo del *Tranvía llamado deseo* en el papel de Stella. Sonreía afectadamente y comprobaba cuál era el efecto. Empezaba otra vez y graduaba al alza su dignidad natural.

Reproduje la noche que nos vimos. Su blusón empapado de sangre *goteaba*. Fui a buscarle una manta. Dijo: «Es usted muy amable». Fui a buscarle un vaso de agua. Colin Forbes y Al Goossen se hicieron cargo a partir de ahí.

Toqué la pantalla. Desplacé la cinta. Lois Nettleton entraba de pleno en Maggie en *La gata sobre el tejado de zinc*.

Era Su Voz. Tenía *La Voz*. Trascendía la geografía y se subsumía en un timbre de belleza sureña. Fulminaba/Machacaba a su maridito blandengue/inmaduro/homoobsesionado y le rogaba que engendrara un hijo en ella. Ponía fin al patetismo y retornaba a la rabia. Su dicción del Sur Profundo se desviaba al norte, hacia Chicago, con matices de marimacho. Me alegré. Era *Su Voz, La Voz*.

Lois, eres tú.

Janey, eres tú.
Para Jack, lo es. Al menos esta noche. Estás *guapiiiiísima*. Tienes unos movimientos magnéticos. Agitas la habitación y asaltas a los hombres que se acercan a ti. Tienes derretidos a docenas de deprimentes demócratas. Podrías bordar el bolo de la chica señuelo. Te llamaré el Revoltoso Apaño de Rock, pues.

Circulé. Era un sarao en un gran salón. Era comprometidamente cursi y propiciamente partidista. Observemos los banderines de crepé. Observemos las burdas siluetas de cartón: burros demócratas pastando.

Me he colado entre doscientas personas. Las mujeres lucen atroces vestidos y enseñan demasiado hombro. Los hombres visten trajes primaverales y transpiran a través de ellos. *Yo* estoy sudando. Soy un bribón beduino libanés, propenso a los sudores.

Jack es inmune al sudor. Janey es inmune. Jack tiene unos cromosomas frescos como manzanas. Janey lleva lino lavanda con los brazos al aire. Yo soy alto, Jack es alto, Janey es alta. Soy un periscopio. Escruto por encima de las cabezas de la caterva en continuo vaivén. Vamos, chicos. Es toda una Velada Mágica. Este soso sarao lleva ya una hora en marcha. Veamos esos ojos. Vaguemos por el salón. A ver cómo entablas contacto.

Un tarado me toca. Mierda, es Robbie Molette. Está repartiendo bolitas de queso fritas y tostadas con atún chamuscado. Me entregó una nota. Lo aparté bruscamente. El roedor se retiró.

Uuuuga-buuuuga. Ahí está. Jack va en dirección a *ella.* Janie va en dirección a él. Es un lento avance y un amplio desvío a través de gente sin estilo. Él se ríe. Ella se ríe. Mueven sus manos en sexi sincronización. Es el destino: ¿Qué vamos a hacerle?

Helos ahí, se han conocido. Se estrechan las manos. Están hablando. Estos son mis bocadillos de diálogo. Ella lo llama «senador Kennedy». El recurre a su respuesta infalible: «Venga, llámame Jack».

Los observé. El Perro Pervertido de la Noche es un mirón desde hace *muuuuuuuucho* tiempo. ¿Qué está pasando aquí? ¿Qué pasa con este revuelto vudú? ¿Qué tenéis los dos?

Es lo siguiente:

Tenéis decoro. Es un eficaz engaño. Proyectáis un estado de agradable gracia a la vez que os encamináis hacia el pecado. Ahora os envuelve un halo. Oculta vuestros curtidos corazones y vuestra constante inclinación a la conquista.

Janey, eres tú.

Naciste para ser señuelo. Estoy fascinado y asombrado.

Abandoné el sarao. Me acerqué a la puerta cochera y leí la nota de Robbie.

«Los Kaballeros de Nick se movilizan. Mañana por la noche, 21 h. en el Marmont».

Me reconstituí en el papel de Freddy en la Entrada de Artistas. Soy un sudoroso admirador ansiando que suene el teléfono. Sé cómo se llama ella, ella sabe cómo me llamo yo. Nasty Nat es nuestro conducto y cupido. La empleada del Actors Studio facilitó la información sobre Lois.

Nacida en Oak Park, Illinois/27. Miss Chicago, 48. El Art Institute de Chicago. Viaja al este, a la Manzana. El Actors Studio. Lois conoce a Shirley Tutler. Se forja calamitosamente su conexión con el caso de Caryl Chessman.

Trabajo en la televisión. Trabajo en el cine. Trabajo en el teatro. Su zenit es *ahora mismo*. Es la sustituta de Barbara Bel Geddes en *La gata sobre el tejado de zinc*. He aquí un perceptible paréntesis:

La obra recibe *ahora mismo* continuos bravos en Broadway. Si Barbara falta por un mal microbio o languidece por una laringitis, Lois interpreta a Maggie la Gata.

Pero está en Los Ángeles. Sabía que su crítica cruel a *Confidential* de algún modo me emplazaría. Sabe cosas de mí. Quiero algo de mí. Mi intento de localización del teléfono público dará resultado tarde o temprano en algún punto. Sí, pero *ahora mismo, aquí estoy*.

Me senté en mi sofá. Soy Freddy en la Entrada de Artistas. Soy un cabrito, un *cornuto*, un idiota infantil, un zoquete. Hice mal de ojo al teléfono. Lancé mentalmente un comunicado a todas las unidades con respecto a Lois June Nettleton/mujer blanca estadounidense/fecha de nacimiento 16-8-27; Oak Park, Ill...

Sonó el teléfono. Descolgué y me arriesgué al ridículo. Dije:

—Hola, Lois.

—Hola, Freddy —dijo ella—. Ya imaginaba que no tardarías en encontrarme. Así que me he adelantado un poco.

—Me alegro. Y no voy a preguntarte qué quieres, porque sé que enseguida me lo dirás.

—Así es —dijo Lois—, pero lo que yo quiero va cambiando, y no sé muy bien qué es.

—Hoy he visto unas imágenes tuyas —dije—. Eran en blanco y negro. No habría sabido decir de qué color tienes el pelo.

—Rubio rojizo. Y yo te vi a *ti* en el programa de Paul Coates, e intentaste decir la verdad, pero flaqueaste.

—Veámonos —dije—. Ahora mismo. Tampoco es muy tarde.

—Esta noche no —dijo Lois—. Pero no dejaremos pasar mucho tiempo.

—Tienes muy marcado ese aire hombruno —dije—. Como Julie Harris, pero más natural y más acusado.

—Me gustan los hombres que se fijan en esa clase de detalles, y hacen comparaciones precisas como la que tú acabas de hacer.

—¿Cuánto tiempo llevas con eso de las llamadas anónimas?

—Desde la guerra, cuando estudiaba en el instituto. El teléfono ha sido siempre mi especialidad.

—Ojalá pudiéramos hablar en persona.

—Lo haremos, a su debido tiempo.

—¿Hablamos de Chessman?

—Todavía no.

—Tienes razón. Eso es más propio de una conversación cara a cara.

—Shirley habla de ti, cuando es capaz de hablar —dijo Lois—. Nunca ha olvidado aquellos momentos que pasasteis juntos.

FRENTE AL CHATEAU MARMONT

West Hollybufo
16/5/55

Operación de vigilancia en movimiento.

Son las 20.55 h. Estoy aparcado en perpendicular, cerca de la hilera de bungalows. He pedido a Donkey Don su Chevrolet del 53. Parece inofensivo en comparación con mi macarramóvil Packard. Estoy en un parterre llano, con el morro orientado hacia fuera. Estoy listo para ponerme en movimiento.

Sigo amarrado a la entrada de artistas y giro en torno a la hora oficial de Lois. Hablamos hasta las 2.00 h. de la noche. Tanteamos temas y descartamos las disquisiciones ilógicas. Nos desternillamos, coqueteamos, avanzamos y circunnavegamos un camino más allá de Shirley Tutler y Caryl Chessman. Lois se negó a divulgar su escondrijo en Los Ángeles. Yo había llamado a Nasty Nat y Ray Pinker dos horas antes. Habían intentado localizar tres llamadas de Lois. Llegaron pegajosamente cerca. Ray rastreó subestaciones transformadoras y dedujo una ubicación aproximada. La situó en el centro de Wilshire Este.

Es una cabina. He aquí su mejor estimación, delimitada. Es en Western al oeste/Vermont al este/Beverly al norte/Olympic al sur.

Caí en la cuenta. Lo *vi.* Mi mente se revolvió y me encauzó derecho hacia Chapman Park.

Allí está el hotel Ambassador. Ídem de ídem, el hotel Chapman Park y los apartamentos Gaylord. Allí está el Brown Derby. Allí está el Dale's Secret Harbor. Es un local animado. Lois aterrizaría allí, lo *sabía*.

El teléfono me trastocó el día. Robbie el Roedor me llamó y me sacó de quicio. Dijo, Jack se quedó prendado de Janey. Yo dije, No jodas, genio. ¿Cómo no iba a quedarse prendado? Robbie me tanteó: ¿Vas a darle el bolo de señuelo? Dije, Sí, dile que se reúna conmigo mañana por la noche/ Frascati/a las diez. Es una pequeña fiesta de cuatro. Allí conocerá a los actores. Robbie colgó. Llamó Harry Fremont. ¡¡¡Caramba!!! La División de Robos y Atracos de la Oficina del Sheriff lo había llamado a él.

Asunto resuelto. El botín de Nick Adams coincidía con los inventarios de seis 459. Seis robos con fractura, todos en un radio de menos de dos kilómetros desde la casa de alquiler del Nabab Nick. Eso está *bieeeeeeeen*. Si Nick conserva el alijo, la ha cagado. He aquí el lado *maaaaalo*. El laboratorio del sheriff espolvoreó debidamente los lugares donde se habían realizado los robos con fractura. No obtuvieron ninguna huella latente viable.

Llamé a Bill Parker y anuncié la noticia. Dijo, Déjalo por ahora. Llamé a Bondage Bob y se lo conté. Dijo, Este asunto de *Rebelde sin causa* es una cuestión controvertida.

Soy un soplón. Soy un chivato. Soy un informante infernal. Atiendo ambos extremos desde un maligno punto medio. Y el ancho mundo lo *sabe*.

Miré en mi buzón, a media tarde. Encontré un papel. Fijémonos en esta vívida tarjeta de San Valentín:

> Freddy:
> Deja de espiarme, ¿vale? Resulta molesto. He pasado página. Ahora soy una estrella de cine. No soy el chico conflictivo que rondaba contigo y tu absurda pandilla de matones. Lo que se acabó se acabó. No insistas. Es indigno. *Confidential* es una revistucha, y tú eres un mangante por trabajar para ella. Lo que se

acabó se acabó. Estás demodé, chaval. No eres un nombre que yo quiera incluir en mi currículum.

Saludos,

Jimmy

Jimmy, mierdecilla, pedazo de soplapollas. Ya lo sabía yo. Espié la hilera de bungalows. Consulté mi reloj. Las 21.00 h. quedaron atrás. La hilera de bungalows seguía muerta. La acción se aceleró a las 21.14 h.

He ahí la fétida falange. El *Farshtinkener Führer* Nick Ray los precede estridentemente. Sus *Untermenschen* se despliegan detrás de él. Jimmy Dean, Nick Adams, Chester Alan Voldrich. Los dos *Kameraden* de las cazadoras negras del *soirée* de la fraternidad.

Die Fahne hoch. Die Reihen fest geschlossen... Esta noche son *todos* del Afrika Korps. Los monos, las gorras de grandes viseras, los adornos a lo Rommel. Nick R. lleva su cámara cinematográfica. Estamos otra vez en El Alamein, año 42. Rommel tiene una firme resolución. Está iniciando su incursión contra las valientes tropas británicas.

Es una marcha rápida vibrante. El Korps de Kríos sigue a su pútrido padre; imitan tontamente el paso de ganso y suben a la camioneta Chevrolet. Voldrich se planta al volante y arranca a toda prisa.

Tuercen a la izquierda por Sunset. Torcí a la izquierda y me rezagué. Busqué cobertura detrás de un gran autobús que avanzaba hacia el este. Me quedé pegado a su parachoques sin perder de vista el parachoques de ellos.

Entramos en Hollywood. El autobús enfiló en dirección este. La camioneta tomó hacia el sur por Wilton Place. La furgoneta de un puesto ambulante de tacos se coló entre nosotros. Estaba abollada y acanalada. Surgió, a lo submarino. En los impertinentes paneles laterales se leía LOS INTRUSOS.

La camioneta corría delante. Me situé detrás del submarino. Nos dirigimos hacia el sur y hacia abajo. Wilton trazaba un arco hasta Arlington. Pasamos ante el instituto Mount

Vernon/apodado Mount *Vermut*. La camioneta se desvió al este en el cruce con Jefferson. El tacomóvil siguió hacia el sur.

Perdí la cobertura ofrecida por ese vehículo. Permanecí a tres coches de distancia y contemplé el barrio negro de noche. Me asaltó algo que había dicho Robbie Molette el Roedor. *Intensificación. 211 en licorerías.* Estamos en Jefferson con Normandie. Es la tierra de las licorerías iluminadas a lo grande... *aquí* mismo, *ahora* mismo.

La telepatía transmitió: de mí hacia ellos. No me leáis el pensamiento, *Menschen;* no traspaséis esta línea.

La camioneta ocupó el carril derecho y avanzó despacio pegada a la acera. Vi el escaparate iluminado de la licorería, chirriantemente cerca. Con un amplio giro, me encaminé hacia la acera del lado norte. La camioneta paró delante de la tienda.

Achtung!!!! Raus!!!! Mach schnell!!!!

Los seis psicópatas se apearon. Nick el Nazi lleva la cámara. Nick el Nabab lleva una escopeta de corredera. Jimmy Dean llevaba una botella de T-Bird rematada con una mecha de algodón. Es a todas luces un cóctel molotov.

Me quedé inmóvil, observé, *espié.* Soy un mirón ante todo y eternamente. Bill Parker me dijo que interviniera y frustrara todo acto delictivo. No lo hice. Desobedecí. Busqué socorro en el salvajismo. Fui un frío cómplice. Soy todo vil voluntad, y...

Entraron en la tienda. El dependiente los vio e hizo *gluuuuup.* Nick Ray filmó. Chester Voldrich alargó el brazo por encima del mostrador y accionó el resorte de la caja. El dependiente gritó. Movió los labios. Imaginé un lastimero *por favor.* Los dos *Kameraden* anónimos saltaron por encima del mostrador y le taparon la boca con cinta.

Voldrich agarró una botella de un estante. La descorchó y se la entregó a sus asquerosos acompañantes. Cierto reflejo me recorría. Echaba mano una y otra vez a un arma que no portaba.

Nick Ray filmó. El Nazi Anónimo n.º 2 sacó una mini-cámara Minox y tomó instantáneas. Jimmy abrió el encendedor con un golpe de muñeca y prendió el molotov. Nick el Nabab accionó su escopeta y la descargó contra los estantes de alpiste.

El cristal se hizo añicos y las esquirlas cortaron el aire. Vino barato y matarratas de centeno y whisky de tres al cuarto volaron por todas partes. Jimmy lanzó el molotov. Alcanzó el estante de los fiambres y estalló. Los efluvios se elevaron y se propagaron por el techo. Los cables eléctricos se prendieron y despidieron chispas azules y blancas.

El humo ahogó mi visión de mirón. El dependiente salió corriendo y abandonó corriendo mi encuadre. Los Kaballeros de Nick salieron, en tropel. Se plantaron virilmente, en fila de a seis. Gritaron a lo rebelde. Desenfundaron sus chismes y mearon en la calle.

MI SOBERBIO CHABOLO DE SOLTERO

West Hollybufo
17/5/55

Confesé. Me arrastré hasta mi chabolo, cruciforme. Me emborraché endemoniadamente y desequé mi querida alma. ¿*Qué* alma? Podrían haber despachado al dependiente y dado el pasaporte a algún peatón. Tuve que espiar y grabarme las imágenes. Soy el Perro Pervertido de la Noche, más allá de todo razonamiento rancio o jesuítica justificación.

Confesé ante Dios y el jefe William H. Parker. Le escribí un comunicado autodifamatorio y se lo envié vía mensajero, a toda prisa. Leí mi Biblia y fui derecho al *Apocalipsis*:

«Quien tenga oídos para oír que oiga... Todos los que empuñen espada, a espada perecerán».

Eso son los Kaballeros de Nick, eso soy yo. Eso es la conflagración que Dios ha arrojado sobre *Confidential*.

Me quedé sentado junto al teléfono. Pedí mentalmente que Lois me llamara. No llamó. Dejé el teléfono en mi regazo. Sonó. Descolgué. No era Lois. Era Robbie Molette el Reptil.

Parloteó. Escuché, apático. Estaba hecho caldo y medio encogorzado.

—... y, Freddy, he pensado que debía decírtelo. Nick Ray va ahora mismo de camino al Googie's. Lo siguen algunos de sus chicos, y van todos despotricando contra ti con ganas.

Colgué. Pedí mentalmente a Lois que llamara. Hice vudú

a las ondas e intenté inducir al teléfono a que sonara. Sonó. No era Lois. Era el jefe William H. Parker.

—Estás absuelto, Freddy —dijo—. Tenemos pillados a esos tarados por incendio provocado, agresión 1, 211, y seis cargos relacionados con las armas de fuego. Están hundidos si Ernie Roll y yo decidimos hundirlos, y tú me has demostrado que no me venderás a *Confidential*. ¿Entiendes? No eres un cobarde ni un traidor. Eres un mierda que por primera vez en la vida ha actuado con inteligencia.

Parloteé. Parker dijo:

—Cállate, y disfruta de tu absolución y del hecho un tanto asombroso de que empiezas a caerme bien. Y, ahora que te tengo a mi disposición, he aquí una sugerencia. Quizá convenga que hagas saber a Nick Ray y su banda que deberían comportarse.

Absolución. La osada sanción de Parker. Dexedrina y café muy cargado. Abandoné apresuradamente mi aturdimiento y dejé atrás a tientas la depre.

El Googie's estaba de bote en bote. Me valí de mi visión de túnel y me planté en la puerta de atrás. Los vi, me vieron.

Ellos:

Aquella peli de las hormigas gigantes, el año pasado. Unas hormigas gigantes atacan Los Ángeles. Arman revuelo y devoran a mujeres de buen ver. Me reí y me mondé al verla. Freddy O. es una hormiga gigante.

Ellos:

Nick Ray, Jimmy Dean, Chester Voldrich. Natalie Wood y Sal Mineo. Se han acomodado en un amplio reservado. Liban martinis masivos. Natalie y Sal son menores de edad. Es una redada de Control del Consumo de Bebidas Alcohólicas.

Ajusté las antenas y avancé a modo de hormiga. No tonteéis con Freddy O., la Hormiga Gigante. La pandilla no me hizo ni caso. Cogí la aceituna de la copa de Nick y me la zampé. Puse cara de «Ñam ñam».

—Piérdete —dijo Jimmy—. ¿Es que no sabes leer? Mis días como compinche tuyo se han terminado.

Nick hizo ademán de levantarse. Eché mano a su corbata y tiré. Lo empotré con la cara por delante contra su antipasto. Hizo gluglú y se agitó. Le retorcí la corbata y lo mantuve ahí. Hizo aspavientos.

Natalie soltó una risita. Sal miró admirado, amaneradamente. Jimmy se las dio de impasible. La Hormiga Gigante lo *aburría*. Un tremendo tembleque lo delató.

Solté la corbata de Nick. Hizo gluglú y se sonó la nariz ensangrentada en la servilleta. Chester Voldrich sacó una navaja trapera y blandió la hoja en dirección a mí.

Estaba cerca. Le manipulé la muñeca y lo presioné para que soltara el pincho. Voldrich gritó. Le inmovilicé la mano en la mesa y se la traspasé. Hubo fractura de huesos, saltó sangre, la hoja horadó la madera y atravesó el tablero de la mesa. Apoyé en la navaja todo mi peso. Voldrich chilló. Lo sujeté y sometí. Creé un sello cruciforme.

Voldrich chilló. Dije:

—Natalie, échale tu bebida en la mano.

—¿Cuál es mi motivación? —dijo Natalie.

—Eres una delincuente juvenil —dije.

—Vale —dijo Natalie. Le echó su bebida en la mano.

Chester chilló. La garra agarrada se le frio como por efecto del freón y se le chamuscó. Chilló de nuevo. Sacudió la mesa y chocó de espaldas contra la mampara del reservado.

—Soy un delincuente juvenil —dijo Sal. Vació su bebida. Rechamuscó la mano de Chester.

Chester chilló. Le metí una servilleta en la boca y lo amordacé. Jimmy seguía haciéndose el impertérrito. Ahora Nick adopta *su* pose.

Soy Freddy O., la Hormiga Gigante. No tonteéis conmigo.

De la misión de mutilación a la mortificación. De Hormiga Gigante a espía paria.

Entré en el Frascati. El maître gimió. Me acompañó a mi mesa. Los comensales cretinos de las mesas contiguas gimieron e hicieron ademán de marcharse. Los camareros reaccionaron. Pusieron platos y cubiertos y rescataron a los muy necios. Es el Éxodo: ¡¡¡Dejad ir a mi pueblo!!!

He ahí a Rock y a las chicas. *Hoooola,* Janey Blaine.

Esa mujer es pura audacia. Está *magnífica* con su vestido camisero de madrás.

Tendió la mano. Me incliné y la acepté. Rock guiñó un ojo. Phyllis alzó la vista al techo y reflejó resentimiento. Venga, esto solo es un chanchullo del mundo del espectáculo y una boda postiza más. Estamos en Hollywood. ¡¡¡Es el Trepidante Triángulo de Rock!!! Preparémonos para unas risas.

Me senté. Rock pidió más martinis con una seña. Yo olí la ginebra derramada en mis gemelos. Gemí.

Janey hizo el saque inicial. Fue al grano, derecha.

—Perdona que me precipite, pero ¿yo qué *hago* exactamente?

Encendí un pitillo.

—*Actúas.* Eres una chica salida de Smith suelta en Los Ángeles. Conoces a Rock en una cena. Es la típica situación de Velada Mágica que, como bien sé, ya conoces. Phyllis está con Rock. Es su prometida, y a ella no le gusta lo que ve entre vosotros dos. Escribiré el guion del diálogo que mantendréis tú y Phyllis durante la cena. Hablaréis de política y otras cosas, pero todo es una pantalla de humo para ocultar el efervescente sentimiento que está surgiendo entre Rock y tú. Así es como empieza. Veremos qué tal va el arranque, y procederemos a partir de ahí.

—Es degradante —dijo Phyllis—. A partir de ahí solo puede ir cuesta abajo, al menos para mí.

—Nada de grandes magreos, Janey —dijo Rock—. Yo no voy en esa dirección.

Janey se desternilló.

—No, *todavía* no, pero estamos trabajando en ello —dijo Phyllis.

Se materializaron los martinis. Nos tomamos un breve respiro y bebimos. Examiné a Janey, de soslayo. Llegué a claras conclusiones.

Es imperiosa. Es quisquillosa e irritable. Ha encendido la sangre a Phyllis desde el primer momento. Definamos la Intrincada Tríada. Rock es el panoli pasivo, pero ahora es estrictamente *hetero*. Phyllis aporta el cerebro y la rectitud regia. Janey es lo que es: un *señuelo*. Es la tórrida tentadora que desvía a Rock en su perezoso paseo a lo largo del pasillo camino del altar.

Janey tomó un sorbo de martini.

—¿Cuánto estás dispuesto a pagarme, y cuánto durará el bolo?

—Diez mil —dije—. Prepárate para una serie de encuentros escenografiados, que tendrán lugar a lo largo de una serie de meses. Habrá una serie de entrevistas con la prensa del corazón. Lew Wasserman ha prometido un papel de segunda fila con diálogo en la próxima película de Rock. Interpretarás a la joven y maliciosa hermana menor de la protagonista femenina.

Janey encendió un pitillo.

—La eclipsaré también a ella. ¿A que sí, Rock? ¿O tengo que empezar a llamarte «cariño»?

—Esta Janey es la monda —dijo Rock—. ¿O no, Freddy?

—Por supuesto que lo es —dije yo.

Phyllis frunció el ceño y nos fulminó con la mirada. *No había en el infierno furia como...*

—Pero recuerda quién se queda con él al final, querida. Solo una de nosotras tiene la capacidad para facilitar su conversión, y esa soy yo. Así que, en *ese* sentido, esta sórdida farsa nuestra *sí* refleja la realidad.

—Sigue refiriéndote a mí en tercera persona —dijo Rock—. Eso me pone.

Janey aplastó el pitillo.

—Veo que se te da muy bien perder hombres, Phyllis.

—Digamos sencillamente que tengo más práctica que tú en general, querida. Por ejemplo, Freddy y yo nos pegamos el lote en una cafetería abarrotada, no hace mucho… y me habría acostado con él si me lo hubiera pedido.

—Freddy, eres un perro —dijo Janey.

—Guau, guau —dije yo.

Rock reclamó mi atención con una seña. Aparté el bolso de Janey y acerqué mi silla. Rock arrimó la suya.

—Estoy saliendo de la bruma en la que estaba cuando me sacaste del calabozo. He empezado a recordar algunos detalles de lo que ocurrió en casa de Nick Adams.

—¿Por ejemplo?

—Por ejemplo, lámparas de arco. ¿Y recuerdas que te dije que había allí un tipo con Nick?

—Sí.

—Pues ahora recuerdo que me tocó… no sé si me entiendes. Y farfullaba algo en relación con Jimmy Dean en el papel de Caryl Chessman.

En eso se percibían vibraciones de Rock sin conocimiento/mancha en su reputación/chantajeado y alguno de los pervertidos Kaballeros de Nick. Alguna payasada propia de película porno. *Eso* equivale a Extorsión 1. A Bill Parker le encantaría. *Rebelde sin causa.* El perfil peyorativo se amplía. Además: Caryl Chessman, *otra vez.*

Un camarero me entregó un papel con un mensaje. Lo desplegué.

Freddy:

Hemos localizado las llamadas. Telefonea desde una cabina en la esquina de Wilshire con Mariposa. Está detrás del Dale's Secret Harbor.

Saludos,

Nasty Nat

Me puse en pie. Agarré las flores del centro de mesa y envolví los tallos con mi servilleta.

—Freddy se marcha —dijo Rock—. Me juego algo a que tiene una cita interesante.

Las chicas no nos hicieron el menor caso. Charlaron y acumularon odio.

Lois Nettleton a los veintisiete. Hela aquí, la primera vez que la vi.

Dejé el coche en el aparcamiento de detrás del Dale's Secret Harbor. La cabina estaba junto a la puerta trasera. Ella hablaba por teléfono. La bombilla de la cabina iluminaba desde el techo y la envolvía en resplandor. Su figura retroiluminada se revelaba nítidamente en la noche.

Es esbelta. Grácil, sí, así la imaginé a partir de su foto y de los fotogramas. Tira a alta pero no en exceso. Tiene el cabello rojo tirando a rubio. No lleva adornos. Es más bien flaca. Esa es la gestalt atemporal de la mujer hombruna. Tiene los ojos de un azul deslavazado. Connotan excentricidad cultural y locura. Confirman nuestro contacto telefónico. Se esfuerza por conseguir un efecto, raya en lo artificioso.

Me acerqué a la cabina. Lois me vio. Entreabrió la puerta y sonrió. Vio las flores y se extasió teatralmente. Dijo:

—Nat, tengo que dejarte.

Y colgó.

Le entregué las flores. Dijo:

—Freddy, no deberías…

Sus ojos de color azul pálido reclamaron mi atención. Los tenía demasiado juntos. Empañaban su belleza y estaban al servicio de su alma.

Había alquilado una coqueta casita en el hotel Chapman Park. Era de estuco blanco con terraza embaldosada. Un sendero marrón y verde bajaba tortuosamente hacia Wilshire. Los haces de ocasionales faros de los coches recorrían los rascacielos y los escaparates de elegantes tiendas.

Nos sentamos en un balancín cubierto por un sarape. El servicio de habitaciones envió ensalada de langosta y vino blanco. Lois llevaba un vestido de tubo y una rebeca fina. Apoyamos los pies en una otomana larga. Lois tenía las rodillas nudosas. Me fijé en eso.

—¿Y si la señorita Bel Geddes coge una pulmonía? —dije—. Tú estarás aquí conmigo, cavilando sobre quien tú ya sabes, y echarás a perder tu gran oportunidad.

Lois hizo girar su cenicero.

—Barbara no se pondría enferma por nada del mundo. Esa es una de las razones por las que programé el viaje cuando lo programé. Y no tengas ningún reparo en pronunciar el nombre de ese hombre. Es Caryl Whittier Chessman.

Hice girar mi cenicero.

—¿Cuál es la otra razón?

—Pronto comparecerá ante el juez. Pensé que podría esperar frente al palacio de justicia y hacerle mal de ojo a ese hijo de puta.

Me estiré y acerqué los pies a Lois. Ella se arrimó y chocó sus pies con los míos. Calzaba unos zapatos Oxford de rejilla poco favorecedores. Me fijé en eso.

—Se está produciendo una rara confluencia, con ese tarado de Chessman en el centro. Primero, tú apareces y empiezas a burlarte de la revista, y de un servidor. Segundo, yo me enredo con ciertos compinches de la poli *y* la revista, a la vez que ellos se interesan en cierta película que mi examigo íntimo James Dean está rodando ahora mismo. Se me ha informado de que Nick Ray ha estado animando a Jimmy a interpretar el papel de Chessman en una especie de peli biográfica que se ha empeñado en hacer.

Lois encendió un pitillo.

—Jimmy es un mierda. Lo conocí en Nueva York, y no me cayó bien. Si interpreta a Chessman y lo presenta como algo distinto del malévolo cabrón que es, le lanzaré el maleficio «morirás joven» de la tía Lois, y la diñará en alguna reyerta bochornosa en un bar de sado.

Me reí ruidosa y lujuriosamente. Lois se rio ruidosa y lujuriosamente, y entrelazamos los dedos.

—Puede que yo tenga la oportunidad de entrevistar a Chessman cuando venga a Los Ángeles. Mis compinches el fiscal y el jefe de policía han dado el visto bueno, provisionalmente. ¿Te gustaría estar presente?

Lois se santiguó.

—A Dios pongo por testigo.

Me santigüé.

—Entonces allí estarás.

La música se meció y flotó sobre Wilshire. El hotel Ambassador y el Coconut Grove estaban cerca. Oí «How High the Moon» y alcé la vista. Destellos de luna hacían estremecerse las estrellas, a lo ancho del cielo.

—Freddy, el místico. ¿En qué piensas?

—Estoy preguntándome cómo resumirías todo este asunto tuyo en relación con Chessman.

—Lo llamaría el episodio central de mi vida, pese a que no estuve presente en el momento del ultraje.

Miré a Lois.

—Te creo. También estoy preguntándome si me permitirás despedirme de ti con un beso.

—Aún no lo he decidido —dijo Lois.

MI SOBERBIO CHABOLO DE SOLTERO

West Hollybufo
18/5/55

El timbre del teléfono tronó y traspasó mi sueño. Yo era la Hormiga Gigante, una vez más. Agarré el auricular y miré el reloj de la mesilla. Indicaba las 8.12 h.

–Aquí Otash –dije.

–Soy Jack, Freddy –dijo un hombre–. No hagas preguntas, simplemente ven aquí, de inmediato.

En efecto era Jack. Se lo notaba presa del pánico y chirriantemente chillón. Dije:

–Enseguida voy.

Fui, *rápidamente.* Llegué al hotel Beverly Hills en un santiamén. Atravesé a toda prisa el vestíbulo y salí hacia el bungalow de Jack. Llamé a la puerta. Jack abrió.

Y estaba aturdido. En sus gayumbos de tartán hechos jirones. Observemos su actitud de alelamiento. Fijémonos en sus pupilas dilatadas. Anda perdido en algún peregrinaje a base de píldoras. Es Mongo Loide, residente hasta fecha reciente en el loquero. Se ha aniquilado neuronas a miles de millones. Sostiene un paño húmedo.

–¿Qué haces, Jack?

–Estoy limpiando las huellas dactilares de las paredes. Así pensarán que ella no ha estado aquí. He desparramado copos de maíz por todo el suelo del dormitorio, y de esa manera si ellos entran por detrás, los oiré.

Entré y cerré la puerta. Eché el doble pasador. Una radio de mesa resonaba. La apagué.

—¿Quién es «ella» y quiénes son «ellos», Jack? Explícate despacio.

—He quitado las sábanas de la cama y las he mandado a la lavandería —dijo Jack—. He retirado dos pelos suyos de mi cepillo y he tirado al váter las colillas de los cigarrillos que ella fumó. Nadie la ha visto entrar ni salir. Se ha escondido en el dormitorio cuando ha venido el servicio de habitación. Para estas cosas soy un profesional, así que...

Lo abofeteé, con fuerza. Una vez, dos, tres. Provoqué verdugones rojos y puntos sanguinolentos. Lo agarré por su cuello flaco y lo inmovilicé contra la pared.

—Dime de qué va esto. Dime quién es «ella» y quiénes son «ellos».

Jack tembló y las lágrimas resbalaron por su rostro. Se las enjugué con un pañuelo y apoyé la mano sobre su corazón. Le latía a más de doscientos. Los gayumbos se le caían, empapados en sudor.

—Esa fulana. Janey algo. Pasó aquí la noche hace dos días. Han encontrado su cadáver esta mañana. Ha salido en las noticias de primera hora. Abandonaron el cuerpo, a un paso de Mulholland con Beverly Glen.

Puta mierda maligna. Jack el K., camino del martirio. El claro cómplice de Robbie Molette, el chulo que envió a Janey a Jack. *Adieu*, Janey. Se acabó para ti el bolo de chica señuelo.

Saqué píldoras de mis bolsillos. Jack las engulló. Perdería el sentido, sosegado. Al despertar, estaría del todo grogui.

—Limpia los copos de maíz y deja ya de pasar el paño por las paredes. Llama a Jerry Geisler y dile la verdad. Dile a Jerry que llame a Ernie Roll, y yo llamaré a Bill Parker. Correremos un velo sobre este asunto y nos aseguraremos de que no te perjudique.

—Eres un amigo, Freddy —dijo Jack—. Sabía que no me fallarías.

No hay nada gratis, niño rico. El servicio cuesta cincuenta de los grandes de saque. El pago al Departamento de Policía empieza a subir a partir de ahí. Parker tiene la mirada puesta en el FBI. Es un hecho sabido. El homo Edgar Hoover te odia. Eso podría ser *bueeeeeeeeeno*.

Jack fue al dormitorio haciendo eses. Los copos de maíz crujieron bajo sus pies. Se desplomó en la cama y se deslizó entre las sábanas. Sonaron unos ronquidos ahogados.

Cincuenta de los grandes. Lois y yo. Un mes de desmadre en Montego Bay, Jamaica. El beso de anoche multiplicado por *muchos* millones de veces. Echaré algún bacilo malo en el café a Barb Bel Geddes. Lois revisará y retomará su papel y Broadway se rendirá a sus pies. Volaremos a Jamaica después de la última función de *La gata*. Y entretanto tenemos Manhattan.

Fui a la puerta cochera. Había dejado comatoso a Jack. Llamaría a Parker y a Ernie Roll y pondría el asunto en marcha en el acto. El aparcacoches me vio. Vi mi macarramóvil Packard. Cuatro hombres corpulentos esperaban al lado.

La Brigada de los Sombreros, siempre a su disposición.

Me acerqué, *despaaaaaaacio*. La Hormiga Gigante, anuente.

—Hola, Freddy —dijo Max Herman.

—¿Cómo está el senador Jack, Freddy? —dijo Red Stromwall.

—Es una lástima lo de la señorita Blaine, Freddy —dijo Harry Crowder.

—Encontramos tus huellas en el bolso de la señorita Blaine, Freddy —dijo Eddie Benson—. Al jefe le gustaría hablar del tema contigo.

Edificio municipal. El infierno de la Unidad de Investigación. Sala de tormento n.º 3. Los Sombreros me retuvieron como rehén en la silla caliente. Ya habíamos pasado por eso.

La mesa atornillada al suelo. La silla atornillada al suelo. El cenicero. El grueso listín telefónico. Es *el* confesionario donde confesarás.

Los Sombreros se sentaron a horcajadas en las sillas. Yo me retrepé en la mía. Max hizo circular el paquete de tabaco. Red reveló su petaca. Hicimos rondas. Le dimos dos tientos cada uno.

Red puso cara de «aaahhh».

—El desayuno de los campeones.

—Explica esas huellas tuyas en el bolso de la señorita Blaine —dijo Max.

—Tomé unas copas con ella anoche, pero me marché temprano. Aparté su bolso.

—¿Dónde, cuándo y quién más estaba allí? —dijo Harry.

—En el Frascati, en Beverly Hills —dije—. Nos montamos un guateque a las diez. Los otros invitados eran Rock Hudson y su prometida, Phyllis Gates.

—Rock es un maricón —dijo Eddie—. No me lo digas: estabas guisando alguna estratagema para la revista.

—Exacto. Llevé a esa chica, Blaine, como señuelo.

—¿Por qué tuviste que irte temprano? —dijo Max.

—Tenía una cita.

—¿Dónde, cuándo y con quién? —dijo Harry.

—A eso de las once y media. Hotel Chapman Park. Una mujer que se llama Lois Nettleton.

—¿Cuánto tiempo pasaste con la señorita Nettleton?

—Hasta la dos.

Harry suspiró.

—Si la coartada es buena, quedas libre de sospecha.

Max suspiró.

—Deberíamos poner a Freddy al corriente.

Red suspiró.

—Freddy merece estar al corriente.

Harry encendió un pitillo.

—Te hemos seguido desde el momento en que el jefe te contrató para su asunto de *Confidential.*

Eddie hizo girar la petaca.

—Por ejemplo, vi tu arrebato en el Googie's anoche. Voldrich perdió un litro de sangre y entró en estado de shock. Yo atrasé un poco la llamada al Queen of Angels. Voldrich es un conocido saco de mierda, así que dije al encargado de la centralita que se entretuviera.

Me desternillé.

—Dame los detalles sobre Janey.

Red consultó su cuaderno.

—Es violación y estrangulamiento a mano. La hora de la muerte es la una. Abandonaron el cuerpo en Lindell Street, al pie del terraplén de Mulholland, a un paso de Beverly Glen. Parece que la mataron entre los arbustos y la tiraron desde allí. Un hombre que paseaba a su perro la encontró a las cuatro y cuarto. Entró en el *Herald* matutino por los pelos. El doctor Curphey está haciendo la autopsia ahora.

Lo analicé punto por punto. Podría haberse quedado hasta tarde con Rock y Phyllis. Fue al Frascati en un taxi o en su propio coche. Conocía al fulano. Prestó un servicio al fulano. La cosa se torció *muuuucho.*

—¿Vehículo en el lugar del hecho? ¿Ella *tenía* coche? ¿Huellas de ruedas en la tierra arriba en Mulholland o abajo donde se encontró el cadáver?

Harry consultó su cuaderno.

—Ningún vehículo en el lugar del hecho, que sepamos. Interrogaremos a los vecinos de la zona dentro de una hora poco más o menos. Ella tenía un Buick Super del cincuenta, que está aparcado en el camino de acceso de la casita que tenía alquilada en Culver City. Ya hemos comprobado los registros de los taxis. No hubo ninguna llegada ni recogida en el Frascati desde las ocho de la tarde.

Me detuve a pensar. Harry dijo:

—Se te siguió la noche de la recaudación de fondos. Por si no lo sabías, los espacios comunes del hotel están plagados de dispositivos de vigilancia, así que pude observaros a ti, el senador Kennedy y la señorita Blaine, lo que, en retrospectiva, suena a cita escenificada o algo por el estilo. Por cierto, el Departamento de Policía de Beverly Hills tiene fichada a la señorita Blaine. Ofrecía sus servicios en el bar del Beverly Wilshire.

Max suspiró.

—Ya ves lo que hay, Freddy. La gran pregunta es: ¿quién te presentó a esa chica, Blaine, y puso todo esto en marcha?

Eddie pasó la petaca. Hice gluglú, mucho mucho.

—No te lo creerás, pero te lo diré igualmente. Fue el descerebrado de Robbie Molette, aquel al que detuvisteis en mi bolo con Art Pepper. Trabaja de botones en el hotel, y su viejo es un machaca en la Metro. Reclutó en los estudios a algunas de las chicas con contrato, y Robbie se las coloca a los huéspedes del hotel, eso entre sus diversas empresas delictivas.

—Hay que joderse —dijo Max—. *Ese* mamón.

—Menuda familia —dijo Red—. El papá y el nene trapichean con chochos, y Robbie vende fotos de su propia hermana desnuda.

—Y vende marihuana a todos los chicos adictos que trabajan en los rodajes —dijo Harry—. ¿Os acordáis? Lo contó cuando le apretamos las tuercas la semana pasada.

—Incluido el rodaje de *Rebelde sin causa* —dijo Eddie—, del que Freddy lo sabe todo, porque el jefe lo puso a trabajar en un perfil peyorativo de ese bodrio, y yo mismo lo vi vigilar en el aparcamiento que hay al lado del observatorio mientras rodaban allí.

Me siguen. Son unos emprendedores de las trampas. Me dan por el culo de todas las maneras posibles. El Jefe William H. Parker. No aceptes sucedáneos.

—He aquí un consejo —dije—. Todo lo que guarda relación con esa película debería pasar del jefe a mí, y de mí a vosotros. Robbie es un mangante, eso desde luego… y así ha de seguir mientras dure el rodaje de esa película. Solo pretendo asegurarme de que el trabajo que estoy haciendo para el jefe no se eche a perder.

Max esbozó una mueca de desdén.

—Y seguro que lo mismo es aplicable al senador Kennedy cuando consigamos que quede libre de sospecha con respecto al crimen de Blaine, si es que lo conseguimos.

Harry soltó una risotada burlona.

—Ese Molette está colocándole nenas a un senador de Estados Unidos. Aún me cuesta creerlo.

Red gimió.

—Estamos metidos hasta el cuello en el caso del Gordo Mazmanian, y ahora estamos aún más hundidos en el asunto de esa Blaine. Danos un rayo de esperanza, Freddy. Dinos que ella se confió a ti, y que lo sabes todo sobre su vida privada.

Chupé de la petaca.

—Nanay. Robbie organizó el encuentro entre ella y el senador, y yo la conocí anoche. Aquí el problema es que los interrogatorios en el vecindario y la búsqueda de allegados conocidos son un trabajazo, y vosotros preferiríais dedicaros a resolver esa mierda de Mazmanian.

Red se desternilló.

—*Es la verdad,* muchacho.

Me dirigí a Harry con autoridad.

—Veamos, me seguiste al acto de recaudación de fondos. Estabas en el recinto del hotel. Observaste al senador y Janey, así que mantuviste los ojos abiertos. Me pregunto si te fijaste en alguna inconsistencia cuando estabas allí.

Harry se encogió de hombros.

—Unos fotógrafos de prensa descontrolados, frente al vestíbulo principal. Al menos uno se saltó el cordón y empezó a tomar fotos a través del ventanal que da a la puerta cochera. Un tipo del Departamento de Policía de Beverly Hills me dijo que se encontraron dos docenas de flashes desechados en el suelo allí donde había estado el fotógrafo.

Alguien llamó a la puerta. Los Sombreros se pusieron en pie, *rápidamente.* Entró Bill Parker. Los Sombreros salieron. No se demoraron ni dos putos segundos.

Parker se sentó a horcajadas en una silla.

—El senador ha recurrido a Jerry Geisler. Jerry ha llamado a

Ernie Roll. Ernie ha enviado allí a Miller Leavy a tomar declaración al senador. Según parece, el senador estaba indispuesto en compañía de una segunda fulana mientras la primera fulana era violada y asesinada, con lo que queda libre de sospecha en lo que se refiere a la presunta hora de la muerte establecida por el doctor Curphey. La segunda fulana ha confirmado que el senador y ella estuvieron juntos en el bungalow del senador desde las once hasta las cuatro de la madrugada, lo que abarca oportunamente todas las posibles estimaciones de la hora de la muerte. Inexplicablemente, el senador quiere que participes en este trabajo. No sé por qué, ni me importa. Voy a acceder a la petición del senador, y te prohíbo que utilices tu dudosa influencia con el senador para hacer descarrilar de algún modo mi incursión contra *Confidential*. Por otra parte, desplegarás a tu cuadrilla de matones y les pedirás que hagan cuanto esté en sus manos para disuadir a los reporteros de los periódicos, la televisión y la radio de dar bombo al asesinato de la señorita Blaine. En cuanto al presunto homicidio, el doctor Curphey ha revisado su primera estimación de la causa de la muerte de la señorita Blaine. Ha dictaminado oficialmente que la señorita Blaine murió de las heridas sufridas al caer por el terraplén de Mulholland Drive. ¿Hasta aquí me sigues?

Hice crujir los nudillos.

—Sí, señor.

Parker encendió un pitillo.

—Ernie Roll quiere que trabajes en colaboración con los Sombreros. Va a concederte credenciales de la fiscalía y hacerte jurar como ayudante especial. Eso te allanará el camino para ponerte en contacto *legalmente* con instituciones municipales, estatales y federales y solicitar investigaciones de antecedentes de todos y cada uno de los miembros del reparto y el equipo de *Rebelde sin causa*. Naturalmente, sé muy bien que ese infame Robbie Molette les vende droga, y sé *más* que bien que el joven Robbie, en calidad de proxeneta, envió a la señorita Blaine al senador Kennedy. Quiero que recopiles información sobre todos y cada uno de los miembros de la banda de *Rebelde*. Eso te ayudará a preparar el trabajo de descrédito sobre la película para *Confidential*, y a mí me ayudará a evaluar el perfil peyorativo que estás preparando exclusivamente para mí. También os ayudará, me atrevería a decir, a ti y a los Sombreros en vuestros esfuerzos clandestinos para hacer justicia en el asunto de tu querida chica señuelo perdida, la señorita Blaine. ¿Hasta aquí me sigues?

Le sigo, jefe. Encuentra al tipo. Mátalo. Respalda las gilipolleces del doctor Curphey. Janey se cayó de un montículo.

–Le sigo, señor.

Parker se echó al cuerpo un digitalín en seco. Fumaba un Chesterfield tras otro. Ahumó la sala de tormento n.º 3, de pared a pared.

–Para concluir, quiero que elabores un perfil peyorativo sobre el propio senador Kennedy. Puede que te indique que publiques tus hallazgos en *Confidential*. Se ha hablado de que es posible que se recurra al senador como compañero de equipo del gobernador Stevenson en la campaña del año que viene. Podría ser el momento idóneo para empañar a fondo su nombre.

William H. Parker. No aceptes sucedáneos.

Había aparcado mi macarramóvil Packard en el sótano del edificio municipal. La escalera de atrás me llevó allí. Vi la limusina Lincoln de Jack el K. al lado de las plazas de los coches de policía. Las puertas traseras estaban abiertas de par en par. Las luces del techo iluminaban ese excelente lugar de encuentro.

Jack, Ernie Roll, Bill Parker. Hay un bar en el asiento trasero y licoreras de Baccarat. Jack servía unas copas.

Tubos fluorescentes emitían un resplandor irreal e iluminaban todo el sótano. Me deslicé detrás de mí buga y espié la charla.

Jack daba coba a Bill y Ernie. Bill y Ernie daban coba a Jack. Los tres le daban al whisky y reflejaban ese resplandor de mediodía. Jack dijo que conseguiría una caja de Cointreau y se la enviaría al forense Curphey. Sus postulaciones posmortem los habían sacado del pozo de mierda.

—Sobre todo a usted, senador —dijo Parker.

—Llámame Jack —dijo Jack.

—Somos hombres decentes, Jack —dijo Ernie—. No esperes que empecemos a exigir pagarés tan pronto como aterrices en Washington.

—Uf —dijo Jack.

—Te sientes mal por lo de la chica, ¿no? —dijo Parker.

Jack encendió un puro.

—Sí. Y, para seros franco, me gustaría que todos y cada uno de los cabos sueltos concebibles quedaran atados, y a la vez que ella sea vengada de alguna forma clandestina y secreta para siempre.

—No te verás decepcionado, Jack —dijo Ernie.

—A los Sombreros se les dan bien esas cosas —dijo Parker—. Freddy Otash tampoco lo hace mal.

—Lamento el día que conocí a Freddy —dijo Jack—. No creo que mandarle una caja de alpiste sirva para expresar plenamente el agradecimiento que siento por el rapapolvo que me soltó, y de paso para apartar a ese soplapollas de mi vida para siempre.

Parker encendió un puro. Exhaló anillos de humo. El aroma se dispersó y me invadió su dulzura. *Aaahhh*, Cuba. Es un régimen títere. Tenemos a nuestras mascotas de la mafia montándoselo a lo grande. Untan a demócratas y republicanos, mitad y mitad. Jack y la mitad de los miembros sin escrúpulos del Congreso lo saborean.

—Batista tiene como mascota un tiburón que se llama Himmler —dijo Jack—. Vive en una piscina enorme, detrás del palacio presidencial. Himmler come disidentes comunistas. Los matones de Batista los echan a la piscina y Himmler se da un festín. Lyndon Johnson me contó que es un espectáculo digno de verse.

—Olvídate de todo este enredo, Jack —dijo Ernie—. Nosotros nos ocuparemos de todo.

—Tenemos recursos —dijo Parker—, y no nos asusta transgredir unas cuantas normas.

—Enterradlo —dijo Jack—. No me interesa conocer los quiénes, qués y porqués. Era solo una chica más, ¿entendido? Quizá algún día vuelva a tropezarme con ella.

Anochecer. El claro de luna eclipsó las nubes e iluminó *chez* Lois. Nos balanceamos en el balancín y nos cogimos las manos. Lois vestía una falda de pana y una blusa como la que Shirley llevaba aquella noche.

—Se lo que estás pensando. Estás preguntándote si me tomo las cosas en serio, y piensas que soy una actriz chiflada que, para motivarse, adopta un personaje, porque la persona que ella es resulta un tostón, y eso es lo que de buen comienzo la impulsó a hacerse actriz.

Puse cara de «Nanay». Lois apoyó una mano en mi pierna.

—Érais compañeras de piso de jóvenes. Compartíais un chabolo barato en la calle Ventitantos oeste. Era poco después de la guerra, y todo era muy emocionante. Las amistades de juventud son poderosas. No puedes desprenderte de Shirley, ni hay razón para que lo hagas.

Lois se arrimó a mí.

—En cuanto a eso, tienes razón. Y sabes qué decir exactamente para apaciguarme. Apenas te conozco, pero diría que se te ve decaído, porque la apelación de Chessman se ha aplazado, y sabes que pronto volveré a Nueva York. ¿Qué pasa a continuación, pues?

Le alcé la barbilla. Le besé el cabello y percibí un olor a champú de almendras.

—No voy a dejar pasar esto.

—Sí, pero ¿qué *harás* al respecto?

Me puse a la defensiva.

—¿Es ahora cuando vas a decirme que todo esto obedece a un plan? ¿Que buscaste la manera de conocerme, porque sabías que Chessman vendría aquí, y que pasé cinco minutos con Shirley, y porque además te gusta crear dramas, y desde luego, ya de paso, te gusta perseguir a hombres?

Lois me dio una bofetada. Se lo permití. Me dio otra. Le agarré la mano y le besé los dedos al golpearme. Lloró un poco. Le besé el cuello y obligué a retroceder sus lágrimas.

—Necesito que hagas cosas que yo no puedo hacer —dijo—. No sé exactamente qué cosas son, pero necesito que hagas algo.

—Estoy preparando un artículo difamatorio sobre Nick Ray, Jimmy Dean y *Rebelde*. Me han concedido el rango de ayudante especial en una investigación de la policía relacionada, e hice una llamada al jefe de la sala de correspondencia de San Quintín. Nicholas Ray y James Dean son corresponsales aprobados de Chessman, así que, pienso, el rumor de que Jimmy y Nick quieren hacer una película sobre él probablemente es cierto.

Lois me tiró del pelo. Chocamos las frentes. Cruzamos una mirada con los ojos demasiado cerca. Nos echamos atrás y encontramos la posición adecuada.

—Déjame explicarte una cosa. Doy coba a ciertos hombres y me apoyo en ciertos hombres, y es así como me granjeo favores. Conseguiré que estemos los dos en la misma sala con Chessman, *si* consigo seguir granjeándome favores de los tipos que pueden lograr que eso ocurra, y puedes estar segura de que eso bastará para que *ocurra*.

—Si James Dean hace el papel de Caryl Chessman —dijo Lois—, el resultado será una campaña publicitaria que servirá para asegurarle la exoneración. No quiero que eso pase, y quiero que hagas algo audaz y valiente y no poco estúpido, porque esa es la clase de hombre a cuyos brazos me lanzo.

Empezó a lloviznar. Lois tiró del sarape para envolvernos. Deslicé la mano bajo su blusa y le toqué la espalda desnuda.

—No me dejes, porque no ves más allá de este asunto de Chessman. Es un drama, así que es más bien irreal desde el principio. No me dejes, punto, porque no quiero perderte.

Lois se echó a mis brazos. La convencí de que era audaz, valiente y estúpido. Nos tendimos y hablamos de la tormenta.

Lluvia.

Formó torrentes y tremendas olas en la terraza. Aparecieron charcos y se empapó el sarape. Abandonamos el balancín y nos precipitamos hacia el interior para irnos a la cama.

Nos estremecimos y nos desprendimos de la ropa. No lo hicimos. Desnudos como una bomba nuclear, nos escondimos bajo el edredón. A través de las amplias ventanas vimos Wilshire de noche. Los autobuses batían y vadeaban el agua a muy muy alto nivel. La lluvia tañía en el tejado. Nos apoyamos en almohadas y susurramos bajo el estrépito. Nos besamos y nos tocamos de arriba abajo y volvimos a las palabras.

Me fui de la lengua. Me autodifamé atrozmente. *Confesé.* Expuse la cruzada de Bill Parker para aplastar a *Confidential.* Lois me llamó cruzado desquiciado. Eso me empujó a un discurso impolítico. Me presenté como siervo servil. Eludí el servicio militar en el extranjero. Hombres que preparé hasta la perfección en Parris Island quedaron fuera de juego a manos de los japos en Saipán. Describí la debacle de Johnnie Ray como la pesadilla nadir de mi vida. Repasé mis riñas por *Rebelde* y declaré delirantemente todo lo que ellos hacían y yo hacía. Reconstruí el enigma Janey Blaine/Robbie Molette/Jack el K. y el engaño oficial para ocultar la causa de la muerte de Janey. Abordamos la vil vanidad de Jack. Quería que asesinaran al asesino. ¿Quién asesinó a Janey Blaine? Cinco de nosotros estábamos decididos a vender la verdad, a la vez que la arrollábamos en tanto que pose penitente de un político de primera demasiado importante para tocarlo. ¿Y si atrapamos al asesino? En ese caso, Dios dirá.

¿Y en lo que concierne a Caryl Chessman? ¿Qué *haré* al respecto? Ya se me ocurrirá algo. ¿Cuál será el coste para mí? No lo sé, pero el precio será alto.

Lois me contó anécdotas. Ventas de bonos de guerra y desfiles de belleza en Chicago. Nueva York y los bolos como actriz. Esta envilecida esquizofrenia, el Blues de las demasiadas habitaciones. Demasiados hombres débiles con psiques temblorosas. Todos ellos actores. Todos demasiado demasiado temperamentales y muy muy sádicos, todo ello apuntándote a *ti* directamente.

Freddy, podría contarte muchas cosas. Cariño, ya me las has contado. Sabía que tendrías cosas como esas que contar. Creo que por eso me propuse encontrarte. Eres un encanto, Lois. No, soy solo la que llama en plena noche. Tuve la suerte de que descolgaras.

Nos dormimos más o menos entonces. Lo último que recuerdo es la lluvia.

INVESTIGACIÓN SECRETA (CP 187)

Jane Margaret Blaine (Mujer blanca estadounidense)
Fecha de nacimiento: 19-4-29/Visalia, California
Personal asignado: Sgto. M. Herman, Sgto. R. Stromwall,
Sgto. H. Crowder, Insp. E. Benson, Ayu. Esp. F. Otash
18/5 - 21/5/55

Los Sombreros y yo. Socios de pleno derecho. Colosal carrera hacia la victoria final. Calculamos que podíamos aguantar tres días enteros. Max tenía un primo en Bremerhaven, Alemania. Trabajaba en una fábrica farmacéutica. Allí producían Pervitrol. Era una pastilla pistonuda que mejoraba el ánimo y en otro tiempo impulsó al Wehrmacht Tank Korps a pulverizar Polonia en tiempo récord. *Anschluss!!! Blitzkreig!!!* Nos reuníamos en el autoservicio Stan's. Camareras bien compuestas nos traían maltas de piña alegradas con ron 151. Nos echábamos al cuerpo Pervitrol y concretábamos nuestra carga de *Werk*.

Repasamos nuestras consultas de antecedentes hasta la fecha. Fijémonos: Janey Blaine dejó los estudios universitarios en Visalia. Sus credenciales de Smith-Bryn Mawr eran una engañifa. Daba el pego, pero no se las había *ganado*. Fijémonos: sus registros telefónicos se reducían a casi nada. Llamó a Visalia para hablar con sus padres y a Robbie Molette. Eso es *todo, solamente* por desgracia.

Revisamos los registros de Robbie. Tenía su propia línea en la choza de sus papás en Highland Park. Fijémonos: Robbie llamó a Janey y a las otras catorce fulanas que constaban en su álbum de mercancía. Harry abordó al jefe de seguridad de la Metro. El jefe dio fe de los nombres. Delató directamente a Robert J. Molette padre el Roedor. Llevaba incitando a ingenuas hacia el arte del fulaneo desde el 49. Dijo a Harry que pronto tendría un demencial dosier para ellos. Volvimos a los registros de Robbie. Refijémonos: Robbie llamó a Nick Ray, Nick Adams, Jimmy Dean, Chester Voldrich y el Kaballero de Nick Arvo Jandine. Arvo era el supuesto fotógrafo de la unidad en el golpe de la licorería.

Analizamos la yihad de Robbie padre y Robbie hijo. Coincidimos: el padre se buscaría un abyecto abogado, *depriiiisa*. Coincidimos: presionaríamos a Robbie y lo induciríamos a delatar al papi. Informé sobre *mis* comprobaciones de los registros. Lamenté tener que separarme de Lois por un turno telefónico de 3.00 a 8.00 h. Investigué a los rufianes de *Rebelde* y sustituí mis comprobaciones de registros existentes. Ahora oigamos *lo siguiente*:

Nick Ray ha sido citado por el Comité de Actividades Antiamericanas estatal y el federal. Estuvo al frente de camarillas vanguardistas financiadas por el Comintern, años 42-43. Entre ellas el Comité en Pro de la Libertad Artística de Hollywood, el Partido del Pueblo por la Resistencia contra la Censura, y el Comité Dejemos en Paz al Camarada Stalin. Max intervino: habló con un guripa de Allanamientos de la Oficina del Sheriff. Premio, chaval: los números nocivos del botín de Nick Adams coincidían con dos lotes recientes de 459. Coincidimos: lo trincaremos y lo vapulearemos hasta que cante como un canario.

Volví a mis comprobaciones en torno a *Rebelde*. Todo eran majaderías de menores, a excepción de lo de Arvo Jandine.

Era exhibicionista. Enseñaba su herramienta durante las jaranas en vestuarios de chicas audaces. Actuó en el instituto Pasteur, el instituto Nightingale, el instituto Le Conte, el instituto Foshay y el instituto Audubon. Todos coincidimos: ese soplapollas reclama atención.

Eddie informó en lo concerniente a las arduas labores del laboratorio forense. Fijémonos: el violador/presunto homicida era un secretor salvaje. Ray Pinker identificó su grupo sanguíneo, a partir de su pútrida descarga. Es AB negativo. Inyectado en el cuerpo de Janey: restos de plastilina y tejido de espuma. Material de asiento de coche. A ese respecto, mala noticia: ese material correspondía a los Mercedes, los Buicks y los Pontiacs producidos entre el 51 y el 54. Todos *gemiiiiiimos*. Eso significaba *muchos* millones de coches. Se reducía a lo *siguiente:* teníamos que comprobar todas las marcas y modelos nacionales en lo concerniente a nuestro grupo de sospechosos.

Coches. Eso nos llevó a dar vueltas a una importante cuestión. ¿Cómo llegó Janie a Mulholland con Beverly Glen? No tenía coche. No pidió un taxi. Rock y Phyllis no la dejaron allí. No esperó frente al Frascati. *Ergo*: alguien la recogió cerca del restaurante.

Está en Beverly Hills. Está a corta distancia en subida de Mulholland con Beverly Glen. Todo se reducía a los clientes de Janey, pasados y presentes. Todo se reducía a Robbie Molette y a si Janey trabajaba o no por cuenta propia.

Eddie largó sobre los interrogatorios en las inmediaciones del lugar del crimen. Presagiaban nada de nada: nadie vio una mierda. Ray Pinker observó marcas de arrastre al pie de Beverly Glen y el terraplén. Eso indicaba *un sospechoso*, tirando hacia arriba. Un capullo de la Brigada de West Los Ángeles discrepaba. Había examinado un puñado de hojas de árbol aplastadas. Indicaba *dos* sospechosos, arrastrando a Janey terraplén *abajo*. En lo concerniente a toxicología: Janey contenía una gran carga de alcohol en el organismo. Cómo no: se pulió varios martinis y muy probablemente alguna copa de vino en el Frascati. Sí, y se metió en el cuerpo cuatro seconol o se vio obligada a ello. Ray la declaró comatosa en el momento de là muerte.

—Me aburro —dijo Max—. Vamos a por Robbie. Freddy y Eddie, acompañadme.

—Tengo unas pistas sobre el Gordo que me gustaría comprobar —dijo Harry.

—Nanay —dijo Red—. Tú y yo iremos a por Adams. El guripa del sheriff dijo que nos dejaban ser los primes.

Hice *gluuuup*. Jimmy era el cómplice de Nick A. en los 459. Había pasado por alto mencionar eso…

Entramos enérgicamente. Max, Eddie y yo. Vamos con exceso de celo. Vamos con exceso de capacidad destructiva. Iniciamos una incursión en la cocina del hotel Beverly Hills.

Accedimos por la entrada de empleados. Armamos alboroto. Rastreamos el lugar en busca de Robbie el Reptil. Ni asomo, *papacito*.

Max abordó al jefe de cocina. *El Jefe* dijo que Robbie estaba en los bungalows. Tenía cuatro desayunos que recoger.

Fuimos hacia allí. Vimos el carrito de Robbie. Max y Eddie se zamparon el beicon y las patatas fritas de los platos. Robbie salió de un bungalow. Acarreaba bandejas con restos de salmón ahumado y platos sucios. Nos vio y puso cara de «Mierda».

Vació las sobras de los platos y adoptó una actitud pasiva. Se estremeció y se movió dócil y mansamente. Lo metimos en nuestro coche K y lo llevamos derecho al centro.

Max y Eddie ocuparon los asientos delanteros. Robbie y yo acaparamos el asiento trasero.

—Tiene que ver con Janey, ¿no? —dijo Robbie.

—Robbie está espabilando —dijo Max.

—Solo os hago saber por adelantado que me propongo cooperar —dijo Robbie—. Pretendo evitar una tunda como la de la otra vez.

—Díselo, Freddy —dijo Eddie.

—Hijo, tienes dos opciones —dije—. Denuncias el negociete de las chicas de tu padre, o me encargo de hacerte daño yo personalmente.

A Robbie se le salió la dentadura. Se la encajé en el sitio. Max dijo:

—Se hace una idea. Su vida familiar tal como la conoce acaba de irse a pique.

Llegamos al centro. Lo subimos a rastras a la Unidad de Investigación y la hilera de salas de tormento. Red llamó por radio. Dijo que Harry y él acababan de echarle el guante a Nick Adams. Nick se puso chulo como el chico malo que era. Le dieron una patada en el culo y le hicieron entrar en razón a golpe de porra.

Instalamos a Robbie en la Sala de Tormento n.º 2. Max le trajo una chocolatina y una Coca-Cola. La Sala 3 se la reservaban a Nick Adams.

—He encendido los altavoces del pasillo —dijo Eddie—. El jefe quiere observar.

Robbie se papeó la Nougat Deelite y se echó al coleto la Coca-Cola. Max, Eddie y yo nos sentamos a horcajadas en las sillas. Robbie se sentó a mujeriegas. Es un papanatas pasivo. Ha venido a ayudar. Es un colega soplón. ¿A quién tengo que traicionar para salir de aquí sin recibir una tunda?

—Tú llevas los negocietes de las chicas y la droga. Tu padre está al frente del negociete de las chicas. Él recluta y tú vendes la carne, exclusivamente en el hotel. Tú estás al frente del negociete de la droga por tu cuenta, y vendes marihuana y pastillas a los gilipollas de los rodajes. Das coba a los huéspedes del mundo del cine alojados en el hotel, y así reúnes información sobre los rodajes.

—Tal cual —dijo Robbie.

—Para que conste, ¿mataste a Janey Blaine o sabes quién lo hizo? —dijo Eddie.

—No —dijo Robbie.

—¿Quién dirías tú que lo hizo? —dije.

Robbie gorgoteó Coca-Cola.

—Lo he leído en el *Herald*. Decían que Janey se marchó sola del restaurante. O sea, que se va a patita, ella sola, en el vacío Beverly Hills en plena noche. Había dejado el coche en casa. Quizá iba a verse con alguien, quizá la recogieron. He aquí una posibilidad. Janey era avariciosa. Quizá la recogió un tipo, y ella percibió el interés de ese hombre. Le ofreció una mamada por cincuenta pavos, y las cosas se torcieron, y la pobre Janey acabó muerta.

—Delata a tu padre —dijo Eddie—. Para que conste. Zanjemos de una vez ese asunto.

Robbie se rascó los huevos.

—Para que conste, mi padre ha estado aprovechándose de su trabajo de operador de maquinaria en la Metro con el fin de reclutar a chorbas saludables, con pinta de chicas ingenuas recién salidas de una universidad de élite, para convertirlas en fulanas, repartiéndose el beneficio al cincuenta por ciento. Anda metido en esa mierda desde el 49. Antes de que me lo preguntéis, os diré que no tiene agenda de clientes ni agenda de chicas. Lo lleva todo en la cabeza.

—Describe su relación con Janey Blaine —dijo Eddie.

Robbie se hurgó la nariz.

—La reclutó. Eso significa que la obligó a desnudarse, y se la tiró una sola vez. No la mató. Eso es ridículo. Nunca sale de casa por la noche. En casa tiene ya comida caliente, siempre que él quiere, y quiere *siempre*. Mi madre y mi hermana lo mantienen bien abastecido.

—Clientes que acosaran a Jamie —dijo Max—. ¿Has oído algo a ese respecto?

—Nada de nada —dijo Robbie—. Y eso vale para todas mis chicas. Trabajan para una clientela de clase alta, estrictamente en el hotel.

—Tu padre no tiene una agenda de clientes ni una agenda de chicas —dije—. Pero tú tienes un álbum de fotos… porque yo lo he visto. He aquí la pregunta: ¿tenía Janey una agenda de clientes?

Robbie se lamió los dedos. Ñam, ñam: Nougat Deelite.

—No lo sé, pero he aquí una cosa que deberías saber. Yo tengo una lista de clientes en mi habitación, en casa. Concretamente, todos los tipos importantes que se pasan a mis chicas por la piedra, y he aquí la cuestión: hace unos días entraron a robar en mi habitación. Las cosas estaban sutilmente cambiadas de sitio cuando llegué a casa, y la lista de clientes había desaparecido. Por suerte para vosotros, yo había memorizado la lista.

Max soltó una carcajada. Robbie Molette. No aceptes sucedáneos.

—Danos un anticipo. Ya reconstruirás después la lista en papel.

Robbie se volvió a rascar los huevos.

—Además de nuestro amigo el senador Kennedy, tenemos a los senadores Johnson, Knowland, Smathers, Humphrey, y al gobernador Stevenson, a quien le gustan los chicos, pero mi negocio no va por esos derroteros. También tenemos al jefe de gabinete de Ike, Sherman Adams, el fiscal Ernie Roll, Louis B. Mayer, Lew Wasserman, Jack L. Warner y Darryl F. Zanuck. Por no hablar de Clark Gable, Gary Cooper, Van Heflin, y aquel franchute, Yves Montand.

Eddie puso cara de «Oooh-la-la». Max silbó. Lo primero que pensé: CHANTAJE. Hombres importantes/fulanas/un torpe primer enfoque. ¿Una lista en *papel*? ¿Nombres prememorizados? Todo eso tenía un tufo a NOCHE AMATEUR.

Introduje un brusco giro.

—El rodaje de *Rebelde*. ¿Algunos de los que participan en él han expresado interés en Janey o tus otras chicas? En el reparto y el equipo, no hay más que pervertidos y mierdas. Es un grupo de sospechosos que deberíamos investigar.

Robbie hizo un gesto masturbatorio.

—En el rodaje nadie *sabe* nada de Janey o mis otras chicas. Mantengo mis dos mundos comerciales separados y compartimentados. Y, en lo que se refiere a *Rebelde sin causa,* el rodaje termina el día 24 o 25. Estaré atento para informaros, pero tengo que aprovecharme de esos bichos raros por última vez, porque en cuanto empiece la posproducción, no volveré a verlos nunca más.

—El acto de recaudación de fondos del Partido Demócrata —dijo Max—. Estuviste sirviendo en las mesas allí, así que viste desarrollarse tu «Velada Mágica». Lo que me interesa es lo siguiente: *aparte* de eso, ¿ocurrió algo anormal que tú recuerdes?

Robbie apuró su Coca-Cola.

—La verdad es que no. Uno de aquellos *paparazzi* se saltó el cordón y empezó a tomar fotos a través de una ventana sin cortinas, y yo y Manuel, otro mozo, tuvimos que recoger todos los flashes usados en el lugar donde él había hecho las fotos.

—Sabemos que Nick Ray y Jimmy Dean han estado hablando de una peli sobre Caryl Chessman —dije—. ¿Has oído algo a ese respecto? A mí todo ese asunto me parece de mal gusto.

Robbie se encogió de hombros.

—Nick Ray y Jimmy Dean son personas de mal gusto. Todo ese mundillo es de mal gusto. Chessman va camino de la sala verde. Si la gente del cine raja sobre Chessman, es solo porque ahora mismo es un tema de actualidad.

El altavoz de la pared crepitó. Bill Parker dijo:

—Otash, ven aquí.

Salí. Parker me pasó la petaca. Di un tiento al Old Overholt y encendí un pitillo.

—El rodaje está a punto de acabar —dijo Parker—. Estoy pensando que deberíamos reclutar a Robbie y montar una gran redada en busca de droga. Beneficiaría a la revista a corto plazo, y conseguiríamos diversas pistas sobre diversos asuntos criminales.

—Estoy de acuerdo —dije.

Parker puso cara de «Movámonos». Saltamos a la Sala de Tormento n.° 3 y observamos a través de la ventana de la pared. He ahí a Nick Adams. Se lo ve pasado por el listín y fuera de sus casillas. Observemos la nueva nariz ensangrentada y el lóbulo de la oreja desgarrado.

—Ha confesado los robos, y ha delatado a tu amigo Jimmy Dean como cómplice —dijo Parker—. Red y Harry han ido a por él. Puede que tarden un rato. También están siguiendo una pista caliente sobre el Gordo Mazmanian.

Hice el gesto «Dame». Parker me entregó la petaca. Hice gluglú y sentí ese característico calor.

—Tenemos la confesión de Adams, jefe. Eso pesará en el juzgado, y a saber qué le sacará a Jimmy. Pero conviene que los soltemos, y así estarán presentes si organizamos esa redada en busca de droga.

Parker se echó al cuerpo digitalín. A palo seco, sin nada más. El suyo sí era calor.

—Has estado hablando en primera persona del plural, Freddy. Lo considero alentador.

—Empiezo a pensar otra vez como un poli, señor.

—¿Alguna otra cosa antes de irte?

—Sí, señor. Dígales a Red y Harry que le den una buena tunda a Jimmy.

Fui en solitario a Culver City. Me movió en esa dirección mi manía de mirón. Perro pervertido, mirón, merodeador priápico alrededor de chabolos. Eres un payaso con pistas investigando un *graaaaaaan* caso. Revolvamos el chabolo de Janey Blaine. Pongámoslo patas arriba y busquemos más pistas. Ya que estamos, olfateemos sus bragas.

Eran las 13.00 h. Paré en una cabina y telefoneé a mi servicio contestador. Tenía un mensaje: «Llame al señor Kennedy a su hotel».

Eso hice. Descolgó un títere. Me pidió que me pasara por allí a las 15.00 h. Dije que allí estaría.

Para extorsionar a tu jefe, capullo. ¡¡¡¡Ring-a-ding-ding!!!!

Encontré *chez* Janey. Era un cubo de estuco de color melocotón a un paso de Motor Avenue. Su Buick del 50 no estaba. Los guris de West Los Ángeles lo habían incautado, posthomicidio. Un trabajo forense de primera reveló cero y nada de nada. West Los Ángeles abandonó el caso en ese punto. El combinado Otash-Sombreros retomó la tarea. El chabolo estaba inmaculado para el merodeo.

Me prendí la placa en la chaqueta del traje. Añadía un aire oficial. Me acerqué y enculé la cerradura. La ganzúa n.º 6 funcionó. La puerta se abrió. Me encerré por dentro.

El salón de estar era una fusión de lo convencional y lo moderno. Alfombras persas de lo más pretencioso y vistosas butacas de piel sintética. La cocina contenía una combinación frigorífico/hornillo de gas. La nevera contenía platos preparados y vodka Tovarich. El Tovarich era de alta graduación y bajo presupuesto. Janey estaba enganchada al alpiste. Empinaba en secreto. Esa es la Pista n.º 1.

Entré en el cuarto de baño. Estaba en orden, tenía azulejos de color turquesa y había que encogerse para entrar por la escasez del espacio. Miré en el botiquín. *Aaahhh:* he ahí un detalle interesante.

Un diafragma. Una caja grande de harina de maíz. Vívidos viales de bifetamina y nembutal. Me eché al cuerpo dos bifetaminas de Janey. Intimemos, muñeca.

Entré en el dormitorio. Era convencional convencional. Las raídas alfombras de rigor. La pequeña cama cubierta con una colcha. Un pequeño escritorio con cuatro cajones. Una cómoda a juego, con cuatro puertas. Reproducciones baratas de Picasso en las paredes.

El papel secante del escritorio. Es un clásico del registro de chabolo/payaso de las pistas. Verifiquemos *eso.* Captemos un poco de luz y miremos oblicuamente a media altura.

Jawohl. Está cubierto de trazos entrecruzados. Hay marcas caligráficas por todas partes. Janey escribía cartas en hojas sueltas y apretaba la pluma con fuerza. *Mierda*: no salta a la vista ninguna palabra legible.

Revolví los cajones del escritorio. Una inconsistencia me inflamó. Estaban todos desnudamente vacíos. Sin plumas, sin papel, sin sobres. Alguien había pasado un paño por la madera. Eso implicaba erradicación de huellas. Las gradaciones del grano lo delataban. El grano claro estaba seco, el grano oscuro estaba húmedo.

Alguien había registrado el escritorio. Alguien había retirado el contenido. El ladrón se llevó correspondencia y/o reflexiones personales plasmadas en el papel. Robó ciertas evocaciones de la vida de Janey Blaine.

Examiné la única ventana. Vi marcas de herramientas grabadas en la guillotina. El tipo se encaramó desde el jardín y entró, como por arte de magia.

Solo quedaba la cómoda. Las cómodas de las mujeres siempre me habían atraído. Soy un mirón y un olfateador. Lo he sido desde mi palpitante pubertad. Las cómodas de las mujeres me atraían en 1936. Las cómodas de las mujeres me atraen AHORA.

Abrí el cajón superior. Vi las bragas que buscaba. Me aparté, fría concurrencia.

Eran blancas. Eran de un decoroso recato. Estaban dispuestas en una hilera, pulcramente plegadas. Nada me gustaba más que eso.

PERO...

Estaban sucias de lefa, semenizadas, salpicadas y psicomanchadas. El hijo de puta del ladrón se había corrido en encaje y cálido algodón. Me sulfuró.

Y era una *prueba*. Salí corriendo al coche y cogí mi maletín de pruebas.

La Cumbre Jack-Freddy. Se ha convocado a las 15.00 h. Me dio tiempo de llevar a toda prisa las bragas al laboratorio forense del centro. Ray Pinker me prometió resultados para las 18.00 h. Regresé como un rayo a la zona oeste y llegué puntualmente a la cita.

Me comuniqué por el intercomunicador. Jack me abrió. Vestía un pantalón corto de sirsaca y una camiseta del equipo de Harvard. Estaba consumido. Estaba demasiado delgado. Tenía las piernas como palos. Le asomaban las descarnadas costillas. Seguía siendo asombrosamente Jack el K.

Señaló una silla. Dijo:

–Siéntate.

Me senté. Él se sentó frente a mí. Encendió un puro. Era cubano. Me acordé del *jefe* Batista. Su mascota, el tiburón, se zampaba a los disidentes.

—Necesito una promesa, Freddy.

—Escucho.

—Nada de publicidad de ninguna clase sobre la chica. Nada de varapalos en tu revista. Nada de intentos de extorsión por parte de polis corruptos que pudieran llegar a conocer el hecho… lo cual, por supuesto, te incluye a ti.

—Tengo unas preguntas sobre «la chica», como tú la describes —dije—. Siento curiosidad por saber qué te contó de sí misma, durante el breve rato que pasasteis de charla.

Jack se sonrojó.

—No. No vamos a hablar de eso. No voy a decírtelo, y esta es la última vez que tú y yo trataremos este asunto.

Hice acopio de calma.

—Yo preparé tu encuentro con Ernie Roll y Bill Parker. Ahora esos dos están en tus manos. Oí que cautelosamente decías que querías ver muerto al asesino de la chica. Somos cinco los que nos proponemos encontrarlo y matarlo, lo cual sin duda te ahorrará serios bochornos en algún momento del futuro. Espero que se me compense por eso, y el precio son cincuenta mil dólares.

Jack respingó.

—El precio es excesivo, y tu manera de plantearlo es muy poco cortés. No dices: «Jack, estoy en apuros» o «Jack, necesito que me eches un cable» o «Jack, nos conocemos desde hace mucho». Eres descortés, Freddy, has perdido el contacto con la realidad, en vista de quién ya soy y adónde voy. Así que pongamos fin a esta conversación y sigamos siendo amigos mientras podamos.

—No —dije—. Espero que se me compense por lo que ya he hecho y lo que voy a hacer, y el precio es innegociable, y una ganga.

Jack acarició el puro.

—Es una extorsión. *Me* estás extorsionando.

—No, no lo es. No he esgrimido la amenaza de sacarlo a la luz. Te presento una factura por los servicios prestados y por servicios futuros. Interprétala como quieras. Espero una llamada de alguno de tus lacayos irlandeses endogámicos, en algún momento del futuro cercano. Hablaremos del modo de pago y el momento y el lugar, y esta es la última vez que tú y yo hablaremos del tema.

–Pagaré, Freddy –dijo Jack–. Y esta es la última vez que hablaremos de cualquier cosa. Acabas de hacer una maniobra precipitada y de poca talla… pero, claro, siempre has sido esa clase de hombre.

Estaba a cincuenta pasos del Polo Lounge. Las piernas me flaqueaban pero me sostenían. Traté de esquivar a unas viudas y tiré de culo a una de ellas. La ayudé a levantarse y mandé unas copas a su mesa. Me saludó con la mano y puso cara de «¡Yuju!».

Empiné el codo. Miré un reloj de pared. Ray Pinker me había prometido resultados sobre las manchas de semen a las 18.00 h. Evoqué Montego Bay, Manhattan, las montañas de la luna. Gasté los cincuenta mil de cincuenta millones de maneras distintas. Vi a Lois desnuda junto a una cascada natural y a Lois desnuda en el hotel Chapman Park. Vándalos oriundos de Belfast me mataban de todas las maneras habituales. Yo moría estrangulado, de un tiro de arma de fuego, de un golpe en el cerebro con una nudillera metálica. Las banderas flameaban. Jack juraba el cargo. Yo veía a Caryl Chessman en el infierno. Decía: «Eh, muñeco».

Las 18.00 h. se anunciaban y se acercaban. Una radio emitía cerca de mi reservado. La Brigada de los Sombreros estrechaba el cerco en torno al desaprensivo Gordo Mazmanian. El soplapollas estaba sentenciado. Lo sabía. Nadie lo dijo.

Encontré un teléfono y realicé la llamada. Ray Pinker tenía la mercancía. Las bragas manchadas de lefa coincidían con la descarga detectada en la autopsia de Janey Blaine. Ray dijo gilipolleces como «conjunto de componentes celulares idénticos» y «formación celular exudada». Ray dijo que la muestra tenía entre seis y ocho días de antigüedad. *Eso* significaba *lo siguiente:* el asesino dejó su carga *antes* de matar a Janey.

Salí como una flecha. Cogí el coche y fui derecho al hotel Chapman Park y a Lois. Nos desnudamos y nos revolcamos en la cama. No lo hicimos. Nos abrazamos muy muy juntos y rajamos.

Dijimos cosas con sentido y cosas sin sentido. Mi monólogo sobre el dinero/Montego Bay/Manhattan. Mis crudos comentarios al presentar la muerte de Janey Blaine como ASESINATO. El de Lois sobre Nick Ray y Jimmy Dean y No Podemos Permitir Que Hagan Esa Película. Oí lo que oí y supe que ella me oyó a mí de la misma manera. Dije doce millones de veces Tenemos Algo de Dinero. Ella dijo otras doce millones de veces Chessman y ¿Qué Harás al Respecto? Nos hablamos el uno al otro. Nos estrechamos e intentamos encontrar una postura que no encontramos.

Yo me iba o me desvanecía y acababa en algún sitio donde Lois no estaba. Todo era prive y droga y el abandono de Jack y Janey y Jimmy. Me tambaleaba. Veía cosas que no existían e iba a algún sitio donde Lois no estaba. Desperté realmente a las 4.00 h. Lois había desaparecido, su maleta había desaparecido, no dejó nota en la almohada. Lo único que me quedaba de ella era su perfume.

Los Sombreros habían salido a dar caza al Gordo Mazmanian. Fui a casa en coche y me cambié de ropa. Consulté mi servicio contestador. No me había llamado nadie. Oí Chessman y ¿Qué Harás al Respecto?… pero ella no estaba.

Telefoneé al chabolo de Jimmy y a su servicio contestador y no obtuve respuesta. ¿Qué Harás?/¿Qué Harás? Era ventrílocua y yo su marioneta. Se lo oí decir… pero ella no estaba.

Jimmy tenía una choza chiquita a un paso de Wilshire con La Brea. Se refugiaba allí para dormir y estar solo. Era un espacio encima de un garaje y un cómodo capullo de gusano. Me acerqué hasta allí y forcé la entrada sin el menor escrúpulo.

Fue fácil. Una inserción en la cerradura, una embestida con el hombro. Es un cuarto con baño/hornillo para guisar. Escruté la única habitación. He aquí lo que vi:

Era un santuario consagrado a Chessman. El Taj Mahal y la Capilla Sixtina de Chessman. El Monte Rushmore y la Catedral Nacional de Chessman. Titulares de periódico pegados de pared a pared. Fotos de Chessman en papel satinado adheridas al techo. Pruebas fotográficas para una película apiladas en la cama. Jimmy Dean maquillado para el papel de Caryl Chessman.

Aquí tiene el cabello más oscuro. Se lo ha cortado y rizado a lo Chessman. Un maquillador le enmasilló la nariz. Esa prominente proa es el rasgo característico de Chessman.

Jimmy siempre ofrece un aspecto de crispación y cabreo. Ese rasgo siempre está presente, y siempre aparece compensado por su orgullo natural y su afectado embellecimiento. Encarna el gran agravio y la inadaptación intensificada. Es ese su peculiar atractivo. Aquí, pasa a mostrarse MALVADO. Se lo ve mayor. Es un Chessman usurpado y canalizado. Es una cáustica transubstanciación. Presenta una apariencia de hombre violento y vil. Es una metamorfosis, de humano a monstruo.

Desgarradores titulares me acorralaron. Eran existencialmente Chessman/sin salida. Empezaban en enero del 48 y continuaban consecutivamente hasta la actualidad. SE BUSCA AL BANDIDO DE LA LUZ ROJA. ¡CAPTURADO EL BANDIDO DE LA LUZ ROJA! CHESSMAN CONDENADO: SE ACERCA A LA CÁMARA DE GAS. LAS VÍCTIMAS DESCRIBEN DEGRADACIÓN. INDICIOS DE UNA TERCERA VÍCTIMA.

Las paredes se precipitaron sobre mí. Me constriñeron crudamente y me arrebataron el aire. Destacaban algunas fotos. Reggine Johnson y Mary Alice Meza. Las víctimas 1 y 2, llorando. Agresivas apelaciones. EL TRIBUNAL SUPREMO DICTAMINA QUE NO SE APLACE LA EJECUCIÓN. PROTESTAS A NIVEL MUNDIAL: ¡¡¡LIBERTAD PARA CARYL CHESSMAN!!!

Tomé aire con dificultad. Me tambaleé y caí en la cama. Contemplé el arte miguelangeliano de Jimmy. Había pegado la foto de Chessman a los cuerpos de querubines griegos. Se cernían, circunvolaban y arrojaban el rostro de la Bestia al mundo gemebundo.

Inadaptación. Está conmemorándola. Es su motivación cinematográfica. Es un adolescente atormentado que tienta a otros adolescentes a tirarse al abismo. Es una marioneta demente de la depravación moderna. Y el nihilista Nick Ray mueve los hilos.

Cerré los ojos y evoqué a Lois. Conté cincuenta mil dólares, billete de dólar a billete de dólar. Me extravié a mí mismo por arte de magia: Montego Bay, Manhattan, las montañas de la luna. Abrí los ojos y vi el archivador junto a la cama.

Fino metal verde. Un cajón. Con la etiqueta *C. C./Correspondencia de San Quintín*.

Abrí el cajón. Vi tirados dentro docenas de sobres. Iban dirigidos a Nicholas Ray y James Dean y llevaban matasellos de San Rafael, California. Reconocí la letra de Chessman. El *Herald* había publicado dos de sus cartas escritas a mano desde la cárcel. Estas otras cartas habían sorteado a censores y celadores y llegado al correo.

Extraje el primer sobre y saqué la primera hoja. El insolente saludo era: «Hola, Jimmy y Nick, ¿cómo va?». La fecha era 18/12/54. «Si no os importa, para empezar anunciaré que el papel de esa zorra, Meza, lo haga Elizabeth Taylor. Tiene las tetas más grandes, eso es lo que cuenta».

En este punto Chessman escribía un título para el guion. *Si de verdad lo hice... (je, je).*

Leí todo el contenido de la carpeta. Rompí a sudar y rocié toxinas resultantes de mis delirios de los últimos días. Debieron de mezclarse algunas lágrimas. Los ojos me ardían de mala manera y me los notaba raros. Me los enjugaba una y otra vez.

Chessman lo reconocía todo. Admitía hasta los más mínimos detalles probatorios. Era una descripción sádicamente sostenida de horror sexual. Era demoniacamente descriptiva. Chessman recordaba imágenes, aromas y sonidos. Se recreaba en el duradero desastre en el que había convertido unas vidas. Describía la agresión a Shirley Tutler y llamaba a Shirley por su nombre. Dedicaba 43 páginas al ensalzamiento de todas y cada una de las veces que la mordió. Decía que succionó la sangre de la pechera de su blusa. Escribía: «Quizá sea posible que Natalie Wood haga el papel de Shirley».

Lo leí todo. Leí las notas al margen de Jimmy. Escribía: «¡Uau!», «¡Fijémonos!» y «Este Caryl es de lo que no hay», repetidamente.

Saqué del coche el maletín de pruebas. Regresé adentro y preparé mi escenario para el rodaje. Encendí todas las luces de la habitación y fotografié todas las páginas. Utilicé doce rollos de película y eché los sobres de nuevo al cajón en el mismo orden aproximadamente.

Me temblaban las piernas y casi me flojearon. Entré en el cuarto de baño y me mojé la cara. Me vi distinto. ¿Qué Harás al Respecto? Me vi más viejo. Me pregunté si Lois lo notaría.

Prueba. «Ese Caryl» había pringado. Sus derechos de resarcimiento se habían agotado. Yo acababa de validar su billete hacia la sala verde.

Momentos vertiginosos. Descontento y desconcierto. No te entusiasmes. No hay salida, chico. No te pases por tu chabolo ni vayas al Ranch Market. Márchate a algún sitio donde nadie te encuentre.

Había perdido un día y medio en el minúsculo chabolo de Jimmy. Era la noche del día siguiente como mínimo. Fui en coche al centro y aparqué en las plazas reservadas a los polis del edificio municipal. Mi coche se convirtió en un capullo y me sumió en el sopor. Intenté contar de uno a cincuenta mil. Me venció el sueño en el dos mil y pico.

Bill Parker golpeteó mi parabrisas y me despertó. Abrí la puerta del acompañante. Entró y echó a mi regazo el *Herald* matutino.

Vi el titular HOMICIDIO DE UNA PROSTITUTA. Más EL DICTAMEN DE ACCIDENTE DEL FORENSE CURPHEY ES UNA «PATRAÑA», SOSTIENE UNA FUENTE ANÓNIMA.

Janey Blaine, recién salida de la rotativa. Aparece una foto fabulosa. Sale de muy buen ver en el 49. Es Miss Visalia JC. Aparece nada de nada en lo concerniente a Jack el K. Uf: PROMINENTES POLÍTICOS ENTRE SUS MUCHOS CLIENTES. EL DEPARTAMENTO DE POLICÍA DE LOS ÁNGELES EN UNA SITUACIÓN EMBARAZOSA. EL JEFE PARKER PROMETE REABRIR LA INVESTIGACIÓN.

—¿Quién es la fuente? —dije.

—Como si no lo supieras —dijo Parker.

—¿Está diciéndome que no acepta como defensa que se me escapó en una charla de alcoba?

—No, y hubiera dicho que ya sabías que se te seguía buena parte del tiempo, y que, por consiguiente, habrías aprendido a ir con cuidado en tus relaciones.

Encendí un pitillo. Parker me pasó la petaca. Libé de lo lindo y se la devolví. Parker libó de lo lindo. Se adivina un trueque. De lo contrario me habría abofeteado.

—Intercambiemos favores —dije—. Vinculantes, a partir de ahora.

—Tú primero —dijo.

—Ninguna represalia contra Lois Nettleton —dije.

—Concedido —dijo—. Por mi parte, quiero que colabores con la redada en busca de droga contra la banda de *Rebelde*. Actuaremos mañana a las ocho de la tarde. Nos presentaremos en el Marmont, no en el plató. Allí es donde están acampados los principales mangantes, y es a esos a quienes nos interesa pillar.

Me desternillé.

—¿Eso es *todo*? Yo me llevo la mejor parte del trato.

—No, no exactamente. He decidido que el tal Gordo Mazmanian es un buen candidato para el asesinato de Janey Blaine, y me gustaría que ayudaras a los Sombreros a limpiarme la mancha que ha dejado en mí esa señorita Nettleton.

¿Por qué no? Montego Bay y Manhattan asomaron a la vista. Lois se fue de la lengua, se chivó y se largó. Perdonar es de dioses. Yo tenía un as en la manga. Las cartas Chessman/ Dean animarían a Lois. A partir de ahora las tendré guardadas bajo llave.

Freddy el de la Entrada de Actores. Ha vuelto. Está corrigiendo cagadas y finalizando favores a toda velocidad. Topo, chivato, soberano soplón. El hombre que extorsionó a John F. Kennedy. Llamadme audaz, valiente y estúpido. Lois Nettleton habría podido hacer algo peor.

—El Gordo. ¿Aceptas? —dijo Parker.

—Sí, señor, acepto.

FRENTE AL CHATEAU MARMONT

West Hollybufo
22/5/55

Redada en busca de droga. Bungalows preseleccionados. La superchoza de Nick Ray. El infrachabolo del elenco y el equipo técnico. Las habitaciones de nivel B de del Klub de Koches de los Kaballeros de Nick.

Eran las 19.50 h. Robbie el Roedor distribuyó la droga a las 19.20 h. Nick el Nazi había reunido en su bungalow a los *Jugend* juveniles. Soltará un mensaje de motivación más. El rodaje de la peli termina dentro de tres días.

Nos apostamos en el camino de acceso. Cuatro coches sin distintivos de la Oficina del Sheriff, ocho polis de Narco, más yo. Los Sombreros estaban en otra parte. Tenían acorralado al Gordo Mazmanian en un 94,6 por ciento. Con eso se cerraba el caso de Janey Blaine. El Gordo iba a ser empapelado por Violación/Asesinato. Pronto pringaría.

Estábamos atando cabos sueltos. El rodaje terminaría. Ernie Roll presentaría las pruebas y despacharía la documentación. La incursión en busca de bragas. El 211/incendio provocado en la licorería. Los cuatro cargos de robo para encular a Nick Adams y Jimmy Dean. Los Sombreros dieron una tunda a Nick y a Jimmy y los soltaron. Estábamos jugando y ejecutando una *laaaaaaaaaarga* jugada. Llamémoslo convergencia connivente: polis y el Cuarto Estado.

El trabajo de descrédito de *Confidential* y las imputaciones atribuidas debían ser concurrentes. En eso residía el gran beneficio. En todo aquel enredo de *Rebelde,* yo había actuado por mi cuenta y codiciosamente. Lo confesaría todo en el juicio *Confidential contra el estado de California.*

«Dos años, Freddy. Estaremos ante el juez entonces. Con el bien y el mal que hayamos hecho».

Lo dijo Parker. Yo lo creí. Corroboraba mis visiones de Lois y los cincuenta mil. Invalidaría la inocencia en que insistía Caryl Chessman. Yo lo creí. *Tenía* que creerlo. ¿Por qué ella no ha llamado, pues?

La radio retumbó. El altavoz voceó. Eso significaba adelante, escuadrón de matones...

Salimos y arremetimos contra la hilera de bungalows. Éramos pasma a pie: ocho polis contra drogotas en la onda y diletantes desquiciados. Alcanzamos al trote el bungalow del *Führer.* Visualizamos la patada en la puerta. He aquí la vista a través del gran ventanal:

Nick Ray en bata blanca y sandalias. Está recitando el Sermón de la Montaña. Sus aturdidos acólitos lucen idéntico atuendo. Son Nick Adams, Jimmy, Natalie Wood y Sal Mineo.

El humo de la grifa anegaba el aire. Los acólitos papeaban patatas fritas caseras y hamburguesas del Googie's. Es la Última Cena. Jimmy tocaba sus bongos. Natalie y Sal hacían como los musulmanes y ululaban a Alá. El nihilista Nick sostenía en alto un cursi cáliz de vino barato. Decía:

—El arte es autosacrificio en la lucha contra el convencionalismo estadounidense. Adelante, bebed mi sangre.

Está oficiando la Comunión Comu. Vino Thunderbird y hamburguesas a modo de obleas. Natalie se quitó el muumuu blanco y se quedó en cueros. No es broma: ¡¡¡Ella es el *altar*!!!

Echamos la puerta abajo. Yo fui derecho a por Nick Ray. Le asesté un codazo en la cara y le hundí la nariz. El cursi cáliz salió volando. Le asesté una patada en los huevos y cayó al suelo doblado por la cintura. Con dos juegos de esposas le sujeté las manos a los tobillos. Lo obligué a una torsión de espalda de noventa grados. El capullo chilló y chilló.

Los acólitos hicieron como el Mahatma Gandhi. Se pusieron en posición supina y cantaron canciones sufíes para poner nerviosa a la pasma. Los polis engrilletaron a Jimmy, Nick A. y Sal. Sobaron a Natalie y la dejaron rondar desnuda. Cogieron frascos de píldoras y bolsas de grifa del suelo.

Corrí hilera abajo. Llegué al infrachabolo y abrí la puerta de un empujón. Cuatro mugrientos operadores protestaron y se hundieron más profundamente en sus sacos de dormir. No advertí ninguna prueba de consumo de droga. Corrí a lo largo de la hilera hasta los dormitorios de nivel B. Eché abajo la puerta de la habitación n.º 29.

Es doble, con dos camas. No hay nadie en casa. En mi informe previo a la redada figuraban dos ocupantes: Chester Alan Voldrich y el fotógrafo Arvo Jandine.

Escruté la habitación. Un brillo satinado destellaba en la cómoda. Fui a ver.

Era una instantánea en blanco y negro. Fijémonos en esa mujer de bandera en bikini. La había visto antes. Sabía dónde. El álbum de chicas de Robbie Molette. Esa muchacha era la estrella de su cuadra.

FRENTE A LA GUARIDA DEL GORDO MAZMANIAN

South Budlong 2892
23/5/55

Está ahí atrás. Es un apaño al fondo de un garaje. Paga un furtivo alquiler de fugitivo por tres trastos y un camastro. Ocupa la parte delantera un sofocante taller clandestino. Una legión de chicos cosen camisas de Sir Guy y absurdos uniformes para los bobos de las bandas de Los Ángeles. Diez centavos la hora, muchachos. Y con eso estáis sobrepagados.

Es George Mazmanian alias «el Gordo». Ha sobrevivido a su corrupto compinche Richie Van Deusen alias «el Holandés». Le hemos colgado los cargos de agresión sexual-211/asador. Eso por sí solo conlleva la muerte a manos de la policía. Le hemos colgado el cargo de homicidio de Janey Blaine. Él no mató a Janey Blaine. Nadie es perfecto, y menos él, o *NOSOTROS*.

Evacuamos el taller. Los Sombreros compraron a *los muchachos* Eskimo Pies de un puesto ambulante de Good Humor. Los chicos elogiaron la generosidad del Departamento de Policía de Los Ángeles. Ese día no éramos el Departamento de Policía de Los Ángeles ni la Brigada de los Sombreros más Fred Otash. Éramos los Hombres de Marte.

Fijémonos. Lucimos la elegante indumentaria de la era del espacio. Llevamos chalecos antibalas con barras y estrellas. El Departamento de Policía compró un gran lote de excedentes del ejército de la China comunista. Son de *aaaaalta* densidad y resistentes al calor. Desvían bombas H y balas de plata. En la oscuridad emiten un resplandor verde manzana caramelizada.

Hicimos un reconocimiento de la zona de detrás del taller. Nos ajustamos los chalecos. Cargamos nuestras escopetas de corredera Ithaca, postas aderezadas con matarratas. Nos encasquetamos las protecciones de cabeza. Fijémonos: cascos de fútbol de los Rams de Los Ángeles equipados con rayos antirradiacion y escudos faciales de plexiglás. Trémulas antenas para completar el aspecto de monstruo espacial.

Estábamos a punto. Estábamos armados y vestidos. *Uno, dos, tres... vamos allá, muchachos...*

Arrancamos la puerta de las bisagras a tiros. Postas doble cero perforaron la madera de pino y la redujeron a pulpa. El Gordo disparó. Me alcanzaron dos balas. A Max y Red los alcanzaron dos balas. Chamuscaron tejido sintético y se desprendieron de nuestros chalecos. El Gordo disparó otras cuatro veces. Dio a Harry y Eddie. Las balas rebotadas resonaron en mi casco de fútbol y salieron despedidas.

Avanzamos. Éramos los Hombres de Marte. No temíamos a hombre o bestia alguno. Nos plantamos a distancia de quemarropa y nos dimos rienda suelta. Yo vacié los cinco cartuchos de mi cargador directamente en su cabeza. Era el sustituto de mi muñeco vudú. Vi la cara de Caryl Chessman mientras lo mataba.

CAFETERÍA GOOGIE'S ABIERTA TODA LA NOCHE

West Hollybufo
24/5/55

Sumé soplos sentado a mi mesa. Firmé autógrafos en los *Herald* matutinos. He aquí el titular: ¡¡¡¡¡HOMBRES DE MARTE SE ENFRENTAN AL ASESINO DE LA PROSTITUTA!!!!!

No exactamente... pero lo aceptaré.

Tomé nota de las últimas novedades. Todo tonterías. Me dio igual. Celebremos y jactémonos.

La fiesta de fin de rodaje de *Rebelde* tenía lugar aquí esta noche. Los detenidos en la redada en busca de droga habían salido bajo fianza. Parker lo quería así. Aplacemos la infinidad de imputaciones penales. Las sincronizaremos con el estreno de la película.

Sumé soplos. Me recorrió una sensación de resurgimiento. El dinero. El Gordo muerto y convertido en chivo expiatorio por Janey Blaine. Eso apuntalaba la paz de espíritu de Jack el K. Eso era *bueeeeeeeeno*. Eso significaba que me apuntalaba a *mí*.

Sí... pero ¿por qué no había telefoneado Lois? Llamé a su servicio contestador de Nueva York catorce veces y obtuve a cambio nada de nada. Yo invalidaría a Caryl Chessman. Nadie lo sabía excepto yo. Me sentía resurgir. Eso significaba que así debíamos sentirnos LOS DOS.

Se acercó un soplón. Informó de la Subasta Secreta de Vello Púbico en la finca de Charlie Chaplin. Rizos certificados de Jean Harlow se adquirieron por veinte de los grandes cada uno. Rizos certificados de Carole Lombard ascendieron a veinte de los grandes, y a más. Médicos del depósito de cadáveres del condado de Los Ángeles examinaron el vello y dieron fe de su autenticidad.

Ten, chaval. Aquí tienes cuarenta pavos. El tío Freddy puede permitirse desternillarse. Tiene a Lois Nettleton y cincuenta de los grandes.

Los *rebelditas* fueron entrando. Nick Ray, Nick Adams, Natalie Wood y Jimmy el D. Jimmy presentaba ese aspecto magullado y contuso de quien ha recibido el tratamiento del listín. El desigual nacimiento del pelo lo delataba.

Me vio. Se besó el dedo corazón y me hizo la peineta. Se dio media vuelta y volvió a salir por la puerta.

Ya os hacéis una idea. No volví a verlo.

INTERMEDIO INFERNAL

Mi vida se va al carajo calladamente
25/5/55 - 14/10/57

Confidential cayó. La anulación del juicio impuso una maniobra hacia la expurgación excesiva y el falseamiento. Jimmy Dean se fue al otro barrio en un accidente de coche. Mala pata. Su melancólico martirio mueve millones y redefine el concepto de bua épico de *Confidential*. Sentí prácticamente nada. *Nada,* nanay, *nein,* neutralización. Jimmy me traicionó. Jimmy me abandonó. Jimmy me dejó por Nick Ray el Padre Demonio.

Bondage Bob canceló el trabajo de descrédito de *Rebelde sin causa.* Bill Parker prescindió de su perfil peyorativo sobre el bodrio de adolescentes convertido en gran éxito. Ernie Roll se echó atrás y rehusó presentar cargos penales contra los Kaballeros de Nick *et al.* Parker y Roll sucumbieron al sentimentalismo y el éxito. Joven actor canonizado, sensacional taquilla. Capitularon ante el consenso cultural. Reaccionaron con docilidad ante el dinero del cine. Ese gran bua los llevó a recular, cobardemente. Ese es el vil binomio. Ellos se han quedado satisfechos y saciados. Yo no.

Del 55 al 57. Fue todo un sprint especiosamente espectacular. Seguía al servicio de mis dos amos dementes. Verificaba viles historias para Bondage Bob a la vez que lo enredaba. Desentendía el proceso de verificación y vendía la verdad a Bill Parker. Desarrollamos un difamador dosier. Superó las dos mil páginas. Contenía mucho más de lo que cualquier capullo de la fiscalía podía desear. Conllevaba una tremenda carga de trabajo. Detallaba mi vida de calumniador como mercader de la difamación y matón y daba lugar a una masiva misiva de mi mala conducta. ¿Para qué andarse con rodeos? Soy un chivato, un topo, un sarcástico soplón y un informante insidioso. Y venero a Bill Parker por darme la oportunidad de convertirme en eso.

El 55 se desvaneció. Rock Hudson se casó con Phyllis Gates en noviembre. Suerte, chicos. Os doy dos años. Entonces trabajaré en el divorcio de la señora Hudson. Phyllis es una buena potranca. Nos desplomamos en el catre de vez en cuando. Phyllis hace como si yo fuera Rock. Yo hago como si ella fuera Lois.

Barbara Bel Geddes nunca se resfrió ni guardó cama con laringitis. Lois nunca interpretó el papel perfecto de Maggie la Gata. La obra dejó de representarse en noviembre del 56. Sigo siendo Freddy en la Entrada de Artistas. Sintonizo mi televisor y veo a la única mujer que he amado. He ahí a Lois en *Decoy*. Está tremenda y con un toque de tortillera en dos series dramáticas de tema carcelario. Lois sorprende en *Studio One* y estropea la acción en *El capitán Vídeo y los guardianes del universo*. Encarna la bravura en *The Brighter Day*. Me llamó durante *Camera Three*, y me dijo que lo nuestro aún seguía.

Lois hizo el papel de Emily Dickinson. Fue todo Arte y Soledad. Su pasión de poeta me penetró. Sé por qué. Lois vive sumida en el anhelo igual que yo. Dijo: «¿Qué harás tú al respecto?». No le he dicho que ya he hecho algo importante. No le he dicho: «Te lo contaré todo a su debido tiempo». Quiero concertar nuestro reencuentro en nombre de Shirley Tutler y en nombre de la Justicia Vengativa. Para eso tenemos tiempo. Tres jubilosos juristas me lo han dicho.

J. Miller Leavy procesó a Chessman. Me dijo que el tarado debería pringar en algún momento del 59. Ernie Roll calcula que a principios del 60. El juez Charles Fricke lo sitúa en el 60-61.

Tenemos tiempo. Ciertos figurones me deben favores. Conseguiremos nuestra visita a la cárcel. Te lo prometo. Entretanto, he hecho *lo siguiente:*

Guardé las fotos del minichabolo de Jimmy D. en la cámara acorazada de un banco. Entré ilícitamente en el chabolo el día que Jimmy murió. Robé sus cartas de Chessman y las guardé en la Cámara Acorazada n.º 2. Hice jirones su papel de pared de Chessman y lo quemé. Me puse en contacto con dos mandamases de San Quintín y les supliqué que me facilitaran *todos* los nombres de los corresponsales aprobados de Chessman. Hasta el momento se han negado.

Nos reencontraremos. Lo sé. No nadaremos en la riqueza como yo esperaba. Los cincuenta mil de Jack el K. quedaron en agua de borrajas.

El soplapollas me la pegó. Un adlátere me llamó y concertó la cita. El paquete pesaba lo suyo. Me lo llevé a casa y conté el efectivo. Los billetes me dieron *mala espina.* Le enseñé unos cuantos a un hombre del Tesoro. Dijo que era dinero falso. Freddy, te han jodido.

Hice mal de ojo a Jack el K. Al principio surtió efecto. Perdió en la campaña a la vicepresidencia del 56. El 56 no es el hipotético 60. Jack tenía razón. En mi intento de extorsión había pensado a corto plazo y había incurrido en una maniobra de poca monta. Eso me convertía en un hombre de poca monta.

Sí… pero hundí a *Confidential.*

No *es verdad.* Solo contribuí. Ese bolo fue una ingeniosa idea de Bill Parker desde el principio. Recopilamos los datos dañinos. Parker se los pasó al fiscal del estado Patt Brown. Este puso en marcha la investigación oficial y después eligió al jurado de apelación. El jurado de apelación atribuyó imputaciones el 15/5/57. Conspiración para publicar un libelo con intención criminal. Conspiración para publicar material obsceno. Conspiración para propagar información en transgresión del código mercantil de California.

Llamémoslo clamoroso conjunto de coincidencias. Bondage Bob contrató a Arthur Crowley para defender a la revista. Art era especialista en divorcios. No era especialista en calumnias. El ayudante del fiscal del estado, Clarence Linn, representó al estado de California. Yo debía a Bob un gran gesto de generosidad. No fui imputado. Parker y Roll mantuvieron su palabra. Realicé una torpe maniobra para contaminar al jurado. A Bondage Bob le costó cuarenta de los grandes. Mandé a los capullos a Acapulco. Vivieron a lo grande durante una semana. ¿Y qué? Nadie se dio cuenta y a nadie pareció importarle.

Afloró una avalancha de pleitos, después de las imputaciones. Maureen O'Hara presentó una querella. *Confidential* la enculó en el número de marzo del 57. Sostenía que se lo había montado con un mexicano en el Grauman's Chinese. Uuups. Alguien pinchó en la verificación. Tenía que ser yo.

Robert Mitchum presentó una querella. Errol Flynn presentó una querella. Dorothy Dandridge presentó una querella. La acusamos de miscegenación sin pruebas. El juicio se inició el 7/8/57. El fiscal Linn llamó a Bondage Bob «Señor Importante». Dijo que el Señor Importante inducía a prostis a atraer a famosos a contextos comprometidos. *No jodas.* Dijo que pagábamos a conocidos homosexuales para delatar a los de su índole. *No jodas.* Dijo que recurríamos a métodos violentos de manera rutinaria. *No jodas.* Art Crowley se aferró a la letra de las leyes antilibelo y la licenciosa libertad de expresión. Eso iba y venía. La sala del juzgado se cocía en el calor del verano. Maureen O'Hara prestó testimonio. Dijo que nunca se lo montó con aquel mexicano. El juicio progresó penosamente y se alargó hasta finales de septiembre. El jurado se estancó en un empate a seis. Pasaron a siete contra cinco en favor de la condena por dos cargos. El juez cerró el conjunto de coincidencias y declaró juicio nulo.

El doble agente Freddy el Falto de Luces. Es el distraído *deus ex machina* de todo este lío. Sus declaraciones secretas dieron forma al breve informe del fiscal en el juicio. Aceptó su culpabilidad. Eso le costó mucha plata. Eso le concedió libertad para soñar y tramar de nuevo.

Confidential sobrevivió. Calmó su contenido. Ahora publica paparruchas para un número limitado de lectores. Nuestra tirada tendió a la baja. Bondage Bob se comprometió a publicar «solo noticias honestas». Inició una razzia de recortes de gastos. Se abandonaron los puestos de escucha. Yo estoy por marcharme. Mi cuadrilla de matones se enderezó del todo y volvió al Cuerpo de Marines. Ahora soy detective privado a jornada completa. Trabajo en casos de divorcio desde el aparcamiento y hago de soplón para Bill Parker. Un fondo para soplones me paga quinientos al mes. Me las arreglo bien. Robbie Molette y Nasty Nat Benkins trabajan en el aparcamiento conmigo. Soy su falso protector, que antes era el no va más.

Me paso casi todas las noches solo. Hablo con mujeres que no están conmigo en la habitación. Pienso en Janey Blaine y en Shirley Tutler. De la reflexión a la revelación. Algo encajó en mi cerebro entre extenuado y exhausto, muy tardíamente.

Enero del 48. Shirley Tutler es secuestrada y agredida. *Cerca de Mulholland con Beverly Glen.* Mayo del 55. Janey Blaine es violada y asesinada. *Cerca de Mulholland con Beverly Glen.*

De la reflexión a la revelación. Ahora veo aquí la *réplica* en acción. Demencia cinematográfica. El rodaje de *Rebelde. Endemoniaaaaado* entrecruzamiento en acción. Robbie Molette y Janey. Robbie y el equipo de *Rebelde.*

Los restos de *Rebelde* siguen en Los Ángeles. Nick Ray está preparando una peli moralizante en la Fox. Nick Adams sale en televisión. El Klub de Koches de los Kaballeros de Nick está sin duda cometiendo calaveradas. Eso plantea el dilema ¿Qué vas a hacer al respecto?

Me aburro. Tengo poco trabajo. Puede que vaya camino de hacer algo audaz, valiente y estúpido.

LA SUITE DE BONDAGE BOB HARRISON

El Statler del centro
14/10/57

El inútil elogio. El distraído informe. El vertiginoso viaje ha terminado, Sahib.

Ocupamos las sillas. Bondage Bob sirvió martinis de buena mañana. Vestía una toga rosa fucsia. Observemos las marcas de latigazos en sus piernas.

—Es el fin de una era, Freddy. Y tienes ya tablas más que suficientes para saber por qué te he hecho venir.

Encendí un pitillo.

—Ahora eres «Don Honesto». Yo estoy de más. No tienes necesidad de una cuadrilla de hombres duros, así que vas a prescindir de mí.

Bob libó Beefeaters barato. La suite era de tres al cuarto. El alpiste era de tercera. Su toga parecía una sábana del Klan reciclada.

—En resumidas cuentas, así es, hijo. Queda algún que otro trabajo de limpieza del que podrías ocuparte... pero es eso, se acabó.

Puse cara de «Nanay».

—Tienes dudas en cuanto al juicio. Los fiscales se presentaron armados hasta los dientes. Alguien les facilitó una morterada de información interna. Fui yo, o fue alguno de mis chicos. Estás haciendo acopio de valor para preguntármelo. Estás ahí sentado con tu toga, y pareces Julio César en un baile de drag queens. Estás preparándote para montarme el número del «*et tu,* Freddy», o algo así.

Bob puso cara de «Te salud». Yo puse cara de «Pues pregunta». Bob se rascó las cicatrices de los tobillos.

—Veo a Bill Parker detrás de todo este enredo. Dirigió el cotarro y proporcionó la droga a los chicos de la fiscalía. Reclutó informantes, tomó declaraciones, y toda la pesca.

—Pregunta, Bob —dije—. Acúsame y pregúntame, y yo diré sí o no.

Bob negó con la cabeza.

—Este que veo aquí hoy no es el Freddy Otash de antaño. Este es una nueva versión *kamikaze,* eso me resulta desconcertante.

Apuré mi copa.

—Estás pidiéndome que te dé pistas. Bien, he aquí la primera. Todas las barbaridades que hice para ti y la revista estaban mal. Saca tus propias conclusiones a partir de ahí.

Bob hizo un gesto masturbatorio.

—Estás llevándome al huerto, hijo. No puedes aceptar mi dinero durante tanto tiempo, y luego pintarme a mí como el malo.

—El malo soy yo —dije—. Lo supe cuando le di la paliza a Johnnie Ray.

Bob se encogió de hombros.

—Yo no voy a preguntarte, y tú no vas a hablar voluntariamente. Pero te diré lo que me inquieta.

Puse cara de «¿Y bien?».

—He aquí lo que me inquieta, hijo. Quienquiera que fuese estaba dentro de un modo u otro, y el capullo se alió con Parker, ese devoto hijo de puta, contra mí.

Me puse en pie.

—He aquí la pista, socio. Puestos a elegir, preferiría ser él antes que tú.

GASOLINERA SHELL

Beverly con Hayworth
15/10/57

El aparcamiento. Ejércitos de extraviados aterrizan y *habitan* aquí. Escarbamos en busca de sobras. Nos zambullimos en busca de material para denuncias de divorcio. Yo soy *El* Padre por defecto y por decreto. Soy un investigador privado con licencia. Soy un ayudante especial de la fiscalía. Mi condición de ex-*Confidential* todavía señala mi estatus de semental. Bondage Bob me despidió. Aún conservo el bolo en el Ranch Market. Bob me encarga trabajos de limpieza por días. Voy a cerrar puestos de escucha, mañana. Cables, micros: todo tiene que desaparecer. Bob está privándose de sus propiedades y desprendiéndose de ellas. Sus beneficios han caído en *picaaaaaaaado.*

He aquí a Don Honesto. Eso dijo al juez y los fiscales. Llamémoslo Monsieur Insípido e Indiferente.

Me hundí en el asiento de mi buga. Bostecé y bebí Old Crow. Me eché al cuerpo dos bifetaminas y me sacudí la desgana de última hora de la mañana. Compartí mi mierda con Robbie Molette. Es mi nuevo compinche, o sea, mi nuevo Jimmy D. Nasty Nat Denkins dormitaba en el asiento trasero. Cruzó la línea de color que dividía en dos el aparcamiento. Ahora es Don Divorcio del Barrio Negro. Aún conserva su bolo en KKXZ. *Confidential* aún subvenciona la emisora.

—¿Qué nos toca hoy? —dijo Robbie.

Encendió un pitillo.

—El France's Parisian Room, en Washington con La Brea. El incauto es un machaca blanco. La chica es de color. Es camarera en el Parisian. Atiende a los conductores de los coches y trapichea a tiempo parcial. Al incauto lo aterroriza que se lo descubra. Es predicador de una autoiglesia en Van Nuys. La esposa quiere el divorcio. Nat hace de cocinero y trae la comida. El chabolo está justo detrás del Parisian. Echaremos la puerta abajo y tomaremos fotos. La chica está al corriente. Nosotros somos tres y él es solo uno. Le patearemos el culo y lo llevaremos a la comisaria de Wilshire. La mujer y su abogado quieren presentar cargos penales.

Robbie *booostezó*. Contrajo y descontrajo el cuello. Dormía en el aparcamiento. Dormía en su Ford del 49. Se marchó de la casa de sus padres. Ahora es Don Apostasía. Dejó de tirarse a su hermana y vender las fotos de su felpudo. El asunto de Janey Blaine lo puso a prueba y lo preocupó. *Aquí* limpiaba la casa y la herida.

—He estado cavilando sobre Janey —dije—. A quiénes conocía, a quiénes prestaba servicios, con quién podría haberse reunido en Beverly Hills aquella noche.

Robbie se hurgó la nariz.

—Ya hemos repasado todo eso. Lo he repasado contigo y con los Sombreros, y Max y Red le apretaron las tuercas a mi padre en la Metro y le aplicaron el polígrafo. Salió limpio, y tú y los Sombreros liquidasteis al Gordo por el crimen. No quiero seguir escarbando en esa tierra vieja.

Nasty Nat se revolvió.

—Al Gordo lo empapelaron. Es la repetición de Emmet Till y los Chicos de Scottsboro. Voy a referirme a él en mi sección «Monada» de esta noche.

—Dime por qué —dije.

—Esos trajes espaciales de la China comunista que compró el Departamento de Policía entraron en combustión espontánea, en un almacén de la Academia de Policía. *Zum,* se prendieron. Eran defectuosos desde el principio. Ninguna mala acción queda impune.

—Yo nunca llegué a creerme que el Gordo fuera el autor —dijo Robbie—. Siempre trabajaba con un socio, y lo primero que hacía era robar a las mujeres.

Me desternillé. Sonó el teléfono público. Nat alargó el brazo por la ventanilla y agarró el auricular.

—Sí, estamos aquí —dijo. Escuchó. Colgó.

—En marcha. Dice la chica que el incauto le da miedo. Se ha puesto raro con ella.

El Parisian Room. Un edificio seudomoderno con accesorios afrancesados. El habitual chiringuito con ventanilla y plazas exteriores donde aparcar y comer.

Entramos y aparcamos. La chica salió. Vestía una blusa azul y pantalón pirata rosa. A su manera salvaje, poseía un atractivo desgarbado. Llevaba el cabello recogido con una redecilla de encaje negra. En su placa de identificación se leía «Babette».

Nos señaló un apartamento al fondo. Era planta superior/ acceso por escalera/tres chabolos en una hilera.

—No tarden mucho —dijo—. Esta es la hora del almuerzo de ese hombre, y siempre anda con prisas en estas cosas. Y desde luego siempre se me echa encima nada más llegar.

Robbie le guiñó el ojo. Ella alzó la vista al cielo y se marchó. Nat se quitó la ropa de calle y se puso el uniforme blanco de cocinero-camarero. Verifiqué la cámara y acoplé la tira de flashes. Robbie fijó la mirada en la escalera que subía a la planta superior. Dijo:

—Vale, la chica ya está dentro.

Un verdadero cocinero-camarero se acercó parsimoniosamente. Entregó a Nat una bolsa a rebosar de hamburguesas y patatas fritas. Nat le pagó.

Consulté mi reloj. Les di a los tortolitos fallidos cinco minutos completos para acomodarse en su peculiar posición. La chica gritó, a los tres minutos y ocho segundos.

Sonó en serio. Pisé el pedal de mi buga y atravesé el callejón de la salida posterior. Me acerqué a la escalera y aparqué en doble fila, con el morro hacia fuera. Robbie se puso en marcha, Nat se puso en marcha. Puse cara de «No» y les indiqué que retrocedieran. Puse cara de «Sentaos» y «De este me ocupo yo».

Me apeé y corrí escalera arriba. El grito n.º 2 sonó en serio. El chabolo estaba tres puertas más allá. Realicé un elástico movimiento giratorio y golpeé la juntura de la jamba con la planta del pie.

La puerta cedió. Los vi. Él la tenía inmovilizada contra el sofá. Él estaba desnudo. Ella estaba desnuda. Un prolongador de polla de goma de treinta centímetros le cubría el nabo como un condón. Dio una calada a un pitillo encendido. Lo bajó y le quemó la espalda a la chica.

Ella se retorció y gritó. Él bajó el pitillo y le requemó la espalda. Me abalancé sobre él y lo aparté. Hizo aspavientos y me dio un cachete amariconado. Su polla postiza se hincó en mí. Saqué la porra del cinto y le asesté un revés en la cara. Le di en la nariz y los dientes y le rompí los puentes. Le rajé una de las aletas de la nariz. Su polla postiza decayó y se marchitó. Le asesté un rodillazo en los huevos. Vomitó en mi chaqueta de Sy Devore.

Alguien saltó sobre mí a lo japo. Siguió una melé. Eran Robbie y Nat, vecinos y polis. Un poli gordo me aplicó una llave al cuello. Me quedé desmadejado y en estado de éxtasis. Vi a Lois a la vez que me desmayaba.

Pérdida del sentido.

Ya me ha pasado antes. Conozco el confuso modus operandi. Empinas el codo y te excedes durante semanas consecutivas. A eso sigue un altercado. Alguien te oprime la arteria carótida. Ves gilipolleces que existen y gilipolleces que no existen.

Como Lois. Como el asiento trasero de un destartalado coche patrulla. Como el calabozo de los borrachos de la comisaria de Wilshire. Como Jimmy Dean en el Ten-Inch Tommy's… y aquellos chicos malos apagándole colillas de Kool King en el cuello.

Como Max y Red. Joder, Freddy… ¿nunca te *rindes*?

Recobré el conocimiento en el Ollie Hammond's. Max y Red estaban sentados frente a mí. Me dolía el cuello. Alguien se había apropiado de mi chaqueta de Sy Devore. ¿Dónde están Robbie y Nat? ¿Cuál es la situación con respecto a ese sádico psicótico y esa camarera de color?

Aparecieron bebidas. Libamos. Max dijo:

—Nos hemos ocupado de todo. Tus chicos se llevaron el coche al aparcamiento. Ingresamos a la chica en el Queen of Angels, y fichamos al tarado por violación en primer grado y tumulto. Cumplirá condena hasta el Día del Juicio en algún sitio.

Servicio puerta a puerta. Freddy O. es nuestro chico. Bill Parker quiere algo. Ellos han venido a pedirlo.

—Os lo agradezco —dije—. Gracias. Ahora salgamos y matemos a algunos culpables de 211 para desahogarnos un poco. Podríamos resolver alguno que otro de los homicidios archivados como pendientes.

—Freddy está mosca —dijo Max.

—Es una reacción retardada por lo del Gordo —dijo Red.

—Hicimos un favor al amigo de Freddy, Jack —dijo Max—. Eso se llama «cortar cabos sueltos a la vez que le das el pasaporte a un tarado que ya de entrada se merecía que le dieran el pasaporte».

—Freddy conoce las normas —dijo Red—. Cuelgan cueros cabelludos de su cinturón. Solo está momentáneamente intranquilo por el senador Jack y su misión: «un Estados Unidos que vele por toda su población».

Me desternillé. Levanté mi copa. Puse cara de «Touché».

—¿Cuánto te pagó Jack, Freddy? —dijo Max—. No nos salgas con que no lo extorsionaste, porque nos llevaríamos una decepción.

—El bocado era cincuenta de los grandes —dije—. Recibí el paquete. Por desgracia eran billetes falsos.

Max y Red se carcajearon. Yo me recarcajeé. Montego Bay, Manhattan, las montañas de la luna. O pájaro tú que nunca...

Red encendió un pitillo.

—El jefe tiene un trabajo para ti. El pago son tres de los grandes, en efectivo, nada falso. Se superpone a un trabajo en el que te has embarcado al servicio de Bob Harrison.

Apuré mi copa. Simulé una tos y me metí dos dexis.

—Bob me ha encargado que desmantele puestos de escucha y retire micrófonos y cables. Permitidme que aventure una posibilidad. El jefe quiere que reproduzca las grabaciones existentes y recopile información.

—Freddy no tiene un pelo de tonto —dijo Max—. Siempre ha sido un lince.

—A mí me cae bien, pero no diría tanto —dijo Red.

Expulsé el humo en dirección a ellos.

—Claro que lo haré. Empiezo el bolo para Bob mañana.

Max hizo girar su vaso.

—Ya sabes lo que le gusta al Jefe. No puedes torcerte en cuestiones de sexo, política y violaciones del Código Penal de California.

Me zampé un bastoncillo de pan. Era puro teatro. Encubría así mi malévola migraña y mi tembloroso tremens.

—Necesito un favor. No creo que sea mucho pedir.

Max puso cara de «tch-tch».

—Alerta de nevada. Presiento que se acerca una.

Red puso cara de «tch-tch».

—Unas manos temblorosas siempre son reveladoras.

—Necesito echarle un vistazo al expediente principal de Caryl Chessman, y al expediente del Departamento de Policía sobre Janey Blaine.

—No —dijo Max—. Sea lo que sea lo que estás pensando, sea lo que sea lo que planeas, de ahí no saldrá nada bueno. El Jefe ve con recelo tu obsesión con las mujeres muertas y maltratadas.

—No más cruzadas por mujeres muertas, Freddy —dijo Red—. Eso se acabó. Chessman es agua pasada, y Janey Blaine ha sido vengada. Deberías saberlo: matamos al hombre que la mató.

PUESTO DE ESCUCHA

Argyle al norte de Franklin
16/10/57

Trabajo de mierda. Labores de liquidación. Soy un esclavo asalariado. Levantemos ese fardo, acarreemos esa bala de paja.

Hay seis puestos. Carguemos los muebles/guardemos en las cajas los soportes de los micrófonos. Cojamos las últimas grabaciones. Consignemos la condenada información por la que Bill Parker babearía. Revisemos los registros de las escuchas. Extraigamos las grabaciones sustanciosas para el Gran Bill.

Empecé por *aquí*. El puesto de Argyle contaba con un transmisor de *laaaaaargo* alcance. Pusimos micrófonos en el centro de Hollywood y en la selecta zona de Hollywood Hills. Los objetivos de nuestras escuchas ascendían a veinticuatro casas y apartamentos.

Gente del cine. Subversivos silenciosos. Recónditos revolcaderos y bonitos nidos de fulanas azafatas. Vuele *conmigo*... soy Pam, Lizzie, Sally, Nancy, Kathy *et al.*

Examiné los registros. En los índices se enumeraban los objetivos de las escuchas y sus direcciones. Quienes llamaban aparecían enumerados. Constaban las fechas y horas de sus llamadas. Dos nombres captaron mi atención, inmediatamente.

Ingrid Ellmore. Azafata de Pan Am y madama máxima.

Ingrid fue la inventora de la fiesta de pijamas de toda la noche. Tenía una casa de seis habitaciones con tejado a dos aguas en Bronson Hill. Allí encontrabas seis chicas/absenta de 90 grados/todas las pastillas tomables del vademécum. Ingrid tenía una piscina climatizada. Ingrid tenía sauna y salas de vapor. Por doscientos comprabas la Mojiganga de los Malditos. Ingrid atendía las veinticuatro horas del día.

La lista de llamantes de Ingrid. Observemos algunos nombres. El fiscal del estado Pat Brown, el alcalde Norris Poulson. El capo del béisbol Leo Durocher. El sheriff Gene Biscailuz. El titán de la televisión Sid Caesar. El vanidoso Buddy Hackett y el licencioso Louis Prima.

Abrí tres cajas de cintas. Las escucharía y elegiría un poco de mierda selecta para el Jefe. Ese era un trabajo de escucha en plan cuando te vaya bien. El segundo nombre clamó *¡¡¡Escucha ya!!!*

Dalton Trumbo. Comu *Caporegine*. Pinchado y grabado en su tugurio de clase trabajadora a un paso de Whitley Drive. Se le empina con los Diez de Hollywood. Tocapelotas itinerante. Fijémonos en el *siguiente* nombre en *su* lista de llamadas entrantes:

Comité de Defensa de Caryl Chessman. Fijémonos en las notas al margen de Bernie Spindel:

«Financiado por el PC. Remanente de la camarilla vanguardista popular. Se desarrolló a partir del Comité Liberemos a los Rosenberg. Frecuentes llamadas de famosos al teléfono particular del objetivo. Nombres anotados en hojas de llamadas concretas».

Seleccioné las hojas de llamadas. Escupieron al *briboooooón* de Burt Lancaster y al cursi de Chuck Heston. Está el rey del calipso Preston Epps. Es poco después de su éxito «Bongo in the Congo». He ahí a Liz Taylor. He ahí a Hugh Hefner. He ahí a Mr. Mumbles en persona: Marlon Brando.

Marlon se metió con mi principal *mujer*, Joi Lansing, en una fiesta. Era el otoño del 53. Llevo guardándome el agravio desde hace ya cuatro años.

Fui derecho a las cintas de llamadas entrantes. Ahora me movía el odio. Había rerretomado mi papel de *cornuto* corneado. Me asaltó una candente entrada de la lista de grabaciones de llamadas: Marlon Brando *en* el Comité de Defensa de Caryl Chessman.

Localicé la cinta y la coloqué en una grabadora. Fijémonos en la fecha: 9/10/57. De eso hace solo una semana.

Me puse cómodo. Encendí un pitillo y chupé de mi petaca. Pulsé PLAY. El libertino rojo Trumbo pegaba la hebra con Mumbles Brando.

La estática colmaba la conversación. Cercené las cortesías de rigor y suprimí algo de cháchara. Al cabo de dos minutos las voces vibraron.

Brando: «... y tienen a ese ladrón-asesino, que está previsto que pringue el día 11. ¿Cómo era que se llamaba?».

Trumbo: «Donald Keith Bashor. El Partido está pensando en mandar unos piquetes, pero, la verdad, ese tipo era una mala bestia. Mató a dos mujeres, y se lo montó con la más guapa, posmortem. Queremos que pringue, porque eso explica el carácter cruel de la injusticia fascista. De hecho, queremos que pringuen todos, incluido Caryl. Cuantos más, mejor. Son mártires de la causa. Podemos aprovechar esa perspectiva en la prensa».

Brando: «En eso tienes razón. Y, como sabrás, corren rumores de que Caryl pronto vendrá para presentarse a una vista. Estoy haciendo cierto trabajo preliminar al respecto. ¿Puede el Partido aportar doscientos manifestantes, a diez pavos por cabeza? Eso sube a dos de los grandes, en total. Voy a encabezar una manifestación frente al Palacio de Justicia, en el centro. Yo, Preston Epps, quizá Liz Taylor. Eso es el 17, y voy a financiarlo de mi bolsillo».

Trumbo: «Te conseguiré la pasta, no te preocupes. Para eso están las camarillas vanguardistas... adelantan el dinero de sus camaradas».

Brando: «Rumores... sí, capto el concepto. Eh, ¿has oído eso de la tercera víctima? Eso de que Caryl le arrancó los pezones a mordiscos, y que ella lleva en el manicomio desde entonces. Que no pudo prestar testimonio en el juicio de Caryl de tan catatónica como estaba».

Trumbo: «Eso se lo ha inventado la máquina de mentiras fascista. Por supuesto, la presentaron como una verdadera muñeca, con unas tetas así de grandes. Es una lástima que en realidad no exista».

La estática y un chisporroteo enturbiaron la llamada. Mumbles masculló. Unos tonos de marcado asomaron y anularon a Trumbo.

Me puse de nuevo manos a la obra. Caryl Chessman hacía *clic clic* en mi cabeza. Se me antojaba una fiebre. Está mutando y metastatizándose. Me mutilará a menos que yo haga algo pronto.

Guardé en una caja las cintas de Ingrid y Trumbo. Telefoneé al servicio de mensajería de *Confidential* y les dije que se pasarán por aquí *ya*. Añadí notas para Bill Parker:

«Esa Ellmore es un filón para la Brigada Central Antivicio. Duplique y reenvíe las cintas de Trumbo a su División de Inteligencia, y también al Comité de Actividades Antiamericanas estatal y federal. Continuará/F. O.».

Esa fiebre. Enconándose, mutando, metastatizándose. La percibía. Lo percibí a él: ese microbio maligno dentro de mí.

Telefoneé a mi servicio contestador. Tenía un mensaje:

«Ha llamado el señor Nat Denkins. Ha dicho que la Señorita Cotilleo Anónimo ha llamado y llamará al programa esta noche».

Enconándose. Mutando. Metastatizándose. *El microbio maligno dentro de nosotros dos.*

Envié por mensajero las cajas con las cintas de las escuchas a Bill Parker. Me escaqueé de mis otros bolos. Me piré a casa y me planté junto al teléfono. Soy Freddy en la Entrada de Artistas, resurrecto.

No llamó. La espera me marchitó, mustió y machacó. Empiné el codo, fumé un pitillo tras otro, me eché pastillas al cuerpo para hacer avanzar el reloj. Me sobrevino un efecto paradójico. Todo eso ralentizó el reloj.

Llegué a las doce de la noche. El reloj ascendió a la 1.00 h. Puse la radio. El Sinagogue Sid Trio atronó y trompeteó la introducción. Esa noche recurrieron a la actualidad. El microbio se movía dentro de *ellos*. Fijémonos en su composición: «Les toqué otra vez el blues de Caryl Chessman, mama».

Saxo bajo, fiscorno, batería. Un crescendo cascado. A continuación el sedoso sonido de las monedas al descender por una ranura. A continuación *su* voz: «Eh, Nat… ¿qué cuentas, muchacho?».

Nasty Nat dijo: «La señorita Cotilleo Anónimo, en carne y hueso. ¡Cuánto tiempo sin oírte!».

Mi corazón acelerado atronó y amenazó con estallar en ese mismo instante. Lois dijo: «Más de dos años, encanto».

«*O seeeeeea,* ¿has vuelto para poner fin a tu rencilla con *Confidential*? ¿Es eso lo que te trae por la ciudad?».

«¿A qué hay que poner fin, Nat? Ese juicio del verano pasado prácticamente anuló a esa revista».

Nasty Nat dijo: «Sí, *Confidential* ha perdido las garras y el veneno, eso desde luego. *Hhhmmmmm.* Ahora veamos. ¿Podría ser el propósito de tu visita el hecho de que Caryl Chessman vendrá aquí para una comparecencia ante el juez más adelante este mes, y que hay prevista para mañana una gran concentración de protesta ante el palacio de justicia, a la que asistirán Marlon Brando y otros muchos famosos?».

Lois se desternilló. «Ahí me coges a contrapié, Nat».

«Oye, nena. Eres actriz, según he oído, y sé que has hecho alguna que otra cosa en Nueva York. ¿Se ha cruzado alguna vez tu camino con el de Mumble Man?».

Lois dijo: «*Bueeeno,* pecaría de negligencia si no dijera que compartimos una historia».

Mi corazón flojeó, se fragmentó y fluctuó… y casi feneció en el acto.

Nasty Nat dijo: «He aquí una pregunta, Señorita Cotilleo. La comparecencia de Chessman ante el juez no se ha anunciado en la prensa. Pero sin duda ha sido un rumor persistente. ¿Tú cómo te has enterado?».

Lois se desternilló. Vi sus ojos de color azul deslavazado saltar y casi *bizqueaaaaar.*

«Verás, Nat. Vine para un acto de recaudación de fondos en favor de vuestro fiscal, Pat Brown, que este año se presenta a gobernador. El señor Brown mencionó la apelación, y también el hecho de que el vicepresidente Nixon visitará Sudamérica la próxima primavera, donde ya se han anunciado manifestaciones con respaldo comunista contra la pena de muerte de Chessman y la política exterior de Estados Unidos en general, lo que plantea la pregunta: "¿Cómo puede un hombre malvado captar tanta atención, y *¿qué podemos hacer al respecto?"*».

En fin, nena. Ahora es cuando la cosa se pone realmente *bieeeeeeeeen.*

FRENTE AL PALACIO DE JUSTICIA

Centro de Los Ángeles
17/10/57

Uuuga-buuuga. He ahí la manifestación. Son doscientos universitarios. Observemos a los papanatas del Partido repartiendo billetes de diez. Están comprando una cacofonía comu. Los chicos corean consignas: «¡¡¡Chess-man es in–o–cen–te!!! ¡¡¡Parad la Máquina de la Muerte!!!».

He ahí a Brando. Está con los chicos. Firmando autógrafos y alza una pancarta muy alto hacia el cielo. Es el único famoso. Encabeza este bolo. Lo envuelve una obsequiosa falange de fans. Monopoliza su *amoooooooor.*

La acera de Spring Street temblaba con su estruendo. Me acerqué al bordillo y deslicé el buga muy despacio, centímetro a centímetro. Buscaba a Lois. No la vi. Seguí por Spring hasta Temple y di la vuelta a la manzana. Vi congregarse contrapiquetes. Sus pancartas decían ¡¡¡CARGAOS A CHESSMAN YA!!! Eran cansados machacas. Los universitarios exhibían más garbo.

Rodeé completamente aquel espectáculo de mierda y regresé de inmediato a Spring. Vi a un universitario solitario junto a la parada del autobús. Se lo veía aburrido.

Je, je. Yo tenía el antídoto para *eso.*

Me acerqué. Me vio. Le indiqué con una seña que se aproximara al coche. Vino parsimoniosamente. Dios… ese chico se ahogaba en hastío.

—Eh, chaval —dije—. ¿Qué te parecería embolsarte un billete de cien por media hora de trabajo?

—¿Haciendo qué? —dijo.

Le tendí un fajo de mis fotos de Marlon Brando. Son una moderna piedra angular cultural y definen nuestro tiempo y lugar. Es Mr. Mumbles, engullendo nabo.

El chaval examinó la foto. El chaval se quedó boquiabierto y la quijada le cayó hasta los pies. Se apropió de las fotos. Le entregué el botín.

—Caray, gracias —dijo.

—Distribúyelas entre tus compañeros —dije—. ¿Qué es una manifestación sin un poco de porno? Quizá él las firme con su autógrafo.

Me puse manos a la obra otra vez. Tenía otros cuatro puestos de escucha que desmantelar y desembarazar. El microbio se movía dentro de mí. Lois vivía dentro de mí. Janey Blaine brotó por sí misma. ¿Justicia para Caryl Chessman? Y una mierda. Justicia para Janey y para Shirley Tutler.

Cerebro izquierdo/cerebro derecho. Mi trabajo remunerado auguraba aburrimiento. Esa manifestación me provocó proactividad. Me sentí radicalizado y detectivizado. Los cuadrantes de mi cerebro se fundieron y fusionaron. Tomé conciencia de *lo siguiente:*

El puesto de escucha de Sweetzer. Es la Central de las Escuchas. Ahí guardábamos los registros principales de las escuchas de *todos* los puestos. Eso significaba *todas* las transcripciones mecanografiadas. Remontándose hasta el primer número de *Confidential.* Contiene *toooodos* los nombres y números de teléfono de los llamantes y los llamados. No hay nada más que nombres, nombres y nombres. Es el más amplio almacén del vicio de Los Ángeles.

Las probabilidades son aún muy muy bajas. Pero la confluencia causa coincidencia. Es a quién conoces y a quién se la mamas. Vicio en Los Ángeles. Ese mundo malévolo. Todo el mundo *conoce* a todo el mundo. Todo el mundo *habla.* Y *Confidential* tenía *pinchado* a ese malévolo mundo.

Fui hasta allí en coche y entré. Olía a humedad de mediodía. Activé el aire acondicionado y enfrié el lugar. Los registros principales ocupaban 88 volúmenes. Doce para el 52/diecisiete para el 53/once para el 54/dieciocho para el 55/veintiuno para el 56/nueve para el 57. Mi confluencia era la conexión Chessman/Blaine/*Rebelde sin causa.*

La convergencia culminaba en el 55. El rodaje de *Rebelde* transcurrió de marzo a *mayo.* Las acciones de los Kaballeros de Nick se intensificaron en *mayo.* La cháchara sobre Chessman se intensificó en mayo. Janey fue asesinada en *mayo.* Yo no sabía de ninguna escucha montada en el Marmont. Eso podía significar que no las había o todo lo contrario. Bernie Spindel instalaba independientemente de mí. El Marmont era una veta de vicio en Los Ángeles. Determinadas unidades habían sido pinchadas y escuchadas.

Yo no necesitaba oír las voces. Necesitaba transcripciones mecanografiadas y nombres dados. Saqué el Registro n.° 9/mayo-junio 55. Encontré en la lista una escucha en el Marmont. Pasé las hojas con el dedo hasta la página 483.

Me fijé primero en los nombres. «Voces identificadas como los actores Nick Adams y Dennis Hopper». Me fijé en la ubicación indicada: «Bungalow 21 D/Chateau Marmont». Yo sabía quién vivía allí en mayo del 55. Era el Nabab Nick Ray. Soy un profesional de los micrófonos y las escuchas. Conozco el oficio. Esta charla se interpreta como conversación de salón.

Ahora lo *entiendo.* Nick y Dennis Hopper. Están solos en la suite del soberbio bungalow del Gran Nick. Es el 14/5/55. Algo que dijo Robbie Molette me picó la curiosidad.

La «película alternativa» de Nick Ray. Refracta *Rebelde* y también algo más.

El micrófono está puesto en una lámpara o acoplado a un cable en una pared. El transcriptor mecanografió ráfagas de estática, aire muerto y *lo siguiente:*

Adams: «El jefe está guisando otra acción para ese rollo de la intensificación. La llama la "estocada fílmica final"».

Hopper: «Creo que es un puto psicópata. Por eso me mantengo a distancia de él».

Adams: «Todos los genios son psicópatas. Fíjate en Bird y Lucrecia Borgia. Lo uno no se da sin lo otro».

Hopper: «Nick está mal de la cabeza. Se pasa el día de aquí para allá en el plató, preguntando a todo el mundo, desde los cámaras hasta los operarios de maquinaria, "¿Sabes escribir la palabra *violación*?"».

Eso era todo. La conversación degeneró en estática y aire muerto. Encontré la orden de trabajo y la firma del transcriptor al pie. Bernie Spindel se había ocupado del bolo.

Nos reunimos en el Googie's. Yo había leído el resto de las transcripciones de mayo. No me chocó nada más. «Estocada fílmica final». «¿Sabes escribir la palabra violación?». La conversación tuvo lugar el 14/5/55. Janey Blaine fue violada y asesinada el 18/5. La confluencia induce a la consecuencia. Intuí una causa y un efecto.

Tomamos café. Bernie dijo:

—Recuerdo ese trabajo, pero no era para la revista. Sea lo que sea lo que estás buscando, esa conversación es tangencial.

Encendí un pitillo.

—¿Quién presentó la orden de trabajo?

—El jefe de seguridad de la Warner. Dudaba que Nick Ray se atuviera al presupuesto, y no se fiaba de él, con toda esa belleza juvenil alrededor. Se limitaba a controlar la situación al servicio de los ejecutivos de los estudios. Era un trabajo propio de Hollywood como cualquier otro. Yo me ocupé de todas las transcripciones, y nada de lo que oí valía una mierda.

—Una mierda —dije.

—Sí, «una mierda» —dijo Bernie—. Como acabo de decir. Pero sí hay una cosa que deberías verificar. Uno de mis hombres archivó erróneamente un fajo de transcripciones de mayo en el registro de julio. Como el bolo quedó en nada, lo dejé correr.

Lois Nettleton a los treinta. La segunda vez que la veía por primera vez.

La delgadez subsume su *bueeeeen* ver. Es encantadora y cauta, todo junto. Es mucho más de lo que sea que la forjó. Es una corredora en tensión en los tacos de salida. Correrá para alejarse de ti pero no de sí misma.

Una vez más. Lois la Grácil. Mi llamante de media noche. Estamos frente al Dale's Secret Harbor. Ella está encajada en una cabina. Se la ve con su suéter jaspeado de cuello redondo y su pantalón de pana, envuelta en un halo.

Me acerqué. Me vio. Cerró los ojos y probablemente rezó. Era una oración *¡¡¡uf!!!* Funcionamos a través de conductos y cupidos. Su súbito emplazamiento había surtido efecto.

Hablaba por teléfono. Saqué la carta Chessman/Jimmy D. y la aplané contra el cristal de la cabina. Chessman se burla de Shirley Tutler. Reconoce rotundamente la agresión.

Agarré la bisagra de la puerta. Lois apoyó la mano ahí y entrelazamos nuestros dedos. Oí caerse el auricular.

Nos desnudamos y nos desplomamos en la cama. No lo hicimos. Evocamos una tormenta, como la última vez. Nos llevó en la máquina del tiempo dos años atrás. Fue una lluvia torrencial y llegó acompañada de granizo. Cerramos nuestro circuito de tiempo perdido. Del 55 al 57: la vista desde nuestra ventana es un país de las maravillas nocturno.

Era *ahora*. Hicimos lo que habíamos hecho *entonces*. Apartamos las sábanas con los pies y nos hundimos muy muy hondo. Le conté cómo encontré las cartas. Le perdoné sus declaraciones a la prensa sobre Janey Blaine. Ella hizo un mohín y sollozó ante eso. Lo atribuí a esas cosas de las charlas de alcoba. No le conté que maté a un hombre para que la identidad de ella no saliera a la luz.

Lois habló. Dijo que la fecha de la comparecencia de Chessman ante el juez en Los Ángeles se había adelantado. Disponíamos de cuarenta y ocho horas para concertar la reunión, nada más. Hablé. Dije que Ernie Roll se retiraba. Ahora Bill McKesson ocupaba su cargo. Era un hueso duro de roer. Bill Parker tendría que persuadirlo. Lois dijo: el Jefe debería ver las cartas. Yo dije: debería. Ella dijo: quiero leerlas todas.

La habitación daba vueltas. Rotaba sobre un eje en sincronía con la lluvia. Me generó reticencia y me enmudeció con una mordaza. Deseaba rajar, divagar y desternillarme. Deseaba predecir nuestro prosaico futuro más allá de esa causa sagrada. Me quedé inmóvil. Nuestro futuro terminaba en la sala verde. Los dos lo sabíamos.

Lois agarró mi maletín y se fue a la cocina. Dejó la puerta abierta. Fumó un pitillo tras otro y bebió café y leyó las cartas de Chessman. La observé. Lloró y contuvo los sollozos tan muda como yo.

Me escondí en los latidos de su corazón. Los silenciosos sollozos me sumieron en el sueño. El tiempo se precipitó. Ella se metió en la cama y me sumió en murmullos. Dije:

—¿Me quieres?

—Me lo pensaré —dijo.

EL PUESTO DE ESCUCHA DE SWEETZER

West Hollybufo
18/10/57

«Intensificación».

«Estocada fílmica final».

«¿Sabes escribir la palabra violación?».

Todo sincronizado con la fecha de la muerte de Janey Blaine.

Me planté en el puesto. Los chicos de Bernie habían archivado erróneamente algunas transcripciones de mayo del 55. Estaban *aquí*, en el archivo principal. Sentí locura lunar en plena luz del día. Lois había vuelto. Yo estaba rastreando los rigurosos resultados.

Había enviado por mensajero una misiva a Bill Parker. Incluía fotocopias de cuatro cartas de Caryl Chessman a Jimmy Dean. Ernie se va, Jefe. Bill McKesson llega. ¿Recuerda aquel favor que pedí? ¿Veinte minutos con el Desaprensivo?

Parker llamó a McKesson y me informó por vía mensajero. Disponíamos de diez minutos con el Desaprensivo.

Salí volando de mi chabolo. Me lancé camino de Hollywood y caí como una *bomba* en la comisaría de Hollywood. Entré volando en el archivo y rebusqué entre las fotografías de escenarios de crímenes. Encontré a Shirley Tutler *y* a Janey Blaine. El 48 se funde con el 55. Mulholland se funde con Beverly Glen. El lugar del secuestro de Shirley. El probable lugar donde se abandonó a Janey. Cinco fotos en total. Eran imágenes duplicadas exactas.

He *aquí* lo que pone los pelos de punta. El follaje del 55 había sido podado para reproducir las dimensiones del 48. Eso yo *no* lo había imaginado. Vi en el suelo hojas de árbol y demás restos de una poda.

La intensificación se funde con la réplica.

Me encerré en el puesto de escucha. Extraje el registro de julio del 55 y lo hojeé en busca de expedientes traspapelados. Encontré la orden de trabajo Nick Ray/Chateau Marmont. Las transcripciones de las escuchas en el salón precedían a las de las escuchas telefónicas. Las conversaciones del salón revelaban una mierda.

Nick el Neutro se explica y explaya. Jimmy D. y Nick A. se explican a su vez. Nick se tira a la mona Natalie y al salaz Sal en el sofá. En sus anotaciones Bernie anota: «Gruñidos graves y agudos y sonidos de frenesí sexual». A eso siguen catorce páginas de voces revueltas superpuestas.

Llegué a las transcripciones de las escuchas telefónicas. Esa sección abarcaba sesenta y dos páginas. En una columna aparte figuraban los llamantes. Empecé a aburrirme, enseguida.

Nick Ray llama al Googie's cuarenta y tres veces. Contesta Cal el de la barra. Nick llama a Jimmy/Nick A./Natalie y Sal. Hablan de la motivación en el cine. Nick fomenta el foqui foqui con menores.

Nick llama a su agente. Nick llama a veintinueve hombres y mujeres desconocidos. Veintinueve hombres y mujeres desconocidos llaman a Nick. De absolutamente aburrido a lánguido y locuaz. Ninguna revelación relevante. Ninguna conversación que valiera una mierda.

Llegué a veintiséis páginas de estática telefónica. Bernie las marcó como tales. Llegué a una incongruencia indescifrable: Nick llama diecinueve veces al NO-65832.

Es un teléfono público de Silver Lake. Se encuentra junto al Black Cat Bar, en la esquina de Sunset con Vendome. Bernie lo consigna como «conocido teléfono utilizado por corredores de apuestas».

Nick y Hombre Desconocido n.º 21 hablan. La grabación es en un 99,9 por ciento vacíos de voz y crujidos de estática. Sí... pero hay perlas entre la basura.

Nick, 11/5/55. Llamada de Corredor de Apuestas n.º 8: «platós», «luces», «la chica». Estática entrelazada todo el tiempo. Siguen once minutos de estática en la línea.

Hombre Desconocido n.º 21, 13/5/55. Llamada de Corredor de Apuestas n.º 9: «atrezo», «el Ford del 46», «una especie de exteriores en la vida real». Estática entrelazada todo el tiempo. A eso siguen dieciséis minutos de estática en la línea.

Nick, 14/5/55. Llamada de Corredor de Apuestas n.º 16: «Obviamente, Jimmy quiere hacer el papel del Bandido». Estática entrelazada todo el tiempo. Siguen cuatro minutos de estática en la línea.

Siguen otras tres llamadas desde teléfonos públicos. No hay conversaciones transcritas. ¿Y eso? Las llamadas 8, 9 y 16 se perdieron.

Las llamadas preceden a la muerte de Janey Blaine. Es lenguaje de cine. «Atrezo», «luces», «platós». Janey es «la chica». Caryl Chessman conducía un «Ford del 46» en sus violaciones. Mulholland con Beverly Glen es los «exteriores de la vida real». ¿Jimmy quiere hacer el papel del *Bandido* (de la Luz Roja)? Si ese mierda no estuviera muerto, sería muy capaz de hacerlo.

Más tarde las llamadas desde la cabina me despertaron dudas. Las había considerado concluyentes. Resultaron circunstanciales. El «Ford del 46» lo dejaba todo claro. Yo necesitaba más. Necesitaba situar al asesino de Janey Blaine en esa cabina.

Llamé a Al Wilhite, de la Brigada Central Antivicio. Él conocía *esa* cabina y la gestalt del lugar de contacto de corredores de apuestas. Dijo: «Freddy, es un teléfono corriente. Sí, tiene mucho tráfico de corredores de apuestas, porque los corredores de apuestas encuentran mucha acción en el Black Cat. Pero ¿qué impide a los vecinos del barrio sin teléfono hacer sus llamadas desde allí? ¿O que tus dos llamantes opten por llamar desde allí, porque la persona llamada vive en el barrio, y no quiere que su número conste en ninguna lista de llamadas recibidas?».

Tenía sentido. Recorrí en coche Sunset y Vendome y observé la cabina. Vi tipos con pinta de corredor de apuestas salir del Black Cat y entrar en la cabina. Los vi atender y realizar llamadas y rellenar formularios de apuestas. Me medio encogorcé en el Cat. Concebí conceptos y ensarté teorías en mi cabeza. Una se asentó sólidamente y *permaneció*.

Llamadas telefónicas. Cartas. Códigos de comunicados. Caryl Chessman escribe a Jimmy Dean. Jimmy probablemente le contesta. Es la película de la repugnante réplica de *Nick Ray*. ¿No querría Nick el Neutro *hablar* con Caryl Chessman… al menos una vez?

Enfilé hacia el oeste. El concepto me recorrió. Me pasé por el Ranch Market. Tenía allí las verificaciones de los historiales de los miembros del elenco y el equipo de *Rebelde*. Repasé el índice de direcciones. *Nein* y *nyet*. Nadie vivía cerca de la esquina de Sunset con Vendome/el Black Cat.

Nick Ray llamó a Chessman. Yo lo intuía. Los reclusos del corredor de la muerte recibían llamadas en la sala de abogados. La centralita de San Quintín les pasaba la comunicación. Nick Ray llamó a Chessman en mayo del 55. En su bungalow del hotel había micrófonos instalados y los teléfonos estaban pinchados. Tal vez él lo percibiera. *Yo* estaba acosándolo en esos momentos. ¿Qué debió de hacer? Realizar una llamada a través de la centralita.

Me acerqué paseando al Marmont. Enseñé la placa a un recepcionista un poco retrasado e hice el papel de ayudante especial. Lo expuse. Nicholas Ray/el rodaje de *Rebelde*/mayo del 55. ¿Hizo el señor Ray alguna llamada por centralita, aquí en carne y hueso?

El recepcionista dijo que le parecía recordarlo. Ese mes él trabajaba en recepción. Verificó sus registros de llamadas y se le iluminó el rostro.

Aquí está. *Ahora* me acuerdo. Llamó a la Penitenciaría de San Quintín. Habló durante catorce minutos, y utilizó el teléfono justo aquí en recepción.

Le deslicé un billete de cien. Él se lo embolsó, *perfecto*. Recurrí a la más infame insinceridad.

Yo *nunca* lo acusaría a usted de escuchar disimuladamente, pero...

Bueno, recuerdo una cosa que dijo el señor Ray. Dijo: «Jimmy y yo lo consideramos nuestro asesor técnico».

Comprobé la lista de llamadas. La llamada se produjo a las 15.16 h. del 17/5/55. Asesinaron a Janey Blaine a la mañana siguiente.

Centro de Los Ángeles
19/10/57

Tipejos en piquetes. Clamor de consignas. Universitarios y memos del mundillo del cine movidos a la indignación. Su mayor mártir está en la Unidad Central de Investigación. Está amarrado a una silla caliente. Vamos en esa dirección.

«¡¡¡Chessman es In-o-cen-te!!!» «¡¡¡Parad la Máquina de la Muerte!!!».

Introduje interferencias. Lois acarreaba un taquígrafo a modo de atrezo. Los tipejos de los piquetes hacían poses y se paseaban. Formaban apretadas líneas y estaban cabreados. Prodigaban perogrulladas y enarbolaban pancartas.

Mantuve el brazo al frente para abrirnos paso. Maniobramos para circundar a Marlon Brando. Lois dijo:

—¡Hola, Marlon!

Brandon dijo:

—Lois, ¿qué haces con ese papanatas?

Le lancé su propia corbata a la cara.

He ahí los peldaños. A trompicones, cruzamos, subimos y entramos. Max Herman y Red Stromwall nos escoltaron. Se quitaron los panamás propios de la Brigada de los Sombreros. Max se comió con los ojos a Lois. Red puso cara de «¡¡¡Ñaca ñaca!!!».

Llegamos al montacargas y a la Unidad Central de Investigación. Nos dirigimos a la hilera de salas de tormento. El

Depravado está en la n.° 2. Miré a Lois. Ella me miró a mí. Le guiñé un ojo. Nos aferramos a ese momento «la repanocha» y entrelazamos las manos. Empujé la puerta.

Ahí está.

Belcebú. 666. La Bestia Bíblica. La aparición de los cuernos rojos/la cola en tridente/la pezuña hendida. Emite polvo y chispas. Serpientes se enroscan en su pelo. Hoy ha adoptado forma humana. Tiene treinta y seis años y está pálido. Tiene una nariz llena de bultos. Es flaco, es remilgado, viste la tela vaquera carcelaria. Despide vibraciones de Recluso más Listo del Mundo.

Está sentado con las piernas cruzadas. Acerqué una silla. Lois colocó su taquígrafo en la mesa. Yo llevaba mi maletín.

–Usted estaba en la comisaría de Hollywood –dijo Chessman–. Lo recuerdo de la sala de revista.

La Bestia habla. Es un fanfarrón descarado. Eso lo sé. Hoy ha traído su voz más suave. Es quirúrgicamente circunspecto y untuosamente discreto. Es la Víctima de este Tiempo y Lugar en un mundo vigilante. Es Sacco y Vanzetti, y Timothy Evans, empapelado por el sufrimiento de Red Christie.

–Sí, estaba allí –dije–. Vi a Colin Forbes y Al Goosen interrogarle, y estaba allí cuando entró Shirley Tutler.

–¿Quién es Shirley Tutler? –dijo Chessman.

–Es la mujer a quien agredió entre las agresiones a Regina Johnson y Mary Alice Meza. Lo afirmo siendo muy consciente de que ha negado usted esos crímenes, y sin duda negará haber agredido a la señorita Tutler.

Dejé que el momento se meciera y se metamorfoseara. Lo negará. Dirá que no hay pruebas. Lois manipulaba su máquina. Dios bendito, esos ojos. Vaya un odio justiciero.

–No tengo por qué hablar con usted. El tribunal invalidará la transcripción taquigráfica, y ciertamente no voy a admitir otro crimen más que no cometí.

Abrí el maletín. Saqué la descripción de cuarenta y tres páginas de las heridas de mordeduras de Shirley Tutler. Coloqué las hojas ante los ojos de la Bestia.

Bajó la mirada. Vio, reconoció, se obligó a no reaccionar. Las manos le quedaron inertes, le palpitaron las venas del cuello.

—Esa no es mi letra. Y aunque lo fuese, he atribuido esos crímenes a otra persona.

Encendí un pitillo.

—Solo ha mirado la primera página. No sabe que son crímenes en plural lo que ha descrito ahí. Yo no he mencionado la atribución, y eso solo podía saberlo si usted mismo hubiese escrito ese documento.

Chessman empujó las hojas hacia mí. Es *l'étranger* de Camus. Está asediado por burgueses que sencillamente no entienden. Ha resistido implacablemente ante su estupidez e indiferencia. Ha leído a Gandhi y Sartre. Sabe cómo trascender cáusticamente.

—No —dijo.

Esa única palabra. Existencialismo de primer curso. El rechazo es tu derecho de resarcimiento.

Le pasé una pluma.

—Escribirá usted lo siguiente en esa primera página: «Estos son mis crímenes, tal como se lo conté al difunto actor James Dean, y los atribuí a un violador anónimo. Por consiguiente, son *mis* crímenes, y estos documentos son en conjunto *mi* confesión».

—No —dijo Chessman.

La Bestia asediada por el burgués Freddy. Es su sino en la vida. ¿Quién es ese espectro pelirrojo? *Esa* sí es un buen señuelo para la violación.

—No —dijo Chessman.

Le solté un revés y lo lancé al suelo. Adoptó una acre actitud silenciosa y no reactiva. El burgués Freddy le dio una patada en los huevos.

—Tienes dos opciones, Caryl. Firma la confesión o te mato a patadas. Esta última opción no te deja opción alguna. La primera opción te permite sobrevivir, cultivar aún más reconocimiento público y negar algo más en el juzgado.

Chessman cambió de forma. Pasó a ser el torpe Mahatma, saliendo de las vías del ferrocarril. No podía solicitar una nueva indumentaria. No podía afeitarse la cabeza y ponerse las gafas de su abuela.

Se levantó. Hizo una mueca en respuesta a mi puntapié en las pelotas. Escribió mi texto de confesión y firmó debajo con su nombre.

—Jimmy Dean quería interpretar tu papel —dijo Lois—. Eso debió de halagarte la vanidad.

—Hola, pelirroja —dijo Chessman—. Sabía que tendrías una voz alegre.

Guardé su confesión en mi maletín. Chessman se retrepó en su silla.

—Estoy por encima de la vanidad, pelirroja. He visto demasiado y se me ha maltratado demasiado. Tú eres mujer, así que seguro que lo entiendes.

—Es una pena que Jimmy la diñara —dije—. Me habría encantado esa película.

—Siempre está la película alternativa de Nick Ray, aunque nunca salga a la luz —dijo Chessman—. Yo fui el asesor técnico, así que tengo la certeza de que posee cierta verosimilitud.

—Ahí las cosas se torcieron, ¿no? —dijo Lois—. Parece que a ti siempre te pasa eso.

Chessman se encogió de hombros y sonrió. Ring-a-ding. El Mahatma se funde con los Rat Pack.

—El juego está amañado, pelirroja. Por eso siempre cojo lo que quiero, y lo cojo donde lo encuentro. Y siempre lo encuentro, porque no soy quisquilloso. Johnson, Meza y Tutler sin duda dan fe de eso.

Eso es todo, pues. Requirió ocho minutos y dieciséis segundos.

Apremié a Lois a salir al pasillo. El altavoz de la pared escupía y soltaba estática. Bill Parker y los Sombreros se carcajeaban, aullaban y aplaudían.

No tenía nombre/prueba en el lugar del hecho/sospechoso de asesinato confirmado. Tenía la inspiración infernal del propio crimen y los cancerosos contextos que lo habían causado. Lois y yo sitiamos al *Bacillus chessmanitis*. En algún momento de la peliaguda prolongación, la tensión terminaría por efecto del gas. Eso aún no estaba previsto *por entonces*. Pensando en vengar a Janey Blaine, me reafirmé en mi resolución.

Dejé a Lois en el hotel y enfilé hacia el nor-noroeste. Llegué a Mulholland con Beverly Glen. Los escenarios de los dos crímenes se entrecruzaban y se fundían como un único todo endemoniado.

Del 48 al 55. La ubicación histórica perfectamente preservada. Jimmy D. no mató a Janey. Nick Ray, ídem de ídem. Fue algún adlátere adulador. Ese individuo había merodeado en los alrededores del chabolo de Janey. Registró su escritorio y se corrió en sus bragas. *Alguien* robó la lista de clientes de Janey a Robbie Molette. Ese alguien rondaba a Janey con antelación a la película alternativa. Nick Ray llamó a *ese* hombre al teléfono público situado junto al Black Cat. Comentaron los detalles del rodaje. Los Sombreros disiparon toda sospecha con respecto al padre de Robbie Molette. El asesino era un lacayo del plató de *Rebelde.* Poseía aptitudes técnicas y/o logísticas. Hizo un 459 en el chabolo de Robbie. Eso quería decir que conocía a Robbie. Eso quería decir que Robbie sabía *algo* sobre él.

Fui a pie a los escenarios fundidos de los crímenes. Subí cuestas y perseguí pistas. Encontré flashes usados cerca del terraplén de Mulholland. Eso quería decir *fotografía.* Eso era un vínculo con la pista de los flashes usados aparecidos en el lugar del acto de recaudación de fondos demócrata. Ese individuo estaba acechando a Janey ya entonces. Era un furtivo juego previo. Sabía que Janey estaría allí para culminar con Jack K. Robbie mandó a Janey con Jack. Eso quería decir que el señor X conocía a Robbie.

Trepé por laderas. Perseguí pistas. Encontré un rollo de celofán rojo junto al tronco de un árbol. Celofán *rojo.* Cubría los faros del Ford del 46 de Chessman. Cubría los faros del Ford del 46 de atrezo del que Nick Ray habló con el señor X. El Bandido de la Luz Roja se hacía pasar por poli. Jimmy reprodujo el papel. *Ese* celofán rojo estaba deteriorado y desgastado. Aparentaba más de dos años de antigüedad.

Robbie no mató a Janey Blaine. Una vez me enseñó su documento de identidad. Ahí constaba que tenía el grupo sanguíneo 0 positivo. El asesino tenía el grupo sanguíneo AB negativo. Su semen segregó su grupo sanguíneo. Robbie tenía un nombre para mí. Lo intuía, con convicción.

El aparcamiento. He ahí a Robbie. Aguarda apáticamente cerca del estante de lubricantes. En el aparcamiento reina hoy la apatía. No hay *trabajo,* no hay *dinero* de divorcios.

Entré y toqué el claxon. Robbie se frotó los ojos y se acercó.

Abrí la puerta del acompañante. Robbie se encajonó dentro. Le pasé mi petaca. Intercambiamos pastillas y conseguimos el característico calor.

—Tenía unas cuantas preguntas sobre Janey.

—Uf, eso sí es agua pasada —dijo Robbie.

Sonreí.

—Verás, ha surgido algo.

Robbie soltó un je je.

—¿Quieres decir qué el Gordo ya no encaja? Aunque la verdad es que nunca encajó, para los entendidos.

Puse cara de «Nanay».

—He recordado una cosa que dijiste, y que la dijiste melancólicamente. Dijiste: «A mí sí se ha resistido», y me gustaría que me lo aclararas.

Robbie se atragantó.

—Vamos, Freddy. No me obligues a decirlo.

—Decir ¿qué, Robbie? ¿Que estabas enamorado de ella?

Robbie se enjugó los ojos con la manga. Robbie se sonó con el faldón de la camisa.

—Vale, lo diré. Estaba enamorado de ella.

—Y tu padre te puso en contacto con ella. Y ella se incorporó a tu cuadra en el hotel.

—Me lo estás restregando —dijo Robbie—. Disolví la cuadra, como tú de sobra sabes. Ahora trabajo en el aparcamiento. Me he enderezado.

Ante eso me desternillé.

—Tu padre te presentó a Janey, ¿no?

—No. Me la presentó Chrissy, mi hermana. Ella conocía a Janey, al margen de mi padre. Incluso antes del contrato en la Metro.

—¿Estás diciéndome que eran amigas? ¿Compañeras de correrías?

Robbie agarró la petaca y echó un tremendo trago. Lo invadió ese característico calor de joven salvaje.

—Chrissy y Janey estaban locas por el cine. Coprotagonizaron varios cortos de tres al cuarto. Ya sabes, esas supuestas películas experimentales donde nadie cobra, nunca se exhiben en un cine, pero circulan copias. No diré que sean porno, pero sí diría que son «romanticonas», con mucha piel y algunas escenas bastante guarras, no sé si me entiendes.

—Sigue —dije—. No te hagas de rogar.

Robbie echó otro tremendo trago.

—Eran pastiches de tipo histórico, y todos se basaban en crímenes famosos en los que las mujeres acababan violadas y descuartizadas. Ya sabes, *Los últimos días de la Dalia Negra,* Fatty Arbuckle y Virginia Rappe, las chicas que aquel tal Otto Stephen Wilson se cargó. Chrissy siempre hacía el papel de comparsa, y Janey siempre hacía el papel de víctima. Así es como se conocieron, y como se hicieron amigas íntimas.

—¿Quién hizo las películas? —dije—. Es decir, ¿quién las rodó y dirigió?

—No lo sé —dijo Robbie—. Unos tipejos del mundo del cine que querían zarandear a mujeres y ver un poco de piel.

—¿Trabajaba algún individuo de ese estilo en el rodaje de *Rebelde?*

—No, que yo sepa.

—¿Sabías que se estaba rodando una de esas películas que has descrito, y que tenía que ver con Caryl Chessman?

—No, pero no me sorprende, porque, como ya te dije en su día, ese fulano retorcido y enfermizo, Jimmy Dean, estaba entusiasmado con la idea de hacer el papel de Chessman, y Nick Ray, aún más retorcido y enfermizo, fomentaba la idea. El soplo sobre esa supuesta película alternativa también te lo pasé yo.

Encendí un pitillo.

—¿Conoces un bar de Silver Lake que se llama Black Cat?

—Sí. Es un garito de corredores de apuestas durante el día y un garito de maricones durante la noche.

—Ya veo. ¿Conocías a alguien del rodaje de *Rebelde* que viviera cerca de allí? ¿A un paso de Sunset con Vendome?

Robbie negó con la cabeza.

—No exactamente. No en el 55, por entonces no.

—¿Qué quieres decir?

—Bueno, conocía a un tipo que vivía cerca de allí, *cuesta arriba,* y que frecuentaba el Cat, y que después, puede que el año pasado, trasladó su estudio a un par de puertas del Cat.

Me tensé. Di el nombre, Robbie. Tuvimos telepatía. Yo ya debería haberlo sospechado. El nombre acudió a mi cabeza una décima de segundo antes.

—¿Y?

—¿Y *qué?* Es Arvo Jandine. Era el fotógrafo de la unidad en *Rebelde.* Ese es otro tipo retorcido y enfermizo, de la misma calaña que Jimmy y Nick Ray. No me lo imagino como asesino, y por eso no te lo mencioné cuando empezaste a interesarte en la gente de *Rebelde.*

Cerré los ojos. Lo *vi.* Jandine. Las verificaciones de antecedentes de *Rebelde.* Es un exhibicionista. Frecuenta institutos. Irrumpe en vestuarios de chicas. Es fotógrafo. Sacó instantáneas en el Inferno de la Licorería.

Además, la redada en busca de droga. La habitación de Jandine. La foto en bikini salida del álbum de chicas de Robbie.

—Freddy está en trance —dijo Robbie—. Es como si estuviera bajo los efectos de alguna droga recién descubierta.

Abrí los ojos.

—Has dicho «retorcido y enfermizo».

—Sí. Él tomó aquellas fotos del felpudo de Chrissy. Eso, y además se exhibió delante de mi madre.

Recerré los ojos. Robbie dijo:

—¿Te avergüenzas alguna vez de tu vida, Freddy?

—Solo la mayor parte del tiempo —dije.

Intensificación. La mía y la suya. Intensifiqué mis esfuerzos para conocerlo. Intensifiqué mi plan maestro y lo potencié en busca de beneficio. Llamé a Antivicio del Departamento de Policía de Los Ángeles y birlé un juego *completo* de fotocopias del historial de Arvo Jandine. Revelaba su brutal intensificación.

Arvo Jandine, un *lascivo* individuo, retorcido y enfermizo. Nacido el 8/6/19, culo del mundo, Nebraska. Arvo es un fotógrafo furtivo. Toma instantáneas a escondidas en vestuarios de chicas, *preeecooozmente.*

Su primera detención tiene lugar en Omaha, año 37. Trapichea con desnudos espontáneos en los campamentos del CCC y en los guateques de la WPA. Lo envían a un compasivo campamento juvenil. Es comprometidamente mixto. Cablea el vestuario de chicas e instala un obturador automático. Compila y cataloga desnudos espontáneos a miles. Se fuga y vende las fotos en paradas de camiones y baruchos de todo el Medio Oeste. Ahora es Don Porno. Lleva a cabo su maniobra y pronto se planta aquí.

Se convierte en fotógrafo de unidad. Toma fotos en la Paramount y considera Columbia su hogar. Instala obturadores automáticos en los camerinos de actrices. Estos sacan fotos furtivas a toda máquina. Es Don Felpudo en abundancia y Don Tiburón de las Estrellas Desnudas. El boca a boca lo sitúa entre la Élite de los Pervertidos de Los Ángeles. Fabrica cromos coleccionables de actrices desnudas. Myrna Loy, Carole Lombard, Norma Shearer. Rita Hayworth, Ella Raines. Uno de Ann Sheridan se cambia por dos de Betty Grables. Genera una fiebre *febriiiiil*. Amasa una fuerte fortuna. La pasma lo pilla y le tiende un trampa. Vende fotos guarras a un poli infiltrado y le caen de cinco a ocho años en el estremecedor San Quintín.

Sale en libertad condicional en el 49. Regresa a Los Ángeles. Es Don Sutil hasta su desliz de otoño del 51. Necesitaba tenerlo/verlo/fotografiarlo y lo necesitaba *joven* ya mismo. Lo trincan frente al instituto Le Conte, en junio del 52. Cumple dieciocho meses en Chino y sale en libertad condicional: enero del 54.

Ha *intensificado*. Está listo para *colaborar*. Busca a individuos retorcidos y enfermizos que se acomoden a sus demenciales delirios. Accede a Nick Ray y *Rebelde sin causa*. Se ha cruzado espeluznantemente en el camino del Freddy Otash el Freón. Ahí es donde Arvo ha errado.

Intensificación. La suya y la MÍA.

Seguí sigilosamente por Sunset y Vendome y escruté los escaparates. Jandine Art Photography estaba a dos puertas del Black Cat.

Cayó el nocivo anochecer. Me encaminé al oeste hacia el aparcamiento de la Fox. Nick Ray estaba rodando su último bodrio allí.

Chicago, años 30. Robert Taylor y Cyd Charisse. Sementalmente coprotagonizada por John Ireland. En cuestión de medidas, Jungle John se sitúa entre los mejor dotados de Hollywood. Supera unos poderosos 45 centímetros.

Yo conocía a todos los vigilantes de la verja del aparcamiento de la Fox. Sabía que podía acceder mediante un farol.

Eso hice. Mencioné una timba en el despacho de Pandro Berman. El vigilante se lo tragó. Le aflojé un billete de cien. Aparqué mi macarramóvil Packard y fui en busca del bungalow de Nick Ray.

Forcé la puerta y tracé trayectorias con la minilinterna. Coloqué un minimicro y una batería bajo el escritorio de Nick el Neutro. Era un chisme de encendido por interruptor. Accionaría dicho interruptor el Día del Juicio.

Eran las 23.14 h. Regresé a toda prisa a Silver Lake y rondé en las inmediaciones del estudio de Jandine. Presentaba una oscuridad profunda y privada de todo movimiento. Rodeé la manzana y vi una puerta trasera que daba al callejón. Estacioné el buga y me calcé unos guantes de goma.

Acarreaba una funda de cámara y una Leica cargada con película infrarroja. Me dirigí hacia allí con paso firme como si fuera el amo del lugar. Con dos golpes de ganzúa abrí la puerta. Me encerré por dentro. Mi minilinterna trazó trayectorias una vez más.

Capté la gestalt. Arvo vivía para su trabajo. Iluminé tres cuartos de material a rebosar y equipo fotográfico. Me deslicé junto a un cubículo dormitorio. Arvo sobaba en un sofá cama y guisaba en un hornillo. Colgaba sus raídos trapos en un armario no empotrado. El lavabo, la ducha y el retrete apestaban a excremento de rata y salpicones de orina.

Arvo el obsesivo. Arvo el desaliñado. Seguro que guarda retorcidos recuerdos. Estos psicópatas conservan souvenirs.

En el ángulo del cubículo partía un pasillo. Mi minilinterna iluminó una puerta cerrada. Tanteé el pomo. No cedió. Inserté ganzúas y empujé en sentido contrario a las agujas del reloj. La puerta cedió y se abrió hacia dentro.

Es una habitación. Tres por tres metros, a lo sumo. No tiene ventanas y cierra herméticamente. Palpé las paredes y toqué un interruptor. Lámparas flexo de pie iluminaron cuatro paredes de *lo siguiente:*

Los rodajes combinados. *Rebelde sin causa* y *El Bandido de la Luz Roja*. Imágenes satinadas obra de Arvo Jandine.

Jimmy Dean con su cazadora roja de *Rebelde*. La mona Natalie y el salaz Sal, vestidos para la peli. Imagenes del rodaje. Imágenes de la incursión en busca de bragas en la fraternidad. Imágenes del Inferno de la Licorería. Natalie, desnuda.

Sal, desnudo y nerviosamente abochornado. Un James Dean desnudo, tocando los bongos. Jimmy Dean, vestido como Caryl Chessman. El Ford del 46 de la violación, reproducido. Exteriores nocturnos en Mulholland con Beverly Glen.

Janey Blaine ataviada como Shirley Tutler. Janey, con manchas de sangre falsa en la blusa. Janey y Jimmy, retozando en el Ford. Observemos los pechos desnudos de Janey.

A partir de ahí empieza la intensificación. Observemos esta espiral envolvente de imágenes:

Veamos a Janey, desnuda. Veamos a Janey y Jimmy, desnudos. Veamos a Janey y Jimmy enroscados en pleno coito en el asiento trasero del Ford. Veamos a Janey con la ropa que vestía en el Frascati. Veamos el cadáver de Janey abandonado en el lugar del crimen. Está estrangulada a mano y muerta.

EL DESPACHO DEL NABAB NICK RAY

20th Century Fox
20/10/57

Me senté y acumulé cierta tensión. Evoqué a Lois y moví el dinero a nuevas montañas lunares. Nick había completado la última toma hacía una hora. Los esclavos de su oficina se escabulleron temprano. Yo había puesto una trampa en la puerta. Dejé las luces apagadas. Llevaba las Pruebas A y B en el maletín.

Mis fotos de las fotos de Jandine. Mis fotos de las páginas de su diario concernientes a *El Bandido de la Luz Roja*. Jandine tenía el diario oculto bajo el sofá cama. Ahí estaba también lo mejor de lo mejor de sus fotos tomadas en institutos.

Jandine narraba su revelador arreglo con respecto a Janey Blaine. La conoció en casa de Robbie Molette. Chrissy los presentó y la describió como amiga de su padre. Janey le consiguió trabajo como fotógrafo de unidad en *Los últimos días de la Dalia Negra* y la peli sobre Fatty Arbuckle.

Su obsesión se re-re-reactivó. Practicó un 459 en el chabolo de Janey y robó sus diarios. Los leyó y llegó a la empedernida esencia del afán de hombres y dinero de Janey. Intentó seducirla con su propio plan de chantaje. Enroló a Nick Adams. Echaron un somnífero a la bebida de Rock Hudson y lo fotografiaron desnudo. Llevó a cabo un 459 en la habitación de Robbie y le robó la lista de clientes poderosamente pervertidos. Janey se rio a carcajadas de su plan de chantaje.

Jandine fotografió a Janey y Jack el K. en el hotel Beverly Hills. Ya tenía el bolo de fotógrafo de unidad en *Rebelde*. Trabó relación con Nick Ray y Jimmy Dean. Ellos concibieron *El Bandido de la Luz Roja*. El rodaje fue de perlas. Janey se pasó por la piedra a Jimmy de pleno, a cara descubierta. Eso a Jandine lo enfureció. Dijo que la llevaría a casa al acabar. El asunto se le fue de las manos. No pretendía violarla y matarla. Pero esas cosas pasan. Gracias a Dios nadie habló.

Se abrió la puerta. El Nabab Nick tarareaba «Lisbon Antigua». Se encaminó en dirección a mí. Tropezó con el cable de la trampa y se fue de bruces. Se golpeó la cabeza contra el suelo. Se machacó el morro. Ahora es Nick el Napia Sangrante.

Gimió. Me puse en pie y le pisé el cuello. Lo inmovilicé y amordacé. Iluminé con la minilinterna las fotos y las páginas del diario. Las pasé por delante de su cara comprimida de costado, *muy despaaaaacio*. Le di tiempo para digerir su dilema y pensar en cada una de las palabras de Jandine.

—Vas a pagarme el veinticinco por ciento de tus ingresos netos, durante el resto de tu vida. Eso quiere decir el veinticinco por ciento de cada centavo que ganes. Vas a cederme el veinticinco por ciento del saldo de tus actuales cuentas bancarias, y vas a liquidar cualquier acción y bono que tal vez poseas y a pagarme el veinticinco por ciento de su valor, ya. Vas a pagarme el veinticinco por ciento de los valores de tasación de todas las propiedades que acaso tengas, ya. Me pagarás la parte correspondiente a mi salario el primero de cada mes, a partir del 1 de noviembre de 1957. He telefoneado a tu banco de Beverly Hills esta tarde. Me he hecho pasar por un auditor bancario federal y he averiguado que tu saldo actual es de cuarenta y cuatro mil. Iremos juntos al banco, mañana. Me llevaré los primeros once mil en efectivo.

Nick Ray pataleó y parpadeó para contener las lágrimas. Freddy Otash el Freón. La Hormiga Gigante asciende.

Unas nubes bajas se abrieron y cayó la lluvia. Enfilé en dirección noreste hacia Sunset con Vendome. Aparqué en la misma calle secundaria y me acerqué sigilosamente a la misma puerta trasera.

Las dos mismas ganzúas abrieron la cerradura. Entré y cerré la puerta con *suavidaaad*. Oí sus ronquidos, al instante.

El cubículo dormitorio. Ocho pasos y un giro cerrado a la derecha.

Llevaba un revólver Magnum de calibre 44. Hacía mucho ruido. El silenciador profesional absorbía todo sonido presente. Me dirigí hacia los ronquidos e iluminé con mi minilinterna. Envolví en un halo el rostro de Arvo sobre la almohada. Apunté y descerrajé seis tiros.

Se vaporizó. Olí disipación y desecación en la bruma de sangre y hueso. Me apoderé de su diario y sus fotos de pared a pared. Subí la calefacción a 32°. Que el demonio se descomponga.

RADIO KKXZ

Southside de Los Ángeles
21/10/57

Imponente sesión de improvisación. Extraordinario estreno mundial. En vivo en el estudio: el Sinagogue Sid Trio.

El tema:

«Tremendo tríptico: canción fúnebre por Shirley Tutler y Janey Blaine & chacona de la cámara de gas de Caryl Chessman».

Se ha compuesto apresuradamente. Algo así como *ahora mismo*. Sid y sus chicos encarnan la improvisación. Asisten al sarao cuatro personas de postín. Es decir, Lois, Robbie Mollete, Nasty Nat y un servidor.

Estamos de celebración. Compré sin más la KKXZ y endosé la escritura a Nat. Nick Ray pagó los costes. Me embolsé dos de los grandes en calderilla y pagué el pasaje de avión de Lois a la Gran Manzana. Tiene pendiente un bolo en el programa *Armstrong Circle Theatre*.

Estoy desolado, depre y hecho mierda. Arrancamos los colmillos a la Bestia. Revisamos radicalmente la interesante historia secreta de nuestra nación. La grácil Lois me deja por diez minutos en televisión.

Sid y sus chicos le pusieron ganas. Saxo bajo/fiscorno/batería. No da para más.

Yo sentía impaciencia y el nerviosismo de la Hormiga Gigante. Seguía pensando en pifias fatídicas y la disparatada tradición de la descomposición. Fui a la sala de espera y respiré hondo varias veces.

Me ayudó. Me alivió el nerviosismo. Observé la pared en homenaje a Charlie Parker. Advertí un nuevo añadido anotado bajo el álbum *Live on 52nd Street*.

«Recoge todas tus penas y aflicciones/allá vas, volando bajo, adiós mirlo».

Estaba firmado: «Con mucho amor, Lois N.».

INTERMEDIO INFERNAL

Mi vida en reflexiva reclusión
22/10/57 - 1/5/60

Vino y se fue. *Confidential,* todo aquel revuelo de *Rebelde.* Salí de rositas del homicidio de Arvo Jandine. La descomposición devastó toda posible indagación. Los gases estancados en el estómago escaparon del cadáver y entraron en combustión. El estudio voló. Nadie lo consideró asesinato.

Quemé todas las cintas de los puestos de escucha y los registros de las cintas. *Confidential* y yo acabamos kaput. La revista sigue su deambular sin mí. Bondage Bob se ha visto barrido por la rémora de querellas residuales. Famosos fustigados ahora lo fustigan a él. Está desembolsando diez y hasta quince de los grandes por caso. Los molestos juicios lo están dejando seco. El corrosivo contenido de la revista ha degenerado en tibios textos. No hay va-va-vum vengativo ni cuentos cochinos. No hay matones de mano dura para disuadir de la disensión y librar esa feroz lucha por la Primera Enmienda.

A ese respecto se acabó mi suerte. Soy Freddy Ex Officio. Soy un exdetective privado y un derviche del divorcio en el aparcamiento. Exploté el árbol de la extorsión y sangré a Nick Ray el de la Napia Sangrante por un tiempo. La extorsión sostenida me pasó factura. Me abandoné a la afición por el alpiste, la droga y las mujeres. Me vendí al pecado y descubrí que me devoraba cierta enfermedad. Liquidé el negocio para escapar de la serpiente que succionaba mi alma. Se lo dije a Nick el Napia Sangrante. Él hizo una genuflexión y lloró.

La oportunidad es amor. Siempre lo he sabido. Drogué a un caballo de carreras llamado Wonder Boy e intenté amañar una serie de carreras. Me trincaron. El fiscal de Los Ángeles me imputó. Bill Parker intercedió y redirigió mi camino hacia San Quintín. Perdí mi licencia de investigador privado. Sigo siendo la puta de esquina y el informante del Gran Bill. Sigo siendo un chivato, un topo, un sarcástico soplón. He pasado de Cacique del Cotilleo a acusica. Es el trabajo que mejor se me da.

Sigo siendo el Perro Pervertido de la Noche. Todavía persigo problemas y espío por las poderosas ventanas que me salen al paso. Hasta la fecha me he cruzado con un sinfín de vidas y las he pisoteado a mi paso. Estoy solo en la sensación de pérdida que esas vidas me han dejado. Las espío a distancia y examinó los caminos que han elegido.

Jack el K. salió rotundamente reelegido para el senado. El 58 le auguró algo grande. Patt Brown salió elegido gobernador de California. El juicio de *Confidential* invalidó la idea de que Patt era un papanatas. Rock y Phyllis se han ido cada uno por su lado. Yo negocié el divorcio. Nick Ray sigue siendo un adorado autor. Hace películas pestilentes que sumen en el sueño al público. El revuelo de *Rebelde* señaló su descenso hacia el mal. La confluencia es destino. A ese respecto tuvo ayuda.

Jimmy D. está muerto. Yo maté a Arvo Jandine. Natalie Wood y Sal Mineo son estrellas de cine. Nick Adams tiene su propio programa de televisión. Chester Voldrich perdió la mano que yo le destrocé como consecuencia de la gangrena. Le paso quinientos al mes, anónimamente.

Los veo a todos como los engañosos engendros de Caryl Whittier Chessman. La cancerosa conjunción de matón brutal/víctima/bohemio empedernido los debilitó de tal modo que no pudieron resistirse. Intensificación. La incursión en busca de bragas en la fraternidad, el Inferno de la Licorería, la película *El Bandido de la Luz Roja*. Primavera del 55 *et al.* Chessman planea en elipsis. No puedo ni quiero renunciar a pensar en él. Se entrelaza insistentemente con Lois Nettleton. *Ellos* se confabularon colectivamente y sentenciaron mi única oportunidad de convertirme en otra persona.

Chessman continúa. Presenta apelaciones y escribe libros y se adueña de una fatua falange de fulanos propensos a una idea de la redención de tres al cuarto. Lo liquidarán tarde o temprano. Confío en ese consenso jurídico. *He aquí* lo que mi más acalorado odio y mis poderosas percepciones me indican.

Ha inoculado a Lois una cepa de su virus. Este vive en esa parte de ella en la que coexisten la profesional empedernida y la artista ardiente. Lois venera a una truculenta trinidad. Es la Profanación del Arte/Chessman/Shirley Tutler. Me encontró porque me necesitaba y presentía mi susceptibilidad y furor ante el idilio. Ya me ha desechado dos veces. Me ve como una víctima de Chessman, tal como yo la veo a ella. Sabe que estoy enamorado de un modo en que no lo están las profesionales-artistas. Estoy prendado de ella como ella no está prendada de mí. No es apta para vivir una vida convencional. Tampoco yo. Lo intentaría con ella. Ella no lo intentará conmigo. Debo cambiar de vida. Ella no será cómplice de este proyecto. Considera que el proyecto es patético y ajeno a su Drama del Artista Solitario. Tengo una última oportunidad para conseguir el amor de Lois Nettleton. Lo considero mi última opción antes de que baje definitivamente el telón. Debemos estar juntos el día que Chessman pringue.

LA SALA VERDE

Penitenciaría de San Quintín
2/5/60

Ahí está. Ese austero artilugio de acero. Es de un verde fantasmagóricamente fantasmal y presenta remaches y grandes tornillos. Está de cara a los asientos de los espectadores. Tiene cabida para un recluso condenado. La puerta incorpora una ventana de plexiglás orientada hacia nosotros. La silla caliente incluye correas ajustables. Debajo hay una tina llena de ácido sulfúrico. Las pastillas de cianuro descienden por una tolva y se disuelven ahí. Así empieza el gran adiós.

Yo estaba sentado con Lois. Bill Parker nos reservó los asientos. Colin Forbes estaba dos sillas más allá. Chessman consiguió un lleno total. Sesenta asientos. Sesenta periodistas, políticos, y aquellos indudablemente influyentes.

Estacionamos en un aparcamiento subterráneo y nos habíamos abierto paso a través de los manifestantes para llegar hasta aquí. Un millar de personas se zarandeaba, abucheaba, empujaba y gritaba. Marlon Brando morreaba un megáfono. Decía a la gente que estaba dispuesto a hacer el papel de Chessman en una futura peli.

Son las 10.01 h. He ahí a la Bestia. Ha entrado por un pasillo lateral. Dos guardias lo sujetan por los brazos. Un tercer guardia abre la puerta. Amarran firmemente a Chessman en la silla caliente. Le amarran las piernas, el regazo y el pecho.

Aparece un médico. Cuelga un estetoscopio del cuello de Chessman. Los muchachos de la muerte salen. Chessman se queda solo en la sala verde. Son las 10.02 h.

Habló el alcaide. Los altavoces de las paredes enviaron el sonido hacia nosotros.

–¿Quiere pronunciar unas últimas palabras?

–No soy el Bandido de la Luz Roja –dijo Chessman.

Un micrófono instalado en la sala verde crepitó su credo. Guiñé el ojo a Colin Forbes. Colin puso cara de «Freddy, eres un caso». Lois lo captó y me dio unas palmadas en la pierna.

Las pastillas cayeron. Fue insonoro. Vi a Chessman fingir indiferencia. Los efluvios del cianuro llenaron la cámara. Eran invisibles. Chessman se sacudió y jadeó y babeó.

La cabeza le rodó y le quedo ladeada. La boca se le distendió mucho. Contrajo los labios y enseñó los dientes. Se le retorció la lengua. Los brazos le temblaron y le quedaron inmóviles con las palmas hacia arriba. A mí desde luego me pareció requetemuerto.

El tiempo se deslizó despacio y se detuvo. Los efluvios se disiparon y desvanecieron. El médico volvió a entrar en la sala verde. Se llevó un pañuelo a la cara. Se puso el estetoscopio y lo aplicó al pecho de Chessman. Dijo: «Declaro muerto a este hombre».

Los guardias nos escoltaron a través del tumulto. Los manifestantes se arrimaban a nosotros. Lois los miró y saludó a niños en mochilas portabebés. Bajamos penosamente y a trompicones unos cuantos peldaños. Las consignas y el griterío se redujeron a un ronco rugido.

Llegamos al aparcamiento subterráneo y a mi macarramóvil Packard. Nos detuvimos junto al coche y encendimos unos pitillos.

–Vamos a la ciudad –dije–. Nos conseguiré una suite en el Fairmont, y pasaremos inadvertidos durante un tiempo.

Lois exhaló anillos de humo.

—Voy a casarme, Freddy. He pensado que debías saberlo. Me desplomé en mi buga.

—Vaya, joder. ¿Quién es él?

—Es un autor de teatro, y tiene su propio programa de radio. Antes de que me lo preguntes, lo admitiré yo misma. Me dio por empezar a telefonear, y una cosa llevó a la otra. Me desternillé.

—Vale. Los Ángeles, pues. Iremos al Trader Vic's o al Ollie Hammond's. Mañana te acompañaré al aeropuerto.

—Va a llevarme Marlon —dijo Lois—. No pongas esa cara tan triste, y no finjas que no lo sabías. Esto ha sido siempre un asunto entre nosotros tres, y una vez desaparecido ese como se llame, no haríamos más que andar en busca de cumplidos y forzar la conversación.

Un violador malévolo pringa. Yo pierdo a la chica. Mi confesión termina justo aquí, justo ahora.

El tráfico en el puente era tremendo. Unidades de radio y televisión iban y venían de San Quintín. En los coches que iban hacia la salida viajaban manifestantes lanzando consignas y alborotadores profesionales. Las pancartas asomaban por las ventanillas. PARAD LA MÁQUINA DE LA MUERTE y KENNEDY EN EL 60. ¡¡¡Eh, chicos, yo hacía de chulo y conseguía droga para ese tipo!!!

Degeneré en el desánimo y me sumí en el muermo. Fijémonos en mi gran bua. Lois perdida y una demencial década que ahora acaba para castigarme y confundirme. Me estremezco bajo mi mortaja. Soy un poli corrupto y un matón violento con demasiado pasado y ningún futuro que perder.

El tráfico se atenuó. Llegué al puente y pisé el pedal. Me impulsó más allá de una caravana de chicos pro Kennedy. El puto movimiento me encendía las gónadas. Los Ángeles estaba a setecientos kilómetros al sur. La oportunidad es amor. Yo me marcho, socios.

Papel certificado por el Forest Stewardship Council®